강신재 소설선
젊은 느티나무

책임 편집 · 김미현
이화여자대학교 국어국문학과와 같은 과 대학원 졸업.
현재 이화여자대학교 국어국문학과 교수.
저서로 『한국여성소설과 페미니즘』 『판도라 상자 속의 문학』 『여성문학을 넘어서』 등이 있음.

한국문학전집 31
젊은 느티나무
강신재 소설선

초판 1쇄 발행 2007년 7월 13일
초판 19쇄 발행 2024년 6월 17일

지 은 이   강신재
책임 편집   김미현
펴 낸 이   이광호
펴 낸 곳   ㈜문학과지성사
등록번호   제1993-000098호

주   소   04034 서울 마포구 잔다리로7길 18(서교동 377-20)
전   화   02)338-7224
팩   스   02)323-4180(편집) 02)338-7221(영업)
전자우편   moonji@moonji.com
홈페이지   www.moonji.com

ⓒ ㈜문학과지성사, 2007. Printed in Seoul, Korea

ISBN 89-320-1792-1 04810
ISBN 89-320-1552-1(세트)

이 책의 판권은 저작권자와 ㈜문학과지성사에 있습니다.
서면 동의 없는 무단 전재 및 복제를 금합니다.

강신재 소설선
젊은 느티나무

김미현 책임 편집

문학과지성사 한국문학전집 31

| 차례 |

일러두기 • 6

안개 • 7
해방촌解放村 가는 길 • 32
절벽 • 63
젊은 느티나무 • 101
양관洋館 • 132
황량荒凉한 날의 동화童話 • 153
파도波濤 • 174
이브 변신變身 • 341
강江물이 있는 풍경風景 • 375
점액질粘液質 • 387

주 • 411
작품 해설
비누 냄새와 점액질 사이의 거리 / 김미현 • 419
작가 연보 • 434
작품 목록 • 440
참고 문헌 • 446
기획의 말 • 454

| 일러두기 |

1. 이 책에 실린 작품은 강신재가 1949년부터 2001년까지 발표한 작품 중에서 선정한 10편의 중·단편소설이다. 본문 텍스트는 최초 발표본을 저본으로 삼고, 강신재 전집본(삼익출판사, 1974)을 참고하여 확정했다. 각 작품의 정확한 출처는 주에 명기되어 있다.
2. 이 책의 맞춤법은 1988년 1월 19일 문교부 교시 '한글 맞춤법'에 따르는 것을 원칙으로 하였다. 단 작품의 분위기에 영향을 준다고 판단되는 방언이나 구어체 표현, 의성어, 의태어 등은 그대로 두었다.
    예) 예펜네가 밤낮 바깥으루 나돌아 댕기다니
        정말 우스꽝한 고역이
3. 원본의 한자는 가급적 한글로 바꾸었으며, 작품 이해에 도움이 될 만한 한자는 그대로 두고 괄호 안에 넣었다. 반복적으로 등장하는 한자어는 최초에만 괄호 안에 한자를 병기하고 후에는 한글로만 표기하였다.
4. 대화를 표시하는 「 」 혹은 『 』는 모두 " "로, 대화가 아닌 강조의 경우에는 ' '로 바꾸었다. 책 제목은 『 』로, 노래 제목은 「 」로 표시하였다. 말줄임표 '..' '...' '......' 등은 모두 '……'로 통일하였다. 단 원문에서 등장인물의 머릿속 생각을 표시하는 괄호는 작은따옴표(' ')로 바꾸었고, 작가가 편집자적 논평을 붙인 부분은 괄호 (( )) 안에 표시하였다.
5. 외래어 표기는 1986년 1월 7일 문교부 고시 '외래어 표기법'에 따라 바꾸었다. 단 작품의 분위기에 영향을 준다고 판단되는 경우에는 원본을 그대로 살렸다. 그리고 일본어의 경우에는 원문대로 표기하고 미주에서 일본어 원문을 표시하였다.
6. 과도하게 사용된 생략 부호나 이음 부호는 읽기에 편하도록 조정하였다.
7. 책임 편집자가 부가적으로 설명이나 단어 풀이가 필요하다고 판단한 경우에는 미주로 설명을 붙여놓았다.

안개

 성혜는 자기의 소설이 실린 푸른 표지의 신간 잡지와 빨각빨각하는[1] 백 원짜리 아흔 장을 고스란히 포개어서 책상 위에 놓고는 언제까지나 우두커니 그 앞에 마주 앉아 있다.
 그것은 잡지사의 사환 아이가 가지고 온 것이었다. 공동 수도 앞에서 빨래를 하다가 성혜는 젖은 손으로 그것을 받았다.
 푸른 표지에 얼룩이 안 가도록 조심스레 옆구리에 끼고서 방까지 오는 사이 성혜의 마음은 기쁨과 자랑스러움으로 세차게 고동쳤다. 소녀처럼 가슴이 한껏 부풀어 오르는 것을 잘근잘근 입술을 깨무는 겸연쩍은 듯한 혼자웃음으로 겨우 흩어뜨리면서 그는 걸음을 걸었었다.
 그러나 일각 대문에 다시 자물쇠를 채우고 수돗가로 돌아 나오고부터 그의 가슴에는 흐리터분한 구름이 끼어서 감돌기 시작했다. 그리고 시간이 갈수록 차츰 우울해져가는 것을 어쩌는 수가 없었다.

 푸른 표지 속에 실린 성혜의 소설은 그의 남모르는 많은 고뇌와 정열을 짜 넣은 그로서는 온갖 힘을 다한 것이었다. 그리고 또 그것은 아무려나 그의 오랜 비참한 혼자씨름에서의 첫 번 승리이기도 하였다. 그것이 극히 작게나마 어떤 반향을 기대케 하면서 이러한 큰 잡지에 실리었다는 것은 그것만으로 성혜에게는 형언키 어려운 감격이 아닐 수 없었다. 모든 것을 잊어버리고 실컷 그 속에 잠기어보고 싶은 봄바람같이 훈훈한 즐거움이 아닐 수 없었다.

 또.

 빨각빨각하는 이 아흔 장의 지폐는 요즈음의 성혜에게 있어 무엇보다 귀하게 여겨지는 물건이었다. 요 이삼 년래 성혜들 부처는 자기네 몸에 걸쳤던 외투나 저고리나 또는 책이나—무엇이고 들고 나가 바꾸어 오는 이외에는 쉽사리 이것을 획득하는 길이 없었던 것이니까. 그러므로 하늘이 개었거나 흰 구름이 떴거나 매일같이 어두운 한 칸 방에 앉아서 엉킨 실뭉치를 끌러야 하는 (이 그물풀이의 내직은 남편 형식이 얻어다 준 것이었다) 질식할 듯한 생활을 면할 수 있을 구실을 만들어준 동시에 당장 오늘내일의 생활을 윤택히 하여줄 이 선물은 성혜의 얼굴에 화색을 돌게 해 마땅한 것이었다.

 그러나 빨래를 끝마치고 방에 들어와 책상 앞에 앉은 성혜의 이마는 점점 더 짙은 그늘에 싸여져가는 것만 같다. 그의 가슴에는 클로즈업된 형식의 얼굴이 쉴 새 없이 오락가락하고 있다.

 형식이 돌아오면 응당 벌어져야 할 어떤 불쾌한 장면을 상상하는 것이 그는 미리부터 몹시 역겨웠던 것이다. 소설을 썼다는 사실에 대하여 굳이 설명을 하고 변명을 늘어놓고 결국 용서를 빌어야 한다는 생각이 그를 어쩔 수 없이 우울하게 만든다.

쓸데없는 짓만 한다고 핀잔을 받을 것이 싫어서 형식이 없을 적만 골라 글을 쓰곤 한 것이 지금 와서는 오히려 실책이었다는 생각이 든다. 더구나 그것이 이처럼 활자가 되어 나오도록 그런 티도 보이지를 않았다는 사실은 과실이라면 제일 큰 과실이 아닐 수 없다. 말썽이 일어나면 그때 받자 하는 속마음으로 내버티기는[2] 한 것이지만 막상 당하자니 고된 일이었다.

이렇게 성혜가 남편이 반가워해주기를 바라기는커녕 필연코 불쾌한 빛을 보이리라고—아니 더 험한 공기까지를 예감하지 않을 수 없는 데에는 성혜로서는 그럴 법한 근거가 있어서이다.

원체 여학교 교원의 자격쯤은 가지고 있는 성혜를 그렇게 쪼들리는 살림살이임에도 직업 전선에 내놓지 않으려고 고집을 세우는 남편이었다. 그는 차라리 그물풀이의 내직을 권하였다.

"예펜네가 밤낮 바깥으루 나돌아 댕기다니 생각만 해두 불쾌하다. 불결해!"

"허지만 이렇게 힘만 들구 돈은 안 되는 일을 골라 할 게 무어예요. 도무지 위생적으루두……"

"일하는 게 그렇게 싫음 당장이라두 그만둬요. 강요하는 건 아니니."

"싫다는 것버덤……"

"글쎄 그만둬!"

수없이 거듭된 이런 절망적인 언쟁 끝에 성혜는 형식이 원하는 그러한 아내의 타입 속에도 어쩌면 무엇과도 바꿀 수 없이 귀중한 아름다움이 숨어 있을는지도 알 수 없다고 그렇게 생각하고 그런 체념에 가까운 반성에 늘 사로잡히면서 남편을 따르고 있는 것이었다.

그러나 그새에도 몰래 소설을 쓰며 우선 그 그물풀이의 내직이라는 답답하고 비능률적인 생활 수단의 멍에를 벗어나려고 부단히 애를 써온, 결국 남편을 반역한 아내가 되어버리지 않았는가. 그 밖에 또 한 가지 색다른 미안함이 섞이어 있었다.

형식에게는 (성혜가 속으로 한숨짓고 있듯이) 이중성격적인 점이 있어서 안에서는 이토록 봉건적이면서 밖에 나가면 대단한 자유주의자고 문화에 애착을 느끼기는 누구보다 심하였다.

따라서 그는 근실한—그러니까 평범하고 무의미한 직업에 종사할 마음은 처음부터 없었다. 소위 문화 사업이라는 것에는 가끔 한몫 끼이기도 하였으나 반년 이상 같은 자리에 머무는 일은 드물었다. 다만 그는 끊임없이 시(詩)를 지었고 가끔은 그림도 그리고 다방의 음악도 남 못지않게 사랑하였다.

남 못지않게 사랑하였으나—결국은 그것뿐이었다. 문학계도 미술 전람회도 언제나 그와는 아무 관련 없이 지나쳐버린다. 따라서 그는 또 그대로 이 도도한 세계에 대하여 동경과 함께 그 어떤 반감을, 찬양과 동시에 또한 경멸을 느끼며 살지 않을 수 없었다.

성혜는 이러한 남편에 대해서 무슨 주제넘은 동정을 가진다거나 하는 것은 결코 아니었다. 남달리 겸손한 그의 성미로는 다만 남편의 시도 그리고 그림도 자기에게는 이해할 힘이 없다고 생각하는 따름이었다.

하지만 어쨌든 자기의 소설이 남편의 입에 늘 오르내리는 바로 그 잡지에 발표되었다는 것은 그리고 또 뒤이어의 원고 부탁을 받고 있다는 사실은 남편을 불쾌히 할 것만은 정한 일이었다.

성혜는 무거운 마음으로 가난한 단칸방을 휘둘러보고 그리고 다시 푸른 표지와 새 지폐 위에 시선을 떨어뜨렸다. 단순한 근심이라든가 그런 것도 아니고—무엇인지 무겁고 지겨운 감정이었다.

저녁을 지어야 할 시간이 되었다. 성혜는 장바구니에 돈을 집어넣고 바깥으로 나갔다.

어쨌든 너무 영양이 좋지 못했던 요사이의 식탁을 눈앞에 띄워 보면서 고기를 사고 생선을 사고 달걀도 한 꾸러미 사 넣었다.

부엌에 들어서자 그는 분주히 손을 놀려서 이것저것 반찬을 마련하였다. 밖의 얼음이 녹고 날씨가 누그러지면서부터 더 을씨년스럽게 춥기만 한 구들에다도 넉넉히 불을 넣고 남편을 기다렸다.

형식은 저녁상을 보더니 삐익 하고 휘파람을 불고서 두 손바닥을 벌려 보였다. 어쩐 영문이냐는 뜻이다.

성혜는 자기 먼저 상 앞에 다가앉아 있다가 수긋하고 젓가락 끝으로 상 위에 동그라미를 자꾸자꾸 그리면서 원고료를 받았노라고 말하였다.

"으응? 뭐?"

형식의 의아해서 찌푸린 얼굴이 몹시도 아프게 성혜의 신경에 와 닿았다. 그는 관념해버린 사람의 침착함을 의식하면서 소설을 발표하게 된 경위를 설명하였다. 마음이 내키기에 적어본 것을 동무가 가지고 가서 어느 저명한 작가를 보였더니 발표가 되었다고…… 그러나 자기가 얼마나 열심히 얼마나 심신을 경주하여 작품을 고쳐 쓰고 고쳐 쓰고 하였는가에 관해서는 한 마디도 하지 않았다.

형식은 듣고 난 순간, 무엇을 어떻게 말해야 좋을지 모르는 듯한 얼굴을 지었다.

"으흥?"

하면서 못마땅한 듯한 또는 대수롭지 않다는 듯이도 보이는 싱거운 표정을 얼굴에 띄워 올리면서 젓가락을 집어 들었다.

성혜는 우선 그만만 하여도 숨이 내쉬어져서 자기도 주발 뚜껑에 손을 대었다.

형식은 식사를 하면서 한참은 다시 또 시무룩해 있더니 갑자기 기분이 좋아지면서 이야기를 시작하였다. 전날 친구 H군을 통해서 시를 갖다 맡긴 평론가 윤씨와 내일 만나기로 약속이 되었다는 것이다.

"원래 가혹한 평을 하기로 유명한 사람이지. 누구를 칭찬하는 법이라군 없거든. 그 대신 그 매서운 눈이 한번 새로운 보석을 발견하는 날에는……! 주저주저할 줄도 모른다는 인물야."

형식은 윤씨를 그렇게 설명하였다.

성혜는 그러냐고 하면서 진심으로 남편의 일이 잘되어 나가기를 축원하였다.

 형식은 다시 말이 없어졌다. 이번에는 고기와 달걀부침과 생선구이가 그의 관심을 점령한 것 같다. 그는 정말 맛난 듯이 얼마든지 입으로 날라 들였다.

 문득 성혜는 눈물겨운 듯한 생각이 들었다. 그것은 전연 예기하지 않았던 감정이었다. 남편의 바삐 움직이는 입과 턱과 목덜미와——그런 것을 그대로 더 보고 있으면 눈물이 핑 솟아오를 것만 같았다.

 그는 또 뜻밖으로 간단하게 지나쳐버린 소설 건이 무척 다행으로 여겨지기는 하면서도 어쩐지 한편으로는 못 견디게 서글펐다. 그것이 어디서 오는 감정의 미오(迷誤)[3]인지는 자기도 알 수 없었지만……

 그러나 요행으로 무사히 난관을 돌파하였다고 생각한 것은 성혜의 조단[4]이었다.

 다음 날 윤씨를 만난다고 서두르며 나간 형식은 저녁때 술이 얼근하게 취하여가지고 돌아와서는 지분지분 어제 그 일로 빈정대기 시작했다. 윤씨를 보셨느냐고 성혜가 묻는 말에 휘덮어 씌우듯이

 "나두 인전 드러누워서 얻어먹을 신세가 되었구나. 허 참."

 "예펜네 덕택에 시인 박형식도 일약 유명해지겠군. 어디 덕 좀 톡톡히 봅시다."

 성혜를 힐끔힐끔 바라다보며 입을 삐뚤이고 말을 한다. 그러다

가 그의 눈은 차츰 더 붉게 되어가면서

"집이라구 엣 참 방구석에 발을 붙일 수 없게시리 늘어놓구서 응? 문학이다? 것보담두 우선 양복바지에 프레스나 한번 똑똑히 해놔봐."

"……"

"낸들 이게 글쎄 할 짓이냐 말야, 예펜네라구 제에길 이쪽이 되레 시중을 들어야 할 판국이니."

"……"

"엣다, 여류 작가입네 하구 쏘다니기 불편한데 이 기회에 이혼이나 하면 어때?"

이렇게 빈정거림이 그칠 줄을 모르고 계속된다. 성혜는 고개를 푹 수그리고 참고 있다가 끝내 얼굴을 들고서 형식을 똑바로 마주 보았다.

남편의 일그러진 자존심, 그 저열한 심정은 도저히 그대로는 참을 수 없었다. 그녀는 남편의 이러한 모습을 바라보기를 본능적으로 저어하였다.⁵ 그러나 눈을 아주 가려버리기라도 하고 싶은 충동이 그것과는 반대로 그의 머리를 번쩍 치켜들게 한 것이었다.

'다시는 절대루 안 쓰겠습니다.'

성혜는 이런 말을 해야 한다고 느꼈다.

얼마만큼 괴로운 일일지라도 그렇게 해야만 되겠다고 생각은 했으나 그러나 쉽사리 그 말이 입 밖으로 나와지지 않는 데는 자기도 어쩌는 수가 없었다. 성혜는 그것이 또 안타깝고 괴로워서 형식이 어서 더 한마디 속이 뒤집히도록 포악한 말을 던져주었으면 하고 대기하는⁶ 듯한 절박한 심사였다.

그러나 형식은 하고픈 말을 다 해버린 것이었는지 성혜의 정색한 얼굴을 가장 경멸한다는 듯이 흘겨보고 나서는 다시는 더 말을 끄집어내지 않고 그대로 방바닥에 드러누워버렸다.

성혜는 바윗돌같이 한자리에 그대로 앉아만 있었다. 활딱활딱 가슴에서 피가 솟구쳐 오른다. 그것이 무슨 무거운 것에 부딪치듯 뱃속으로 떨어져 내려가곤 할 때마다 성혜는 앞으로 쓰러질 듯한 현기증을 느꼈다. 그는 이런 악몽 같은 시각은 일시라도 빨리 사라져주기만 기도하듯 눈을 감고 바라고 있었다.

그들은 저녁상도 받는 듯 마는 듯 한편 구석에 밀쳐놓았다. 형식은 일어나 앉았다가 다시 누웠다가 하더니 그대로 흐지부지 잠이 들었다.

코까지 골며 잠을 자더니 별안간 눈을 뜨고 주정하듯

"나쁜 자식, 에익 나쁜 자식들. 평론가다? 문학이다? 흥. 윤가 따위가 다 뭐냐!"

고래같이 고함을 지르고는 눈을 부릅뜨고 성혜를 바라다보다가 돌아누워서 다시 코를 골았다.

성혜의 뇌리에는 그 밤이 지옥같이 처참히 새겨졌다.

며칠 지나고였다. 성혜는 아침에 대문을 나서는 형식을 두어 걸음 뒤로 따라가면서

"접때 가져온 건 다 했는데요, 저어 가시다가 양철집 아이 좀 오라구 해주세요. 요전번보다 두 꾸레미만 더 가지구 오라구요."

되도록 천연스러운 말씨로 내직 감을 보내달라고 부탁을 하였다.

형식은 걸음을 멈추고 듣고 나서는 쓰다 달단 말도 없이 그냥 가버렸다.

양철집 사환 아이는 종일 오지 않았다. 형식에게 재촉을 하기도 무엇하여 그대로 이삼일 지나간 후에 성혜가 자신 갔다 오려고 실을 싸고 있는데 그 아이가 아주머니 하고 부르며 들어왔다.

아이는 웬일인지 꾸러미를 짊어지지 않고 왔다. 돈만 보자기에서 끌러 내놓고는 성혜가 주는 실을 거기다 옮겨 싼다. 일감이 이제는 없어졌느냐고 성혜가 걱정스레 묻는 말에 아니 이 댁 아저씨가 이젠 그만 가져오라 했다 한다.

성혜는 한참 동안 혼자 생각에 잠겨 있다가 그날은 집 안을 정돈하고 바느질을 하였다.

푸른 표지의 잡지는 눈에 뜨이지 않는 곳에 치워버렸다.

얼마가 또 지나고.

혼자 쓸쓸한 저녁을 치르고 나서 성혜는 부엌 문설주에 기대어 좁은 뒤뜰을 내다보고 있었다.

꾸불텅꾸불텅한 벚꽃 고목이 한 그루 담장에 붙어 서 있다. 나무는 거의 다 가지가 마르고 장독대 위로 길게 뻗은 가지 하나에만 밥풀 같은 흰 꽃잎이 드문드문 붙어 있다. 연보라색 어둠이 그 위를 자욱이 휘덮기 시작한다.

성혜의 서툰 솜씨로 돌멩이를 둘러막고 흙을 쌓아 올리고 한 명색뿐인 장독대는 한 귀퉁이가 또 허물어져 내려 있다. 아니 벌써 작년 여름부터 그렇게 된 것을 날마다 내다보면서도 그대로 내버려둔 것이다.

성혜는 끝이 모지라진 호미와 꼬챙이를 하나 찾아 들고서 뒤꼍으로 나갔다. 흙을 긁어 올리고 발로 밟고—몸은 그대로 움직이면서도 성혜의 마음은 어딘가 먼 데로 날고 있었다. 막연한 생각 속을 더듬으면서. 재미나게 일을 할 줄 모르는 것은 성혜의 쓸쓸한 버릇이었다. 어째서인지 어릴 때부터 그랬다. 그녀에게는 무엇을 생각하거나 쓰거나 하는 외의 대개의 일은 흥미에서보다도 필요에서 하여졌다.

그렇지만 이렇게 일하여 주위의 모든 것을 깨끗하고 쓸모 있게 간직하고 될 수 있으면 개량하고 윤택히 하고—이런 곳에 삶의 즐거움이 숨어 있는지 알 수 없었다. 거기에 비하면 추상적인 감정의 조각구름 따위에는 결국 아무 의의도 없을는지 모른다. 성혜는 이렇게도 생각해본다.

허리를 펴고 일어서서 중공[7]에 동그랗게 떠오른 연주홍빛 달을 그는 쳐다보았다. 그리고 아무 연관도 없이 불쑥 사람의 운명이라는 말이 머리에 떠올랐다.

자기들 부처 간의 요즈음 미묘하게 얽히어가고 있는 감정에도 어느덧 생각이 흘러간다.

형식은 그 후 무엇이 동기가 되었던 것인지 성혜의 소설 공부를 말리지 않을뿐더러 놀랄 만한 열성으로 격려까지 하여준다. 그는 아내의 쓰는 원고를 일일이 읽어보고 붉은 잉크로 주(註)를 달아서 고치게 하며 때로는 새로이 긴 구절을 삽입하기도 한다. 그리고 성혜에게 어떤 테마나 구상을 말하게 하고는 가혹한 악평을 하여 손도 대지 못하게 하는가 하면 자기가 테마를 주면서 쓰라고도 하였다.

"이렇게 써보란 말야. 오늘 다방에 앉았다가 문득 머리에 떠오른 건데……"

그리고 구구한 이야기를 들려준 끝에

"응? 이렇게 시대성을 반영시켜야 하거든. 써봐요, 틀림없이 센세이션을 일으킬 테니."

하는 것이다. 옆에 지키고 앉아서 구술하다시피 씌우는 적도 있다.

형식이 이같이 변화하여준 것은 성혜로서는 지극히 감사하여야 할 일이었다. 그런데 웬일인지 성혜는 한 줄의 글도 제 마음에 차게 써지지가 않았다. 남편이 자기가 말해준 대로 우선 초만 잡으면 고쳐주마고까지 간곡히 말하여도 그러면 그럴수록 어찌 된 셈인지 붓이 달려주지를 않는다. 자기도 못 견딜 만치 초조하였지만 어찌할 수 없었다. 아니 차츰 그 초조한 마음까지 사그라져가는 듯한 감이 드는 것이다.

'소설은 무슨 나 따위가……'

어디서 연유한 것인지 이런 절망감까지도 의식의 밑바닥에 깔리기 시작하였다.

성혜는 그물 풀기 이외의 무슨 적당한 내직이 없을까 하고 속으로 이것저것 물색해보았다.

지금까지 내놓은 두 개의 작품에 대해서는 성혜는 큰 애착을 느낀다. 모든 평가를 떠나 다만 자기의 영혼을 불어넣었다는 그것만으로 해서 느끼는 그리움일지는 알 수 없다. 자기의 피를 나눈 듯한, 그것만이 자기를 알아주는 듯한, 그리고 이미 먼 곳에 사라진 것에 대하는 듯한 그러한 그윽한 심정이었다.

그 둘째 번의 작품은 형식의 눈도 거쳐서 잡지사로 넘어갔다. 그때 형식이 빼어버리기를 맹렬히 주장한 어떤 장면으로 하여 성혜는 지금도 다소 마음에 걸리는 일이 있다.

그 장면은 성혜의 생각으로는 아무래도 뺄 수는 없는 장면이었다. 그 단편 전체가 이를테면 팽이의 중점같이 그곳에 발을 붙이고 형성되어 있었다. 그 점을 건드리면 팽이는 돌지 않고 이지러져 쓰러질 것이었다.

성혜는 오래 두고 망설인 끝에 편집자인 그 '저명한 작가'에게 편지를 적어서 원고와 함께 보냈다. 즉 그 월광의 벌판에서 벌어지는 작은 장면은 생략하는 것이 좋다고 생각하시면 빼도록 해달라고……

그런 글을 적으면서 성혜는 창작에의 단념을 속으로 준비하였는지도 알 수 없다. 월광의 장면은 빼어지지 않을 것을 그는 거의 확신하고 있었다.

호미로 헤적이고 돋우어 올리고 하는 손끝에서는 흙내가 모락모락 풍기어 올라온다. 그는 올 여름에는 이 앞에다 화단이나 가꾸어볼까 생각한다. 그리고 그런 소꿉장난같이 빈약한 꽃밭을 앞에 하고 선 자기의 모양을 눈앞에 그려본다. 그러나 거기에서도 어떤 허전함과 서글픔은 흘러나오는 것 같아 그는 웃기도 울기도 싫은 심정이었다.

대문을 끼걱끼걱 흔드는 소리가 난다. 성혜는 호미와 꼬챙이로 흙을 털어 들면서 빗장을 벗기러 걸어 나갔다.

"여보, 얼른 옷 입어. 좋은 데 데리구 갈게 얼른 빨리."
성혜는 호미를 든 손을 느른하게 내려뜨린 채 물끄러미 형식을 쳐다보았다. 단벌밖에는 없는 양복이지만 그레이 스코치[8]의 봄옷을 오늘 아침부터 바꾸어 입은 그는 오늘따라 한결 미끈해 보인다. 품질은 안 좋아도 차양이 넓은 유행형의 모자와 붉은 넥타이도 그를 쾌활히 비치게 한다. 동작도 대단히 경쾌한 것은 오늘 하루의 봄볕이 그에게 십분 행복하게 작용하였음을 말하는 듯하다. 성혜는
"어델 가요?"
하고 자기의 귀에도 거슬리는 생기 없는 음성으로 물었다.
"좋은 데! 댄스 파티. 응? 싫어? 가기 싫어?"
형식은 싫다고 할 리가 만무라고 생각하는 듯이 빙글빙글 웃으며 말한다.
"얼른 차비를 해. 조금은 출 줄 알지? 서양 예펜네한테 배웠으니까."
그는 성혜가 다니던 미션 스쿨을 언제나 이렇게 말하였다.
"못 추면 가만히 앉아 구경만 해두 좋아. 아무튼 얼른!"
형식은 모자를 벗어 마루에 팽개치고는 손을 씻으러 우물가로 갔다. 성혜는 우두커니 서 있었다. 그는 이 별안간의 외출이 어째서 연유한 것인지 우선 이해하고 싶었다. 하기는 가끔 마음이 내키면 빌리어드에나 선술집 같은 데까지 같이 들어가자고 하여 성

혜를 놀라게 하는 남편이었다. 그 대신 그것은 일 년에 몇 번 안 되는 극히 드문 일이지만.

　그리고 또 웬 댄스는……

　새 풍습이라면 으레 관심을 가지는 형식이 댄스에 관해서는 아직 아무 소리 없는 것을 별일이라고 생각하고 있기는 하였지만 이렇게 별안간 파티라고 서둘러대니까 역시 어리벙벙하지 않을 수 없다. 그리고 왜 또 오늘은 자기더러 가자고 하는 것일까……

　그러나 이런 생각이 떠도는 한편 아무렇게나 그런 것을 꼬치꼬치 캐려 들 것 없이 그대로 따라 나서면 그만 아닌가 하는 생각도 들었다. 일각 대문을 꼭 잠근 그 좁은 안에서의 질식할 듯한 생활, 지굴 속처럼 어두운 방 안, 부엌, 손바닥만큼 쳐다보이는 하늘, 꽃밭이나 가꿀까 하는 초라한 꿈…… 애써 마음 한구석에 밀어두는 그러한 의식이 충동적으로 머리를 쳐들려고 하는 것이었다.

　그의 망설이는 듯한 시선이 우물가로 던져지고 거기에 매우 편펴롭지 못한 자세로 도사리고 앉은 양복바지의 뒤꽁무니에 머물자 그녀는 불현듯 밖에 나가고픈 생각에 사로잡혔다.

　"가요! 그럼."

　성혜는 자기도 호미와 꼬챙이를 마루 밑에 팽개치고 어린애처럼 우물가로 달려갔다.

　"누구네 집이에요, 파티는?"

　반성이라든가 이론에게보다 충동적인 감각에 몸을 실었다는 의식이 성혜에게는 무척 신기하고 즐거웠다. 오래간만에 그는 저녁의 봄바람을 전신으로 호흡하며 소녀같이 가벼운 걸음을 걸었다.

그날 파티는 어느 개인의 집에서 열린 것은 아니었다.

형식이 걷고 있던 명동 거리를 왼편으로 꺾어 들어 으슥한 골목길을 한참 이끌고 간 곳에 나타난 것은 어느 헙수룩한 목조 이층이었다.

"많이들 올라갔어?"

그는 그 앞에 나란히 앉아 있는 두 양담배장수 아이에게 이렇게 말을 던지며 그 다 깨어진 유리문을 덜커덩 밀쳤다. 사람 하나 겨우 통할 수 있는 비좁은 문이다. 성혜는 기대와는 딴판인 이 광경에 놀라면서 가만히 발을 들여놓았다.

캄캄한 급한 계단은 역시 비좁고 한 발짝 떼어놓을 때마다 삐걱삐걱 비명 같은 소리를 내었다. 성혜는 치맛자락에 몇 번이고 발부리를 걸리우면서 한 손으로 벽을 짚고 걸어 올라갔다. 그의 눈은 어둠 속에서 휘둥그레져갔다.

위에서부터는 투닥투닥하는 여러 사람의 발자욱 소리가 무엇인가 귀에 익은 곡조와 함께 울려 나왔다. 어쩐지 오지 못할 곳을 온 것 같은 일종의 공포와도 같은 것이 성혜의 마음을 가로질러 갔다.

이 마음은 계단을 다 오른 곳에 있는 또 하나의 비좁은 문을 밀치고 실내로 들어섰을 때 더욱 커졌다.

그것은 일견 넓은 창고 속을 연상시키는 헙수룩한 마루방이었다. 전등은 역시 켜 있지 않아 몇 갠가의 카바이드 불이 얽히어서 빙빙 도는 남녀의 모양을 비추어내고 있다. 그들의 그림자가 괴물처럼 흔들리고 있는 얼룩투성이 벽에는 천장으로부터 둥그런 거미줄이 그물같이 가로걸려 나부끼고 있다. 부서진 책상이며 의자 같은 것이 기대어 쌓인 한편 구석에서 축음기 소리가 흘러나온다.

마룻바닥에 뿌려진 붕산 가루는 마루를 거무죽죽하게 빛내고 있다. 그 위를 미끄러져 돌아가는 사람들의 시선이 방금 들어서는 성혜들에게로 일제히 쏠리어질 때 성혜는 얼굴이 화끈하였다. 형식이 몸짓으로 가리키기 전에 그는 축음기 소리가 나는 쪽 벽에 기대 놓인 빈 걸상으로 걸어가 얼른 걸터앉았다. 형식은 그새에 모자를 벗어 걸고 두리번두리번 실내를 살피는 모양이다. 곧 그는 여러 사람들과 어깨를 툭툭 치는 인사를 교환하고 여자들에게도 웃어 보인다. 새 음악이 시작되니 그는 그중의 하나와 함께 허리를 굽혀서 인사를 하는 체하더니 스텝을 밟기 시작하였다.

성혜는 걸터앉아 남편의 서투른 춤을 바라보고 있었다. 그것은 사실 몹시도 서툰 춤이었다. 배우기 시작하고 며칠 안 되는, 아니 정통적인 교수를 한 번도 받은 일이 없는 몸놀림이었다. 그러나 형식은 그것으로 충분히 즐거운 모양이다. 만면에 웃음을 띠고 조금도 어색하지 않다는 듯이, 아는 얼굴을 만날 때마다 무어라고 짧은 말을 던지곤 하면서 빙글빙글 돌아간다.

곡조는 일본의 옛적 유행가다. 옆에 서서 포터블을 돌리고 있는 짙은 화장의 여자가 조금도 사양 없이 자기의 모양을 뜯어보고 있는 데에 성혜는 말할 수 없는 모욕감과 불쾌를 느끼면서 편안치 않은 자리를 지키고 있었다. 남편은 언제부터 이런 곳을 출입하는 것일까, 옷차림들이 그리 호사롭지 못한 그들을 바라보며 그는 생각해보았다. 군인 잠바를 입고 휘청거리고 있는 중년의 남자, 한편에서 열심히 혼자 연습을 하는 새파란 소년, 형식은 그 중에도 대부분의 여자들과 안면이 두터운 모양이다.

물결이 굼실거리듯 몹시도 몸을 하느작거리는 걸음걸이로 옥색 치마를 길게 끈 여자가 이리로 걸어왔다. 형식의 첫 번 상대를 한 여자다. 눈썹을 시커멓게 그리고 어딘지 천하다.

그녀는 포터블을 돌리는 여자와 대하여 성혜에게는 등을 보이고 걸상 한쪽에 걸터앉았더니 우선 담배를 꺼내 물었다.

"저기 저치 말이야."

담배 연기가 피어오르는 바른편 엄지손가락으로 누군지를 가리키며 그녀는 말하였다.

"시인이래지? 홍 뭐이 저따우야."

몹시 무엇이 우스운 듯이 그녀는 까득거리면서 웃어대었다.

"얘! 얘!"

상대는 주의시키듯 작은 소리로 속삭거렸다. 성혜를 눈으로 가리킨 모양이다. 그러나 그 역시 사양할 필요는 느끼지 않았던지 함께 소리를 내며 깔깔 웃었다.

"바보 같은 게 글쎄 날더러 말야……"

성혜는 지금은 그것이 어느 편의 목소리인지도 분간하지 못했다. 다만 귀가 화끈한 것을 느꼈다. 뒤이어 누구 다른 사람 말이겠지 하는 생각이 떠올랐다. 그러나 옥색 치마의 여자는 일부러 성혜를 돌아다보기까지 하였다.

때마침 형식이 이쪽으로 다가왔다. 헤엄치듯 사람들을 헤치고 미소를 띠면서. 성혜는 마주 일어서면서 대뜸 나가자고 하려 하였다.
 그러나 형식은 먼저 그 여자들에게 농을 붙인다.
 "순자씨는 오늘은 왜 워얼 플러워신가. 나하구 좀 춥시다그려. 이따가 탱고를 걸어놓구서……"
 "아이유! 탱고를 다 추셔?"
 날쌔고 코에 걸린 그 목소리에는 모멸의 뜻이 노골로 나타나 있다. 짙은 화장의 여자는 그 말과 함께 빙글 등을 보이고 돌아섰다. 옥색 치마도 형식에게 곁눈도 안 주고 일어나 가면서 한 번 더 둘이 얼굴을 맞대고 킬킬거렸다. 형식은 무색한 듯이 성혜에게로 몸을 돌렸다.
 그가 두어 차례 춤을 더 추어서 기분을 돌린 연후에 두 사람은 같이 그곳을 나왔다. 밤거리는 아까보다 한결 싸늘하였다. 습기를 머금은 실바람이 겨드랑 밑으로 으쓱으쓱 스며들었다. 형식은 지금 추던 곡목을 휘파람으로 불었다. 성혜는 잠자코 발끝만 내려다보고 걸었다.
 "오늘은 잘 추는 애들이 나오질 않았군."
 형식은 성혜의 얼굴을 들여다보듯 하며 이렇게 말했다. 성혜는 잠자코 있었다.
 형식이 내던진 담배꽁초가 물이 괸 곳에 떨어졌던지 쉬익 하고 뚜렷한 소리를 길게 끈다. 성혜는 남편의 말에 귀를 기울이면서도 언제까지나 그 여음만을 마음속으로 더듬고 있었다.

초록빛 랜턴을 내건 어느 다방 앞에 다다랐다. 형식은 차를 마시고 가자고 한사코 성혜를 이끌었다. 성혜는 엷은 봄 목도리를 귀밑까지 끌어 올리면서 그의 뒤를 따라 안으로 들어갔다. 모든 사람이 자기 얼굴만 들여다보는 것 같다. 성혜는 앞에 놓인, 다방 이름이 새겨진 재떨이 속에만 눈을 떨어뜨리고 있었다.

"아, 이거 최선생 아니십니까. 아, 오래간만입니다. 이리로 앉으십시오. 자아, 자."

형식이 지금 막 문을 밀치고 들어서는 사람에게 반쯤 허리를 들고 황급히 던지는 인사말에 성혜도 당황히 얼굴을 들어 목례를 하였다. 그는 성혜의 소설을 잡지에 실은 최씨였다.

"어떻게 여길 다 나오셨습니다. 좋은 글 많이 쓰셨습니까?"

최씨는 이렇게 문단인의 인사말을 뇌면서 맞은편에 와서 걸터앉았다.

"글이 다 무엇입니까, 그게 어디 그리 쉬운 노릇인가요?"

형식은 마치 드러누우려는 듯이 깊이 의자 등에 기대면서 시비를 거는 사람처럼 이렇게 말을 가로채었다.

최씨는 아무 대답도 하지 않았다. 한참 있다가 약간 민망한 듯이

"어려운 일이지만 많이 써주셔야죠."

하고 미소를 띠었다.

"그런데 참 잡지가 나왔습니다. 이건 윤씨에게 전하려고 하던 거지만 우선 드리지요. 궁금하실 테니까."

그는 들고 있던 큰 봉지에서 성혜의 두 번째 소설을 실은 신간지를 꺼냈다.

"그때 그것 말씀입니다. 원고대로 넣었는데요."

최씨는 그렇게 말하면서 어째서 그것을 빼느니 하였는지 도저히 이해할 수 없었다는 듯한 시선을 성혜에게 던졌다.

형식은 마침 곁으로 온 양담배장수 아이가 무어라고 한마디 말대꾸를 하였다고 화가 잔뜩 나가지고 아이를 나무라고 있다. 성혜는 그쪽으로 고개를 돌렸다.

"평이 좋지 못한가요?"

담배장수 아이가 나간 뒤에 성혜는 평 같은 것은 실은 아무래도 좋았으나 그렇게 회화를 이어놓았다.

"대단히 좋다고들 하는 모양입니다. 첫 번 것보다도 훨씬 낫다고 윤씨도 말하던데요."

최씨가 대답을 하자

"그야 첫 번 거버덤 낫지요. 낫구말구요, 얼마나 더 공을 들였기에요, 제가 좀 코치를 하기도 했지만."

형식은 반가운 듯이 그렇게 이야기를 가로맡았다. 그 말소리가 성혜의 귀에는 유난히 크게 들려왔다.

"네에?"

하고 최씨는 찻종 속으로 시선을 떨어뜨렸다.

"글쎄 말입니다. 무어 심심허니깐 쓴다구 야단이지요만 소설이라구 어디 바루 된 겁니까. 여길 뜯어곤치구 저 구석을 메우구 그래 겨우 그만큼 만들어놓았지요, 그러자니 이 사람이 또 말이나 고분고분 들어주어야지요."

형식은 유쾌한 듯이 성혜를 돌아보고 껄껄 웃는다.

안개 27

"여기서두 한 군데 어찌 빡빡 고집을 세우는지!"

그는 탁자 위의 잡지를 주르륵 앞으로 끌어당겨 놓고서 페이지를 획획 넘기면서 말한다.

"그게 무슨 장면이더라…… 옳지 벌판에서 무어 주인공이 혼자 빙빙 돌아다니면서 독백하는 장면이지?"

성혜에게 다짐을 주고 나서

"그게 도무지 틀렸거든. 단편소설이란 그렇게 맥 빠진 구석이 하나라두 있어서는 안 되는 법이야. 오직 크라이막스 한 점을 향해 쓸데없는 넝쿨이나 가지는 추려, 추려, 얼마든지."

남편의 기세가 높아지면 높아질수록 성혜는 어깨가 오므라드는 듯이 느꼈다. 가지를 추리고 넝쿨을 걷어버리는 것도 필요하겠지만 발붙일 자리를 빼앗아버린다면 그럼 이야기는 하늘로라도 둥둥 떠오르란 말인가.

최씨도 그런 뜻으로 대꾸를 하였다. 그의 잔잔한 구조[10]에는 어딘지 가벼운 야유의 뜻이 엿보였다.

"산만하다는 건 단편에 있어 치명상이지요 물론. 하지만…… 가령 성혜씨의 작품을 예로 든다면 그런 소설의 생명은 소재의 적당한 배치 즉 구성의 묘(妙)에서 오는 효과, 어떤 환혹(幻惑)이라고도 할 수 있거든요. 말하자면 모자이크의 세공물(細工物)이 가지는 아름다움 말입니다. 거기서는 한 조각만 빼놓아도 전체가 허전하여 볼모양이 없어집니다. 그리고 그런 방면에 관해서는 성혜씨의 재능을 상당 정도 신뢰해 좋으리라고 생각하는데요. 이번 작품에서는 그것을 구성하는 네 가지 장면은 완전히 결정적인 역할을 하였다고 저는 생각합니다."

형식은 고개를 기우뚱하고서 한참 동안 묵묵히 앉아 있었다. 최씨는 말을 이어

"독백이라는 형식이 대개의 경우 지루한 감을 주게 되는 것은 할 수 없는 일입니다만 대단히 효과적인 용법도 없는 건 아닙니다. 가령 전번에 윤씨——평론가 윤씨 말입니다——그이의 필봉에 오른 「모란봉」이라는 작품에서라든가……"

최씨는 이야기를 이렇게 일반론으로 돌렸다. 성혜는 손수건으로 가만히 이마의 땀을 씻어 내렸다.

형식은 이번에도 많이 지껄여 작품 평에 관해서도 일가언[11]이 있음을 피력하였으나 마지막으로 또 한마디 이렇게 덧붙였다.

"요컨대 소설이란 것도 센시빌리티의 문제지요. 이 장면을 집어넣어야 옳으냐 안 넣어야 옳으냐 하는 판단이 직각적으로 머리에 떠올라야 하는 법이지 뭐 이렇게 몇 시간을 마주 앉아 토론해 봤자 쓸데없는 노릇이지요. 그래 윤씨가 좋다고 하더라구요. 흥 그러구 보면 그 양반두 아주 감각이 없는 건 아니로군."

최씨는 지금은 약간 기분이 상한 듯이 입을 다물고 앉아 있더니 조금 후에는 인사를 하고 다른 자리로 옮겨 갔다.

성혜는 다방을 나오고부터 더욱더 두 뺨이 달아오르고 무엇인지 알 수 없는 격정이 가슴으로 솟구쳐 오르는 것을 느꼈다.

참을 수 없는 수치, 분격, 그리고 어떻게 할 바를 모르는 초려,[12] 이런 것이 뒤섞이어 성혜의 가슴을 쾅쾅 짓눌렀다.

'왜 다방에는 들어가자구 했어요. 최씨와의 얘기는 그게 무어

예요. 그 장면을 빼어서는 결딴이라고 그렇게 노골적으루 말하는데도 왜 그것을 못 알아들어요.'

성혜는 마음껏 큰 소리로 부르짖고 싶었다. 그의 걸음걸이는 형식의 그것보다 훨씬 빨랐다.

"그것 보라니까, 나 시키는 대루 해서 손해 본 건 없지? 흥. 윤가가 다 칭찬을 하더라구…… 흥, 그게 짜장[13] 누구의 코치이기에……"

성혜의 눈은 일순 번득 빛났다.

무어라고 말이 쏟아져 나오려는데 형식은 또

"지금 그 최씨라는 인물두 상당히 사람이 거만하지, 무어 나한테야 그럴 재비[14]도 못 되지만. 모자이크가 어떠니 독백의 형식이 어떠니 제법 그럴싸하게 떠들어대지 않어? 네 장면이 모두 결정적인 역할을 했느니 무어니…… 그런데……"

그는 별안간 우뚝 발을 멈추더니

"그게 장면이 셋뿐이었을 텐데. 비가 오는 데허구 거기허구 거기허구…… 하나는 뺐으니 말이지 응?"

손가락을 꼽다가 갑자기 무슨 생각이 떠오른 듯이 그는 옆구리에 끼었던 잡지를 잡아 빼 들고 앞으로 내닫기 시작했다.

으슥한 골목 어귀에 전등불이 하나 높다란 전주에 매달려서 희미한 광선을 떨어뜨리고 있다. 그 밑을 향하여 형식은 달음질쳐 가면서 부산히 책장을 뒤적거리는 것이다. 바른편 엄지손가락에 꾹꾹 침을 묻혀가며.

길에는 한 사람의 행인도 보이지 않는다. 어둠과 자욱한 안개에 싸여서 숨을 죽인 듯 고요하다. 형식은 불 밑에 책을 바싹 들이대고 그저도 정신없이 책장을 젖혀 넘긴다.

성혜의 가슴으로 날카로운 고통이 스치고 지나갔다. 그 아픔은 처참한 비명이 되어서 일순 잔잔한 거리를 진동케 하였다. 아니 진동케 하였다고 생각한 것은 성혜의 착각에 지나지 않았으나 실로 그 순간 성혜의 영혼은 아픔을 못 이기어 몸부림을 치면서 비명을 올렸던 것이다.

성혜의 눈에 비친 형식의 모습은 한 개의 기괴한 피에로였다. 언제나 하듯 그대로 생각 밖에 흘려버리기에는 너무나 우열(愚劣)한 피에로였다.

성혜의 까실한 두 뺨에 가느단 실바람이 얼음같이 차게 느껴졌다.

'싫어! 소설도, 공부도, 남편도, 사는 것도 다 싫어! 싫어!'

그는 이렇게 울음 섞인 목소리로 마음속에 외쳤다.

땅을 기던 짙은 안개가 전선주를 휘감으며 연기같이 뭉게뭉게 올라가고 있다.

노란 그 빛이 초연(硝煙)과도 같이 처참해 보이는 짙은 밤안개가……

해방촌解放村 가는 길

 가랑비가 아직도 부슬거리고 있었다. 뒤꿈치가 세 인치나 되는 정신 나간 것처럼 새빨간 빛깔의 구두를 신고, 그 까맣게 높다란 비탈길을 올라야 한다는 것은 정말 우스꽝한 고역이 아닐 수 없었다. 기애는 뒤뚝거리면서 그 길을 올라가고 있었다.
 그악스러운 폭우가 서울에도 퍼부었던 모양이었다. 좁다란 언덕길은, 굴러내려 데굴거리는 돌멩이들로 어느 험한 골짜기와 비슷하였다. 맑은 물이 돌돌 흘러내리고 있었다. 뾰족한 돌부리들은 짓궂은 악의를 가진 것처럼 한사코 기애의 발목을 젖히려 들거나 호되게 복사뼈를 때려 치거나 하였다. 그런 때마다 눈에서 불이 튀어 나도록 아팠다. 그렇게 눈에서 불이 튀어 나도록 아픈 순간이 단속적으로 이어져나가니까 아픔은 지긋한 어떤 다른 감각으로 변하여가는 것처럼도 느껴졌다. 그리고 그 지긋한 한 줄기의 감각은 곧 울상이 되려다 말곤 하는 기애의 마음속과 썩 잘 어울리는 것이었다.

　마음속에 쌓인 갑갑하고 침침한 무엇 때문에 더 이상 견딜 수 없다는 듯이 기애는 고개 중턱에서부터 끝내 눈물을 굴려뜨리고 말았다. 그리고 우산도 쓰지 않은 뺨 위로 가랑비가 흐르는 차가운 감촉과 뜨뜻한 눈물의 이물(異物)다운 느낌에 조금 마음속이 후련해지는 것같이도 생각했다.

　좁다란 골목이 뻗어 올라간 남산께로부터는 짙은 안개가 흘러내리고 있었다. 그것은 마치 구름 뭉치처럼 희뿌옇게 무겁게, 뭉게뭉게 퍼지면서 기애의 주위를 둘러치는 것이었다. 그것은 어려서 잘 따라가곤 한 깊은 산속의 어느 온천이나 약수터의 새벽과 흡사하였다. 기애는 마음을 멈추고 두꺼운 베일을 쓴 남산의 검푸른 모습과 머리 위를 지나가는 구름들의 어둡고 산란한 움직임을 바라보았다. 비는 아직도 한참을 더 내려야 할 모양이었다.

　대구의 하숙방을 나오면서부터 몇 차례를 젖었다 말랐다 한 레인코트는 또 흠빡 물이 배어서 거진 검정색처럼 보이면서 기애의 가느단 허리께에서 잘록 조여 매져 있었다. 이 레인코트를 다른 옷이랑 구두랑 함께 불 속에 처넣어버릴까 말까 하고 한참 동안이나 망설였던 일을 기애는 지금 마음속에 되살려보았다. 그때 마음을 돌려먹었다기보다도 초조와 자학(自虐)에 지쳐버린 결과로 그만 방바닥에 내던져두었던 까닭에 그것은 그나마 오늘 기애의 몸에 걸쳐져 있는 것이었다. 이 정신 나간 것 같은 구두를 신고 드레스 바람으로 우중을 돌아다녔어야 하였다면 분명히 기애는 좀더 비참한 기분을 맛보아야만 했을 것이다.

그러나 그렇게 사리를 따지고 보더라도 기애는 자기의 광태를 뉘우치거나 후회스러운 마음이 들지는 않았다. 기애의 마음속 밑바닥에는 아직도 줄기찬 분격이 가시지 않고 흐르고 있었다. 그 흐름의 반의 반만치도 표현을 못 했다는 원통함 같은 것이 어린애가 발을 실컷 구르지 못한 듯이 뱃속에 남아 있다면 있는 것이었다.

'죽음만이―'
하고 기애는 그때도 지금도 생각하는 것이었다.

'아마도 그것만이 이 일의 결말로서 그리고 보복으로서도 가장 적당한 것일 테지……'

그러나 기애는 비참한 심경이기는 하였지만 그곳까지 굴러 들어가지는 않고 배겼다. 그것 이상의 더 합당한 귀결을 발견할 수는 없었음에도 불구하고 그것은 어쩐지 구시대적인, 따라서 어느 정도 우스움을 면할 수 없는 일인 것같이 여겨졌기 때문이었다.

그러나 여하간 기애는 죽음과도 못지않은 괴로움을 맛보았다고 생각하고 있었다.

굴욕감과 절체절명감에 압도되어서 거의 자기를 잃었던 수술과 입원의 기간. 특출한 수술도 아니었건만 기애의 경우는 유달리 불운함을 면치 못하였다. 수상쩍은 의사의 솜씨 탓이었는지 혹은 기애의 몸 그것에 원인이 있었던지, 수술은 위험 상태에 빠진 채 장시간을 끌었다. 그처럼 위급한 환자의 상태를 아마도 처음으로 당하는 눈치인 그 젊은 무면허 의사는 숨이 끊어질 듯한 기애의 고통의 호소에는 거의 일고의 주의도 베풀지를 않았다. 기애는 몇 시간을 내리 야수처럼 비명을 질렀을 뿐만 아니라 실상도 인간적인 모든 것을 그 몇 시간 동안 완전히 상실해버렸다.

수술 후의 경과도 좋지는 않아서 기애는 보자기 하나를 들고 급작히 얻어 든 낯모르는 하숙집 방바닥에서 소리도 못 내고 뒹굴며 아파했다.

그러나 육체의 고통은 그 시간이 사라지면 잊혀질 수도 있는 물건이었다. 그리고 또 임신을 하고 그 중절의 수단을 취하였다는 정신적인 쇼크도 그의 괴로움의 전부는 아니었다. 기애는 '조오'가 그처럼 깨끗하고 완전하게 자기 곁을 떠나버린 그것처럼은, '조오'의 일을 청산할 수 없었던 것이다. '조오'는 군인이며 명령에 따라서는 즉시로 귀국해야 한다는 것은 너무나도 명백한 기정사실이었다. 따라서 그에게는 아무 잘못이 없었으며, 그에게 명령을 내린 그의 국가에게도 아무런 잘못이 있을 수 없었다. 그리고 그 일을 '조오'나 기애가 미리 계산에 안 넣었었다고 할 수 있을까?

그러나 그럼에도 불구하고 기애는 마음 밑바닥으로부터 치밀어 오르는 노여움을 어찌할 수 없었다.

'조오'는 결코 냉담한 사나이가 아니어서 그는 그 바닷빛 두 눈에 눈물을 그득 담고 괴로워하였지만 그러나 결국 그는 떠나갔고, 그리고 기애는 그의 정성의 전부인 달러로써 수술을 하고, 몰라보게 사나워진 성질을 가지고 혼자 남아난 것이었다. 그는 그 성미를 자기로도 주체할 수가 없어서 부대의 동료나 GI들과 닥치는 대로 싸움을 하고, 결국은 우두머리인 '커널'에게 타이프 종이를 찢어 던지고서 그 자리에서 파면이 된 것이었다.

직장을 그만두고 나서도 기애는 두 달이나 대구에 머물러 있었다. 어두운, 산란한, 창문에 빗줄기가 흐르는 듯한 날과 날이 지나갔다. 기애는 이불을 뒤집어쓰고, 혹은 종일토록 엎드려서 울음과 노여움과 그리고 바람같이 가슴을 휩쓰는 허무감과 싸우고 있었다. '조오'는 기애의 심장을 너무나 깊이 깨물어버린 것이 분명하였다. 그리고 여기 대하여 기애가 정신으로 의식하는 감각은 '노여움'이었다.

어느 날 파리한 얼굴에 눈만 이상히 빛나는 기애는 여태껏 해본 일이 없는 생각을 하였다. 어머니와 동생이 있는 서울 집으로 돌아갈까 하는 생각이었다. 그 일은 '조오'와의 동서'가 시작되면서부터 무의식중 자기에게 금해온 일이었다. 어머니 장씨는 필경 딸을 버렸다고 가슴이 무너져 내려야 할 것이었고, 그러한 어머니의 관념에 그대로 동조할 수는 없는 기애로도 또 그리 버젓하게 나설 용기도 미처 없는 것이었다. 여하간 모친에게 그것은 너무 잔인한 결과일 것이고, 기애 편에도 일종의 본능적인 수치감이 있었다. 외국 군인과의 동서 생활이 별 거리낄 일로 치부되지 않고 때로는 오히려 어떤 긍지조차 부여하고 있는, 거기는 또 그런 윤리가 지배하는 부대 안에서라도, 어떤 사소한 사건이 기애로 하여금 맹렬한 동요를 갖게 하지만 않았던들, 그는 낡고 완고한 종래 식의 사고방식에서 그처럼 쉽게 뛰쳐나올 수는 없었을 것이었다. 어느 날 기애는 '스웰로우'라는 한마디의 단어에 주의를 이끌렸다.

'제비' '미스 제비' 그렇게 불리고 있는 것이 바로 자기이고, 그리고 그것은 취직 이래 하루같이 입고 다니는 자기의 곤색 옷에 연유하는 별명이라고 알았을 때 기애는 부끄러움으로 사지가 빳빳해지는 것을 느꼈다. 부지런히 빨아 다리는 흰 블라우스와 함께 내리 석 달은 입어온 기애의 진곤색 슈트는 부대 내에서 바야흐로 하나의 명물로 화해가고 있은 것이었다. 기애의 자존심은 분쇄되었다. '친구'를 만들지 않고, 그래서 초라하게 하고 있다는 것은 조금도 자랑이 될 수 없는 세계가 거기 있었다. 검소는 곧 무교양과 연결되었다. 그것은 견딜 수 없는 일이었다.

기애는 몸가짐을 달리하였다. '조오'의 접근을 용서하였다. 그리고 당연하게도 그를 이용하였다. 기애는 아름다워지고 군인들은 그의 앞에 공손하였다.

그런데 그러다가 보니 '조오'는 퍽도 순진한 청년이었다. 내일이 있을 수 없는 것은 명백하였지만 이 금발에 바닷빛 눈을 가진 젊은 외국인은 현재로 보아 기애 자기보다 훨씬 순수한 것이 사실이었다. 현재로 보아서 그랬다. 그리고 내일이라는 것을 진실한 의미로 누가 알 수 있을까?

'조오'보다 자기가 불순하다는 생각은 기애의 마음에 들지 않았다. 먼 날의 자기의 '거래'를 위하여 저울질한 애정을 내민다는 것이 기애는 차츰 싫어져왔다.

기애는 무모한 짓을 하였다.

그리고 그 대가의 하나로서, 언제나 어떤 종류의 비감함과 결부되어서만 생각되는, 서울의 가족과의 결별이 있었다.

그러나 그날 기애는 수척한 머리를 들고 그 집에로 들어갈 생각
을 한 것이었다. 늘 피하려고만 하고 있던 두 육친의 환상을 가슴
속에 똑똑히 떠올려보았을 때 기애는 여태껏과는 맛이 다른 뜨거
운 눈물을 두 볼 위에 흘렸다. 눈물은 슬펐지만 달콤하였고 푹신
한 무엇이 그 속에는 있었다. 한밤중에 기애는 대구를 떠났다.
 빗줄기가 차츰차츰 굵어져오는 것 같았다. 기애는 앞이마에 들
어붙은 머리카락을 손끝으로 떼어서 젖히고는 그편 손에 트렁크
를 옮겨 쥐었다. 그 어느 날 밤인가의 처사 때문에 그의 재산은
온 세상에 그 트렁크 하나로 줄어든 것이었다. 그 속의 것들도 정
밀히 따진다면 과연 '조오'와 관련이 없는 것뿐이었는지 모호한
일이기도 하였지만 이제는 그런 것을 따지기도 싫었다. '조오'는
간 것이 분명하였다. 그리고 자기는 이 년 전 이 골목을 뛰어 내
려가면서 어떤 일이 있더라도 움켜쥐고 오려고 생각했던 아무것
도 손에 쥐지 않은 채 돌아오고 있다고 뉘우쳤다. 공기처럼 바람
처럼, 무엇인가가 지나간 것이었다. 시간이 그저 흘러간 뿐이었다.
 기애는 희뿌연 남산을 바라보고 이 년 전, 그 중턱의 판잣집으
로 이사를 오던 날, 서글픈 감정을 서로 감추느라고 세 식구가 미
묘한 고통을 겪은 일을 지금도 생생히 마음속에 되살려 올렸다.
초라한 판잣집은 정말 너무도 형편이 없었다. 그것을 보는 순간
가슴이 쩌릿하게 아파오도록 그것은 그냥 닭장이나 헛간과 다를
바 없었다. 자기의 안색을 살피는 장씨의 눈길이 기애는 아팠다.
그리고 그렇게 아파하는 기애의 마음은 또 반사적으로 장씨의 심
장을 다치는 것이었다. 어색한 웃음소리나 공연히 높은 음성이

그럴 적마다 더욱 견디기 어려운 공기를 자아내갔다. 국민학교의 육년생인 욱이만이 비교적 무관심한 듯 드나들며 이삿짐을 나르고 있었다.

그러나 기애가 그 신문지로 초배²를 한 방바닥에 앉아서 쉴 수 있은 것도 잠깐 동안뿐이었다. 빚을 받으러 왔다는 여자가 웬 볼품사나운 사내들을 네댓이나 몰고 와서 이삿짐도 덜 푼 마당에서 야료³를 부리기 시작한 것이었다.

집을 팔고도 감쪽같이 옮겨 앉는 마음보가 고약하다. 다만 얼마라도 수중에 있을 것이 아니냐. 사람의 형상을 하였으면 체면이 있어야지.

구경꾼이 늘어섰다. 사내들은 눈을 홉떴다. 장씨는 손발을 가눌 수 없을 만치 극도로 흥분하고 있었다. 그러면서 그녀는 일언반구의 대꾸도 못 하는 것이었다. 성이 나면 날수록이 말문이 꽉 하니 막히는 것은 본래의 버릇이기는 했지만, 여태껏은 그래도 학교에 다니느라 별로 이따위 꼴을 보인 적이 없는 기애의 앞이라는 생각에 장씨는 그만 그들의 욕설도 제대로 들리지 않는 것이었다.

기애는 새파랗게 질려서 떨고 있었다. 이 동리로 발을 들여놓으며부터 누르고 달래고 하던 수치감이 일시에 폭발을 하는 느낌이었다. 기애는 장씨를 밀어내고 앞으로 나섰다. 그녀는 그들에게 당장에 나가라고 명령하였다. 높은 음성도 아니었다. 그러나 조금도 궁기가 흐르지 않는 미모의 소녀의 새파란 서슬에 그들은 잠깐 멈칫하였다. 기애는 자기가 그것을 갚는다고 단언하고 날카로운 어조로 빨리 나가라고 되풀이하였다.

 그들이 사라진 뒤를 이어서 기애는 이 고갯길을 힘껏 달려 내려갔다. 부글거리는 격정을 삭이느라 무거운 것도 무거운 줄 모르고 번쩍번쩍 짐을 들어 옮기고 있던 장씨의, 그 순간 휘둥그레진 커다란 눈이, 오래도록 망막에 있었다. 그리고 서글픈 듯이 귀를 잡아당기면서 판자문 앞에 서 있던 욱이의 모습도——.

 그 집은 아직도 그곳에 그 모양으로 있을 것인가. 어머니와 욱이는 다 무사할까. 거리가 조금씩 다가옴에 따라 그곳에 사는 사람들의 현실성은 기애의 맘속에서 반대로 차차 희박해져오는 것이 이상하였다. 잠깐 사이기는 하나 기애는 그곳에 아무 사람도 있지 않고 따라서 자기의 이러한 모습도 보이지 않고 말았으면 하는 욕망이 가슴에 괴어오르는 것을 느꼈다. 그러나 물론 그들은 거기 있을 것이었고 그 주소에 대고 기애는 꼬박이 송금을 하여온 터이었다.

 고갯길은 다하였다. 남산 허리를 돌며 뻗어온 널따란 길이 한참을 그대로 탄탄히 펼쳐져나가고 있었다. 길 양옆에는 큼직한 집들이 여유 있게 들어앉고, 비에 젖은 정원의 초록이 눈에 새로웠다. 기애는 트렁크에 걸터앉아 조금 쉬었다. 그리고 일어서는데 곁에 철망 안에서 개가 사납게 짖어대기 시작했다. 무엇이 그렇게 비위에 거슬렸던지 개는 미친 듯이 껑충대며 더할 수 없이 포악하게 으르렁대었다. 보고 선 기애는 별안간 그 개에 못지않게 격렬한 감정이 자기를 휩쓸려고 하는 것을 느꼈다. 개가 힘껏 성미껏 악을 쓰고 있듯이 어딘가에 대고 가슴속을 폭발시키고픈 어리석은 욕망을 그는 억제할 수가 없었다. 기애는 돌멩이를 집어 들었다. 셰퍼드의 코를 향해 힘껏 내리쳤다. 그리고 폐부를 찌르는 듯한 짐승의 비명과 슬프고 비참한 긴 신음 소리 가운데 신경이 산산조각이 나는 것 같은 현기증을 느끼면서 비칠비칠 걸어갔다.

편안치 못한 잠으로부터 기애는 깨어났다. 눈을 뜨니까 곧 잡지책을 뜯어 바른 천장과 벽의 괴상스러운 얼룩이 시야에 들었다. 얼룩은 잠들기 전에 쳐다볼 때보다도 훨씬 더 그 영역을 넓히고 있었다.

누운 위치가 조금 바뀌어 있었다. 두어 칸 넓이 방의 삿자리⁴가 깔린 한구석으로부터가 가운데로 이불이 옮겨져 있었다. 애초에 누웠던 부근에는 세숫대야와 뚝배기가 대신 널려 있었다. 세숫대야와 뚝배기 속으로는 또닥 딸랑 하고 이상스레 동화적인 소리를 내면서 빗방울이 떨어져 내렸다. 윗목으로는 조금조금한 자루가 네댓 개 바리케이드처럼 포개어 있다. 조금 입을 벌린 그 하나에서는 수수알이 흩어져 나와 있었다. 삼각형으로 깨어져 나간 손바닥만 한 거울. 반 부러진 빨간 빗. 이 방에 그득 차 있는 것은 가난 그것뿐이라 느껴졌다. 기애는 눈을 감았다. 굴욕적인 정상⁵이었다. 사람이 사람에게보다는 동물에 가깝도록 궁핍에 인종하며 살고 있다는 것은 기애에게는 부끄러운 일 이외의 아무것도 아니었다. 이사 올 때 누르고 달래던 굴욕감은 여전히 그대로 굴욕감이었다. 그것 자체 죄악처럼 피해야만 하는 일이었다. 그리고 그것이 죄악과 비슷한 것이라면 그 죄는 바로 기애의 것이었다. 부친의 생존 시에 그들은 이런 생활을 하지 않았고, 장씨가 지주였을 때만 해도 그들은 체면을 유지하며 살았다. 지금은 기애의 책임인 것이었다.

 머리맡을 바람결같이 연달아 지나가는 것이 있어서 그는 본능적으로 목을 옴츠렸다. 눈을 뜨고 그것의 행방을 바라보았다. 그것은 커다랗고 시커먼 쥐들이었다. 두 마리의 쥐가 자루께에 가서 살살대고 오르내리는 것이었다.

 기애는 오싹하고 온몸의 솜털을 일으켜 세웠다. 황급히 일어나 앉으니까 그 서슬에 쥐들도 놀랐는지 기애의 다리를 스칠 듯이 궁굴러[6] 와 이부자리 가녘을 미끄러지며 달아났다. 생리적인 오감을 누르느라고 기애는 한참 동안 애를 써야만 했다. 이가 달달 마치도록 떨고 있었다.

 이윽고 그는 세모난 거울을 집어 눈가가 꺼멓게 꺼진 얼굴을 들여다보고 일어서서 마당으로 나왔다. 멎는다는 것을 잊어버린 듯이 소리도 없는 가는 비가 아직도 한결같이 내리고 있었다. 국방색 몸뻬에 흰 당목[7] 적삼을 입고 비를 맞으며 돌아앉아 무엇을 씻고 있는 장씨를 기애는 뒤에 서서 바라보았다. 진일[8]을 하는 어머니의 모습을 보는 것이 기애는 제일 싫었다. 예전부터 그랬다. 그렇다고 도울 염을 하는 것도 아니었다. 지금도 다만 싫다고 느꼈다. 그는 상을 찌푸린 채 판자문을 밀치고 골목으로 나섰다.

 이 년 전보다 말이 못되게 쪼그라지고 새까매진 노모는 기애의 기색만 살피고 있다가 끝내 이렇게 한마디 문밖에다 던졌다.

"애야 방에 들어가 누워 있으려무나. 곤할 텐데 응?"

응 소리는 사뭇 애원하듯 한다.

기애는 장씨가 자기의 더부룩한 머리 모양이며 너들너들 늘어진 플레어스커트며 어깨까지 헤벌어진 얼룩덜룩한 블라우스머를 남들에게 보이기 싫어하는 것을 알고 있었다.

그러나 대꾸도 하지 않았다. 기애는 장씨의 노쇠한 얼굴을 보고, 심약하게 자기의 낯빛만 엿보는 습관이 전보다 더 심해진 것을 보자 반대로 이상하게 배짱이 생겨난 것이었다.

'이 집에서 기운을 낼 사람은 나 혼자뿐이야.'

그런 결론이 주는 용기이기도 했다.

기애는 삼사일만 더 휴양을 취하고는 얼른 일자리를 구해야겠다고 생각하는 터이었다. 장씨가 자기보다 더 비참한 것 같아 그 곁에 머리를 싸매고 누워 있기 싫었다.

기애가 돌아오던 날 개울에서 방망이질을 하다 마주 일어선 장씨의 얼굴에는 확실히 당황한 빛깔이 짙었었다. 딸의 돌연한 귀가가 놀랍기도 하였겠지만 기애를 일별한 그 찰나에 모성의 본능이 무엇인가를 직감한 탓인지도 알 수 없었다. 단정하지 못한 기애의 차림새에 남의 눈을 꺼리고만 싶은 장씨의 기분은 무의식중 그런 데에까지 걸쳐져 있는 것이었다.

장씨와 욱이의 생활은 기애가 조금 의외 하였으리만치 극단히 군색한 것이었다. 기애는 자기의 송금도 있었고 조금은 나아졌으려니 믿고 있는 위에 장씨의 편지 같은 것으로 미루어서도 그런 느낌을 가졌었기 때문에 궁한 모양에 한층 더 마음이 어두웠다.

하룻밤을 자고 난 다음 날 아침 욱이가,

"누나, 학교 갔다 오께."

하고 중학교 교모를 눌러쓰고 나간 다음에 기애는 트렁크를 열고서 돈이 될 물건들을 끄집어냈다. 정가표가 붙어 있는 라이카니 필름이니 녹음기의 테이프니 하는 것들이었다. 장씨는 눈이 둥그레지며 놀랐다. 놀라면서도 재빨리 그것들을 보자기에 싸서 옷궤짝 밑바닥에 집어넣었다. 그러고 나서 비로소 만족한 듯이 미소를 띠고 말문을 열더니,

"저게 값이 얼마나 나갈까, 시세를 잃지 않구 잘 팔아야 텐데."

하고 수군대며 또 곧 근심스러운 얼굴이 되는 것이었다.

장씨는 그것을 적게 꾸려서 치마폭에 감추듯이 해가지고 나가서는 돈과 바꾸어 들이곤 하였다. 하루에 몇 차례나 들고 나갔다 들어왔다. 거진 입을 열지도 않고 온 정신을 팔리며 그 일을 하였다. 돈도 역시 치마폭에 감추어 가져오고 보자기를 끄를 적에는 문고리를 몇 번이고 흘깃거려 보았다.

그러한 장씨에게 기애는 무엇인지 비굴한 것을 느끼지 않을 수 없었다. 그것은 묘하게 돌아가는 일이었다. 장씨 자신 돈은 반갑고 귀하면서 돈이 되는 그 물건에는 무언지 떳떳지 못한 것을 뉘우치듯이 딸에 대하여도 기특하고 고마운 반면에는 낙담이 되고 꺼려하는 무엇이 없지 않았다. 장씨의 이런 기분은 또 그냥 기애에게 반영되고 그러니까 장씨에게 느끼는 무엇인지 비굴한 그 느낌은 곧 기애가 기애 스스로에게 느끼는 비굴감이기도 하였다.

그리고 장씨는 기애에게 더 근본적인 문제에 관한 의혹을 품고

있는 까닭에 시시각각 가슴속에 자문자답을 하고는 결국 '우리 아이가 그럴 리가 없지' 하고 일시나마 단정을 내림으로써 기분을 돌리곤 하는 것이니까, 기애로 보면 자기의 실태(實態)를 끊임없이 그리고 전면적으로 모욕당하고 있는 셈이었다.

그러기에 기애는 장씨의 감정에는 일절 개의치 않을 배짱을 세운 것이었다. 장씨와 함께 온갖 주위만 살피다가는 헛간 생활을 면할 길은 영영 없으리라 싶었다.

그래도 순간적으로 장씨에게 동정적인 기분이 되기도 하여 사흘째 되는 엊저녁에는 머리도 감아 빗어 동여매고 꺼내주는 치마저고리로 얌전하게 꾸며 보이기도 하였다. 등불 아래서 풋콩을 까면서 장씨는 졸지에 환해진 것 같은 얼굴에 안심한 빛을 감추려고도 않고 이런 소리를 하는 것이었다.

"네가 애써 벌어 보내는 게거니 하니 어디 쏠쏠히' 써버릴 맘이 나더냐. 돈 들여 고치면 그야 이런 집이래두 좀 나아질 테지만 난 그저 눈 딱 감구 지냈다. 욱이더러두 중학교 들어서 다니는 것만 고마운 줄 알구 매사 참어라 참어라 했지. 누이는 인제 시집보내야 할 나인데 한 푼이래두 아껴 써야 하느니라구. 그렇지 않으냐. 다 점잖은 걸 객지에 놔두구 늘 걱정이었드니라."

장씨는 이제야 그런 소리도 해 들릴 심정이 되었다는 듯이 대견한 표정을 지어 보이는 것이었다. 건강도 안 좋아 그만두었노라는 설명만으로는 부족하였던 안타까움을 장씨는 어지간만 하면 그만 내던지고 시원해지고 싶었는지도 몰랐다. 그러나 기애는 탐탁잖은 얼굴로 잠자코 있는 수밖에 없었다. '결혼? 홍,' 하고 그러

나 그 코웃음을 어디로 가져가야 할지는 알 수 없었다. 장씨는 또

"애, 그 근수가 제대했더구나, 접때 여길 오지 않았겠니. 아 예배당엘 갔다 오는데 웬 장정이 마주 서길래 깜짝 놀랬더니 그게 바루 근수더구나. 가엾더라. 무척 고생을 하는가 봐. 것두 그렇잖겠니. 왼 천하에 제 한 몸이니…… 쉬이 또 오마구 하더니만 오늘이라두 안 오려는지."

한참 수다스럽기까지 하던 그녀는 슬며시 무언가 마음에 걸리는 듯한 눈초리가 되었다.

"참 어머니, 누나 오기 바루 전날 근수형님 왔었어요. 삼일 예뱅가 뭔가 보러 가신 뒤에요. 내가 그 소릴 안 했었네."

소반 위에다 노트를 펼쳐놓고 앉았던 욱이가 그렇게 얘기 속에 들어왔다.

"그래? 그래 속기 학교엔 들어갔다더냐?"

"네, 들었대요. 그건 됐는데 낮의 일자리가 좀체 구해지지 않는가 봐요. 우울한가 부던데."

끝의 소리는 기애를 쳐다보며 건네어졌다. 기애는 안 들리는 체하고 있었다.

"하긴, 팔이 부자유하니 아무래두 더 힘이 들 노릇이지, 똑똑한 총각이지만……"

"팔요? 팔이 어쨌어요?"

기애는 저도 모르게 소리를 질렀다.

"아냐 보매는 뭐 아무렇지두 않은데 힘줄을 다쳤다나 어쨌다나 팔굽을 잘 놀리지 못하더구나. 왼편인 것이 천행이긴 하더라

만……"

 기애는 제대하였다는 근수의 좀 싱거운 듯이 입가로 웃는 샌님 답던 얼굴을 그려보았다. 그는 기애의 아버지와 친숙하던 금만가[10]의 아들로서 기애의 집이 몰락한 이후로도 여전히 무엄하게 드나들고 있었다. 무언지 조심스럽고 어렵게 여기기 시작한 것은 장씨뿐이었고, 여학생인 기애는 저락하는 환경에 반비례하듯 점점 더 그에 대해 오만한 자세를 취하였고, 그러나 그것은 근수를 싫어서는 아니었었다. 욱이는 말할 것도 없이 친형이나처럼 그를 졸라서 여전히 온갖 데를 따라다니곤 하였다. 사변 때 근수는 기애네 집 다락에 숨어 있었다. 그리고 남성으로서 성숙해가던 그는 확실히 연정의 표시라 볼 수 있는 태도를 기애에게 보였었다. 그러나 그 사랑은 꽃을 피우지 못하였다. 근수의 가족은 근수만을 남기고 전멸하였고, 피난, 근수의 입대, 환도, 기애의 대구행, 하고 너무나 어지러운 변천 가운데 서로의 얼굴조차 보지 못하는 세월이 흘렀다. 한번 장씨가 일선서 온 편지를 전송(轉送)해주었으나 기애는 그것을 뜯지도 않은 채 난로 속에 집어넣어버렸다. 크리스마스의 무렵이었다. 화려한 의상과 불빛과 흰 눈과 그리고 '조오'와 더불어 소음 속에서 보낸 기애에게는 앞에도 뒤에도 없을 암담한 크리스마스였다. 지금 그 샌님이 다시 눈앞에 나타난들 나와 무슨 상관이 있으리. 작은 일에는 신경이 안 미치던, 덤덤하기만 하던 그가 지금은 고생을 한다지만 그렇다고 자기가 동정을 할 계제도 못 되는 것은 뻔한 이치였다.

 그런 일보다는 비나 이제 개어주었으면 싶었다. 주위가 온통 안개에 두루 말려서 산등성이에 밀집해 사는 감이 더한 것 같았다. 기애는 장씨의 고무신을 끌고 문마다 빼끔빼끔 내다보는 까만 눈들을 곁으로 흘리면서 총총히 들어앉은 판잣집 곁을 지나쳤다. 찔꺽찔꺽 미끄러지는 본래는 층계처럼 깎이었던 모양인 황토 샛길을 기어오르니까 뭉큿하고[1] 풀 향기가 몰려들었다. 꽃을 떨군 아카시아의 싱싱한 초록, 우거진 잡초. 다리와 치마를 폭삭 적시면서 함부로 쏘다녀보았다. 벌써 어스름 저녁때였다.

 산록을 돌면서 곧장 뻗어온 넓은 길은 여기서는 실낱처럼 가늘어져가지고 그대로 산허리를 감싸며 기어오르고 있었다. 해방촌의 주인(住人)들이 그 길을 따라 속속 돌아들 오고 있다. 그것은 멀리서 바라보면 일렬의 길고 가는 행렬이 서서히 앞으로 나가는 것 같았다. 기애는 그 길께로 다가가서 젖은 바위 위에 기대어 섰다. 안개 같은 보슬비를 기애가 비라고도 느끼지 않듯이 그들도 한결같이 우장을 갖고 있지 않았다. 그 대신처럼 반찬거리들을 들었다. 지푸라기에 엮어 든 생선 마리, 파, 배춧단. 여인네들 머리 위에는 또 으레 조그만 자루, 상자, 보자기. 놀랍게 빠른 걸음새로 미끄럽고 좁은 산길을 획획 지나간다. 그러면서 동행끼리는 열을 올리며 사업 이야기, 장사 이야기를 하는 것이었다. 파고드는 듯한 눈길, 여자고 남자고 힘찬 걸음걸이. 거친 호흡. 똑같은 표정이 어느 몸에나 있었다. 기애는 자기도 그 길로 들어서서 반대쪽으로 거슬러 내려갔다. 길 한편이 깎아지른 듯한 벼랑을 이루어, 까마득한 아래쪽에서 연기같이 안개가 피어오르고, 또 더욱 멀리 펼쳐져 가라앉으면서 시가지의 지붕들이 내려다보였다.

겨우 한 사람 지나다니리만큼 산복(山腹)[12]으로 다가붙으며 휘어진 그 길이 홱 꼬부라지며 잘쑥[13] 끊긴 모서리는 아슬아슬하게 위험하여서 기애는 늘어진 나뭇가지를 휘어잡고 간신히 옮겨 서는 것이었으나 책보를 낀 이 동리 아이들은 장난을 치며 예사로 뛰어넘는 것이었다.

문득 기애는 협곡 사이로 주의를 이끌렸다. 시냇물이 소리치며 굴러 내리는 까마득한 골짜기를 한 소년이 날쌔게 뛰어내리고 있는 것이었다. 바위에서 바위로 원숭이처럼, 아니 마치 용수철을 튀기듯 갈지자로 뛰더니 어느 바위 그늘로 숨어버렸다. 기애는 서서 보고 있었다. 바위 그늘 쪽에서는 물통을 진 사람들이 걸어 나왔다. 동이를 인 계집애도 나타났다. 그들은 조금 더 평탄한 길을 택하려 함인지 한참을 아래로 내려갔다가 삥 도는 오름길로 들어서는 것이었다. 식수 때문에 야단이라고 언젠가 장씨의 편지에 적혔던 일이 생각났다.

기애는 그냥 서 있었다. 용수철을 튀긴 듯이 민첩하던 소년이 궁금하여서였다.

이윽고 소년이 바위 그늘에서 나왔다. 양철통에 물을 담아 든 모양이었다. 반즈봉[14]하고 언더셔츠만을 입은 그는 팔에 걸린 중량에도 그다지 제약을 받지 않는 듯이 협곡을 똑바로 위로 올라왔다. 돌음길을 위하여 한참을 아래로 내려가지도 않고 곧장 협곡을 올라왔다. 기애는 혼자 미소하였다. 예기했던 대로였기 때문이었다. 좀더 자세히 소년을 보았다.

그리고 그는 반갑게 소리를 질렀다.

"얘 욱아! 너로구나."

상수리 숲께로 꺾어 들려던 욱이는 응, 누나로군, 하는 듯이 흰 이를 보이고 웃더니 기애가 서 있는 길 위에로 성큼 뛰어올랐다.

"저리루 가는 게 훨씬 가깝지만 옛다 누나하구 같이 가겠다."

한다.

"그래 얘. 난 너처럼 원숭이가 아니니깐 별수 없다."

기애는 뒤에서 따라가면서 그렇게 지껄여댔다.

욱이와 이야기를 하고 있으면 어느 때고 마음이 밝아지는 것이었다. 욱이에게는 장씨 앞에서처럼 허세(虛勢)를 부릴 필요가 없었다. 지나치게 남의 눈을 의식하고 남의 말을 이리저리 미루어 보며 행동을 하는 장씨이기 때문에 반동적으로 이편은 허세를 부리게 되는데 욱이에게는 어느 모로 보나 과잉한 감정이라곤 없었다. 그는 모든 일에 적당히 무관심하고, 밝고 건강하였다. 수학에 썩 자신이 있어 하는 그의 두뇌 구조는 수학적으로 치우쳐 있는지도 알 수 없었다. 혹은 드물게 단순 명쾌한, 축복받은 천질을 타고났을까, 하고 기애는 생각하기도 하는 것이었다.

"무겁겠구나. 좀 붙들어주었으면 좋겠는데."

"아니 아니 무겁잖어."

"만날 물 긷기 힘들겠다. 정말이지 미안한걸."

흥 흥 하고 코로 웃고,

"어제 체조 시간에 장애물 경줄 하는데 내가 일등을 했겠지. 나아 원."

하였다.

기애는 깔깔거리고 웃었다.

걸음걸이가 잽싼 사람들이 몇이나 옆을 빠져 앞서 갔다. 기애는 진정으로,

"내가 얼핏 또 취직을 해야겠는데."

하면서 어느새 빗발은 걷히었지만 뽀얀 수증기로 더욱 축축해진 것 같은 산마루께를 바라다보았다.

"취직도 좋지만 누난 얼른 근수형님하구 결혼이나 하는 게 좋을걸."

중학교 이학년짜리가 건방진 소릴 한다.

"어머니랑 너랑 어떻게 살래?"

그런 소린 하지두 말어 하는 대신 기애는 가볍게 야유를 하였다.

"으응. 그야 당장 곤란하지만."

하고 돌아보고 웃더니,

"누나랑 근수형님이랑 다 취직하면 그게 그거지 뭐. 근수형님은 지금 집두 없거든."

엉뚱한 방향으로 이야기가 빗나갔다. 홍 홍 하고 이번에는 기애가 코로 웃었다.

"나두 어쩜 야간 중학으로 옮기구 낮엔 일할까 생각하구 있어."

쪽 곧은 소년의 뒷다리가 번갈아 앞으로 내딛는 것을 기애는 멍하니 내려다보면서 아무 소리도 하지 않았다. 집께에까지 와서 한꺼번에,

"불가능한 일이야."

하고 여러 가지 대답을 해치웠다.

욱이는 기애의 눈 속을 흘깃 들여다보고 찔꺽거리는 황토 막바지를 뻔질나게 달려 내려갔다.

취직자리를 알아보려고 시내로 들어갔다 나온 기애는 손끝을 새빨갛게 매니큐어 하고 화장도 옷차림도 눈에 띄게 하고 있었다. 근수의 앞이라서 그것에 신경이 쓰인다기보다도 초라한 판잣집 안에 그렇게 하고 앉아 있는 걸맞지 않음이 자기를 괴롭힌다고 기애는 생각했다. 근수의 눈을 감기고 옷을 갈아입을 수도 없지는 않았지만 그런 동작의 유희다움이 지금은 역겨웠다. 근수를 만나면 한번은 맛보아야 한다고 미리 각오하고 있던 스스러움[15]이나 상심의 뒷그림자 같은 것이, 오늘 실지로 그를 대하고 보니까 의외에도 격심한 동요를 자기에게 가져왔다는 그 사실에, 기애는 초조와 역정까지를 느끼고 있었다. 그는 산에나 올라가보자고 꽤 퉁명스러운 어투로 말하였다.

아카시아 숲 그늘의 가느단 길을 걸었다. 무성한 숲은 외계의 모든 것을 시야에서 가리고, 푸른 잎새와 돈닢처럼 땅 위에 떨어진 고요한 햇빛이 있을 뿐이었다. 새소리가 들렸다.

거추장한 페티코트와 귀걸이는 그래도 얼핏 떼어놓고 나왔지만, 예나 지금이나 근수에게는 그런 일에 신경이 통히 안 미치는 모양이었다. 여자의 옷차림 같은 것에는 여전히 무관심한 근수이지만, 그의 속에 더 중요하고 근본적인 것에 관하여서는 대단한 변혁이 있었다는 것을 기애는 그의 얼굴과 그의 몸에서 느끼고 있었다.

너그럽고 무던하고 낙천적인 구석이 싹 하니 없어져버린 것 같았다. 그는 고뇌의 실체(實體)를 보았는지 몰랐다. 그는 사람이 그것에게 이기지는 못하는 것이라고 깨달아버렸는지 알 수 없다. 그의 몸과 그의 얼굴의 표정은 '절망'인 것 같았다. 기애의 마음을 날카롭게 움켜잡고 놓지 않는 것도 그것이었는지 알 수 없었다.

'이 사람에게는 내가 필요했나 본데 그런데 나는……'

근수의 왼팔은 말을 잘 듣지 않고, 그는 그것을 쳐들 적에나 쭉 뻗어야 할 적에는 나머지 손으로 받쳐야만 하였지만 그래도 그의 균형 잡힌 몸집의 아름다움은 상하지 않고 있었다. 염색한 작업복 소매를 걷어붙이고 있었지만 길쑴길쑴한 사나이의 육체는 매력적이었다.

"대구서는 5공군에 근무했었다구?"

"응."

근무라는 용어가 기애의 귀에 따가웠다.

"난 미군 기관은 싫어!"

앞을 본 채 근수는 꽤 세게 그 말을 잘라 하였다. 그것은 기애의 얘기라기보다는 자기 자신 미군 기관에 취직하기는 싫다는 뜻인 모양이었다. 어느 편이건 기애는 화가 나지도 않아, 웃고 있었다.

"그렇지만 일자리를 구하기란 퍽 힘든걸."

컴컴한 목소리로 그는 그렇게 말하였다. 괴로움이 몸에 밴 듯이 그의 낮은 음성은 몹시 컴컴했다. 기애는 반발하는 것을 느꼈다.

'미군 기관이 좀 쉽거들랑 거기 하면 어때요……'

그렇게 내쏘고 싶어졌다. 그러나 잠자코 있었다.

나무숲이 중단되며 동그란 잔디밭이 한쪽으로 나타났다. 오랜 비에 씻긴 신선한 연두색이 기운찬 볕발 아래 환하게 펼쳐 있었다.

잔디 가에서 근수는 문득 발을 멈추었다. 기애를 향해 서며, 자기의 마음속을 거기서 헤아리듯 기애의 얼굴을 물끄러미 건너다 보는 것이었다. 그러다가 눈이 부신 듯이 깜박거리고 고개를 갸웃하며 웃어버렸다. 좀 싱거운 듯이 입가로 웃는 옛 버릇이었다.

풀밭 가운데로 걸어 들어갔다. 근수는 또 멈추고 기애의 얼굴을 건너다보았다. 입가로 웃지 않고 눈빛도 아까와 같지 않았다. 그는 두 손으로 기애의 손목을 감싸 쥐었다.

"기애, 그동안 나를 잊었었겠지?"

부드럽고 따뜻한 음성이었다. 넓고 든든한, 기애 가운데의 여성이 저도 모르게 기대어버릴 듯한 근수의 음성이었다.

"기애. 기애가 알듯이 나는 여러 가지 것을 잃어버렸어. 생각도 전과는 달라져서 어떤 신념에 따라 한 노선을 간다는 일도 못 하고 있는 형편이야. 말하자면 비참한 지리멸렬이지. 그렇지만 내게도 단 하나 꼭 가지고 싶다고 생각해온 것이 있어. 기애. 알아줄 터이지, 내 곁을 떠나지 않겠다고 약속해줘. 기애 날 격려해줘. 내게는 아직도 아마 용기가 있을 거야."

"……"

"기애! 기애!"

근수의 억센 한 팔이 기애의 등을 끌어당겨 자기의 가슴팍에 묻어버렸다. 목 언저리에 그의 입김이 뜨거웠다. 기애의 머리는 그의 말을 분석하고 있지 않았다. 그는 자기를 마비시킬 듯한 이상한 감각 속에서 숨 가쁘게 허덕이며 혼자 생각을 더듬고 있는 것이었다.

'이건 무얼까, 이건 무얼까.'

남자의 육체를 알고 있다고 생각하고 있었지만 여기에는 판이한 무엇이 있었다. 언젠가, 오랜 옛날에, 그렇다, 아마도 사변 그때에 다락 속에 숨은 근수에게서 받은 어떤 강렬한 느낌과 이것은 상통하는 것이었다. 그리고 그때는 온전히 깨닫지 못한 이 느낌은 인생의 진실과 어떤 절대적인 관련이 있는지 몰랐다…… 기애의 머리는 빙글빙글 도는 것이었다. 무슨 꿈에도 생각지 않은 오산이, 막대한 인생의 가치에 대한 오산이, 자기에게는 있었던 것이 아닌가?

'그렇지만 어차피 일은 죄다……'

기애는 몸을 비꼬아 근수의 가슴을 떠다 밀쳤다.

"기애, 나를 밀어던지면 안 돼! 날 사랑해줘."

목소리가 되지 않는 목소리로 속삭이며 근수는 자기의 얼굴로 기애의 그것을 덮었다.

꼭 무례한 짓을 당하고 화를 낸 사람처럼 기애는 어디다 분풀이를 해야 할지 모르는 표정이었다. 그리고 사실 기애는 화가 나 있기도 했다.

바보! 바보! 난 자격이 없어요 하고 내 입으로 설명을 안 하면 못 알아보나. 바보, 바보. 그렇잖으면 나더러, 내가 그 모양이었었대도 아마 괜찮을 게라는 기대를 가져보란 말인가. 바보. 등신!
 집에 돌아왔으나 방에 들어가지도 않고 담장 앞 평상 위에 두 다리를 내던진 기애는 내내 외면을 한 채로였다. 실오라기 같은 무궁화나무 곁에 버티고 선 근수는 그런 기애의 옆얼굴을 깜빡도 하지 않고 뚫어지게 바라다보고 있었다.
 나를 경멸하고 있는가? 아무것도 가지지 않은 팔조차 이렇게 되어버린 나를. 응, 그럴 테지, 그것이 지당한 노릇이다.
 근수의 입가에 눈물보다 더 아픈 미소가 어리는 것을 기애는 보았다. 기애는 더 이상 견딜 수 없었다. 그의 초라함, 그의 서러움이 가슴에 저릿저릿 애달파서 그 새까맣게 타고 수척한 얼굴을 가슴에 안고 실컷 울고 싶었다. 기애는 평상에서 벌떡 일어났다. 그러나 그는 고작 방으로 들어가서 양말이며 스커트를 난폭하게 벗어 던질 따름이었다. 그리고 다른 옷들을 주워 걸쳤다. 그 모양은 마치 근수의 손에 닿았던 모든 것을 일시라도 빨리 몸에서 벗겨버리려고 하는 것 같았다.
 무궁화나무께에서 근수는 옷자락이며 기애의 팔다리가 힐긋힐긋 나타나는 방문 쪽을 여전히 옴짝도 안 하고 응시하고 있었다. 그의 입가에는 이제 미소도 떠 있지 않았다. 그는 다만 기애의 모든 모습을 뇌리에 깊이 새길 필요라도 있다는 듯이 응시를 계속할 따름이었다.
 그들의 서슬에 가슴이 무너지게 놀란 것은 장씨였다. 그녀는 찾아온 근수가 무한히 반가웠고, 산에랑 함께 나가는 것을 보고는 분주히 음식상을 마련하면서 이것들이 이제 오나, 욱이도 그만 돌아왔으면 하고 언제 없이 마음이 환했던 것이었다. 장씨는 기애더러 제발 웃는 낯을 보여달라고 간청하고 싶었으나 그러지도 못하고 근수 편만 몇 번 살피다가 그것도 어려워 그만 부엌 속으로 들어가버렸다.

"이 애는 왜 여태 안 오누."

장씨는 부뚜막 앞에 서서 공연히 큰 소리로 그렇게 두덜대듯[16] 하였다.

마침내 근수는 좀 진정이 된 낯빛으로 방문 앞으로 걸어왔다. 그는 기애에게 하여간 화는 내지 말아달라고 상냥한 인사말이라도 남기고 싶었는지 알 수 없었다. 그러나 방 안을 들여다본 그는 아무 말도 하지 못했다. 욱이의 책상 위에 버릇 사납게 걸터앉은 기애는 담배 연기를 후욱 내뿜고 있는 것이었다. 담배를 끼고, 저리 본 턱을 괸 손가락 끝에 길고 빨간 손톱이 표독스러웠다.

근수는 말없이 돌아섰다.

외면을 한 기애의 두 뺨 위로 굵다란 눈물이 흐르고 있었으나 물론 근수에게 그것을 알 필요는 없을 것이었다.

장씨는 기애와 애기를 하는 일이 거의 없어졌다. 그녀에게는 딸의 일이 결국 알 수 없어진 것이었다. 무언지 서글프고 믿을 곳 없는 허전함만이 예전부터 변함없는 그녀의 차지였다. 운명에 따라 모든 것이 진행되느니라고 그녀는 진즉부터 관념하고 있었다. 그리고 그녀 자신의 운명은 남과 같이 밝은 것일 수는 결코 없었고 그 운명에 불만을 품지 말아야 할 것이 하느님의 뜻이었다. 장씨는 더욱 부지런히 교회에 다녔다.
 욱이는 슬픔이 깃들인 눈초리로 기애를 가만히 보고 있을 때가 없지 않았지만 말을 걸면 언제나 적당히 명랑한 목소리로 응수하는 것이었다. 어려움에 두루 말리지 않는 사기그릇 같은 매끄러움이 그의 구원일지도 몰랐다.
 단지 이만 오천 환의 일자리였지만 기애는 취직을 하였다. 어째서인지도 모르는 도가 넘친 진지함을 가지고 기애는 그 무역회사 일을 열심히 보았다. 어느 날 욱이의 도시락을 쌌던 신문지 구석에서 기애는 조그만 기사를 발견하였다.
 '청년이 염세자살. 넉 달 전에 제대한 육군 중위가―'
 이런 제목이었다.
 그의 체취도 그의 입김도 느껴볼 길 없는 무정하고 생경한 전갈이었지만 그것의 주인공은 근수가 틀림없었다.
 기애는 기사를 찢어서 백 속에 넣었다. 조금 후에 그는 누이 부시게 난한 차림으로 용산에 있는 미군 장교 구락부 앞에 나타났다. 다짜고짜로 책임자를 찾아서 자기에게 일거리를 달라고 부탁하였다.
 노래도 하고 춤도 곧잘 추지요. 타이프는 물론, 비서의 경험도 없지 않아요. 신체검사 표를 내일 가져올까요?
 술 취한 것처럼 대드는 기애에게 능글능글한 미국인은 배를 흔들며 웃었다. 그 밤으로 취직이 되지는 물론 않았지만 기애는 그 장교와 '스윙'을 추었다. 그리고 '마티니'를 반병이나 마셨다. 굽이 세 인치나 되는 금빛 구두를 그는 신고 있었다.

"보아, 보아."

창턱에다 팔꿈치를 짚고 앉아 기애는 개를 불렀다. 까만 셰퍼드인 '보아'는 기애가 여태껏 본 개 중에서 으뜸 사나운 짐승이었다. 담 밖에서 부스럭 소리만 나도 공연히 날뛰면서 으르렁대었다. 뜯어 물 듯 날뛰는 그 사나운 소리에는 타협도 자비도 있을 수 없고 그저 무정한 맹렬함이 있을 뿐이었다. 기애는 그놈의 흉포한 모습을 보고 그 소리를 듣기를 좋아한다.

"당신은 언제든지 명령이 내리면 본국으로 휘딱 날아가버릴 테지만 나중 일을 두려워할 건 조금도 없어요."

하얀 데이지가 흩어져 핀 정원으로 내려서면서 기애는 뚱보 미국인 장교 구락부의 '하리'에게 웃어 보이는 것이었다.

"보아가 날 지켜줄 테니깐요. 도적으로부터, 못난 녀석들로부터 그리고 꼬부랑 할머니들 눈과 입으로부터……"

뚱뚱보 '하리'는 이런 소리를 들을 때면 짐짓 성실한 낯빛을 지으면서 오오 자기가 그럴 수 있으리라고 생각해서는 안 된다고 하는 것이었다. 기애는 손가락을 하나 세우고서 애당초 곧이듣지 않는다고 말하지만 그러한 그의 눈 속은 조금도 그늘져 있지 않았다. 앞가슴만을 조금 가린 선드레스[17]의 두 다리를 쭉 펴고 보릿짚 샌들로 힘차게 땅을 딛고 섰는 그는 투명한 남빛 유리 같은 여름 하늘 속에 자기의 투지(鬪志)를 바라보고 있는지도 알 수 없었다. 기애는 튼튼해지고 어여뻐져 있었다.

어머니 장씨가 검버섯이 새까맣게 돋은 얼굴로 기어오듯 맥없이 돌아오고 있는 것을 '하리'와 함께 탄 차 속에서 보는 일도 있었다. 무슨 산엔가 기도한다고 올라가면 며칠씩 돌아오지 않는다는 장씨였다. 작은 책보를 옆구리에 낀 그날도 기도하러 갔다 오는 걸음인지 몰랐다. 길을 가득 차지하는 자동차 때문에 한옆으로 우두커니 비켜섰으나 눈은 먼 곳을 향하고 있었다.

'하리'가 그렇게 주장한다고 해서 해방촌 가는 길목 집을 사게끔 버려둔 무신경의 탓으로 장씨가 그 앞의 큰길은 피하여 멀고 강파른 돌음길을 다니고 있다는 소식은 기애의 마음을 자극하였다.

그러나 기애는 웃었을 뿐이었다.

욱이는 간혹 가다 들러주었다. 지나치게 촉각(觸角)을 움직이지 않고, 그저 반갑게 누이를 보고 간다는 그의 태도는 여전히 단순한 것이었다.

"어머니는 그게 좋아서 만날 가시는 걸 테니까 넌 별걱정은 말려무나."

"응 그다지 걱정은 안 해. 해도 소용이 없으니까. 그런데 말이야, 난 학교두 멀구 밤낮 어머니가 안 계셔서 점심두 못 싸가지구 가구, 그래서 기선이 할머니 집에 하숙이나 할까 생각하구 있는데……"

그런 소리를 하는 욱이는 그러고 보니 좀 여위고 혈색이 안 좋았다.

"기선이 할머니? 기선이는 찝차에 치어서 죽었다며?"

"응 버얼써 전에. 일 년두 넘었지. 기선이 할머니가 자꾸 와 있으라는데 어쩔까?"

기애는 어머니만 오케이 하거든 그러려무나 하였다. 기선네는 설마하니 판잣집에는 안 살 터이고 그것만으로도 욱이에게는 이로우리라 생각되었다.

"응, 어머니는 좋을 대루 하라구 그러서. 지금 예배당 생각밖에는 없으시거든."

그렇게 말하고 욱이는 조금 웃었다.

"그럼 됐네."

"그런데…… 아마 한 육천 환 하숙비를 내야 할 거야. 안 받는다구 그럴 테지만."

"그럼 내야 하구말구. 내지 뭐."

"그런데……"

욱이는 판단을 지을 수 없다는 듯이 망설이는 눈초리로 기애를 쳐다보았다. 기애는 그의 맘속을 이해하였다. 그것은 옳은 일일까 하고 욱이의 머리가 궁리를 하고 있는 것이었다. 부모에게서 떳떳이 받아 쓰는 학비도 아니요 말하자면 색다른 생활을 하는 누나가 주는 돈이었다. 학교에 드는 것은 어쩔 수 없다 치고 그이상의 요구가 자기로서 옳은 일일까 그른 일일까. 이런 주저로움이 그러나 욱이의 경우에는 그저 의문으로 떠오르는 것이었다. 억압된 수치감이나 이지러진 자존심을 동반하지 않는 까닭에 진흙 구렁에 빠진 것 같은 부담을 쌍방에 주지 않는 것이었다.

기애는 조금 생각하고 나서 대답했다.

"'하리'한테 의논해서 네 한 달 학비를 정하기루 하자. 저두 꼭

너만 한 동생이 있다나. 자꾸 널 이리 데려오라구 그러길래 어림두 없다구 기숙사에 넣어야 한다구 그래 두었지."
 기애의 이야기는 정말이었다.
 그러나 정말이 아니라도 무방하였다. 욱이가 똑바로 자라나줄 것만이 여기서는 필요한 일이었다.
 똑바로 자라나다오. 그것은 누나처럼, 근수처럼, 그리고 어머니처럼 되지 않는 일이다. 다른 무슨 방법을 발견하는 일이다. 너는 그것을 해낼 소질이 있을 듯해 보인다⋯⋯
 보아와 잠깐 장난을 치다가 돌아가는 욱이의 뒷모습을 보면서 기애는 이번에는 또 뚱딴지같은 생각을 하는 것이었다.
 ''하리'가 지금 당장 어디루 가버린댔자 나는 꿈쩍도 하지 않을걸. 백번 팽개쳐진댔자 꿈쩍도 하지 않을걸⋯⋯'

절벽

"이거 보세요. 아직 끝이 나지 않았는데요."

정결한 손을 가진 그 여자는 분주한 듯이 방 안을 오락가락하면서 경아에게 한마디 경고를 하였다. 정중하였으나 어딘지 거슬리는 말솜씨였다.

경아는 장갑을 집어 들려던 손을 잠깐 멈추고 그 깔끔한 간호부의 얼굴을 바라보았으나 역시 아무 할 말도 머리에 떠오르지 않았다.

그는 잠자코 방을 나와 복도를 걸어갔다.

그녀의 충고에 따를 수 없는 것은 경아로서도 지극히 유감한 일이었다. 그러나 그녀의 약간 히스테리컬한 음성과는 너무나도 관련 없이, 경아의 일은 끝이 난 것이었다. 그것은 닥터도 알고 있었다. 그는 경아의 위(胃)가 찍힌 X레이의 필름을 펼쳐 든 채, 애기 중간에 사라지는 경아를 제지할 염도 하지 않았다.

복도는 근심스러운 듯이 웅크리고 앉은 사람이나 부축을 받으며 서 있는 사람들로 그득 차 있었다. 누렇게 부었거나 창백한 낯을 한 그 사람들은 한결같이 공포와 불안이 뒤섞인 눈들을 하고 있었다.

그러한 공포나 불안으로부터도 경아는 이제 놓여난 셈이었다.

의사는 말하였다.

"용기가 있으시면 수술을 해보셔도 좋습니다. 그러나—하여간 가족 되시는 분과 함께 나와주십시오."

그는 다른 병원의 의사들보다는 간결한 방법으로 선고를 내렸다.

요컨대 경아는 수술을 할 필요가 없는 것이었다.

그녀는 환자들 틈에서 완전히 별종의 사람인 것처럼 가볍게 사뿐사뿐 걸어나갔다. 검은빛 슈트가 잘 어울리는 날씬한 몸매를 가진 그를, 가운 옆에 노트를 긴 의학생들이 흘깃흘깃 돌아보며 지나쳐 갔다. 커다란 눈을 한 그의 흰 얼굴은 화장한 덕에 신선해 보이기까지 하였다.

그가 머지않아—아마 이 복도의 누구보다도 먼저—죽지 않을 수 없으리라고는 아무도 생각하지 않는 것 같았다.

그런 생각이 들자 경아의 입가에는 저절로 가느다란 미소가 떠올랐다. 비밀이란 어떤 때이고 조금씩은 즐거운 것인가 보았다.

경아는 약국과 수납의 앞을 모르는 체하고 지나버렸다. 아까 간호부가 일러준 듯이, 그런 데에도 사소한 의무 같은 것이 남아 있을지도 몰랐지만……

그는 종합병원의 현관을 나와 맑고 푸른 초동의 하늘 밑에 섰다. 높고 앙상한 포플러 가지 끝에 몇 개 안 되는 네모진 잎사귀가 팔랑거리며 매달려 있었다.

'결국 잘되었어.'

하고 경아는 자기로서는 뚜렷이 의식할 수도 없는 깊은 절망의 밑바닥을 방황하면서 중얼거렸다.

'나는 아픈 것은 싫고 그다지 살아 있어야 할 이유도 없고, 또 윤식이한테도 이런 귀결이 제일 자연스러울 테고——'

햇볕을 즐겨 산보하는 사람처럼 그녀는 느릿느릿 한산한 길을 걸어 올라갔다.

완규'와 헤어진 것을 조금도 잘못이었다고 생각하지 않는 경아였으나, 아이에게는 죄를 지었다는 느낌을 잊지 못했다.

울보이고 어리광쟁이인 여섯 살짜리를 모질게 떼내어버린 것은 아무래도 잔인한 노릇이었다. 라고는 하지만 그것은 경아가 한 짓이라기보다는 완규의 단호한 조치에 의한 일이었다. 그는 생활 능력이 박약한 경아에게 양육을 맡길 수는 없다는 한마디로 아무러한 타협도 하려 들지는 않았던 것이다. 윤식이와 함께 있기 위해서는 경아가 제 자신을 죽이는밖에 없었다. 그것은 잘못이라 판단했던 것이나 그러나 윤식이를 중심으로 생각한다면 말할 것도 없이 그가 그 자신을 희생했어야 옳았을 것이었다.

경아는 칠 개월 동안 늘 그 생각을 하여왔었다. 완규의 좋지 못한 인간성에 눈을 감고 그대로 살아간다는 것이 그토록 굴욕적인 일이었을까? 아이를 희생하는 잔인성보다도 그것이 더욱더 나쁜 일이었을까?

그러나 어차피 오래지 못할 생명이라면 윤식이의 손득(損得)에는 실질적으로 별 차이가 없을 계산이 된다.

'잘됐어 잘됐어.'
하고 경아는 마음속에 되풀이하였다.

어느덧 의과대학 문을 지나 널따란 포장도로 위에 그는 서 있었다. 어느 편으로건 걸어나갈 방향을 정해야만 하였다. 경아는 우두커니 서서 궁리를 한 다음 이편 길로 왔어야 할 아무런 이유도 없었던 것을 깨달았다.

그는 되돌아서서 다시 구내(構內)의 비탈길을 걸어 올라갔다. 발바닥으로부터 어쩐지 자꾸 기운이 빠져나갔다.

반대편 비탈을 내려가다가 경아의 시선은 문득 어떤 한 군데로 쏠렸다.

곤색 스웨터를 입은 청년 하나가 화단 가의 돌 위에 걸터앉아 있었다. 그는 극히 젊은, 아직 소년이라고 하여 좋을 얼굴을 하고 있었다. 길쯤길쯤한[2] 팔다리를 회색 즈봉과 스웨터가 모양 있게 감싸가지고 있다.

그는 경아의 시선이 자기에게 쏠린다고 알자 GI처럼 깎은 머리털을 한 손으로 쓱 하니 쓸어 넘기면서 불량소년처럼 슬쩍 미소를 흘려보냈다. 까무레하고 단정한 얼굴이 고르고 흰 이도 갖고 있었다.

경아는 입술 끝에 고소를 띠었다. 그러나 다음 찰나 그녀는 그러한 가벼운 호의 비슷한 느낌을 가로막는 무언가 스산한 바람결 같은 것을 등 뒤에 느끼고 이내 웃음을 거두어버렸다.

경아는 아까 진찰을 기다리는 동안 이층 복도의 유리창 너머로 이 청년을 내려다보고 있는 것이었다.

이 청년은 낡은 벽돌 건물 앞에 떼를 지어 늘어선 사람들 틈에 섞이어 있었다. 벽돌 건물에는 '혈액은행'이라고 적혀 있었다.

서로 비비적대며 몰려선 사람들은 분명 어떤 시간이 다가오기를 기다리면서, 또 되도록 앞쪽으로 나서려고 기회를 노리면서, 일종의 살벌한 긴장 속에 침묵하고 있었다.

어깨가 떡 벌어진 불량배 같은 축도 섞이었고 중학교 모자를 쓴 소년도 보였으나 대개는 후줄근하니 무기력한, 어두운 눈빛의 젊은이들이었다.

그 대열에 섞이려는 치열한 투쟁을 설명하는 듯, 나무 지팡이를 옆에 낀 상이군인과 인조 치마를 입은 여자 몇몇은 한편으로 비켜서서 아쉬운 눈초리로 그들을 바라다보고 있었다.

그런 가운데서 이 청년은 유독 눈에 띄었다. 무언지 깨끗해 보이는 데가 그에게는 있었다. 총명한 분위기는 학생일 것 같기도 했다. 그는 줄 가운데 끼어 있지 않았다. 그러나 사람들과 안면은 있는 듯 이리저리 다니며 이야기를 하고 그리고 때때로 웃기도 하였다. 그 음울한 무리의 곁에서는 웃는 얼굴이 몹시 특이한 것으로 비쳤다.

이윽고 흰 가운을 걸친 사람이 주사기를 쳐들고 나타났다. 사람들은 일제히 한쪽 팔을 걷어붙이면서 왈칵 그쪽 편으로 쏠리었다.

경아는 그 사람을 바라보았다. 그가 하는 일이 무엇일까 싶었다. 그리고 가벼운 실망을 맛보아야만 했다. 그는 피를 뽑아서 판

것이었다. 그것뿐이었다.

다만 그는 줄 속에 끼어서 옴짝도 않은 어느 누구보다도 먼저 그렇게 하였다. 필사적으로 순서를 고집하는 사람들이 어째서 그에게 항거하지 않는지는 알 수 없었다.

석연찮은 기분으로 경아는 지금 다시 거기 돌 위에 시원한 낯빛으로 앉아 있는 젊은이를 바라보았다.

그는 이번에는 자못 대담하게 씽긋 웃었다. 그의 얼굴에는 어두운 구석은 조금도 없었다. 여자를 보면 한 눈을 찌긋³ 윙크나 하는, 유치한 난봉기와 낭만과 건강——요컨대 젊음이 있을 뿐이었다.

경아는 똑바로 앞을 본 채 그 앞을 지나쳤다. 그는 스물일곱 살이었다. '버릇없다'고 딱히 생각한 것은 아니지만 요컨대 부질없는 노릇이었다.

네댓 걸음 경아는 걸어나갔다.

그러자 별안간 눈앞이 아찔아찔하여지며 가슴속이 메스꺼워지는 것을 느꼈다. 요즘 빈번히 경아를 엄습하는 빈혈증이 또 일어나려는 모양이었다.

그는 정신을 가다듬으려고 애쓰면서, 반원을 그리고 크게 흔들리기 시작한 눈앞의 광경에 아득한 절망감을 맛보았다.

곁으로 뛰어온 청년의 팔을 경아는 하는 수 없이 붙들었다.

"빈혈이세요? 저리 도루 들어가실까요?"

그런 말소리를 멀리 들으면서 쓰러지고 말았다.

얼마 후 그들은 다시 병원의 현관을 나오고 있었다. 차를 불러다 줄까 하는 친절한 제의에 경아는 바람을 쐬며 걸어 내려가겠다고 하였다. 바래다드린다고 그는 따라오고 경아는 한 번 더 고맙다고 인사를 되풀이하였다.

"정말 괜찮으시겠어요?"

제법 염려가 된다는 듯이 눈살을 찌푸리며 그런 소리를 한다. 아까와는 딴판인 그런 얼굴이 경아에게는 다소 우습게 비쳤다.

그는 두 주머니에다 손을 찌르고 덜렁덜렁 옆으로 따라왔다. 그 걸음걸이가 경아에게 연전에 잃은 남동생의 기억을 소생케 하였다. 수영하러 갔다가 돌아오지 않은 경아의 남동생은 그녀가 마지막으로 잃은 육친이었다. 잠깐 망설였으나 경아는 끝내 입을 열었다.

"아까 저기 있었지요? 무슨 사정이 있으신진 모르지만, 그건 좋지 않은 방법 아닐까요?"

상대방은 경아가 자기의 일에 알은체를 하여준 것이 무척 기뻤다는 기색으로,

"뭐 좀 그럼 어떤가요?"

하고 싱그레 웃었다.

"어떤가요라니. 퍽 어리석은 일 아닐까요?"

몹쓸 장난을 한 동생에게 침을 주듯 경아는 가벼운 비난조로 계속하였다. 자기가 이미 인간 사회의 기구 밖으로 한 발을 내디딘 사람이라는 의식도 그가 그 자신에게 다소 무책임할 수 있는 원인이었다.

"왜 누가 피해를 입는 사람이라도 있어서 그리세요?"

넙죽넙죽 주워대면서 웃는 얼굴이 결코 자기의 하는 일을 모르

는 사람의 그것 같지는 않았다.

"그야 혈액은행이 있는 이상 그걸 제공하는 사람도 있어야 할 테지만, 그렇지만, 이 일만 따루 떼서 생각해보면…… 돈을 얻는 수단으로 생각해본다면……"

경아가 주저주저 말을 하는 것은 자기도 어지간히 싱겁다는 생각을 속으로 하는 때문이었다.

"육체노동이라도 하는 편이 나을까요?"

턱 받으면서 악의 없이 빈정댄다. 화제가 생긴 것만 그에게는 즐겁다는 눈치였다.

"한두 번이 아니죠? 어때요?"

"그러믄요. 용돈만 떨어지면 와야는걸요?"

"용돈……이 그렇게 필요해요? 저어 학교에 다니시나요?"

"아뇨. 아무 데도 안 다닙니다. 아무 델 가도 금세 쫓겨나니깐요."

경아는 그만 입을 다물었다. 그가 농담을 하고 있는지 어쩐지 알 수 없었다. 그러나 요컨대 남의 일이었다. 대단치도 않은 남의 일이었다. 그녀는 이제부터 곧장 아파트에 돌아가서, 그 아무도 아무것도 없는 방에 돌아가서, 몸을 내던지고 드러누워 있어야 마땅한 것이었다. 경아가 할 일은 그것뿐이었다.

"공부를 안 해 또 잘못인가요? 이거 오늘 사곤데……"

청년은 붙임살 좋게 지껄여댔다. 경아는 그가 꽤 좋은 가정에서 자라난 사람이 아닐까 하는 짐작을 흘깃 가져보았다. 그리고 한마디만 더 하였다.

"어쨌든 내 생각엔 자기 손으로 자기 건강을 파괴하는 건 죄악일 것이 틀림없어요."

육체라는 말을 경아는 회피하였다. 옆을 걷고 있는 사람의 체구는 너무도 당당한 남성의 그것이었으니까.

"집의 형과 똑같은 말씀을 하시는군요. 다른 분한테 그런 얘길 들으니까 좀 이상스런데요."

찻길까지 아직도 거리가 있었다.

경아는 무의미한 소리를 물어보았다.

"형님이 계셔요?"

청년은 지금 지나온 건물께로 엄지손가락을 젖혀 보이면서

"대학에서 강의를 하시는 법철학의 대가이죠. 나하군 도대체 의견이 안 맞지만."

"……"

"헌데 그런 이는 무슨 재미루 세상을 사는지 도무지 모를 일이에요. 집안에 식구라곤 하나두 없이 그저 책 속에만 묻혀 앉았으니. 그렇게 살 테면 건강은 해서 무얼 해요. 가엾은 사람이죠."

그러면서 소리를 내어 웃었다.

경아는 잠자코 있었다. 이 낯선 젊은이에 의하면 건강은 폭발할 듯한 향락을 위해서만 의미가 있는 모양이었다.

그리고 사람의 일을 누가 알까?

어딘지 어긋난 생활을 하고 있는 듯한 이 젊은이의 의견이 실상은 옳은 것일지도 몰랐고, 어마어마한 학자의 공헌이 의외로 대단찮은 것일 수도 있는 노릇이었다.

그것은 어쨌든 경아의 이마에는 다시 식은땀이 배어나기 시작하였다. 그는 손수건을 꺼내서 관자놀이를 누르고 이제는 곁에 선 젊은이에게 아무런 관심도 기울이지 않았다.

차가 앞에 와 멈추고, 경아는 올라가 쿠션에 기대었다. 그가 밖으로 내보낸 목례는 거의 무표정하고 형식적인 것에 불과하였으나 도어를 닫아준 청년 편은 몹시 서운한 얼굴을 지었다.

어느 때까지라도 자기의 차를 쫓고 있을 듯한 검은 두 눈을 경아는 등 뒤에 감각하였다. 젊음의 부드러움 같은 것이 흘깃 심장 위를 스치고 지나간 듯하였으나 그저 순간의 일이었다. 경아는 역시 눈앞이 캄캄해지는 듯한 자기 자신의 문제를 잠시라도 의식 밖으로 몰아낼 수는 없는 것이었다.

경아의 오피스는 반도호텔 안에 있었다.

승강기를 육층에서 내리면 ㄱ자로 두어 번 복도를 구부러져 간 곳에 있는 남향 방들이었다. 사무실로 들어가려고 할 때에나 반대로 복도로 나설 때이면 자연 안마당을 격한 건너편 창들이 눈에 띄었다.

그 여러 창문의 하나쯤에는 어느 때고 대략 비슷한 하나의 실루엣이 떠올라 있었다. 남녀가 깊이 포옹한 모습이 그것이었다. 그곳도 사무실로 사용되고 있는 방들이었지만 고국을 멀리 떠나온 외국인들은 특별히 정서적인 기분에 휩싸여 있기라도 하였던 것일까.

무심히 지나다가는 부딪히는 장면이요 대수로울 것도 없는 일이기는 하였지만, 요즘의 경아에게는 반드시 그렇다고만도 할 수는 없었다. 인생의 한 가지 심벌에다 강렬한 스포트라이트를 댄 것 같아 경아의 눈 속의 우울은 한층 짙어지는 것이었다.

그는 병원을 다녀온 다음으로 곧 직장을 그만두리란 마음도 가져보았었다. 그러나 그 약품 회사의 지점장인 버클레이 씨는 진정한 이유를 모르는 탓으로 경아에게 한 달만 더 그대로 있어줄 수는 없겠느냐고 물었다. 버클레이 씨는 한 달 후에는 본국으로 돌아갈 예정이었다.

경아는 그렇게 하기로 하였다. 참아가면서 사무를 볼 수도 있을 듯하였고, 그렇게 하는 편이 아무 데도 갈 곳이 없는 자기에게는 오히려 나을 듯한 마음도 들었다. 병세를 견제해보려고 조심스러운 그러나 헛된 노력을 하며, 그리고 마지막 단계가 부디 그 후에 와주기를 빌면서 그녀는 계속해서 출근하였다.

빠짐없이 일을 맺고 싶은 마음에서 늦도록 남아서 일하기도 하였다. 습관화된 책임감 이외에 별 의의도 기쁨도 있을 수는 없었으나 되도록 아무런 생각 없이 기계적으로 시간을 넘기려고 하고 있었다.

가끔 경아는 병원 마당에서 만났던 청년의 기억을 더듬어보았다. 그러면 그의 가슴에는 일말의 호감과 또 일말의 염오[4]가 한데 섞이면서 퍼져나갔다.

그럴 때마다 그녀는 무슨 일이―어떤 더욱 아득한 기억 같은 것이, 생각날 듯한 안타까움을 느꼈으나, 그것이 무엇에 관한 일인지는 알 수 없었고, 또 더 깊이 궁리를 해보기도 전에 대충 그런 감은 사라지곤 하였다.

 그날 저녁때 경아는 늦게까지 남아서 일을 하였다. 그러고는 피곤에 못 이겨 이마를 괴고 데스크에 엎드려 있었다.

 계절하고는 너무 높은 스팀의 온기가 방 안을 답답할 지경으로 데우고 있었으나 손발이 싸늘하고 한기가 들었다. 그렇다고 열이 나는 모양은 아니었다. 너무 굶은 탓이라고, 일어나 내려가서 무엇을 좀 마시기라도 해야 한다는 생각을 하면서도 그대로 언제까지나 엎드려 있었다.

 같은 생각만을 여러 번 거듭하고 있으려니까 그는 자기가 실지로 의자를 일어나서 한쪽에 걸어둔 엷은 검정 코트를 벗겨 입고 도어를 밀친 듯한 손바닥의 감촉까지를 뚜렷이 의식했다. 그리고 또 그의 눈은 건너편 창에 뚜렷이 떠오른 실루엣을 보았다. 그는 걸어가기를 그만두고 등을 벽에 기대었다. 그리고 자기의 귀에도 거슬리는 어렴풋한 음성으로 몇 번이고 중얼대었다. 그들은 살아 있다, 나는 죽었다. 그들은 살아 있다, 나는 죽었다. 그들은······

 여러 번 노크를 하는 소리에 경아는 겨우 정신을 돌이켰다. 아직도 이러고 있었다고 알았으나 바로 앉아야 한다는 생각은 얼핏 들지 않았다.

 다시 노크 소리가 났다. 그리고 한 남자가 실내로 들어섰다. 그는 들어오면서 모자를 벗어 쥐었으나 그런 자세로 있는 경아를 보자 놀라는 얼굴로 급히 다가왔다.

 경아는 피곤이 아로새겨진 얼굴을 들었으나 그 삼십을 좀 넘은 신사의 얼굴을 얼른 알아보지는 못하였다. 그리고 그저 습관적으로 미소하려 하다가 그러나 그녀의 입술은 얼어붙고 말았다.

"퍽 오랜만에 뵙겠습니다. 그런데 어디가 편찮으신가요?"

상대방의 폭이 넓고 부드러운 음성이 울렸다.

"아니 괜찮습니다. 그런데 어떻게—여기를 오셨어요."

경아는 조금 당황해서 일어나면서 그런 소리를 했다.

"경아씨를 뵙고 싶어 왔습니다."

그러고는

"저 밑에서 한 식경[5]이나 기다렸지요. 시간이 지나서 가버리신 거나 아닌가 했습니다."

경아는 창가를 바라보았다. 어느덧 짙은 어둠이 그것을 둘러치고 있었다.

"제가 여기 있는 줄 아셨더랬어요?"

경아는 생각에 잠겨서 한결 다정한 투로 말하고 나서 생각난 듯이 의자를 권하였다.

그—박현태는 경아에게 있어 실은 그토록 까마득히 잊고 있어 마땅한 사람은 아니었다.

여성의 현실성이—본능처럼 여자의 성품 속에 차지하고 있는 비낭만성이, 만약 부끄러워야 할 일이라면, 경아는 박현태의 앞에 그것을 느껴야 했을 것이다. 박현태는 경아의 첫사랑의 상대였다.

학생 시절의 경아는 사치스럽고 좀 교만하기도 한 소녀였다. 그는 박현태의 말이 적고 신중한 성품이 어쩐지 미지근히 여겨지는 때도 있었고 가다가는 은근히 자존심을 상하는 일도 있었다.

용모부터가 날카롭게 재자형(才子型)인 최완규가 나타나서, 거의 방약무인하게 경아의 육체와 정신을 뒤흔들어놓았다고 느꼈을 때에 그는 그다지 큰 망설임도 가져보지 않고 박현태로부터 등을 돌렸다. 가장 중요하다고 생각되는 것—불꽃을 이루는 격렬함이 그에게는 없다고 믿은 때문이었다.

 현태가 받은 타격은, 그러나 뜻밖이리만큼 심각하였고, 그의 인생은 거의 지리멸렬로 된 듯이 보여지는 일에, 경아는 아연하기도 하였지만, 결국 그는 현태를 잊고 말았다.

 완규와의 사이가 종결을 고한 이즈막에 와서도 이상하리만치 그의 생각을 하지 않았다.

 오늘의 돌연한 내의(來意)[6]를 경아는 물론 짐작할 수 없었으나 그에게서 대뜸 느껴지는 것은 봄비 같은 정감(情感)이 촉촉이 그의 전신을 적시고 있는 듯한 일이었다. 그는 마치 사랑을 고백하러 달려온 소년처럼 상기한 빛을 어디엔지 숨겨 가지고 있었다. 그리고 이러한 느낌은 경아에게 별수 없이 옛일들을 생각나게 하였다.

 현태는 경아의 물음을 흘려버리고서

 "몸이 그처럼 불편하시면서 일을 해야만 합니까?"

 경아는 대답 대신 웃어 보였다.

 "선생님은 그새 안녕하셨어요?"

 "네…… 저 오피스에 이렇게 앉아 있는 것도 무엇하니 나가보시지 않으렵니까? 이 위 스카이라운지에라도 잠깐."

 "네 그러지요."

현태는 코트를 걸쳐주면서 퍽 짧은 사이이기는 하나 경아의 어깨에 두 손을 놓고 있었다. 경아는 알지 못한 체하였다.

라운지의 구석진 자리로 둘이는 걸어 들어갔다. 인공으로 이룩된 아늑한 어둠이 글라스가 부딪는 가만한 소리, 가만한 말소리들과 함께 달콤하고 비밀스러운 공기를 조성하고 있었다. 속삭이듯 한숨짓듯 남미의 음악이 나지막이 마루 위를 감돌고 있었다.

경아는 하염없는 밤 시간을 여기 와서 보내는 일도 있었지만 오늘은 아주 딴 곳으로 온 것 같은 착각이 들었다. 그래서 속으로 고개를 흔들었다.

현태는 탁자를 새에 놓고 마주 앉지를 않고, 통로를 가로막듯 의자를 당기면서 경아의 옆으로 걸터앉았다.

"이렇게 옆에서 처다보아야 이야기가 잘 나오죠."

하면서 전에도 그렇게 앉는 버릇이었다. 모처럼 그렇게 앉아놓고도 대개는 묵묵히 시선을 떨구고 있어 그런 때에 경아는 흔히 그가 자기를 사랑하지 않는가 보다고 여겼었다.

"무엇을 드시겠어요?"

"진피즈를."

"그럼 진피즈를 둘."

그는 웨이터를 보내고 나서 새삼스러운 눈초리로 경아의 얼굴을 건너다보았다.

"여기를 어떻게 알고 찾아왔느냐 하셨지요? 우연이 ─ 어떤 우연이 그걸 가르쳐주었다고 우선 말씀해둘까요? 우연엔 의사가 없겠지만 ─ 사람은 굉장한 작용을 받습니다."

"재미나게 지내셔요? 무얼 하셔요?"

경아는 가볍게 비켜났다.

"대학에서 강의를 하고 있습니다. 언젠가 경아씨가 판사나 검사 같은 직업은 싫다고 하셨죠. 그래서 학교엘 갔습니다."

경아는 목을 옴츠리고 웃는밖에 없었다.

"죄송했어요."

"죄송했구말구. 권총으로 쏘아버릴까 생각했던 일도 있었지."

현태는 농담인 체하였다.

"이젠 비웃으셔도 좋으실 거예요. 전 실패했어요."

"알고 있었습니다."

현태는 낮은 소리로 대답하였다. 그의 낯빛은 경아의 그것보다 오히려 침통했다.

"나는 열심히 살려고 한 결과가 그랬어요. 그러니까 후회하지는 않아요."

경아는 마치 항변이나 하듯 흥분하면서 그렇게 늘어놓았다. 무엇 때문에 그런 소리를 현태에게 해야 하는지 자기로도 알 수 없는 일이었다.

"행복하시라고 빌었습니다만……"

얼굴을 숙여서 잘 보이지 않았으나 그가 두 눈을 깊이 감아버린 것을 경아는 알았다. 경아는 그가 정말 그랬으리라고 생각하였다. 피투성이가 되어 괴롭더라도 그는 그랬으리라고 생각되었다. 그러자 경아의 마음속에는 한 가닥의 애감(哀感)과 더불어 일종의 노여움 같은 것이 고개를 쳐들었다. 그것은 어쩌면 순수한 사랑에의 향수와 상처 진 자존심의 아픔이 한데 엉킨 것이었는지도 알 수 없었다.

진피즈가 탁자 위에 놓여졌다.

"이거 괜찮을까요?"

얼음이 뜬 투명한 글라스를 집어 들고 현태는 망설였다.

"무엇하시면 다른 것을 시킬까요? 알렉산더나 핑크 로즈나……"

무언지 초조한 것 같은 경아의 표정을 달래듯 빙그레 웃고 나서 한마디를 덧붙였다.

"공연히 또 센 체하지 마시고……"

경아는 하는 수 없이 비시시 웃었다.

"사실은 그래요. 밀크를 주세요."

그러고 나서 은근히 또 캐어물었다. 어쩨선지 분위기가 편펴롭지 않은 때문이었다.

"오늘은 이 근방에 볼일이 있으셨나요?"

"볼일은 한 군데에밖에 없었습니다."

현태는 좀 원망스러운 듯이 세찬 말씨로 잘라 대답하였다. 그러고는 두 손으로 술잔을 어루만지면서,

"경아씨를 만나고 싶었어요. 병원엘 오셨었다기 어디가 많이 아프시지나 않나 염려도 되고. 참 정말 어디가 나쁘셨어요, 아까도……"

경아는 고개만 옆으로 저었다. 간에까지 암이 퍼지기 시작하였다는 자기 위의 이야기는 자기 자신과도 하기가 싫은 처지였다.

"병원에 간 걸 아셨어요? 누가 그랬어요?"

눈 속에 망설임이 떠돌았다. 그때 그 곤색 스웨터의 청년이 생각났다. 그리고 찻길에서 손수건을 꺼내면서 진찰권을 흘려버린 듯한 뚜렷잖은 기억도……

"내 아우를 기억 못 하신 게 당연하시겠죠. 코 흘리던 것이 그렇게 자랐으니까요. 그 애가 어쩌다 집엘 들르더니 경아씨의 진찰권을 꺼내주었어요. 아닌 게 아니라 그때는 놀랐습니다."

"그럼 그가 바로 현기…… 그런 이름이었지요?"

경아는 아연한 기분과 또 무언지 죄스러운 느낌을 아울러 맛보면서 중얼대었다. 그러고 보면 그 청년에게는 현태의 모습이 없지도 않았다.

"네, 그 애 때문에 상심되는 일이 많습니다. 그것은 고사하고 그 애도 이름을 보고서는 생각났던 모양이지요. 옛날의 경아씨를 기억하고 있었습니다. 경아씨라기보다 경아씨의 일을……"

그의 미간은 어두워진 듯하였다.

경아는 진찰권의 주소란에다 오피스의 그것을 적어 넣었던 일을 상기하였다. 물론 별 의미도 없었으나 구태여 말한다면 아파트의 번지수를 알지 못하는 때문이었다.

"그랬었군요…… 그랬었군요……"

탁자에 걸친, 그것만은 현기와 신통하게 같은 손을 내려다보았다.

책과 더불어, 그 아우의 눈에는 가엾은 생활을 하고 있는 사람이 바로 박현태였다.

이제는 확실히 편안치 않아진 듯 탁자 밑에서 경아의 발이 달막달막하였다.
 그 낯빛은 조금씩 창백하여져갔다.
 그는 되도록 속히 현태의 앞에서 사라질 구실을 생각해내야 한다고 열심히 궁리를 하고 있었다.

 다음 주말에 경아는 어느 레스토랑에서 현태와 식탁을 함께하였다.
 전번 헤어지고 난 뒤로 현태는 두어 번 전화를 걸어왔고 그때마다 무어라고 핑계를 대어 만나기를 피하였지만, 그랬더니 현태는 편지를 보내와서, 경아는 아무래도 한 번은 만나가지고 자기의 입장을 밝혀두는 것이 옳겠다고 마음먹게 된 것이었다. 자기는 이미 그런 문제의 권외에 서 있다고, 다시 말하면 애정이라든가 혹은 단순히 우정이라는 인간관계일지라도 새로 맺을 의사는 갖지 않았다고 밝혀둘 필요가 있을 것 같았다. 다만 경아는 자기의 육체에 관한 이야기를 하기가 싫었으므로 거기에는 묵비권을 쓸 작정이었다.
 그날 밤 경아는 트렁크 밑바닥에서 청록색 칵테일드레스를 꺼내 입었다. 조개껍질을 꿴 목걸이를 가슴 앞에 가져가면서 경아는 자기가 이렇게 단장을 하는 것이 이것으로 진정 마지막이라는 생각을 하였다. 그러자 그는 바로 눈앞에 와 있으면서 또 무한히 아득하게 느껴지던 죽음과 무(無)의 의미를, 순간 두 손으로 잡아본 듯한 느낌을 가졌다.

그것이 바로 죽음인 것이었다.

그 무엇을 하려 해도 절대로 할 수 없다는 것이.

절대로, 라는 말은 이 경우 문자 그대로의 의미를 갖고 있었다. 그리고 그것은 아무래도 너무 심하고, 놀라운 일이었다. 그러한 진실이, 단 한 개의 증명할 수 있는 진실로서, 세상에 존재한다는 것은.

경아는 오랫동안 거울 앞에 앉아 있었다.

그리고 일어나서 그 레스토랑을 향하여 걸어나갔다.

현태의 편지는 그들이 더 젊던 시절에 쓰던 그것들에 비하면 도저히 연문이라고는 할 수 없는 물건이었다. 그것은 사무적인 문면에 더욱 가까웠고, 길이도 얼마 되지는 않았다. 그러나 그럼에도 불구하고 그것은 연문임에 틀림없었다. 그는 자기가 한 번 결혼하였으나 이내 상처했다는 경위를 간단하게 적고, 그러한 자기의 운명에 오히려 거역하지 않고 살아왔으나 현실의 경아가 다시 앞에 나타나니까 '인간답게' 살고 싶은 의욕이 자기에게도 돌아왔다고 하고, 어떤 의미로건 경아의 도움이 되기를 원하고 있다고 적고 있었다.

경아가 만약 지금 같은 경우에 처해 있지만 않는다면 더욱 많은 것을 느끼고 생각게 할 힘을 그것은 갖고 있었다. 완규와의 생활에서 경아는 상처를 입은 것이 사실이었고, 현태와 같은 일견 둔중한 성격의 사람만이 왕왕 그의 순정을 지켜가는 수가 있다는 사실을 통찰하게끔 경아 자신이 성장하고 있기도 하였다. 그리고 무엇보다도 실은 현태를 만난 것이 청춘을 다시 만난 듯이 경아는 반가웠던 것이었다.

그러나 지금 걸어가고 있는 이유는 물론 한 가지밖에 없었다.

로비의 소파에 현태는 기다리고 있었다.

그는 쥣빛 양복을 티 하나 없이 말쑥이 차려입고 새하얀 손수건을 가슴에다 꽂고 있었다. 그의 옷차림도 얼굴 표정도 뜻 깊은 밀회를 가지려는 사람에게만 어울리는 그런 것이었다. 경아는 약간 서글픈 미소를 띠고 그에게로 다가갔다.

시간이 느지막했는데도 레스토랑 안은 혼잡하였다. 경아는 이야기가 감정적으로 흐르지 않기를 원하고 있었으므로 적당히 북적대는 편이 오히려 좋았다. 그는 되도록 담담하게 가벼운 말씨로 이 '회담'을 끝마치고 싶었다.

"자, 무얼 드실까요. 오늘은 어디 좀 많이 잡숫는 걸 보고 싶습니다."

경아는 메뉴를 집어 들고 되는대로 주워대었다.

"굴, 병아리, 그린 샐러드하구 어니언 수프, 그리구 아이스크림."

그래놓으면 실지로는 아주 조금밖에 먹지를 않더라도 현태의 주의를 끌기를 면할 것 같았다.

경아가 현기의 안부를 물었기 때문에 화제는 잠시 그의 일로 쏠렸다. 현태는 되도록 밝은, 그리고 가볍게 아우의 일을 설명하려 하는 듯하였으나 그 내용은 그리 달가울 수 있는 것은 못 되었다.

한마디로 한다면 그는 현기가 무엇을 바라고 있으며 생각하고 있는지 도무지 알아낼 수가 없는 것이었다. 무엇에도 얽매이지 않으려고 날뛰어서, 학교에서도 형의 집에서도 멀어지기만 했고, 완력 때문에 종종 사고도 일으켰다. 다만 상냥하고 다정한 계집 아이들이 때때로 그의 맘을 달랠 수 있는 듯하였으나 어쩐 일인지 그는 한 소녀를 오래 사랑하지 않았다.

"정의감이라 할까 이상한 자기주장 같은 것은 갖고 있어요. 제 동무라는 운전수가 치어논 어린애한테 늘 피를 뽑아준다든가 하는. 하지만 어디를 돌아다니면서 무엇을 하는지 항상 조마조마합니다. 다만 오래 지나는 사이에 나는 그에게 대해서 무언지 자신 비슷한 게 생겨난 것 같아요. 무뢰한으로 그칠 것 같지는 않다는. 머리도 썩 좋은 애였어요."

현태의 끈기 있는 어투에는 그저 지나가는 얘기로서가 아니라 경아에게도 이 일을 알고 있어달라는 듯한 열심한 태도가 엿보였다.

"유쾌한 것은 그 친구가 내 걱정을 하고 있는 일입니다. 아니 걱정이라고는 할 수 없지요. 적극적으로 어쩌자는 태도는 아니니까요. 방관하고 있을 따름인데 의견을 말한다면 지극히 동정받을 위치에 내가 있다는 거지요. 그래 나는 공부 안 하는 놈은 책이 주는 쾌락도 믿지 않을 게라구 응수해주지요."

"소년 시절이 너무 쓸쓸했었는지도 모르겠군요."

"그랬습니다. 덩그러니 큰 집에서 그 애는 거의 혼자 자라난 셈이니까요. 나는 한데서 기거를 했으면서도 도무지 그런 무렵의 그의 기억이 나질 않아요. 별로 그의 생각을 안 해주었다는 증거일 겁니다."

"걸 프렌드도 많이 생기고 그랬으니 이제는 그 문제는 완화됐 겠군요."

"글쎄 원…… 많다는 건 또 없다는 것도 되니까…… 청순한 사 랑이라는 걸 요즘 사람들은 믿지 않으려 하지만……"

현태는 말끝을 흐렸다. 경아는, 현태의 비참했던 청춘을 알고 있고, 그 후의 그의 가는 길도 보아온 현기가 청순한 사랑을 믿지 않는 것은 오히려 당연한 일일 것 같았다. 그녀는 전번에 만난 그 청년이 아니고, 거의 십 년이나 전에 현태의 집에서 본 일이 있 는, 눈이 크고 수줍어하기만 하던 소학생을 상기하고 잠시 가슴 이 저릿하였다.

"그런데 경아씨는 조금도 잡숫지를 않는군요. 어쩐 일입니까."

"그렇지도 않아요. 먹고 있어요."

"좀 고단해 보이기도 하고. 얼른 끝내고 밖에 나가 바람을 쏘이 실까요? 이 방은 좀 덥군."

현태의 제안은 고마웠다. 경아는 쓰리도록 공복을 느끼고 있으 면서도 아무 음식도 받으려고 하지 않는 자기의 위를 이제는 만 성이 된 절망적인 기분으로 달래고 있을 뿐이었다. 음식 냄새는 고통과 불쾌를 가져올 뿐이었다. 그는 아이스크림을 한 번 떠먹 고는 이내 숟갈을 내려놓았다.

현태는 다른 데로 가서 식사를 고쳐 할까고 물었으나 경아는 물 론 사양하였다. 그럼 요다음 번에는 자기가 맛있는 집으로 안내 하겠노라고 하면서 현태는 의자를 일어섰다.

털외투에 감싸인 경아와 현태는 덕수궁 뒷담을 끼고 정동 예배당 앞께로 걸어갔다.

겨울로 접어들기는 하였으나 아직도 어딘지 따사함이 남아 있는 밤이었다. 달은 없고 찬란한 별들만 하늘에 그득 뿌려져 있었다.

"편지하신 것 보았어요. 그런데요……"

여학생이 말을 하듯 경아는 말꼬리를 길게 잡아끌었다. 담담하게 말을 해버려야만 하였다.

"저는 어떤 일이 있어서 말이지요, 지금—아마 어데 먼 데로 가거나 그렇게 될 거예요. 그래서 말이지요, 새삼스레 선생님의 생활에 접근하지는 않겠다는 생각이에요. 그러니까 말이지요. 알아주셔야 해요."

경아는 발끝을 내려다보며 말을 하였다. 그의 그러한 동작과 말씨에는 무언가 단호하고 고집스러운 것이 들어 있어 보였다.

잠깐 동안 현태는 잠자코 있었다. 그리고 말하기 시작한 그의 음성에는 잔잔한 미소 같은 것이 담겨져 있었다.

"그런 소리 하실 줄 알았지요. 그렇지만 제 말씀이 무어 무리한 것이었나요? 사람과 사람이 알고 지내는 것이 뭐가 나쁩니까? 경아씨와 내가 한길에서 만나서 그래 서로 못 본 체를 해야 합니까? 그런 말씀이세요?"

그는 빙그레 웃고 있었다. 정면으로 나오기를 피해버린 것이었다.

"그런 게 아니에요. 다만……"

"그런 게 아니죠? 것 보세요."

"아니 그런 게 아니고……"

"그만해두세요. 요컨대 저는 물러나지 않습니다."

현태는 농담같이 덧붙였다.

경아는 고개를 숙이고 혼자 생각에 잠겨버렸다. 현태와 헤어져 있었던 세월의 길이를 헤아렸다. 현태는 이렇게 일을 눙쳐[8]버릴 줄 아는 사람이 아니었다. 장년(壯年)이 가지는 끈기와 무게 같은 것을 경아는 본 듯했다.

'며칠 내로 버클레이 씨는 떠나고. 나도 직장을 그만두고 방이나 옮겨버리면 자연 만날 기회도 없어질 테지.'

쓸쓸해지면서 그는 생각을 더듬었다. 더구나 현태가 아무것도 아니라고 하고 있는 편지의 내용에다 특별한 해석을 붙일 수는 없었다.

"춥지 않으세요?"

얼굴을 들이대며 현태는 물었다. 그것은 정말 경아가 추위하고 있을 것을 염려하는 목소리였다. 사람의 마음의 따뜻함을 오랫동안 생각해본 일도 없는 경아는 이때 불쑥 눈 속이 뜨거워지는 것을 느꼈다. 그는 연신 두 눈을 깜빡거리면서 몹시 난처해하였다.

저 같은 사람의 생일이 무어 대단할 것도 없고 또 물론 까맣게 기억도 안 하시겠지만 오늘이 실은 그런 날이고 보니 별 지장이 없으시면 저녁 시간을 자기에게 달라고, 웃음의 소리를 섞어가며 현태가 전화를 했을 때, 경아는 선뜻 잡아떼지를 못하고 말았다.

자기 말대로 무슨 생일을 어쩌고 할 나이도 계제도 아니었고 그것은 다만 경아가 거절하기 어려우라고 그러는 줄도 알 수 있었지만 그러고 보니 참 그의 생일이 이런 계절이던 것을, 그가 지적한 대로 까맣게 잊고 있었던 일도 약간 당황을 느끼게 하여 대답이 애매하게 흐려버린 것이었다.

"늦게까지요? 토요일인데도 그렇게 일이 많아요? 어쨌든 모시러 가겠습니다. 제가 세상 밖에 나온 일이 그다지 저주스런 일만 아니라면 설마 거절하시진 않으실 테지. 하하하……"

수화기를 놓고 나서 경아는 요즘 한층 파리해진 얼굴로 잠시 멍하니 앉아 있었다. 그는 다시 서류를 정리하기 시작했으나 얼마가지 않아 모두 한편으로 밀쳐버렸다. 가슴께가 답답하고 머리도 무거웠다. 그는 식당에 내려가서 오트밀과 주스를 한 잔 억지로 목구멍으로 밀어넣었다. 그러고 나도 여전히 찌뿌드드한 위께에로만 신경은 쏠렸다. 경아가 소녀 때 집안에 큰 소란을 일으키며 돌아간 백부의 임종 광경이 요새 자주 경아의 안저에 되살아났다. 백부의 병은 위암이었다. 간으로 퍼져간 경위도 경아의 케이스와 한가지였다. 임종을 앞둔 이삼 주일간 그는 몸을 비틀면서 격통을 호소했다. 주위의 사람들께 그지없는 공포를 남기면서 그는 사라진 것이었다.

경아는 환상을 털어버리고는 옆자리 동료에게 한마디 남기고 휴게실 소파로 가 드러누웠다.

벽으로 반 이상 가리고 나머지는 커튼이 쳐진 그 갸름한 방은 언제부터인지 여자 직원들의 전용이 되어 있어 그들은 거기서 화장도 고치고 옷도 갈아입는 것이었으나 요새는 주로 경아가 소파를 독점하고 있는 것이었다.

그녀는 축 늘어져서 누워 있었다.

편안치 않았으나 옴짝하기도 싫어 새우등을 한 채 의자 밖으로 내민 두 다리를 바라다보았다. 끝이 뾰족하게 세모진 유행의 구두는 화사하고 그리고 약간 우스꽝한 선을 그리며 발끝에 신겨져 있었다. 자기가 신고 있기는 하지만 자기의 것 같지가 않다, 그런 감이 들었다. 검은 스커트도 스웨터도 그리고 건들거리는 브레이슬렛도 마찬가지였다. 그저 임시로 자기 몸에 부착되어 있을 뿐이라는 기묘한 생각을 그는 하고 있었다. 방금 걸려온 현태의 전화도 다를 것이 없었다. 정열이니 사랑이니 성실이라는 어휘조차도 이제 그에게는 무의미한 것이었다. 그보다는 다급한 문제가 있었다. 길가에서 죽으면 큰일이라는 생각이 그것이었다. 신변을 거뜬히 정리하고 병원에 들어가서 죽으리라고 맘먹고 있었다. 그것은 결코 좌절되는 일이 없기를 바라는 유일한 일이었다. 병원이, 치료의 방법도 없는 마지막 고비의 환자를 받아들여준다는 것은 고마운 일이었다. 그 깔끔하고 주제넘은 간호원이 있는 병원은 싫었고, 어디 수녀라도 있는 병원이 좋으리라 싶었다.

내세(來世)라는 것을, 경아는 물론 결코 믿을 수 없었으나, 가톨릭의 수녀의 그 어찌할 수도 없는 착오(錯誤)——미래에의 환상——만을 제외한다면, 그들은 경아에게 가장 가까운 사람들이었다. 그들은 '사람은 죽는 것'이라는 명제(命題) 속에서 살고 있었고, 따라서 그들에게만은, 신경을 안 쓰고 자기의 죽음을 개방할 수가 있을 듯하였다.

비용을 준비해서 그렇게 베드에 누워버리면, 줄이 끊어진 고무

풍선처럼 그저 지구 상에서 소멸하는 것이었다. 애끓는 애착도 미련도 있을 수 없었다.

아니 그렇지는 않았다.

경아의 눈앞에는 윤식이의 모습이 커다랗게 떠올랐다. 아이는 눈물이 글썽해서 입을 비죽거리면서 경아를 쳐다보고 있었다.

여기에 경아와 끊을 수 없는 것이 남아 있었다. 경아는 끓어오르는 사랑으로 그를 감싸주고 뺨을 비비고픈 갈망에 전신을 떨면서 죽어가야 하는 것이었다.

이렇게 따로따로 살고 있는 것이 아이와 헤어진 일이라고는 생각할 수 없듯이, 자기가 흙이 된 뒤를 상상하더라도, 그와 헤어져 버린다고는 생각할 수 없었다. 경아가 얼핏 그의 일을 머리에 그려내지 않는 것은 이러한 생각에 빠지는 일이 너무나도 견디기 어려운 것을 알고 있는 때문이었다.

그는 오래도록 소파에 누운 채로 있었다.

저녁때 조금 원기를 회복하여 아래로 내려갔다. 도어를 밀치고 들어서는 현태와 마주치자 기계적으로 미소해 보이고 문을 열어주는 자동차에 몸을 실었다.

"나중에 다시 시내로 모시기로 하고라도 우선 저희 집에 잠깐 들러주세요. 꼭 그렇게 하고 싶습니다."

어느 정도 명령적으로 들리는 어투로 현태는 그렇게 부탁을 하였다. 경아는 아무래도 좋은 기분으로 찬동하였다. 다만 차가 달리는 방향으로 보아 그가 학생 시절에 있던 그 집이 아닌가 싶어졌고, 그 집이 아니었으면 하고 바라는 듯한 마음은 생겼다. 그러나 현태가 차를 멈추게 한 곳은 역시 경아의 기억에도 어렴풋이 남아 있는 양관[10] 앞이었다.

예전에 현태의 숙부는 이 큰 저택에 살고 있었고, 현태는 자식을 두지 못한 그를 위하여 이 집에서 대학에 다니고 있었다. 경아는 한두 번 이 마당에 들어온 일이 있었고, 그때는 물론 현태와 결혼할 것으로 누구나가 믿고 있었다.

지금 현태는 현기와 단둘이 살고 있다 하였다. 그 현기도 돌아오는 일이라곤 거의 없다니까 을씨년스레 넓은 빈집 같은 데서 현태는 혼자 살고 있는 셈이었다. 담장이고 벽이고 정원이고 손이 가질 않아 퇴락한 감이 짙었다. 경아는 마음이 언짢았다.

정원 한구석 돌걸상에는 개가 몇 마리 매어져 있었다. 개들은 사람을 보자 시들한 대로 몇 마디씩 컹컹 짖는 시늉을 했다.

"현기가 말이에요. 접때 돈을 좀 주겠냐기에 주었더니 저렇게 숱한 개를 사들여 왔어요. 그리구는 퍽 귀해하고 그리다가도 또 저렇게 버려두고 나가거든요. 시중할 사람도 없고 골머립니다."

늙은 식모가 먼저 들어가더니 집 한 모퉁이에 불이 켜졌다.

붉은 양탄자가 깔린 넓은 그 방은 한편에 파이어 플레이스가 있었으나, 시커멓고 모양 사나운 오일 스토브로 덥혀지고 있었다.

낡아빠진 안락의자에 걸터앉아서 현태는 적이[11] 경아를 건너다보았다. 경아가 눈을 들어 마주 쳐다보니까 그는 빙그레 입가로 웃어 보였다. 그것은 북받쳐 오르는 여러 가지 감정을 스스로 익삭이려는[12] 듯한 표정이었다.

"경아씨하구 이렇게 집 안에서 마주 앉아보고 싶었습니다."

경아는 할 말이 없어 그저 미소하였다.

이윽고

"허긴 생일이라구 생억지를 부렸으니 디너 파티를 열기는 여는데……"

옆방으로 가서 술병이며 글라스를 집어다 탁자 위에 얹으면서,

"빈객하구 주인 측이 합해서 두 명뿐입니다. 게다가 요리는 음식점에서 가져온 것하고 캔으로 참아주시는밖에 없겠어요."

경아도 일어나서 피너츠가 마구 굴러 떨어지는 접시를 그의 손으로부터 받아 쥐었다.

"천만의 걱정을 하십니다. 저야말로 졸지에 축하의 선물도 없이 와서 죄송합니다. 우선 제가 왔다는 성의나마 받아주세요."

웃음소리가 흘렀다. 테이블에는 캔에서 나온 햄 덩어리며 썰지도 않은 치즈며 병에 든 피클이며가 요리점 접시에 담긴 음식들과 함께 두서도 없이 늘어놓였다.

"그래도 돌아다니면서 무척 정력을 소비한 결과가 이렇습니다. 어, 참 그것도 있었군."

현태는 부산히 책상 밑 서랍을 열고 식료품점의 커다란 봉지를 끄집어내기도 하였다. 평상시에 현태의 식사 시중을 별반 들지도 않는다는 식모는 오늘은 거의 소용에 닿지도 않았다.

유쾌하고 약간 진묘한[13] 식사가 시작되었다. 친밀한 사람들끼리만 나눌 수 있는 즐거운 화락[14]함이 방 안에 감돌았다. 만약 경아가 조금만 더 식욕을 느낄 수 있었더라면—만약 그 흉측한 위협

을 잊을 수만 있었더라면──그것은 진실로 유쾌한 식탁이었을 것이 틀림없었다. 눈치 채이지 않으려고 경아는 보다 많이 지껄이고 웃고 하였다.

먹는 일이 대충 끝나자
"여전히 아무것도 안 잡수시는군."
현태는 중대한 일을 발견한 듯이 고개를 기울이며 중얼거렸다.
"전 그래요."
경아는 대수롭지 않은 얼굴을 했다.
"모레 월요일엔 병원에 모시고 가겠습니다. 그날은 직장을 쉬십시오."
"아니라니까요."
"고집을 부리지 마시고."
엄격하게 그는 명령하듯 하였다.
그들은 요리 접시를 한데 쌓아 올렸다. 접시에 찍힌 R정(亭)의 마크는 경아의 눈에 사람을 그리워하며 쓸쓸한 현태의 생활을 그대로 상징하고 있는 것 같았다.
"접시가 싸늘해요."
그는 의미가 통하지 않을 소리를 하였다.
"접시가 어때요?"
자기도 살아서 이렇게 사람의 체온이 닿이는 곳에 더 오래 머물러 있고 싶다고 경아는 별안간 갈망하였다. 차디찬 돌 밑에 흙이 되어서 혼자 누워 있기는 싫었다.
경아는 마침내 자기가 그처럼 경계하던 '발악적인' 상태에 어느

덧 빠져버린 것을 깨달았다. 그는 슬며시 손을 놓고 창가로 걸어갔다. 검은 유리알에 자기의 얼굴이—아직 젊고 곱게 떠올라 있었다.

'왜 나는 죽어야 하나?'
하고 그는 뼈저린 비명을 처음으로 올렸다. 그의 몸은 가느다랗게 떨리고 있었다.

옆방에 나갔던 현태가 등 뒤에 가까이 와 섰다.

"경아씨 제 물음에 대답해주세요. 어디 먼 데로 가신다고 하셨지요. 쉬이 결혼하신다는 뜻이었나요?"

경아는 고개를 옆으로 저었다.

"아닙니까? 감사합니다. 한마디만 더 묻게 해주세요."

그는 경아의 두 어깨를 잡아 앞으로 돌려세웠다. 눈물 자국이 경아의 얼굴을 더럽히고 있었으나 그는 표정을 움직이지도 않고 재차 물었다.

"경아씨는 제가 여전히……싫으십니까?"

경아는 또 고개를 흔들었다. 아무것도 꾸며대기 싫은 순수한 마음이 되어 있었다.

"감사합니다."

잠깐 그의 말이 끊어졌다. 그리고 노기를 띤 것처럼 격한 말소리가 들려왔다.

"감사하다고 말씀드립니다, 물론. 그러나 경아씨로서도 나를 싫다고 하셔서는 안 되었습니다. 전에도 그래서는 안 되었던 것입니다. 잘못이었어요! 경아씨의 잘못이었어요!"

"……"

"지나간 얘기는 두고라도 경아씨는 나를 싫다고 해서는 안 됩니다. 내가 지내온 날들을 아신다면……세상이 반드시 부조리하게만 되어 있을 까닭도 없습니다."

"……"

"이제는 저하고 결혼해주십시오. 이제 또 저를 슬프게 해주셔서는 안 됩니다."

어느덧 경아는 그의 널따란 가슴 속에 안겨져 있었다. 그곳은 따뜻하고 미더운 장소였다. 언제까지나 그렇게 안심하고 있고픈 장소였다. 그러나 경아는 그를 밀어내었다.

"그런 말씀을 하시면 안 됩니다. 저에게는 그런 말씀 하셔선 안 돼요."

"완규군을 아직도 사랑하십니까."

현태의 목소리는 날카로운 고통으로 떨리고 있었다.

"그렇지 않습니다."

"다른 어떤 사람을……"

"아니에요."

절체절명의 빛을 띤 경아의 얼굴을 현태는 한동안 뚫어지게 주시하였다. 그리고 연민의 빛이 그의 눈 속에 감돌았다.

"알겠습니다. 용서하십시오. 제가 너무 조급했었나 봅니다. 차차로 설명해주시겠지요. 기다리겠습니다. 몇몇 년이나 한없이 기다리기도 했던걸요……"

쓰라린 미소로 그는 말을 맺었다. 그리고 다정히 경아의 팔목을 끌어 의자에다 앉혔다. 평범하고 즐거운 잡담으로 이끌어 넣음으로 하여 그는 오히려 경아를 위로하려는 위치를 취하였다.

경아는 왈칵 눈물이 솟을 듯한 격동을 누르고 있었다. 그녀는 처음으로 진심으로부터 현태에게 죄스러움을 느낀 것이었다. 그것은 또 그에 대한 뜨거운 사랑이기도 하였다.

말소리가 조금도 귀에 들어오지 않는 듯, 넋을 잃은 동자가 어느 때까지나 현태의 가슴께로 쏠리고 있는 것을, 현태는 또 구처[15] 없이 바라보며 어느덧 그도 침묵해버렸다. 문득 그것을 깨닫자 경아는 비틀비틀 의자에서 일어섰다.

"나는…… 나는……"

무슨 말을 현태에게 하려고 하는지 제 자신도 알 수 없었다. 아니 그것은 본래 언어로서 구성될 수 있는 것이 아니었을지도 몰랐다. 다만 그 전신으로 표현하는 혼란과 격동이 까닭 없이 현태의 마음을 아프게 하였다. 그는 어린애를 달래듯 그 어깨를 쓸어주며 그도 또한 어떤 말을 해야 할지 모르고 있었다.

"밖에—밖에 나가고 싶어요. 사람이 많고, 요란하고, 생각도 없는 데에……"

경아는 울고 난 뒤처럼 흐느끼면서 호소하였다.

"그렇게 하지요. 경아씨, 그렇게 하지요. 자 코트를 입으세요."

현태는 경아의 머리칼을 쓰다듬으면서

"피로하시잖게 그럼 잠깐만 거리를 다녔다 갑시다."

하였다.

"피로하지 않아요. 오늘은 젤 좋은 날인걸요."

참담한 바람이 지나간 핼쑥한 얼굴로 경아는 방긋 웃어 보였다. 그는 골목 끝 양품점에서 노란 금속의 이어링과 목걸이를 샀다.

"자, 이제는 어떤 무도회에라도 갈 수 있어요."

자동차 속에서 그것들을 달면서 즐거운 듯이 재깔거렸다.

주말이어서 그런지 홀은 어디고 북적대었다. 경아는 퍽 행복한 사람같이 보였다. 마치 취한 것처럼——황홀한 꿈에 취한 것처럼 그녀는 현태의 가슴에 얼굴을 묻고 스텝을 밟았다.

현태의 표정이 반대로 차츰 심각하여져갔다. 그는 테이블로 돌아온 경아가 하이볼[16]을 두세 잔 연거푸 비우는 것을 보자 두말없이 팔목을 잡아 일으켜 세웠다.

"돌아갑시다."

그들은 바깥으로 나왔다.

"집에 모셔다 드릴 테니 오늘은 일찍 주무셔야 해요. 거기가 어느 방향이지요?"

경아는 바로 거기 남산으로 올라가는 차도를 가리켰다.

"저리로 가요."

"국방부 앞으로 넘어갑니까? 차를 붙들지요."

"아니, 아니, 바로 저기예요. 걸어가야 해요."

경아는 거짓말을 하였다. 술을 마신 탓인지 자꾸 울고 싶었다. 울지 않으려면 여러 가지 말을 지껄여야 하였다. 그럴 수는 없으니까 그와 함께 산길을 걷자는 것이었다.

산을 향한 길에는 인기척도 없었다. 가끔 쏜살같이 스쳐가는 자동차의 헤드라이트가 아스팔트 위에 굵은 줄을 그었다 지울 뿐이었다.
 그 무늬 속에는 까뭇까뭇한 점이 무수히 떠올랐다가는 꺼져버렸다. 눈이 내리기 시작한 것이었다. 경아는 손바닥을 펴보고 또 얼굴을 젖혀 이마 위에 그것을 받으려고 하였다.
 "눈이 오네. 보세요, 눈이……"
 "경아씨!"
 현태는 돌연 걸음을 멈추었다. 그리고 난폭하게 경아의 어깨를 움켜쥐었다.
 "경아씨는 나를 사랑하고 있습니다. 그리고 경아씨 자신도 그걸 알고 있고. 그런데 왜 결혼하자면 거절하는 겁니까?"
 "……"
 "자, 말해보세요. 그런 이유는 있을 수 없습니다. 말해보십시오. 내가 납득이 가도록, 자, 자."
 경아는 어깨를 흔들어버리고 걸어갔다. 현태는 그를 다시 붙잡아 세웠다.
 "경아씨는 모르겠어요? 자기의 마음을?"
 "……"
 경아의 전신은 싸늘하게 식어갔다. 그의 마음에서 달콤한 슬픔, 눈물이 주는 위로는 가시어져버렸다. 그녀는 시선을 발끝에 떨구고 또 걷기 시작하였다. 조금 뒤에서 현태도 묵묵히 따라왔다.
 "어디까지 걸어가시는 겁니까? 이 근방에는 집이라고는 없지 않아요."
 그 소리에 경아는 발을 멈추었다. 그리고 미안한 듯이 조그맣게 대답하였다.

"집으로 가는 길이 아니었어요. 그건 서대문 쪽으로 가야 해요."

현태는 두 팔로 경아를 껴안았다.

"경아…… 경아……"

그는 경아의 얼굴에다 볼을 비볐다. 그의 뺨은 차갑게 젖어 있었다.

서대문에서 차를 버리고 다시 널따란 비탈을 오르면서 경아는 끝내 울음을 터뜨리고 말았다.

"왜 저를 괴롭히세요. 전 현태씨를 사랑하고 있어요. 정말이니까 다신 묻지 마세요. 그리구 결혼하자구 하지 마세요."

"그런 말이 있을 수 있습니까?"

"있구말구요. 있구말구요."

경아는 손등으로 코눈물을 비벼대었다.

"경아를 사랑하면서 경아를 소유하지 말라는 말씀이에요?"

"왜 저를 가지고 싶으세요? 복수하시려는 거죠! 내가 오랫동안 괴롭혀드렸으니깐 복수를 하시려는 거죠!"

억보[17]의 소리를 하며 그는 흐느꼈다.

"난 오랫동안 경아를 갖고 싶었다…… 경아만을 갖고 싶었다…… 그새 여러 여자들을 몰랐다고는 안 하지만 끝내 경아만을 갖고 싶었다……"

현태는 자기 자신에게 타이르듯이 나직이 꾹꾹 눌러 말하였다.

경아의 방 앞에 와 있었다. 경아는 포켓에서 키를 꺼내 들고 현

태를 노려보았다. 그것은 노려본다고 함이 가장 적당한 얼굴이었다. 한참 만에
 "내가 만약……이대로 어디 먼 데로 가버린다면 현태씨는…… 슬프겠어요? 젤 슬프겠어요?"
 경아는 별안간 굵은 눈물방울을 굴려뜨리면서 그렇게 물었다.
 "경아는 그렇게 할 권리가 없어! 우리는 사랑하고 있는데! 경아는 그런 말조차 해서는 못써!"
 경아는 키가 얹힌 손바닥을 내밀었다.
 경아의 얼굴은 처참하였다.

 맨몸의 경아를 더스터로 감싸서 현태는 무릎 위에 안고 있었다. 그의 입술은 타고 이마는 캄캄하게 어두워져 있었다.
 죽음이 그에게도 나누어진 것이었다. 말을 해버린 경아는 허탈한 듯이 두 눈을 감고 현태의 가슴에 머리를 파묻고 있었다. 눈물자국이 뺨에 말라붙고 그는 아마 잠이 들었는지도 알 수 없었다.
 청람빛 더스터코트의 쌀락거리는 차가운 감촉 너머에 부드러운 경아의 육체가 있었다. 호흡하고 있는 그 따뜻한 물체는 회색의 낙인을 찍힌 것치고는 너무나도 향기롭고 아름다웠다.
 '죽음'은 둘이서 나누어 가져보아도 조금치도 가벼워지지도 멀어지지도 않았다.
 통곡을 하는 대신 현태는 그런 산수를 풀이하고 있었다.
 통곡을 하는 대신 그는 심장으로 끝없는 절벽을 더듬고 있었다.

젊은 느티나무

그에게서는 언제나 비누 냄새가 난다.

아니 그렇지는 않다. 언제나, 라고는 할 수 없다.

그가 학교에서 돌아와 욕실로 뛰어가서 물을 뒤집어쓰고 나오는 때이면 비누 냄새가 난다. 나는 책상 앞에 돌아앉아서 옴짝도 하지 않고 있더라도 그가 가까이 오는 것을—그의 표정이나 기분까지라도, 넉넉히 미리 알아차릴 수 있다.

티셔츠로 갈아입은 그는 성큼성큼 내 방으로 걸어 들어와 아무렇게나 안락의자에 주저앉든가 창가에 팔꿈치를 짚고 서면서 나에게 빙긋 웃어 보인다.

"무얼 해?"

대개 이런 소리를 던진다.

그런 때에 그에게서 비누 냄새가 난다. 그리고 나는 나에게 가장 슬프고 괴로운 시간이 다가온 것을 깨닫는다. 엷은 비누의 향료와 함께 가슴속으로 저릿한 것이 퍼져나간다. ──이런 말을 하고 싶었던 것이다.

"뭘 해?"

하고 한마디를 던져놓고는 그는 으레 눈을 좀더 커다랗게 뜨면서 내 얼굴을 건너다본다.

그 눈동자는 내 표정을 살피려는 것 같기도 하고, 어쩌면 그보다도, 나에게 쾌활하게 웃고 떠들라고 권하고 있는 것 같기도 하다. 또 어쩌면 단순히 그 자신의 명랑한 기분을 나타내고 있는 것에 불과한지도 모른다.

어느 편일까?

나는 나의 슬픔과 괴롬과 있는 대로의 지혜를 일 점에 응집시켜 이 순간 그의 눈 속을 응시하지 않을 수 없다.

나는 알고 싶은 것이다.

그의 눈 속에 과연 내가 무엇으로 비치는가?

하루해와 하룻밤 사이, 바위를 씻는 파도 소리같이, 가슴에 와 부딪고 또 부딪고 하던 이 한 가지 상념에 나는 일순 전신을 불살라본다.

그러나 매일 되풀이하며 애를 쓰지만 나는 역시 알 수가 없다. 그의 눈의 의미를 헤아릴 수가 없다. 그래서 나는 괴롬과 슬픔은 좀더 무거운 것으로 변하면서 가슴속으로 가라앉아버리는 것이다.

그리고 다음 찰나에는 나는 그만 나의 자연스러운 위치──그의 누이동생이라는, 표면으로 보아 아무 스스러움도 불안정함도 없는 나의 위치로 돌아가 있지 않으면 안 될 것을 깨닫는다.

"인제 오우?"

나는 이렇게 묻는다. 그가 원한 듯이 아주 쾌활한 어투로. 이 경우에 어색하게 군다는 것이 얼마만 한 추태인가를 나는 알고 있다.

내 목소리를 듣고는 그도 무언지 마음 놓였다는 듯이

"응, 고단해 죽겠어. 뭐 먹을 거 좀 안 줄래?"

두 다리를 쭈욱 뻗고 기지개를 켜면서 대답을 한다.

"에엑, 성화라니깐. 영작 숙제가 막 멋지게 쓰여져나가는 판인데……"

나는 그렇게 두덜거려 보이면서 책상 앞에서 물러난다.

"어디 구경 좀 해, 여류 작가가 될 가망이 있는가 없는가 보아줄게."

그는 손을 내밀며 몸까지 앞으로 썩 하니 기울인다.

"어머나 싫어!"

나는 노트를 다른 책들 밑에다 잘 감추어놓고 아래층으로 내려가서 냉장고 문을 연다.

뽀얗게 얼음이 내뿜은 코카콜라와 크래커, 치즈 따위를 쟁반에 집어 얹으면서 내 가슴은 비밀스러운 즐거움으로 높다랗게 고동치기 시작한다.

그는 왜 늘 내 방에 와서 먹을 것을 달라고 할까? 언제나 냉장고 앞을 그냥 지나버리고는 나에게 와서 달라고 조른다.

어떤 게으름뱅이라도 냉장고 문을 못 열 까닭은 없고, 또 누구를 시키는 것이 좋겠다면 부엌 사람들께 한마디 하는 편이 나을 것이다.

군소리를 지껄대거나 오래 기다리게 하거나 그렇지 않더라도 줄곧 먹을 것을 엎지르거나 내려뜨리거나 하는 나를 움직이기보다는 쉬울 것이 확실하다.

'어쩐 셈인지 나는 이런 따위 일이 참말 서툴다. 좀 얌전하고 재빠르게 보이려고 하여도 도무지 그렇게 되질 않는다.'

쟁반을 들고 돌아와 보면 그는 창밖의 덩굴장미께로 시선을 던지고 옆얼굴을 보이며 앉아 있다.

무엇을 생각하는지, 내가 곁에 있을 때는 보이지 않는, 조용히 가라앉은 눈초리를 하고 있다. 까무레한 피부와 꽤 센 윤곽을 가진 그의 얼굴을 이런 각도에서 볼 때 나는 참 좋아진다. 나에게는 보이려 하지 않는, 혼자만의 표정도 무언지 가슴에 와 부딪는다.

그의 머리통은 아폴로의 그것처럼 모양이 좋다. 아주 조금 곱슬거리는 머리카락이 몇 올 앞이마에 드리워 있다.

"곱슬머리는 사납다던데."

언젠가 그렇게 말하였더니,

"아니 그렇지 않어. 숙희, 정말 그렇지 않어."

하고 그는 진심으로 변명을 하려 드는 것이었다. 나는 그저 농담을 하였을 뿐이었는데……

오늘도 그는 그렇게 내 방에서 쉬고 나더니

"정구 칠까?"

하며 자리에서 일어섰다.

"응."

"아니 참 내일부터 중간시험이라구 하잖었든가?"

"괜찮아, 그까짓 거……"

사실 시험이고 무엇이고 없었다. 나는 옷 서랍을 덜컹거리며 흰 쇼츠와 곤색 셔츠를 끄집어내었다.

"괜히 낙제할려구."

하면서도 그는 이내 라켓을 가지러 방을 나갔다.

햇볕은 따가웠으나 나뭇잎들의 싱싱한 초록 사이로 서늘한 바람이 지나가곤 한다. 우리는 뒷산 밑 담장께로 걸어갔다. 낡은 돌담의 좀 허수룩한[1] 귀퉁이를 타고 넘어서 옆집 코트로 미끄러져 들어간다.

옆집이라고 하는 것은 구왕가에 속한다는 토지의 일부인데 기실 집이라고는 까마득히 떨어져서 기와집이 두어 채 늘어서 있고 이쪽은 휑영하니 비어 있는 공터였다. 그 낡은 기와집에 사는 사람들은 이 공터를 무슨 뜻에선지 매일 쓸고 닦고 하여서 장판방처럼 깨끗이 거두어오고 있었다.

"아깝게시리…… 테니스 코트나 만들면 좋겠는데 응 그러면 어떨까?"

어느 날 돌담에 가 걸터앉아서 내려다보던 끝에 그런 제의를 했다.

처음에는 그는 움직이려 들지 않았으나 결국 건물께로 걸어가서 이야기를 해보았다.

이튿날 우리는 석회를 들고 가 금을 그었다. 또 며칠 후에는 네트를 치고 땅도 깎아내어서 아주 정식으로 코트를 만들어버렸다.

그렇게까지 할 줄은 몰랐을 주인이 야단을 치면 걷어버리자고 주춤거리며 일을 했는데 호호백발의 할아버지인 그 집 주인은 호령을 하지 않을뿐더러 가끔 지팡이를 끌고 나와 플레이를 구경하는 것이었다.

이렇게 나이 많은 노인네의 표정은 언제나 나에게는 판정하기 어려운 것이지만 특히 이 할아버지의 경우는 그러하였다. 구태여 말한다면 웃고 있는 것 같기도 하고 신기해하고 있는 것 같기도 했지만 또 동시에 하늘 밖의 일을 생각하는 듯 아득해 보이기도 하였으니 기묘했다.

한두 번은 담을 넘는 나의 기술을 적이 바라보고 분명히 무슨 말을 할 듯이 하더니 그만 입을 봉하고 말았다. 말을 했자 들을 법하지도 않다고 짐작을 대었는지 알 수 없었다. 어쨌든 그곳은 아주 좋은 우리의 놀이터인 것이었다.

물리학 전공의 그는 상당히 공부에도 몰리고 있는 눈치였으나 운동을 싫어하는 샌님도 아니었다.

테니스를 나는 여기 오기 전에도 하고 있었지만 기술이 부쩍 는 것은 대부분 그의 덕분이다. 그가 내 시골 학교의 코치보다도 훌륭한 솜씨를 갖고 있음을 알았을 때의 나의 만족이란 이루 말할 수도 없는 것이었다.

머리가 둔한 사람을 나는 도저히 좋아질 수 없지만 또 운동을 전연 모른다는 사람도 매력적이라고 생각할 수 없다. 스포츠는 삶의 기쁨을 단적으로 맛보여준다. 공을 따라 이리저리 뛰면서 들이마시는 공기의 감미함이란 아무것에도 비할 수 없다.

나는 오늘 도무지 컨디션이 좋지가 못하였다. 이렇게 엉망진창인 때면 엉망진창인 대로, 또 턱없이 좋으면 좋은 그대로 적당히 이끌고 나가주는 그의 솜씨가 적이 믿음직해지는 따름이었다.

"와아, 참 안 된다. 퇴보일로인가 봐."

"괜찮아. 아주 더워지기 전에 지수랑 불러서 한번 시합을 할까?"

하늘이 리라²빛으로 물들 무렵 우리는 볼들을 주워 들고 약수터께로 갔다.

바위틈으로 뿜어 나는 물은 이가 저리도록 차갑고 광물질적으로 씁쓰름하다.

두 손으로 표주박을 만들어 떠내가지고는 코를 틀어박고 마신다. 바위 위로 연두색 버들잎이 적이 우아하게 늘어지고, 빨간 꽃을 다닥다닥 붙인 이름 모를 나무도 한 그루 가지를 펼친 것으로 보아, 이런 마심새를 하라는 샘터는 아닌 모양 같지만 우리는 늘 그렇게 하여왔다.

"약수라니까 많이 마셔. 약의 효험이나 좀 볼지 아나?"

"멋 땜에?"

"멋 땜에는. 정구 좀 잘 치게 되나 보려구 그러지."

이렇게 시끌덤벙 떠들던 샘 가였다.

그런데 오늘 바위 언저리에는 조그만 표주박이 하나 놓여 있었다. 필시 그 할아버지가 갖다 놓아준 것이 분명하였다.

"오늘부터 얌전히 마셔야 해."

"산신령님이 내려다보신다."

정말 한동안 음전하게³ 앉아서 쉬었다. 그리고 그는 허리를 굽혀 표주박으로 물을 떴다. 그는 그것을 내 입가에 대어주었다. 조용한, 낯선 표정을 하고 있었다. 나에게는 보이는 일이 없는, 자기 혼자만의 얼굴의 하나인 것 같았다.

나는 아주 조금만 마셨다. 그리고 얼굴을 들어 그를 바라다보고 있었다. 그는 나머지를 천천히 자기가 마셨다.

그리고 표주박을 있던 자리에 도로 놓았으나 아주 짧은 사이 어떤 강한 감정의 움직임이 그 얼굴을 휘덮은 것 같았다. 그는 내 쪽을 보지 않았다.

나는 돌연 형언하기 어려운 혼란 속에 빠져들어갔으나 한 가지의 뚜렷한 감각을 놓쳐버리질 않았다. 그것은 기쁨이었다.

나는 라켓을 둘러메고 담장께로 걸어갔다.

'오빠.'

그는 나에게는 그런 명칭을 가진 사람이었다.

'오빠.'

그것은 나에게 있어 무리와 부조리의 상징 같은 어휘이다.

그 무리와 부조리에 얽힌 존재가 나다.

나는 키보다 높은 담장 위에서 뛰어내렸다. 그리고 뒤도 안 돌아보고 정원 안을 걸어갔다.

운동화를 벗어 들고 맨발로 걷는다. 까실까실하면서도 부드러운 잔디의 감촉이 신이나 양말을 신고 디딜 생각을 없이한다.

"발바닥에 징을 박아줄까? 어디든지 구두 안 신고 다니게 말야."

그는 옆에 있는 때면 이런 소리를 한다.

"맨발로 풀 위를 걸으면 고향에 온 것 같아, 아니 내가 나 자신에게 돌아온 것 같은 그런 맘이 드는걸……"

나는 중얼중얼 그런 소리를 지껄이는 것이다. 저녁 이맘때가 되면 별안간 거의 수습할 수 없을 만치 감정이 엉클리곤 하므로 그 뒤로는 완고 덩어리 할멈처럼 입을 봉하고 아무런 대꾸도 하질 않는다.

시무룩해가지고 테라스 앞에 오면—그 안 넓은 방에 깔린 자색 양탄자, 이곳저곳에 놓인 육중한 가구, 그 속에 깃든 신기한 정적, 이런 것들을 넘겨다보면—그리고 주위에 만발한 작약, 라일락의 향기, 짙어진 풀내가 한데 엉켜 뭉큿한 이곳에 와서 서면—나는 내 존재의 의미가 별안간 아프도록 뚜렷이 보랏빛 공기 속에 떠 있는 것을 보는 것이다.

내가 잠시 지녔던 유쾌함과 행복은 끝내 나의 것일 수는 없고, 그것은 그대로 실은 나의 슬픔과 괴로움이었다는 기묘한 도착(倒錯)[4]을, 나는 어떻게도 처리할 길이 없다.

오누이……

동생……

이런 말은 내 맘속에서 혐오와 공포를 자아낸다.

싫다.

확실히 내가 느껴온 기쁨과 즐거움은 이런 범주 내에서 허용될 수 있는 것이 아니었다.

날마다 경험하는 이 보랏빛 공기 속에서의 도착은 참 서글픈 감촉을 갖고 있었다. 나는 그의 곁에 더 오래 머무를 용기조차 없어진다.

검은 눈을 껌벅이면서 그는 또 농담이라도 할 것이다. 내게 더 웃고 더 쾌활해지라고 무언중에 명령할 것이다.

그가 내게 해줄 수 있는 일은 그것뿐이다.

오늘 나는 가슴속에 강렬한 기쁨을 안았던 까닭에 비참함도 더 한층 큰 것만 같았다.

나는 그곳에 한동안 서 있었다. 그리고 볼을 불룩하니 해가지고 마루로 올라갔다.

번들거리는 마룻바닥에 부연 발자국이 남아난다. 그렇게 마루가 더럽혀지는 것이 어쩐지 약간 기분 좋다. 몸을 씻고 옷을 갈아입으면서 창으로 힐끗 내다보았더니 그는 등나무 밑 걸상에 앉아 있었다. 무릎 위에 팔굽을 짚고 월계 숲께로 시선을 던진 모양이 무언지 고독한 자세 같아 보였다. 그도 조금은 괴로운 것일까? 흠, 그러나 무슨 도리가 있담. 까닭 없이 그에 대해 잔인해지면서 나는 그렇게 혼잣말을 하였다.

나는 방에 불도 켜지 않고 밖에서 보이지 않을 구석에 가만히 앉아 내다보고 있었다. 주위가 훨씬 어두워진 연에 그는 벤치에서 일어났다. 그리고 사라지기 전에 한참 내 창문께를 보며 서 있었다.

나는 어느 때까지나 불을 켜지 않았다.

저녁을 먹으러 내려가지도 않았다.

그 대신에 그가 마시다 둔 코크의 잔을 집어 들었다. 그리고 가만히 입술을 대었다. 아까 그가, 내가 마신 표주박에 입술을 대었 듯이……

'그'를 무어라고 부르면 마땅할까.

오빠라고 불러야 한다는 것이 나의 운명이다.

재작년 늦겨울 새하얀 눈과 얼음에 뒤덮여서 서울의 집들이 마치 얼음사탕들처럼 반짝이던 날 무슈 리에게 손목을 끌리다시피 하며 이곳에 도착한 나에게 엄마는 그를 이렇게 소개했다.

"숙희의 오빠예요, 인사를 해. 이름은 현규라고 하고."

저 진보랏빛 양탄자 위에 서서 나는 그의 얼굴을 바라보았다.

"문리과대학의 수재란다. 우리 숙희두 시굴서는 꽤 재원이라고들 하지만 서울 왔으니까 좀 어리벙벙할 테지. 사이좋게 해줘요."

엄마의 목소리는 가벼웠으나 눈에는 두려움이 어려 있는 것 같았다. 엄마는 열심히 청년의 두 눈을 주시하고 있었다.

V넥의 다갈색 스웨터를 입고 그보다 엷은 빛깔의 셔츠 깃을 내보인 그는, 짙은 눈썹과 미간 언저리에 약간 위압적인 느낌을 갖고 있었으나 큰 두 눈은 서늘해 보였고, 날카로움과 동시에 자신(自信)에서 오는 너그러움, 침착함 같은 것을 갖고 있는 듯해 보였다. 전체의 윤곽이 단정하면서도 억세고, 강렬한 성격의 사람일 것 같았다. 다만 턱과 목 언저리의 선이 부드럽고 델리킷하여

보였다.

'키도 어깨 폭도 표준형인 듯하고…… 흐응, 우선 수재 비슷해 보이기는 하는걸……'

하고 나는 마음속으로 채점을 하였다. 물론 겉보매⁵만으로 사람을 평가하리만큼 나는 어리석은 계집애는 아니었지만.

내가 그의 눈을 쏘아보자 그는 눈이 부신 사람 같은 표정을 하면서 입술 한쪽으로 조금 웃었다. 그것은 약간 겸연쩍은 것 같기도 하였지만 혼자 고소하고 있는 것같이도 보였다. 자기를 재어보고 있는 내 맘속을 환히 들여다보는 때문일까? 그러자 나는 반대로 날카로운 관찰을 당하고 있는 듯한 긴장을 느꼈다.

그러나 그는 지극히 단순한 태도로

"참 잘 왔어요. 집이 이렇게 너무 쓸쓸해서 아주 좋지 못했는데……"

하고 한 손을 내밀어서 내 손을 잡았다.

나를 도무지 어린애로만 보았다는 증거일 게고 또 아마 엄마의 감정을 존중한 결과였을 것이다.

아닌 게 아니라 엄마의 얼굴에는 일순 안도와 만족의 표정이 물결처럼 퍼져갔다. 나는 이 청년이 엄마에게 어떤 존재인지를 짐작하였다. 말하자면 그들 인공적(?)인 모자 관계에 있어서는 항상 세심한 배려가 상호 간에 베풀어져야만 하는 것이다.

무슈 리는 매우 대범한 성질이어서 만사를 복잡하게 받아들이지는 않는 것 같았다. 그는 그저 미소를 띠고 우리를 바라다볼 뿐이고, 내가 고단할 게라는 소리를 몇 번이나 하였다.

어쨌든 그는 그로부터 나를 숙희라고, 쉽고도 간단하게 불러오고 있다.
"헤이, 숙!"
하기도 한다. 그리고 나에게 무조건 관대하였다. 지나치리만큼. 그래서 때로는 섭섭하리만큼.

그러므로 그가 이즈음 내 방에 와서 배가 고프다고 한다거나 손 같은 데에 약을 발라달라고 하게 된 것은 나에게는 대단히 귀중한 변화인 것이다.

그것은 어쨌든 내 편에서는 그를 오빠라고는 도저히 부를 수 없었다. 처음에는 너무 생소하여서, 그리고 나중에는 또 다른 이유들로.

이것은 무슈 리를 아버지라고 부르기 어렵기보다는 몇 갑절이나 힘든 일이었다. 나는 자기가 대단한 고집쟁이인지, 또는 부끄럼쟁이인지 분간할 수 없다. 나의 이런 곤란을 그도 엄마도 어느 정도 알고는 있는 모양으로 요즈음 내가 그 말을 피하려고 이리저리 애를 쓰지 않고도 적당한 대답을 할 수 있도록 저편에서 고려하여 말을 걸어준다. 이런 의미에서 사양[6] 없이 나를 곤경에 몰아넣곤 하는 것은 그러니까 무슈 리 한 사람뿐이다.

서울 와서 일 년 남짓 지나는 새에 나는 여러모로 조금씩 달라진 것 같다. 멋을 내는 방법도 배웠고 키가 커지고 살결도 희어졌다. 지난 사월에는 미스 E여고에 당선되어서 하루 동안 학교의 퀸 노릇을 하였다. 바스트가 약간 모자랄 거라고 나는 생각하고 있었는데 압도적으로 표가 많이 나와서 내가 오히려 놀랐다. 엄마는 좋아서 어쩔 줄 몰랐고 무슈 리는 기막히게 비싼 손목시계를 사주었다.

그——현규——는 별말을 하지 않았다. 농담조차 하지 않았다. 축하한다고 한 번 그것도 아주 거북살스러운 투로 말하고는 무언지 수줍은 것 같은 얼굴을 하고 있었다. 그런 것을 보니까 나는 썩 기분이 좋았다.

나는 성질도 조금 달라져온 것 같다. 동무도 많았고 노래도 잘 부르던 시골 시절보다 조용한 이곳에서 더 감정이 격렬해진 것 같다.

삶의 기쁨이란 말을 나는 이제 이해한다.

이 집의 공기는 안락하고 쾌적하고, 엄마와 무슈 리와의 관계로 하여 약간 로맨틱한 색채가 감돌고 있기도 하다. 서울의 중심에서 떨어진 S촌의 숲 속의 환경도 내 마음에 들고, 무슈 리가 오래 전부터 혼자 살아왔다는 담쟁이덩굴로 온통 뒤덮인 낡은 벽돌집도 기분에 맞는다.

그——현규——는 엄마에게 예절 바르고 친절하고, 무슈 리는 내가 건강하고 행복스러운 얼굴만 하고 있으면 어느 때고 지극히 만족해하고 있다. 그는 어느 사립 대학의 경제학 교수인데 약간 뚱뚱하고 약간 호인다워 보인다. 불란서와 아무 관계도 없는 그를 무슈라고 내가 속으로 부르고 있는 까닭은 어느 불란서 영화에서 본 한 불쌍한 아버지의 모습과 그가 닮아 있기 때문이다. 무슈 리는 불쌍하지는 않다. 오히려 지금은 참 행복하다. 그러나 이렇게 호의 덩어리 같은 사람은 자칫하면——주위가 나쁘면——엉망으로 불행해질 것같이 보이는 것이다.

괴테의 베르테르 같은 청년의 비극에는 날카로운 아름다움이 있다. 그러나 우리 무슈 리 같은 타입의 슬픔에는 오직 비참만이 있을 듯하다…… '우리 엄마가 그의 곁에 와준 것은 얼마나 다행한 일이었을까!'

엄마는 줄곧 집에만 들어앉아 있으나 행복해 보였고 예부터 특징이던 부드러운 목소리가 한층 더 부드러워진 것 같다. 다만 엄마는 엄마의 행복에 대해서 한편으로 죄스러움 같은 것을 느끼고 있는 듯한 눈치로서 그래서 바깥으로 나다니지도 않고 큰 소리로 웃는 일도 없는 것 같았다. 그러나 그는 늘 고운 옷을 입고 있었고 예쁘게 화장을 하고 있었다. 이 일도 내 마음에 흡족하였다.

그러나 이곳에는 뜻하지 않은 괴로움이 또한 있었다. 현규에 대한 감정은 언제나 내 맘을 무겁게 하고 있다. 너무나 고통스럽게 여겨질 때에는 여기 오지를 말았더면 하고 혼자 중얼대는 일도 있다. 그러나 그 생각은 오래가지는 않는다. 나는 만약 내 생애에서 한 번도 그를 만나는 일이 없이 죽고 말 경우라는 것을 생각해 보면 가슴이 서늘해지기까지 한다. 아무 일도 이루어지지 않아도 좋았다. 나는 그를 만났다는 일만으로 세상의 어느 여자보다도 행복한 것이다. 그의 곁에서 호흡하고 있는 기쁨을 무엇으로 바꿀 수 있을까.

그러나 나는 여전히 슬프고 초조한 것도 사실이다. 정직히 말한다면 내 기분은 일 분마다 달라진다.

무슈 리가 요즘 외국을 여행 중인 것은 내게는 하나의 구원과도 같다.

아침마다 행복 그것 같은 얼굴로 인사를 하지 않아도 좋고 저녁마다 시간에 식당에 내려가지 않아도 좋기 때문이다.

"돌아오실 때까지 눈감아줘 응 엄마, 시간 지키는 거 나 질색인 줄 안 알우. 먹고 싶은 때 먹고 안 먹고 싶은 때 안 먹고 그럴게 응?"

무슈 리가 떠나는 즉시로 나는 엄마에게 이렇게 교섭을 하였다. 사실 현규의 얼굴을 보는 일이 두려운 때가 점점 잦아오는 것만 같다.

그는 대개는 엄마와 함께 저녁을 드는 모양이었다.

예절 바른 그가 식당에서 엄마의 상대를 하고 있을 동안 나는 멍하니 창가에 앉아서 저물어가는 하늘을 바라다보고 있다.

군데군데 작은 집들이 몰려 있는 촌락과, 풀숲과 번득이는 연못 같은 것들이 있는 넓은 들판 너머에 무지개 빛나며 강이 흐르고 있다. 강은 날씨와 시간에 따라 플래티나같이 반짝이기도 하고 안개처럼 온통 보얗게 흐려버리기도 한다. 하늘이 보랏빛으로부터 연한 잿빛으로 변하여가는 무렵이면 그 강도 부드러운 회색 구름과 한덩이가 되었다.

나는 여러 가지 감정이 뒤범벅이 된 혼란 상태에서 자기를 건져내야 한다고 그 어두운 강물을 바라보며 늘 생각하는 것이었다. 마음 가는 대로 몸을 내맡길 수 없는 것이 나의 입장이고 또 그 마음 가는 일 자체에 대해서는 분열된 생각을 수습할 수가 없었다.
 현규를 사랑한다는 일 가운데 죄의식은 없었다. 그런 것은 있을 수 없었다. 그러나 엄마와 무슈 리를 그런 의미에서 배반하는 것은 곧 네 사람 전부의 파멸을 의미하는 것이었다. 파멸이라는 말의 캄캄하고 무서운 음향 앞에 나는 떨었다.
 이곳에 오기 전에 나는 시골 외할아버지의 집에 있었다. 삼사년 전까지 엄마와도 함께, 그리고 그 후로는 할머니 할아버지와 단 셋이서. 일하는 사람들은 여럿 있었고 과수원을 지키는 개도 여러 마리, 그중에는 내가 특별히 귀여워한 진돗개 복동이도 있었지만, 나는 언제나 못 견딜 만치 적적하였다. 엄마가 서울로 떠난 후에는 마음이 막 쓰라린 것을 참아야 했지만 그 엄마가 같이 있었을 때에라도 나는 우리의 생활에서 마음 든든하다거나 정말로 유쾌하다거나 하는 느낌을 가져본 일은 없다.
 젊고 아름다운 엄마가 언제나 조용히 집 안에서 세월을 보내고 있는 일은 내게 어떤 고통을 주었다. 그 무릎 위에는 늘 내게 지어 입힐 고운 헝겊 조각이나 털실 같은 것이 얹혀 있었지만 그리고 그 입에서는 늘 나에 관한 이야기가 흘러나왔지만 나는 그것이 불만하고 불안하기조차 하였다.
 그런 걸 만들어주지 않아도 좋으니 다른 애들 엄마처럼 집안 살림에 볶이어서 때로는 악도 쓰고 나더러 야단도 치고 어린애도 둘러업고 다니고—말하자면 그녀 자신의 생활을 하고 있으면 나도 흐뭇할 것 같았다. 할머니도 할아버지도 나에게와 마찬가지로 엄마에게도 그저 유하고 부드럽기만 하였다.

젊은 느티나무

엄마의 그림자 같은 생활은 언제부터 시작되었었는지 기억할 수 없다. 사변과 함께 우리가 시골 할아버지 댁으로 내려가던 때 그러니까 지금부터 십 년쯤 전에도 이미 그랬었고 또 그보다 전 서울서 국민학교에 입학하던 즈음에도 역시 그런 느낌이던 것을 잊지 않고 있다.
　'아버지'에 관하여 나는 아무것도 모른다. '돌아가셨다'는 설명을 언젠가 들은 적이 있었으나 어쩐지 정말 같지 않다는 인상으로 남아 있었다. 사변 후에
　"너의 아버지는 돌아가셨다."
하고 할머니가 일러주셨는데 이때의 말투에는 특별한 것이 깃들어 있어서 그 후로는 그것이 진실이거니 여기고 있다. 아마 나의 엄마와 아버지는 내가 아주 어릴 때부터 별거하고 있었고 그러는 사이 그들은 다시 만나는 일도 없이 사별하고 만 모양이었다. 어쨌든 나는 내 부친에 관해서 아무런 지식도 관심도 감정도 갖고 있지 않다. '윤'이라는 내 성이 그로부터 물려받은 유일의 것이지만 세상에 흔한 성이라고 느낄 뿐이다.
　무슈 리가 피난지에서 할아버지의 과수원을 찾아온 것은 어떤 경위를 지난 뒤였는지 나는 알 수 없다. 그날 나뭇가지에 걸터앉아서 사과를 베어 먹고 있노라니까 좀 뚱뚱한 낯선 신사가 걸어왔다. 대문 앞에서 망설이듯이 멈추었다가 모자를 벗어 들고 걸어 들어왔다. 나무 밑을 지나갈 적에 사과 씨를 떨구었더니 발을 멈추고 쳐다보았으나 웃지도 않고 그냥 가버렸다. 도무지 어수선하기만 하다는 얼굴이었다. 나중에 방 안에서 정식으로 인사를

하였는데 그때의 판단으로는 나무 위로부터 환영받은 일을 까맣게 기억하지 못하는 것 같았다.

그는 하룻밤 체류하지도 않고 되돌아갔다. 그리고 할아버지와 할머니에게는 대단히 중요한 의논거리가 생긴 모양이었다. 밤에 가끔 사과밭 사이를 혼자 걷는 엄마를 보게 되었다.

무슈 리는 한 번 더 다녀갔다. 그리고 얼마 후에 엄마는 상경하였다.

"애초에 그렇게 혼인을 정했더면 애 고생을 안 시키는걸……"

어느 날 옆방에서 할머니가 우시며 수군수군 그런 소리를 하시는 걸 듣고 놀랐다.

"그럼 우리 숙희는 안 태어났을 것 아뇨. 공연한 소릴……"

"그저 팔자소관이죠. 경애가 생각을 잘못 먹었었다느니보다도……"

애어멈이라고 하지 않고 그렇게 엄마의 이름을 대는 것을 듣고 나는 엄마의 젊은 시절을 생각하여 즐거워졌다.

그림자처럼 앉아서 내 블라우스 같은 것을 매만지는 엄마를 보는 서글픔은 이제는 없어졌다. 엄마가 그럭저럭 행복해진 듯한 것은 기뻤으나 뼈저리게 쓸쓸한 것도 사실이었다. 나는 밤낮 커다란 소리로 노래를 부르고 있었다. 산모퉁이 길을 학교에서 돌아오는 때에도 사과나무의 흰 꽃 밑에서도 또 빨간 봉선화가 핀 마당에서도.

"이애야, 그렇게 큰 소릴 내면 남들이 웃는다."

할머니는 가끔 진정으로 그런 소리를 하셨다. 재작년 늦은 겨울 무슈 리가 내려와서 나를 데려가겠다고 우겨댔을 때에 제일 놀란 사람은 나 자신이었다. 두 분 노인네도 더러 망설였다. 그러나 무슈 리의 끈기 있는 태도에 양보를 하는밖에 없는 눈치여서 노인네들은 그만 풀이 없었다. 나는 무슈 리가 할머니 할아버지에게,

"무엇보다 엄마가 그걸 원하고 있으니까요. 말은 안 하지만 절실히 바라고 있는 걸 내가 아니까요."

하고 열심히 이야기하는 것을 보다가 그만 싱그레 웃고 말았다. 나 보기에 할아버지 할머니는 이미 설복되어서 무슈 리가 만약 그 연설을 잠시 끊기만 한다면 이내 대답을 할 것 같은데 그는 마치 그들이 결단코 나를 놓지는 않으리라고 굳이 믿는 사람처럼 애걸복걸을 하는 것이었다. 그가 말을 하면서 나를 흘깃 보았을 때 나는 조그맣게 끄덕여 보였다. 그랬더니 그는 말을 뚝 끊고 벙글 웃더니 손수건을 꺼내서 이마를 닦았다.

이래서 나는 서울 E여고로 전학을 하였다.

나는 생각한다.

무슈 리와 엄마는 부부이다. 내가 그를 아버지라고 부르기 어려운 것은 거의 그런 말을 발음해본 적이 없는 습관의 탓이 크다.

나는 그를 좋아할뿐더러 할아버지 같은 이로부터 느끼던 것의 몇 갑절이나 강한 보호 감정——부친다움 같은 것도 느끼고 있다.

그러나 나는 그의 혈족은 아니다.

현규와도 마찬가지다. 그와 나는 그런 의미에서는 순전한 타인이다. 스물두 살의 남성이고 열여덟 살의 계집아이라는 것이 진

실의 전부이다. 왜 나는 이 일을 그대로 알아서는 안 되는가.
 나는 그를 영원히 아무에게도 주기 싫다. 그리고 나 자신을 다른 누구에게 바치고 싶지도 않다. 그리고 우리를 비끄러매는 형식이 결코 '오누이'라는 것이어서는 안 될 것을 알고 있다.
 나는 또 물론 그도 나와 마찬가지로 같은 일을 생각하고 있기를 바란다. 같은 일을——같은 즐거움일 수는 없으나 같은 이 괴롬을.
 이 괴롬과 상관이 있을 듯한 어떤 조그만 기억, 어떤 조그만 표정, 어떤 조그만 암시도 내 뇌리에서 사라지는 일은 없다. 아아, 나는 행복해질 수는 없는 걸까? 행복이란, 사람이 그것을 위하여 태어나는 그 일을 말함이 아닌가.
 초저녁의 불투명한 검은 장막에 싸여 짙은 꽃향기가 흘러든다. 침대 위에 엎드려서 나는 마침내 느껴 울고 만다.

"숙희야 나 이런 것 주웠는데……"
 일요일 아침 아래층으로 내려가니까 소파에 앉아 있던 엄마가 손에 쥐었던 봉투 같은 것을 들어 보였다.
 "뭔데?"
 나는 가까이 갔다.
 그리고 좀 겸연쩍어졌지만 하는 수 없이
 "어디서 줏었우 이걸."
하면서 손을 내밀어 그것을 집으려고 하였다.

"잠깐…… 거기 좀 앉아보아."

엄마는 짐짓 긴장한 낯빛을 감추려고 하면서 앞의 의자를 가리켰다.

나는 속으로 픽 하고 웃음이 나왔으나 잠자코 거기에 가 걸터앉았다.

지수는 O장관의 아들이다. 언덕 아래 만리장성 같은 우스꽝한 담을 둘러친 저택에 살고 있다. 현규랑 함께 정구를 치는 동무이고 어느 의과대학의 학생인데 큼직큼직하고 단순하게 생겨 있었다. 지프차에다 유치원으로부터 고등학교까지의 동생들을 그득 싣고 자기가 운전을 하여 학교에 가곤 한다.

나도 두어 번 그 차를 얻어 탄 일이 있다. 한 번은 현규와 함께였으니까 사양할 것도 없었고 다른 한 번은 시내에서 돌아오는 길목이라 굳이 싫다는 것도 이상할 것 같아서 탔다.

"작은 학생들이 오늘은 하나도 없군요."

"나 있는 데까지 시간 안에 오는 놈은 태워가지고 오고 그 밖엔 뿔뿔이 재주대로 돌아오깁니다. 기차나 마찬가지죠."

그가 걸맞지 않게 적이 섬세한 표현으로 러브 레터를 써 보냈다고 해서 나는 우습게 생각하는 것은 아니다. 그러나 엄마의 엄숙한 표정은 역시 약간 난센스가 아닐 수 없었다.

"글쎄 이게 어디서 났을까."

"등나무 밑 걸상에서."

"오옳아 참 게다 났었군."

"오옳아 참이 아니야. 숙희는 만사에 좀더 조심성이 있어야 해요. 운동을 하구 난 담에두 그게 뭐야. 라켓은 밤낮 오빠가 치워놓던데."

홍홍 하고 나는 웃었다.

"편지 보낸 사람에게 첫째 미안한 일 아니야?"

"참 그래. 엄마 말이 옳아."

그리고 나는 편지를 잡아채었다.

"귀중한 물건인가? 엄마 좀 읽어봄 안 되나?"

"읽어봐두 괜찮아. 안 되는 거라면 게다 놔둘까 감추지."

나는 조금 성가셔졌다.

"그럼 안심이군. 사실은 벌써 읽어봤어."

"아이 엄마두."

"그런데 엄마가 얘기하고 싶은 건 숙희가 자기 주위에 일어나는 일들을——이런 편지에 관한 거라든지 또 그 밖의 일들을, 혼자 처리하지 말고 그 요점만이라도 엄마한테 의논해주었으면 좋겠어. 그건 그렇게 해야만 하는 거야."

듣고 있는 사이에 나는 점점 우울해져서 잠시라도 속히 이 자리에서 떠나고 싶은 생각밖에는 없어졌다.

"엄마가 언제나 숙희 편에 서서 생각하리라는 건 알고 있겠지?"

"응."

나는 선대답을 해놓고 천천히 밖으로 걸어나갔다.

'엄마의 아들을 사랑하고 있어요.'

이렇게 말한다면 엄마는 어떤 모양으로 내 편에 서줄까?

엄마 힘에는 미치지 않는 일이었다. 무슈 리의 힘에도 미치지 않는 일이었다.
 나는 편지를 주머니에 구겨 넣고 아침 이슬로 무릎까지 폭삭 적시면서 경사진 풀밭을 걸어 내려갔다. 되도록 사람을 만나지 않을 방향으로——멀리 늪이 바라다보이는 쪽으로 천천히 걸음을 옮겨갔다. 아카시아의 숲이니 보리밭이니 잡목 옆을 지나갔다.
 현규와의 사이는 요즘 어느 때보다도 비관적인 상태에 놓여 있는 것 같았다. 나는 그와 마주치기를 피하고 있었다. 웃고 농담을 하고 아무것도 아닌 체 헤어지는 고통이 참기 어려운 것이다. 그가 예사 얘기를 하여도 나는 공연히 화를 냈다. 그러면 그는 상대를 안 해주었다.
 머리 위에서 새들이 우짖었다. 하늘은 깊은 바닷물 속같이 짙푸르고 나무 잎새들은 빛났다. 여름이 무르익어가고 있었다. 상수리 숲이 늪의 방향을 가려버렸으므로 나는 풀 위에 앉아 턱을 괴고 생각에 잠겼다.
 세계적인 발레리나가 되어 보석처럼 번쩍이면서 무대 위에서 그를 노려보아줄까? (한 번도 귀담아들은 적은 없지만 내 발레 선생은 늘 나에게 야심을 가지라고 충동을 한다.) 그러면 그는 평범한 못생긴 와이프를 데리고 보러 왔다가 가슴이 아파질 터이지. 아주 짧은 동안 그것은 썩 좋은 생각인 듯 내 맘속에 머물렀다. 그러고는 물거품처럼 사라져 없어졌다. 그러고는 이어 그에게 아무것도 바라지를 말고 식모처럼 그저 봉사만 하는 일에 감사를 느끼자는 생각이 떠올랐다. 그러자 슬픈 마음이 들기도 전에 발등

위로 눈물이 한 방울 굴러 떨어졌다.

나는 일어나서 돌아가려고 하였다. 그때 와삭거리고 풀 헤치는 소리가 등 뒤에서 나며 늘씬하게 생긴 세터가 한 마리 나타났다. 그 줄을 쥐고 지수가 걸어왔다. 건강한 체구에 연회색 스포츠웨어가 잘 어울린다. 그의 뒤에서 열 살 전후의 사내애와 계집아이가 돌 장난을 치면서 달려나왔다. 지수는 나를 보고 좀 당황한 듯하였으나 이내 흰 이를 보이고 웃으면서 다가왔다.

"안녕하셨어요. 산봅니까!"

"네, 돌아가는 길이에요."

아이들은 우리를 새에 두고 떠들어대면서 잡기 내기를 한다. 지수는 한 아이를 붙들어 세터를 맨 줄을 들려주고는 어서 앞으로 들 가라고 손짓하였다.

우리는 잠자코 한동안 함께 걸었다. 아카시아의 숲 샛길에서 그는 앞을 향한 채 불쑥

"편지 보아주셨죠?"

하고 겸연쩍은 듯한 소리를 내었다.

"네."

"회답은 안 주세요?"

나는

"네. 어떻게 써야 할지 모르겠어요" 했다.

그는 성급하게 고개를 끄떡거렸다. 귀가 좀 빨개진 것 같았다.

"그러나 여하간 제 의사를 알아주시긴 했겠죠."

나는 그렇다고 하였다. 그리고 이야기를 끝맺기 위해서 현규가

가까이 또 정구를 치자고 하더라는 말을 했다.
"네, 가죠."
그도 단번에 기운을 회복하며 대답하였다.
그는 휘파람을 불기 시작했다. 그의 휘파람을 들으며 집 가까이까지 왔다.
"오늘 대단히 기뻤습니다. 감사합니다."
그는 조금 슬픈 어조로 인사를 하였다. 그리고 내 어깨로 기어오르는 풀벌레를 떨구어주었다.
"안녕히 가세요. 그리구 연습 많이 하세요. 저희들 팀은 아주 세졌으니깐요."
그는 다른 일을 생각하고 있는 듯 입술을 문 채 끄떡끄떡하였다.
잡석을 접은 좁다란 층계를 뛰어오르자 나는 곧장 내 방으로 올라갔다. 지수가 한 듯이 휘파람을 불고 있었다. 어쨌건 기운을 잃어서는 안 된다는 생각이었다. 내 팔뚝이나 스커트에는 아직도 풀과 이슬의 냄새가 묻어 있는 듯했다. 나는 기운차게 반쯤 열린 도어를 밀치고 들어섰다.
뜻밖에도 거기에는 현규가 이쪽을 보며 서 있었다. 내가 없을 때에 그렇게 들어오는 일이 없는 그라 해서 놀란 것은 아니었다. 그는 몹시 화를 낸 얼굴을 하고 있었다. 너무도 맹렬한 기세에 나는 주춤한 채 어떻게 할지를 모르고 있었다.
"어딜 갔다 왔어."
낮은 목소리에 힘을 주고 말한다.
"……"

"편지를 거기 둔 것은 나 읽으라는 친절인가?"

그는 한발 한발 다가와서, 내 얼굴이 그 가슴에 닿일 만큼 가까이 섰다.

"……"

"어디 갔다 왔어."

나는 입을 꼭 다물었다.

죽어도 말을 할까 보냐고 생각했다.

별안간 그의 팔이 쳐들리더니 내 뺨에서 찰깍 소리가 났다.

화끈하고 불이 일었다. 대번에 눈물이 빙글 돌았으나 그는 거들떠보지도 않고 방을 나가버렸다.

나는 멍청하니 창밖으로 시선을 던졌다.

연회색 셔츠를 입은 지수가 숲 샛길을 걸어가고 있는 것이 보였다. 그리고 조금 전에 지수가 풀벌레를 털어주던 자리도 손에 잡듯이 내려다보였다.

전류 같은 것이 내 몸속을 달렸다. 나는 깨달았다. 현규가 그처럼 자기를 잃은 까닭을. 부풀어 오르는 기쁨으로 내 가슴은 금방 터질 것 같았다. 나는 침대 위에 몸을 내던졌다. 그리고 새우처럼 팔다리를 꼬부려 붙였다. 소리 내며 흐르는 환희의 분류가 내 몸속에서 조금도 새어 나가지 못하도록.

나는 어떻게 하면 좋을까.

밤에 우리는 어두운 숲 속을 산보하였다.

어두운 숲 속에서 우리는 손을 잡고 걸었다.

그리고 나는 그에게 안겨버렸다.

나는 어떻게 하면 좋을까?

어떻게 해야 할지 점점 더 알 수 없어진다.

여하간 나는 숲 속에 가는 일을 그만두어야 한다.

지금 확실히 말할 수 있는 일은 그것뿐이다.

학교에서 돌아오니까 엄마가 기다린다고 안방으로 가라고 했다. 요즈음 인사도 않고 나가고 들어오던 나는 우선 가슴이 철꺽 내려앉았다.

"인제 오니, 그런데 얼굴이 파랗구나. 어디 나쁜 것 아닌가?"

엄마는 내 이마에 손을 얹어보았다.

"오빠는 밤늦어야 돌아오고 숙희도 이렇게 부르지 않음 보기 어렵고……"

엄마는 조금 웃었다. 아무것도 알지 못하는 웃음 같았다.

"……편지가 왔는데 어쩌면 엄마가 미국엘 가야 할지 모르겠어. 그렇게 되면 일 년이나 아마 그쯤은 못 돌아올 것 같은데 숙희하고 오빠를 버리고 가기도 어렵고…… 그래 싫다고 몇 번이나 회답을 냈지만……"

엄마는 조금 외면을 하였다.

"어떨까. 오빠는 찬성을 해주었는데."

그러면서 내 눈 속을 들여다보았다.

"나도 좋아요."

우리는 그러면 어떻게 되는 걸까 하고 멍하니 생각하면서 나는 대답하였다.

"고맙다. 그럼 구체적으로 어떻게 할지는 내일이라도 또 의논하지. 큰댁 할머니더러 와 계셔달랄까? 그래도 미덥잖긴 마찬가지고……"

큰댁의 꼬부랑 할머니는 사실 오나 마나 마찬가지였다. 엄마가 없는 이 집에서 어떤 일이 일어나려고 하는 걸까.

현규와 단둘이 있어야 할 일을 생각하니 얼굴에서 핏기가 가시었다. 아무도 막아낼 수 없는, 운명적인 사건이, 이미 숲 속에 가지 않는 것쯤으로는 어찌할 수도 없는 벅찬 일이, 생기고야 말 것이다.

잠을 잘 수 없었다. 내 온 신경은 가엾은 상처마냥 어디를 조금만 건드려도 피를 흘렸다.

며칠이 지나니까 나는 더 견딜 수 없어졌다. 할머니한테 갔다 온다고 우겨대어 서울을 떠났다.

다시는 그곳에 돌아가지 않으리라고 결심하였다. 다시는 학교에 다니지도 않으리라고 마음먹었다. 내 삶은 일단 여기서 끝막았다고 그렇게 생각을 가져야만 이 모든 일이 수습될 것같이 여겨졌다.

그것은 칼로 살을 도려내는 듯한 아픔이었다. 그러나 다른 무슨 일을 내 머리로 생각해낼 수 있었을까.

날이면 날마다 나는 뒷산에 올라갔다. 한 시간 남짓한 거리에 여승들의 절이 있다. 나는 절이라는 곳이 싫었으나 거기를 좀더 지나가면 맘에 드는 장소가 나타났다. 들장미의 덤불과 젊은 나무들의 초록이 바람을 바로 맞는 등성이였다.

 바람을 받으면서 앉아 있곤 하였다. 젊은 느티나무의 그루 사이로 들장미의 엷은 훈향이 흩어지곤 하였다.

 터키시 블루의 원피스 자락 위에 흰 꽃잎을 뜯어서 올려놓았다. 수없이 뜯어서 올려놓았다. 꽃잎은 찬란한 하늘 밑에서 이내 색이 바래고 초라하게 말려들었다.

 그러고 있다가 시선을 들었다. 다음 찰나에 나는 나도 모르게 일어서 있었다.

 현규였다.

 그는 급한 비탈을 올라오고 있었다. 입을 일자로 다물고 언젠가처럼 화를 낸 것 같은 얼굴이었다. 아니 일자로 다문 입은 좀 슬퍼 보여서 화를 낸 것 같은 얼굴이 아니었다.

 그가 이삼 미터의 거리까지 와서 멈추었을 때 나는 내 몸이 저절로 그편으로 내달은 것 같은 착각을 느꼈다. 사실은 그와 반대로 젊은 느티나무 둥치를 붙든 것이었다.

 "그래, 숙희, 그 나무를 놓지 말어. 놓지 말고 내 말을 들어."

 그는 자기도 한두 걸음 뒤로 물러서면서 말하였다. 그 얼굴에는 무언지 참담한 것이 있었다.

 "숙희는 돌아와서 학교에 가야 해. 무엇이고 다 잊고 공부를 해야 해. 나도 그렇게 할 작정이니까. 우리는 헤어져 있어야 해. 헤어져서 공부해야 해. 어머니가 떠나시려면 비용도 들 테니까 집은 남 빌려주자고 말씀드렸어. 내가 갈 곳도 생각해놓고. 숙희도 어머니 친구 댁에 가 있으면 될 거야. 그렇게 헤어져 있어야 하지만, 숙희, 우리에겐 길이 없는 것은 아니야. 내 말을 알아들어줄까?"

그는 두 발로 땅을 꾹 딛고 서서 말하였다. 나는 느티나무를 붙들고 가늘게 떨고 있었다.

"그때 숲 속에서의 일은 우리에게는 어찌할 수도 없는 진실이었다. 우리는 이 일을 잊을 수도 없고 이제 이 일을 부정하고는 살아가지도 못할 게다. 우리는 만나기 위해서 헤어지는 것이야. 우리에겐 길이 없지 않어. 외국엘 가든지……"

그는 부르쥔 손등으로 얼굴을 닦았다.

"내 말을 알어줄까, 숙희?"

나는 눈물을 그득 담고 끄덕여 보였다. 내 삶은 끝나버린 것이 아니었다. 나는 그를 더 사랑하여도 되는 것이었다.

"이제는 집에 돌아오겠다고 약속해주겠지. 내일이건 모레건 되도록 속히……"

나는 또 끄덕여 보였다.

"고마워, 그럼."

그는 억지로처럼 조금 미소하였다.

그리고 빙글 몸을 돌려 산비탈을 달려 내려갔다.

바람이 마주 불었다.

나는 젊은 느티나무를 안고 웃고 있었다. 펑 울면서 온 하늘로 퍼져가는 웃음을 웃고 있었다. 아아, 나는 그를 더 사랑하여도 되는 것이었다……

양관 洋館

 파르르 척 파르르 척척…… 하고 왕벌이 날개를 떠는 듯한 소리가 미미하게 귓전을 울리자 유진(有眞)은 곧 잠이 깼다. 밤새껏 잠들지 않고 어둠 속에 눈을 뜨고 있었던 것이나 새벽녘에 떨어져 들어간 수면이라 해서 곤하고 깊은 것도 아니었다. 그녀는 베개 위에서 눈을 반쯤 뜨고 잿빛으로 밝기 시작한 문살께를 바라보았다. 그리고 다시 두 눈을 감았으나 한 번 더 잠들 수 없다는 것은 알고 있었다. 파르르 척 파르르 척척…… 하는 소리는 좀더 대담하게 커졌고 이 시간이면 늘 들리는 비행기의 선회음(旋回音)이 신음하듯이 지붕 위를 넘어갔다.

 일어나지 않으면 안 되었다. 날이 샌 것이다. 그러나 무엇 때문에?

 유진은 상을 찌푸렸다. 아침이 오는 것이 그녀는 언제나 끔찍하였다. 백일하게 모든 것이—삼라만상이—그 있는 대로의 윤곽을 드러낸다는 사실은 거의 가공(可恐)할 일이었다.

그러나 피할 수 없다는 것도 알고 있었다. 모든 종류의 그러한 수단은, 성공하지 않았던 것이다.

밥 한술 달라고 외치는 아이의 길게 잡아 빼는 외침이 비명처럼 또 노랫소리처럼 멀리 대문 밖을 지나갔다. 유진은 일어나 앉았다.

유선(有善)이 엊저녁 입은 채로 잔 노란 스웨터의 옆모양을 보이고 앉아 눈이 삐죽해서 카드를 뒤집고 있다. 까치 둥우리처럼 얽힌 머리칼과 한편 무릎을 세우고 쭈굴친 자세 위를 쌩한 웃풍이 감돌고 있다.

털실이 거기만 닳아서 얇아진 팔꿈치가 갑자기 급히 움직이며 이불 위에서 트럼프를 뒤섞었다.

"또 안 떨어졌다……"

쇄쇄거리는 입속말로 무엇에 씌인 사람처럼 혼자 중얼대더니 파르르 착착 하고 카드를 쳤다.

"어떠냐 운수가."

유진은 무미건조한 눈초리를 다른 데로 돌리며 아무렇게나 한마디 던졌다. 그래도 말이 되어 나오고 보니까 그네의 표정이나 기분하고는 달리 얼마간의 감정이 담겨진 듯 울리는 것이 묘하였다.

"좋지 않우. 그렇지만 이번 건 어제 운수였으니까. 맞았나 안 맞았나 보려고 떼어본 거지. 어제는 참 좋지가 못했다우. 이번 거가 진짜 오늘 건데……"

열심히 이편을 쳐다보며 대답하였으나 유진이 들은 척도 않고 있으므로 다시 카드 위로 고개를 떨구었다. 매일을 그것과 결부

시킨다. 오늘은 다 떨어졌는데 그러고 보면 운수도 괜찮았다 할 수 있다고 하고, 오늘은 지독히 운이 사나웠는데 점에도 과연 나타났다고 하고, 점이 맞는다는 일 자체에 무슨 위안이 있는 것처럼 생각하고 있다.

'머저리……'

유진은 그렇게 느낀다. 하나 유선의 생각에는 점에 그토록 명시되는 것은 그날 일어날 일이 미리 숙명적으로 정해져 있은 탓이므로, 모든 일은 마땅히 일어나야 할 대로 일어났다는 것이었다. 얼마나 안심스러운 일이랴.

유선의 점은 아직 끝장이 나지 않았으나

"밥을 지어야지."

좀 날카롭게 들리는 명령조로 유진은 말하였다. 일어나서 왔다 갔다 하며 밥을 끓여 마주 앉아 먹고 또 치우고 하는 일이 그네에게는 거의 추한 일로 느껴지고 있었으므로—그 자연(自然)의 강요를 마치 모욕처럼 받아들이고 있었으므로, 이에 관련된 말 따위는 언제나 피하고 싶은 것이다. 유선이 어차피 그것을 지을 바에야 말을 시키지 말고 혼자 척척 해주었으면 싶었다. 그러나 어쩌면 그런 이유보다도 눈을 뜨자마자 사람이 곁에 있다는 사실이 싫어서 쫓으려고 그러는 건지도 몰랐다.

유진의 말이 떨어지자 유선은 이내 엉거주춤 허리를 들었다.

벌어진 문장[2] 사이로 두껍게 얼어붙은 창유리가 보인다. 바람도 일기 시작했는지 이층의 덧문이 덜컹거렸다.

유선이 긴 복도를 걸어 부엌으로 사라졌다. 유진은 한동안 우두커니 더 앉아 있다가 영 건성인 느린 동작으로 일어나 이불을 개어 얹었다. 조금도 하고 싶은 일은 아니었으나 유선의 노동 위에 덧얹혀서 살 이론은 서지 않으므로 마지못해 꾸무럭꾸무럭 일을 하는 것이었다.

  진초록빛 바탕에 꼬리를 편 공작을 수놓은 번쩍이는 이불은 그들의 모친이 큰딸과 사위를 위하여 마련한 것이었다. 유선이 덮고 자는 금색 중국 비단 역시 그녀가 유선의 혼례식을 축하하여 손수 꾸민 것이었다. 이런 것들을 마련하느라고, 또 내객이 많은 큰살림을 맡아 하느라고 바쁘게 돌아가던 모친의 단정하고 자그마한 모습을 유진은 잘 기억하고 있었다. 모친은 유진이 형제에다 마음을 쏟으며 살았었다. 형제가 병에 걸리거나 외부로부터 조그만 해라도 입을라치면 이내 눈물을 흘렸다. 그렇게 그네는 행복하게 살았고 행복하게 죽어갔다. 유진은 그네로부터 해 받은 일들을 잊지는 않았다. 그러나 자기가 살고 있는 이런 형태의 삶을 조금도 모르는 채 죽었다는 의미에서 그네는 순전한 타인보다 더욱 타인인 것이었다. 유진이 그네를 상기하는 것은 그네가 자기들을 낳지 않았더라면 하는 가정을 해보는 때에 한해 있었다. 그렇지 않으면 자기들 둘 중의 하나만이라도 낳질 말았더면 하고 상상하는 때뿐이었다. 수놓여진 공작의 꼬리는 그다지 번쩍여야 할 하등의 이유가 없었다. 와삭거리는 중국 비단도 그처럼 두꺼울 필요가 없었다. 그들의 모친이 그들을 기르면서 느낀 행복감 같은 것도 사실 이들에게 아무런 의미를 갖는 게 아니었다.

유선이 시퍼렇게 얼어서 덜덜 떨면서 방에 들어왔다. 온 집 안에 음식 내가 흘러들지 말라고 그랬는지 뚝 떨어진 북쪽에 가서 붙어 있는 부엌은 덩그러니 넓기만 한 데다가 불기라고 풍로 하나밖에는 없으므로 유선은 부엌에서 오는 때면 노상 얼어가지고 어깻죽지 속에 목을 파묻고 두 손을 맞잡으며 들어서는 것이었다. 헌 양복바지의 밑을 걷어 올리고, 양말은 뒤꿈치가 나간 남자 것을 포개어 신고 있다. 그네의 죽은 남편의 물건인지 아니면 아버지가 신던 것을 헌 고리[3]에서라도 꺼내 왔는지 알 수 없었다.

"언니, 이층의 저 문짝이 암만해두 떨어져 나갈 것 같은데 어떻게 허우?"

그 얼굴은 유진이 보아도 가엾어지리만큼 근심스러운 빛으로 가득 차 있다. 대답을 안 하고 있으니까 점점 더 긴장한 표정이 되어갔다.

바람은 제법 거세게 불어대었다. 이층의 덧문은 호되게 벽을 치며 깨어지는 소리를 내었다. 구름 조각들이 흩날리는지, 반짝 해가 들었다가는 또 곧 캄캄해지며 그럴 때마다 포도주색 빌로드 문장은 변색을 하였다.

"저 소릴 좀 들어보우."

유진에게는 아무래도 좋을 일이었지만 덧문이 떨어져 내려, 언젠가처럼 다른 창유리가 깨어지거나 하는 날이면 유선이 한없이 들끓을 것이므로 하는 수 없이 몸을 일으켰다.

방문을 열고 복도에 놓인 고무신을 신는다. 라디오와 문갑, 책상 같은 것이 놓이고, 경대, 작은 옷서랍까지 들여놓여서, 어쨌든 거처의 태세를 갖춘 그 방 하나를 제외하고는 모든 장소는 밖에서와 한가지로 흙신으로 딛는다. 아버지의 장례를 치르고 난 뒤 그래도 식모가 두엇 남아 있는 새는 날이면 날마다 털고 닦는 것이 그들의 일이니까 그렇게 할 것도 없었지만, 작년에 유선이 돌아오고 하인들도 사라진 그 뒤로는 자연히 그렇게 되어버렸다.

부엌까지의, 구부러지며 나간 긴 복도에는 냉기와 함께 코가 싸한 먼짓내가 들이차 있다. 모란꽃이 깔린 두꺼운 양탄자는 더럽혀져 이제는 거의 완전히 잿빛이었다. 스팀은 은칠이 벗겨져서 거무죽죽하였다. 그 위에 올라서서 숨을 죽이고 있다가 방에서 나오는 사람들을 왁 하고 놀래주는 것이 어린 날의 유진의 장난거리였다. 거무죽죽하게 벗겨져서 한구석에 서 있는 스팀을 바라보면 그녀는 가끔 지난날들을, 소녀 시절의 자기의 감정 세계 같은 것을 머릿속에 되살려보는 것이었다.

그것은 고운 안개에 싸인 물체처럼 무언가 희망과 약속, 진실에의 신뢰 같은 것을 내포하고 있었던 것 같았고, 꿈의 배태(胚胎)를 위한 온상이라는 느낌이었다. 그러나 지금 막상 그것의 실체를 잡아보려고 하면 안개 속에는 아무것도 없었고, 그것은 그저 하나의 분위기, 독서나 부모와의 생활에서 오는 환경이 빚어내는 하나의 효과 이외에 아무것도 아니었다고 생각되는 것이었다.

그들은 모친이 생전에 쓰던 방, 객실, 하인들의 방 등의 앞을 지나 걸어나갔다. 이런 방 중의 하나가 지금 있는 곳보다 아마 좀더 아늑할지도 몰랐으나 옮기려는 생각도 하지 않았다.

유선은 그사이 방에서 몸이나 녹이지 않고 줄레줄레 뒤를 따라

왔다. 둥그스름한 볼이 멍든 복숭아처럼 붉고 푸르다. 유진은 까실하니 하얗기만 하였다.

　부엌 옆에 있는 식당은 밝고 넓다. 겹유리의 널찍한 창 너머로 후원의 나무들이 내다보였다. 앙상한 가지와 가지 사이에 빨간 열매를 단 넝쿨이 엉켜 있다. 돌보지 않아서 얼어 망가진 종려나무의 큰 분 곁을 지나 유진은 그릇장의 서랍을 잡아당겼다.

　"망치가 어딜 갔어."

　먼지가 묻은 손을 스커트에 문질렀다. 바람이 불어쳐서 창유리가 요란스레 흔들거렸다. 장속의 사기그릇들은 먼지를 덮은 채 말을 안 하기로 결심한 사람 같은 무거운 표정을 하고 있었다.

　"망치는 언니 저기 있지 않을까? 그 속에서 본 것 같어, 물통 속에서……"

　유선이 추워서 거의 울상이 되며 욕실 쪽을 가리켰다.

　유진은 걸어가 발끝으로 문을 밀었다. 뿌연 창유리가 몇 장이나 깨어져서 바람이 쏴아 하고 끼쳐졌다. 허연 사기의 탑 안에 막대기며 까치발[4] 같은 것과 섞여 못통이 버려져 있었다. 망치는 따로 떨어져 샤워 밑에 궁굴고 있었다.

　"……"

　유진은 망치가 거기 궁굴고 있는 것을 보자 입술을 삐뚤이고 조금 웃었다. 하늘색 스웨터를 입은 수리공(修理工)이 처음 왔던 날 일을 상기한 것이다. 수리공은 탑 속에 책을 잊어버리고 갔다. 삼백 환짜리 문고본의 하이데거가 거기서 바람에 페이지를 넘기며 있었다.

"이런 걸 읽어요?"
하려다가 그만두었다. 이름도 안 물었다. 그는 지금에 이르기까지 그저 하늘색 스웨터를 입은 수리공인 것이다. 그러나 그 젊은 남자는 이 집에 와서 유진의 위에 사건을 일으키고 간 유일의 인물이었다. 남편과 이혼한 후 유진에게는 아무 일도 새로운 쇼크일 수는 없었다. 아버지의 죽음도 그 장의의 신산함도, 고독의 무서움도 그네를 움직일 힘이 없었다. 유선이 돌아와서 궁상스럽고 비참한 색채가 서로 반영하는 것을 의식해야 했으나 그것도 별일이 아니었다. 그리고 결국은 수리공의 일도 별일이 아닌 것이었다.
 그녀는 천천히 몸을 굽혀 타일 위에서 망치를 집어 올렸다.

 형제는 앞뒤로 서서 계단을 밟고 올라갔다. 그곳도 역시 춥고 어두웠으나 그것은 채광이 나쁜 탓은 아니었다. 두꺼운 문장이 창문마다 가려져서, 그것은 일 년이 넘도록 열려진 일도 먼지를 털린 일도 없는 것이다. 이거 아버지가 '케이프타운'에서 사 오셨지 그렇지 언니? 하고 유선이 한쪽 벽에 걸린 그림접시를 가리키며 말꼬리를 끌었으나 유진은 대답을 안 하고 곧장 난간 곁을 걸어갔다. 유진이 대답을 안 하여도 유선은 저 그림은 희랍 거다. 아버지는 여행을 참 좋아하셨다 하고 혼자 지껄거렸다. 부친이 쓰던 큰 서재 옆을 지날 적에 그녀는 살며시 손잡이를 돌리고 방 안으로 고개를 디밀었다. 그리고 그 옆의 자기의 소유물들이 정리되어 있는 방문을 열고 보았을 때에는 얼마간의 만족과 기쁨으로조차 보여지는 빛이 그 눈 속을 스쳐 갔다.

유진은 똑바로 고개를 들고 광 앞으로 다가서 안에 들어갔다. 급경사 진 지붕의 일부가 그대로 천장인 그 광은 댓 칸 넓이가 족하였으나, 유진이 끌고 온 짐들을 어떤 것은 가마니를 끄르지도 않고 처재어놓았으므로, 발 들여놓을 자리도 만만찮았다. 유진은 이리저리 돌아 창가에 다가가서 못질을 하였다. 유선은 자기도 곁에 와서 으르르 떨며 보고 있다. 유진이 손을 대면 이런 것이나 간단한 기계의 고장 같은 것은 대번에 훌륭히 고쳐지곤 하였다. 그 부분이 재차 고장 나거나 하는 일은 별로 없었다. 이치를 생각해서 단단히 끝을 맺어놓기 때문이다. 유선이 하면 요란하기만 하고 결과는 손을 대기 전보다 더욱 나빠지기 일쑤였다.

 문이 바로 되자 유진은 곧 아래로 내려와버렸으나 유선은 자기의 세간살이를 보러 추운 방에 들어가서 오래도록 나오지 않았다. 거기에는 텔레비전이며 라디오며 전축 등속이, 그네가 남편과 함께 살던 방에서와 비슷한 모양새로 놓여 있었다. 마른걸레로 그네는 그 소중한 물건들의 먼지를 훔쳐냈다. 따뜻할 때에는 노상 그곳에 틀어박혀 살았지만 추워진 후에는 종종 이렇게 소제를 하는 것이었다. 청자의 단지며 자개함에까지 말짱 마른걸레질을 하고 나서 그네는 늘 하듯 긴 의자에 가 걸터앉았다. 몸을 움직이며 일하고 있을 때면 그냥저냥 지나치는 것이지만 이렇게 가만히 앉아 자기 자신을 바라다볼라치면 유선의 마음도 형보다 나을 것이 없는 것이었다. 그네의 남편은 신경질이고 결핵 환자이어서, 유선을 남달리 사랑하였다고도 볼 수 없었지만 그러나 그가 별안간 죽어서 없어지고 마니까 유선은 그야말로 어찌할 바를 모르게 돼버린 것이다. 사랑이 전부라느니 허무하다느니 하는 생각을 새삼스레 하게 된 것도 아니지만, 말하자면 자기의 감정이나 사고의 방향을 어드메로 가지고 가야 할지 막막하기만 한 것이었다. 재미난 일과 그렇지 않은 일을 분별할 기준이 맘속에서 없어져버린 것 같았다. 그래서 그네는 잠자코, 넋이 빠진 눈을 하며 긴 의자 위에 앉아 있었다. 그러자 언제나와 같은 현상이 일어났다. 그녀의 가슴 밑바닥에 조그만 밀물같이 슬픔이 밀려들기 시작한 것이다. 애달픔이었다. 유선이 이처럼 '삶'의 바깥에서 발을 멈추고 그 알지 못할 것—삶—을 물끄러미, 섬쩍한 듯이, 들여다보기 이전의 날들, 인식함이 없이 그저 '살아온' 날들에 대한 미련이 슬픔을 밀고 오는 것이었다. 그네는 남편의 걸음걸이며, 말투며, 신경질을 부리던 때의 표정까지, 기억 속에 되살려내었다. 그리고 가슴이 저릿하여지며 뜨뜻한 눈물을 흘렸다. 그네는 흠뻑 울었다. 울고 있는 동안은 그 어디를 보아야 할지 모르는 불안 상태는 중단되는 것이었다.

 정오를 알리는 사이렌 소리가 멀리서 울렸다. 유선은 급히 몸을 일으키고 층계를 내려갔다. 장기를 두러 갈 시간이었다.

 장기를 그녀는 기원에 가서 둔다. 바둑을 가르치는 기원의 한편에서 장기도 두는 곳을 한 군데 알고 있었다. 황노인이라는 영감이 선생이었다. 배운다고 하지만 유선의 장기는 조금도 느는 게 아니었다. 날짜로 보면 일 년 반이나 전에 시작을 하였지만 당초에 몇 가지 수를 외운밖에는 이제나 그제나 그저 그 턱으로 겨우 두세 수 앞을 내다볼 수 있을 뿐이었다. 황노인 쪽에서도 더 가르

칠 염도 않고 그저 마주 앉아 있기만 하였다. 물론 재미나는 일이라고는 생각지도 않았다. 그래도 유선은 부지런히 다녔다. 요즘은 일주일 세 번의 그 시간을 거의 빼는 일이 없었다.

남편이 앓고 있던 무렵 심심하니까 장기판 앞에 아내를 앉히곤 하였었다. 그쪽도 형편없는 풋장기[5]였다. 그러나 그나마 가르쳐도 척척 따라오질 못한다고 더럭더럭 화만 내게 하는 꼴이 되고 말았다. 유선은 무릎을 꿇고 앉아 열심히 그 역할을 감당해내려고 하였으나 긴장하면 할수록 실수를 하였다. 마침내 그네는 자기들의 생활을 위하는 열성에서 기원에를 다니기 시작한 것이었다.

그 남편이 지금은 죽어서 없으니까 유선이 그곳에 가야 할 이유라곤 없었다. 서른이 다 되어가는 여자가 아무렇게나 양복때기를 걸쳐 입고 거기에를 드나드는 광경은 보기 좋은 것이라기보다는 무언가 그로테스크하기까지 하였다.

유선은 그래도 거기를 간다.

그곳에 가면 예전에 있던 물건들이 그대로 그 자리에 놓여 있고 사람들도 변함없이 살고들 있었다. 자기도 역시 아직 살고 있다는 느낌이 어렴풋이나마 들곤 하므로, 가는 것이었다. 그런 것들과마저 모조리 떨어져버린다면 불안을 이길 길이 없을 것 같았다. 세계는 눈에 보이는 외형에서나마 제발 변함이 없어야 하였다. 가끔은 입 밖에 내어서 지나간 일들을 말하는 것도 발밑에 그래도 땅이 있다는 것을 확인해야 하겠기 까닭이었다.

유진은 무의미한 일은 일절 하지 않았다. 하지도 않고 생각지도 않았다. 그리고 그녀에게 있어 '의미 있는 일'은 지나가버린 것이다. 그것의 내용은 '망상(妄想)'이었다고 그녀는 생각한다. 이제는 되살아날 수는 없는 것이었다.

머플러로 머리를 동이고 외투를 입고 나서 유선은 갸름한 작은 상자를 옷서랍에서 꺼냈다.

"이걸 팔어 올까 언니?"

뚜껑을 열고 금숟갈이 두엇 든 것을 보인다.

"숟가락은 이게 마지막이야."

유진은 그렇게 하라고 대답하고 쓰리[6] 맞지 말라고 덧붙였다. 유선은 끄덕이고 하이힐을 꺼내 신고 걸어나갔다.

바람이 이제는 자는 것 같았다. 오후가 되며 기온도 많이 오른 모양이었다. 마른 잔디에 햇볕이 담뿍 괴어 참새들이 내려와 장난을 치고 있었다. 유진은 마당을 슬슬 걸어보았다. 대문을 잠그느라고, 유선이 나간 뒤에 한참은 누웠다가 나갔더니 방으로 들어가기가 싫어진 것이다. 방에 있을 때엔 나오기가 싫었다. 단 한 마리 남아 있는 '도베르만'이 어슬렁거리며 뒤따라 다녔다. 회색의 몹시 덩치가 큰 놈이었으나 요새로 윤기가 없고 푸시시하였다. 유진을 오랜만에 본다고 생각하였는지 몸을 비벼대며 쳐다본다. 유진은 쓰다듬어주지도 않았다. 담 밑까지 비스듬히 올라간 작은 동산의 마른 풀 위에 앉아 유진은 자기가 살고 있는 집을 바라보았다. 거무죽죽한 벽돌의 묵직한 조화를 가진, 인간의 존엄성을 과시하려는 듯한 위엄을 갖춘 그 건물에는 그러나 물에 빠진 생쥐처럼 몰골 없는 두 여자가 기거하고 있을 뿐이었다. 그들은 뚫어진 양말을 신고 흙 묻은 고무신으로 대리석 바닥이고 양탄자 위고 밟고 다닌다. 손에 입김을 불어가며 숯불을 피워서, 쌀과 된장을 끓여 먹는다.
 그들이 물질을 받아들일 기능을 상실한 때문인 것이다.
 유진은 눈을 들고 부친의 서재께를 바라보았다. 침침한 헝겊 조각에 가려 지금은 열리는 일도 없는 그 창문 안은 전에는 훈훈하고 조용하고 그리고 무언가 신비스럽기까지 한 장소였었다. 그 신비스러움은 삼면의 벽을 거의 메운 장서들의 금빛 글자──인도주의적인 이상주의적인 또는 낭만적인 세계의 두뇌의 산물들에 의하여 뿜어내지는 광채 때문에 그랬었는지 알 수 없었다. 혹은 그곳에 생활하며 끝까지 인생을 신뢰한 부친의 탓이었을지도 몰랐다. 유진에게 책을 읽히고 그리고 인간의 성실함이란 것을 믿도록 만든 것은 여하간 그 사람이었다.
 반발과 어느 만큼의 증오를 눈에 담고 유진은 그곳을 응시하였다. 자기에게 그 같은 '교육'을 안 하였던들 확실히 하나의 왜곡(歪曲)이 틀림없는──그것은 보편적인 것이 아니라는 의미에서──그런 신앙을 부어 넣어주지 않았던들, 자기를 자연아(自然兒) 그대로 내버려두었던들, 어쩌면 이런 세계에서라도 살아나갈 힘이 남겨졌을지 모를 일 아닌가. 가엾은 유선에게 착한 사람이 되라고만 가르친 것은 부친의 '죄'가 아니었을까? 착한 인간이 되기보다, 남을 믿기보다, 스스로의 감성(感性)을 조절하는 기술이 먼저 필요하였었다. 혹은 그보다도 사람은 악하고 거짓말을 한다고 가르쳤어야 하지 않았을까.

유진은 입술을 깨물고 메마른 눈으로 하늘을 바라보았다.

유진의 남편이 유진을 기만한 그 방법은 너무나 탁월한 것이었다. 그는 또 하나의 결혼 생활을 유진과의 그것을 시작한 지 조금 후부터 가지고 있었고, 그곳에서는 어린아이도 자라나고 있었다. 아기를 가지지 못한 유진이 그것을 미안해할 때 남편은 성실한 태도로 무어라고 말하였을까? 아내를 열애(熱愛)한—분명히 그렇게 보인—그의 태도는 대체 어떤 감정을 바탕으로 이루어진 것이었을까? 유진은 그와 헤어졌으나 그 일은 언제까지나 이해할 수가 없었다.

다만 어찌할 수도 없을 만큼 상처를 입고 있었다. 부친의 교육은 그 아픔을 되도록 깊이 되도록 날카롭게 받아들이게 하는 데에만 기여한 것 같았다. 그의 선의(善意)는 오륙 년이라는 허위의 세월의 길이에 공헌을 한 셈이었다. 두려움 없는 철저한 거짓을 그 딸은 믿을 수 없도록 길러져 있었다.

유진은 경사진 풀밭을 미끄러져 내려 후원 쪽으로 걸어갔다. 연분홍빛을 한 인조 대리석의 테이블이 두셋 있고 바비큐며 숲 새에서 내민 수도꼭지 같은 것이 있었다. 실개울은 돌다리 밑에서 하얗게 얼어 있었다. 그러자 또다시 수리공의 얼굴이 머리에 떠올랐다. 지난여름 이 개울이 졸졸 흐르고 있었을 때 맨발을 잠그고 앉아 있던 일이 생각났다. 옆에서 수리공은 두 손으로 머리를 괴고 누워 휘파람을 불고 있었다. 기분 좋았었다. 개울물의 감촉이 상쾌하였었다.

그를 처음 오게 한 것은 유선이었다.

유선이 수도를 고친다고 다른 늙은 인부를 데려왔었다. 여러 군데를 파헤쳤으나 잘못된 곳을 알 수 없어서 조카를 불러온다면서 인부는 돌아갔다. 우물은 더럽히고 말라서 소용에 닿지 않고, 옆집이나 어디로 물 얻으러 가기는 죽기만 하다면서 유선은 열심히 그들을 기다렸다.

다 저녁때가 되어서 젊은 수리공이 왔다. 그리고 욕실과 그 부근의 파이프를 잠깐 만지더니 부엌의 수도 하나는 곧 물이 나오기 시작하였다.

유진은 내다보지도 않았으므로 얼굴도 모르고 말았으나 다음 날 혼자 있을 때 하늘색 스웨터를 입은 젊은 수리공은 또 이 집의 벨을 눌렀다. 책을 잊고 갔다는 것이었다. 유진은 성가신 것을 참고 욕실께로 데려다 주었다. 수리공은 책을 호주머니에 밀어 넣더니 다른 포켓에서 드라이버와 펜치 같은 것을 끄집어내었다.

"어제 잠깐 보았는데 이 전깃줄들은 위험합니다. 아주 낡아빠졌어요. 자 보세요."

천장의 널판자가 삐그러진 새로 늘어진 전선을 어떻게 건드리니까 빠작빠작하며 불꽃이 일었다.

"이거 정말 위험한 거예요."

유진의 얼굴을 바라보며 커다란 소리로 되풀이하였다. 목소리가 하도 커서 유진은 조금 웃었다. 선 채로 잠이라도 자는 줄 알았는가.

"보아드리지요. 그런데 이 노후선들, 벽 속에 든 걸 지금 전부 어쩔 수도 없고…… 어떠세요. 요즘 사용하시지 않는 부분은 우선 더러 끊어두시면. 쓰시는 데만은 안전히 해드리죠."

"학생이세요?"

줄을 끊었다 이었다 하는 것을 바라보다가 그런 소리를 했다.

"말하자면 그런 거죠."

유진은 지루하여져서 현관께로 나와 긴 걸상에 누웠다.

장밋빛으로 하늘이 저물어가고 있었다. 들쩍지근한 바람이 불어왔다.

집 안에 유선이도 없고 개마저 개장에 갇히어서 얼씬거리지 않는 이런 때에 유진은 그런대로 마음이 안정되는 것이었다. 하늘 아래다 상처를 드러내놓고 바람을 쐬는 기분이었다. 집 한편에서 수리공이 일하고 있었으므로 여느 때 같지는 않았으나 그것도 차차 심상하여졌다.

시간이 흘렀다.

유진은 선잠이 들었었는지 알 수 없었다. 눈을 떴을 때 맞은편 월계 숲은 한결 어두웠고, 흐르는 꽃향기가 짙어진 것도 날이 저문 탓이었다. 두 손을 주머니에 넣고 자기를 내려다보고 선 수리공을 유진은 보았다. 그는 젊은 얼굴을, 젊은 육체를, 젊은 감정을 갖고 있었다. 달짝지근한 꽃향기와 실바람이, 엷은 실크의 구식 원피스를 입고 누운 자기의 자태가, 수리공을 어떻게 만들었는지 유진은 알 수 있었다.

그가 유진의 몸을 안으려고 했을 때 그녀는 손과 발을 움직거려 반항하였으나 그것은 그저 그 당돌한 진행 때문이었다. 그리고 유쾌하지도 않았다. 그네는 기운이 모자람을 알자 더 반항하지도 않고 말았다.

 참 이상한 분이라고, 잠시 후에 그 하늘색 스웨터를 입은 남자는 얼굴을 옆으로 돌린 채 잠잠하기만 한 유진을 물끄레 바라보며 말하였다.

 "나 같은 사람을 미워하지 않는 겁니까? 왜 화를 안 내세요?"
 그편이 들이대고 따지는 것 같았다.
 "내 얼굴을 쳐다보세요. 그리고 무어라고 말을 하세요. 욕이라도……"
 그때의 그는 혼란과 수치와 성실에 찬 눈을 하고 있었다. 유진은 코웃음을 쳤다. 성실한 눈빛은 남편도 하고 있었다. 그것이 무엇이랴.

 그 남자는 풀이 죽어 돌아갔으나 다시 찾아왔다. 그리고 여러 가지 말을 하였으나 유진은 듣고만 있었다. 그네는 자기의 맘속에 순간적인 기쁨 같은 것 부드러운 감정의 움직임 같은 것이 생겨나는 것을 느끼기도 하였다. 그는 건장하고 아름다운 청년이었다. 그의 폭력을 유진은 허용했다. 그러나 그것뿐이었다. 그를 알 필요는 도무지 없었다. 청년은 육체 이외의 곳에서 열락을 가져보려는 노력을 드디어 포기하는 것 같아 보였다. 돈이니 하는 그런 것은 가지지 않았지만 자기도 가치 있는 인간이라고, 그런 주장을 그는 하고 싶었던 모양 같았다.

 "청평에 갑니다. 댐 공사장에 일하러 가는 거예요. 돈을 벌어야 내년에 학교를 마칠 수 있으니까요. 겨울까지 있겠습니다. 제 일을 기억해주시겠어요?"

말하고픈 일이 산더미 같은데 못 해서 울화가 치민다는 얼굴로 그는 그렇게 말하였다. 그는 자기가 한 일을 잘못이었다고 생각하거나 적어도 순서가 틀렸었다고 느끼고 있는 모양 같았다.

"잊어버리지야 않겠지요!"

유진이 그저 막연한 얼굴을 하였다.

"제 일을 생각해보아 주세요. 겨울에 올 테니까요. 참 별난 사람이다……"

그는 약간 노기를 띠며 말하였다.

한 토막의 시간이 흘렀다.

유진은 바비큐의 옆을 흐르는 실개울에서 발을 빼며

"안 오는 게 좋아요."

"왜, 어째서 그래요?"

겨울이 되었어도 유진은 그의 일을 생각해내는 일은 별로 없었다. 물거품 같은 쾌락…… 그것은 참 이상할 정도로 뒤에 아무것도 남기질 않았다……

그녀는 옆에 와서 얼굴을 내미는 개를 팔꿈치로 밀었다. 그리고 일어나서 마른 풀을 털어 내리며 집 안으로 걸어 들어갔다.

유선이 병이 났다. 걷다가 발을 삐었다면서 하이힐 꼭지를 손에 쥐고 절름거리며 어느 날 저녁 돌아왔으나 밤중에 갑자기 열이 오른 것은 발목 때문은 아닐 것 같았다. 무릎이 쑤신다고 하였다. 그것은 벌겋게 부어오르고, 유선은 몸을 꼬부리고 새하얗게 질리면서 아프다고 건드리지도 못하게 하였다.

유진은 의사를 부르러 갔다. 가까운 곳에는 병원이 없으므로 비탈길을 한참 걸어 큰길가의 병원 문을 두드렸다. 의사와 함께 돌아와 보니까 유선은 숨을 좀 돌리고 아랫목에 일어나 앉아 있었다. 어쩌다 격통[7]이 멎는 것 같더니 지금은 아무렇지도 않다고 하였다.

의사는 진찰을 하며 여러 가지 질문을 퍼부었다. 유선은 겁먹은 눈을 하며 성급한 말씨로 대답하였다. 엉뚱한 소리를 지껄이든가 필요치 않은 말을 주워댈 때면 의사는 눈에 띄지 않을 정도로 미간을 찌푸렸다. 유진의 가슴이 저렸다. 그러나 그 저린 마음은 유선에게 직접 쏠리지는 않고 웬일인지 중공[8]에서 맴을 돌았다. 맴을 도는 연민의 정을 유진은 바라보았다. 그네의 동생은 마치 자기도 모르는 새 큰 죄를 범하고 만 사람처럼 구차스러운 얼굴을 그 낯모르는 사람 앞에 하고 있었다. 병은 조금도 그녀의 책임이 아니었는데도.

유선의 병은 관절염이라고 하였다. 상당히 악성의 질환인 듯하였다. 수시로 아파했다. 소리를 내어 울면서 아파했다.

"입원을 시키는 편이 나을까요?"

"물론 그렇게 하는 게 좋습니다. 전기 치료도 할 수 있고요."

"전기 치료를 하면 아픈 게 덜합니까? 완쾌됩니까?"

의사의 대답은 신통치가 않았다.

"우선 며칠간 새로 나온 약을 시험해봅시다……"

밤중에 유선이 울면 유진은 석고같이 굳은 얼굴을 하였다. 그녀는 동생에게 아무 일도 해줄 수가 없다. 방석으로 괸 무릎에 찬

물수건을 올려놓아주어도 고통은 조금도 줄어지지 않았다. 등을 쓸어준다. 허리가 끊어질 듯하다니까 두 손으로 받쳐주어본다. 그래도 마찬가지다. 유진은 진정제를 의사가 말한 양보다 많이 주는 외에는 아무 도움도 될 수는 없는 것이다.

그날 아침 유진은 마치 혼수상태에 빠졌던 사람 같은 얼굴을 하고 있었다. 밤새도록 유선에게 자기가 사용하던 강한 수면제의 치사량을 주어버릴까 하는 생각을 하면서 새웠기 때문이다. 유선이 그 고통을 참아내야 할 필요가 있을 것 같지 않았다. 유선이 그 병을 고치고 되살아나야 할 필요가 있을 것 같지 않았다. 행복이라는 걸 대체 생각할 수 있을까?

벨소리가 길게 울렸다.

수리공이 온 것이었다. 그는 영국 군인이 입는, 턱 밑까지 오는 카키빛 털옷을 입고 반코트의 깃을 세워 흰 입김을 토하며 유진의 눈 속을 똑바로 쏘아보았다. 몹시 추운 아침이었다.

동생이 앓고 있다고, 유진은 조막다시만치 작아 뵈는 하얀 얼굴로 말하였다. 돌아가달라는 뜻이었다. 그러나 그는 그 일을 캐어물으면서 집 안으로 걸어 들어왔다. 위험한 전깃줄을 고쳐준다고 자진해서 온 때와 같은 모양으로.

유선은 그가 어떻게 왔는지도 잘 모르면서 웃음을 띠고 끄덕여 보였다. 바깥이 퍽 추울 게라는 소리까지 하였다. 그러고는 괴로워서 다시 상을 찌푸렸다. 수리공은 고장난 기계를 검사하듯 유선의 모양을 이리저리 살피고서

"다른 의사를 데려와보겠습니다. 아주 잘한다는 사람을 알고

있어요."
 혼자 단정을 내리면서 방을 나갔다.
 "돈은 내가 가지구 있으니까…… 여기도 있는지는 모르지만."
 유진은 대문을 잠그려고 따라갔다.
 더 좀 청소를 하고 정리를 하고 불도 더 많이 때고—생활을 하지 않으면 안 되는 거예요. 자기가 그런 걸 못 하겠거든 식모라두 어디서 구해다가 이따위 집은 내버리구 차라리 셋방엘 나가서라도 생활이라는 걸 시작해야 하는 거예요.
 이런 소리를 하기 위해서 그는 복도 한가운데에 가 섰다. 화를 낸 것 같은 세찬 말씨였다. 그리고 다시 뚜벅뚜벅 걸어갔다.
 '무슨 상관일까……'
 그러나 문득 유진은 유선이 자기와는 좀 달리 그런 걸 썩 잘할 수 있으리라는 생각을 하였다. 병만 낫는다면. 그리고 소달구지에 고삐를 쥐는 사람이 필요하듯이 누군가가 그네의 고삐를 잡기만 한다면. 회초리를 울려 신호를 할라치면 그네는 내닫기를 시작하는 것이다. 누군가가…… 아무라도 좋은 누군가가……
 그네에게 수면제의 치사량은 주지 않기로 하였다. 그것은 자기를 위하여 보관해두어야 했다.
 녹슬고 무거운 청동 대문이 바로 앞에 있었다. 청년은 몸을 돌려 마주 서며 무엇인가를 말하기 시작했다. 이 젊은 남자는 무엇에 대체 열을 올리고 있는 셈인가? 유진은 모르겠다는 얼굴로 물끄러미 그 입모습을 쳐다보았다.

황량_{荒凉}한 날의 동화_{童話}

1

명순은 누워서 수녀(修女)들의 합창을 듣고 있었다.

그것은 어느 오페라의 한 장면이어서 책상 위에 놓여 있는 조그만 라디오로부터 흘러나오고 있었다. 세계의 종말이 다가왔도다…… 소리는 무겁고 어둡고 운명적인 비애에 싸여 거의 신음하는 것처럼 들렸다.

하나 이상스러운 단순함이 선율을 처리하여 그것은 어쨌거나 앞을 향하여 나가고 있는 인간의 무리를 연상케 하였다. 그들은 가고 있었다. 자꾸만 나가고 있었다. 세계의 끝이 거기 있는가? 거기에 천당이 열리는가?

수도원의 정경 속에 갑자기 이질적인 것이 튀어 들었다. 길게 떨리는 테너의 솔로였다. 그것은 현세적인 환비를 호소하는 너무나 육감적인 음성이었다.

명순은 라디오를 끄려고 손을 내밀었다.

그러자 재깍하고 다이얼이 먼저 비틀어지며 아리아는 가느다란 여운을 남기고 중단되었다. 한수가 그렇게 한 것이다.

명순은 반 일어난 자세대로 책상 모서리에 걸쳐져 있는 한수의 손을 보았다. 길고 모양 좋게 생겨 있는 손이었다. 그는 깊은 잠에 빠진 사람처럼 방바닥에 얼굴을 대고 엎드려 있었다. 오래전부터 그렇게 하고 있은 것이다.

그렇게 죽은 듯이 늘어져 있으면서 그래도 음악을 듣고 있었다고 명순은 생각했다. 책상 모서리에 걸렸던 그의 팔이 시체의 그 것처럼 털썩! 떨어졌다.

명순은 일어나 앉아 한수의 전신을 내려다보았다.

코코아색 반소매 셔츠를 입은 어깨는 벌어지고 넓적한 등은 젊은 남성다운 선을 부각하고 있었다. 좁은 양복바지에 싸인 작은 엉덩이와 긴 다리도 모양은 좋았다.

그러나 거기서는 기운이라는 것을 느낄 수 없었다. 짧은 소매에서 내민 팔뚝은 갈색을 하고 있었으나 마른 나무의 표면을 생각게 하는 건조한 빛이었다. 있는 것은 형태뿐이었다. 명순은 알고 있었다.

그녀는 눈을 크게 뜨고 앉아 있었다. 자기가 태어난 이 우주 속의 일 점을 최초로 인식한 인간의 눈과 같이 그것은 매우 크게 벌어진 동공이었다.

한수의 등이 꿈틀하고 움직였다. 그와 함께 명순의 눈 속에도 동요가 있고, 이번에는 조심스러운 빛을 담으며 그 꿈틀거린 부분에 고정되었다. 등이 그렇게 움직거린 의미를 헤아리기라도 하려는 듯 주의 깊은 태도였다.

그러나 한수는 다시 움직이지 않았다.

호흡을 따라 너부죽한¹ 등판이 보일 듯 말 듯 오르내릴 뿐이었다.

명순은 무릎을 안고 벽에 기대었다.

옹색한 맞은편의 바람벽 위에 '미로'의 복제가 붙어 있다.

여자의 동체(胴體)²에서 밤[夜]이 뿜어져 나왔는가. 달과 별 같은 것이 빙 돌고 있다. 문어 대가리 같은 또 우주인 같아 뵈는 기분 상한 붉은 덩어리. 해와 바닷말……

수치와 회한과 혼란과. 모든 종류의 고뇌가 한꺼번에 폭발을 한 것 같은 색채와 모양이 거기 있었다.

그녀는 다시 수녀의 합창을 생각하였다. 검은 옷을 입고 들판을 그렇게 걸어가면 속이 후련해지는가?

모든 것을 버리고 가는 것이다. 들판 끝에는 무엇이 있을까. 과연 무언가가 있는 건가?

한수가 무어라고 웅얼거렸다. 입술이 방바닥에 너무 가까이 대어져 있어 언뜻 알아듣기 어려운 말소리였다. 명순은 되묻지도 않고 기다렸다.

"여보세요. 약 주세요. 안 계신가요?"

약간 짜증을 낸 것 같은 여자의 목소리가 이번에는 바깥쪽에서 울렸다. 아까 한수는 누가 왔으니 나가보라고 하였던 모양이다.

명순은 가게로 나갔다.

잿빛 하늘 밑을 무리 져 가는 여자들의 환상은 아직도 그녀의 눈앞에 있었다. 그러나 한수의 귀가 또 예민해졌다는 생각도 한편으로 하고 있었다. 오관³이 모두 둔해졌으면서 귀만은 어느 시기 날카롭게 살아나곤 하는 것이었다.

"APC 오 원어치만요."

"네."

"미제루다요. 수효가 적어도 괜찮으니까 미제를 줘요."

"……"

"들으라구 먹는 약인데. 그렇잖어요?"

"네."

명순은 스커트에서 열쇠를 내어 유리장을 열고 정제를 세었다.

"고맙습니다. 안녕히 가세요."

여자와 엇갈리며 파리장 문을 밀치고 비대한 노녀(老女)가 들어섰다. 호르몬제를 사러 오는 노파였다. 노파가 질문을 할라치면 명순은 그렇게 강한 주사약을 자주 쓰지 않는 것이 좋으리라는 의견을 말할밖에 없으나 노파는 그런 설명을 듣기 싫어했고, 그래 요즘은 그저 화난 듯한 음성으로 불쑥 약명을 가리킬 뿐이었다.

명순은 약장 아래쪽 서랍을 열었다. 가게는 좁고 세모가 져 있어 돌아앉아 그런 동작을 하자면 편안찮았다. 그녀는 서랍에서 서너 권의 장부를 들어내고 그 밑에 숨겨둔 약상자를 꺼냈다. 수입 금지품이어서 감춰두어야 하는 것이었다.

비대한 부인은 호르몬제 외에 영양제 두 가지와 플라스마⁴를 샀다. 자식도 영감도 없고, 오직 자기 몸을 보하기 위하여 살아 있는 부인이었다.

"많이 파슈."

"안녕히 가세요."

방긋거리면서 순자가 와서 서 있었다.

"잘 있었니? 서방님두 안녕하시구. 테라마이싱을 몇 알하구 찜질약을 줘. 큰것이 또 헌데⁵가 났지 뭐니. 그리고 알코파를 두 봉. 애들은 반 봉지씩 먹인다지? 그러니까 두 애한테 나눠 먹이고 하나는 애들 아버지 드리지. 세 봉지 살까? 모두들 먹는 김에 나두 해치우게. 근데 요샌 온 집안 식구가 식욕이 없어서…… 요리를 만들어도 헛수고지. 여름철일수록 축이 안 가두룩⁶ 영양을 취해야만 하는 건데……"

순자는 더도 없이 열심한 생활인이었고 너무나 여자였고 거기다가 매우 행복하다고 생각하고 있기까지 하였다. 명순은 참으며 듣고 있었다.

순자의 요설(饒舌)⁷은 명순에게는 통틀어 그저 무의미했던 것이다.

겨우 순자가 가버리자 명순은 얼른 방으로 가보았다.

방바닥에 길게 누웠던 한수는 거기에 없었다. 날쌔게 몸을 놀려 또 무엇인가를 저질렀을지 몰랐다.

명순은 주방 문을 열고 선반 위, 찬장 앞, 마루 구석 하고, 순차례로 눈길을 달렸다. 한수는 물건을 잘 떨구었다. 요즘으로 아주 바보가 된 것처럼 조그만 속임수도 감쪽같이 해내지를 못하는 것이었다. 탈지면이나 작은 주사기 앰풀[8]의 껍데기 등을 명순의 눈에서 감춘다는 것이 전 신경을 집중하는 유일의 일이면서 줄곧 실수하여 꼬리를 잡히는 것이었다.

주방에는 그러나 이번에는 아무것도 떨어져 있지 않았다. 명순은 방에 돌아와 '미로'의 콤포지션 뒤에 손을 넣었다.

모르핀을 감출 장소 때문에 한수는 있는 지혜를 다 짜내었다. 그래서 명순은 경대 서랍에까지 쇠를 채워두는 것이다.

세면실에서 물소리가 나고 변소에 갔던 한수가 돌아왔다. 무언가 매우 명랑한 낯빛을 하고 있다. 요 며칠간 주사를 끊는다는 서약을 지키느라 그는 몹시 침울하고 기운이 없었던 것이다.

"오늘 저녁은 거리에나 나가볼까? 당신 언젠가 영화 보았으면 했었지?"

그는 곧추세운 두 무릎에서 손목을 늘여 건들건들 흔들면서 말하였다. 발등에 부챗살 같은 가는 뼈가 드러나 보였다.

"복자·수자의 쇼가 아주 인기라던데."

그런 소리를 한다. 명순은 움직이지 않는 눈동자를 그의 이마에 대었다.

'복자 수자와 그 일행의 쇼'인가 하는 흥행은 몇 달이나 전의 것이었다. 그 광고가 난 신문지를 무엇엔가 사용했던 기억이 있었다. 그랬다. 변소에 가는 좁은 복도의 벽이 떨어져 내린 곳을 그것으로 발라두었었다. 신문지는 지금도 그 자리에 붙어 있을 것이다. 앞을 지나칠 적마다 여자들의 사진과 광고문이 눈에 띄었다.

'오늘 저녁 그걸 보러 가잔다.'

한수는 그저 입에서 나오는 대로 지껄이고 있는 데에 불과하였다.

명순은 복도로 나갔다. 한수는 구석에 있는 고장 난 선풍기를 만지작거리기 시작했다. 가끔 그 손이 멈추어지고 불안스러운 눈이 명순의 사라진 쪽에 쏠려진다.

명순은 엷은 갈색의 앰풀 꼭지를 들고 돌아왔다.

한수 앞에 내던지고

"또 시작을 했어."

비굴한 눈초리를 지으며 고개를 비꼬는 양을 지켜보았다. 선풍기가 덜덜거리고 돌기 시작하여 좁은 방 안의 더운 공기를 휘저어대었다.

"아니야!"

한수가 갑자기 지껄거렸다.

"공연한 지레짐작을 말어. 절대로 또 시작한 건 아니야. 내 몸을 뒤져보아. 맹세하지!"

두 팔을 들어 보이며 어리석은 얼굴을 한다.

"내가 또 그 짓을 했다면…… 그렇다면 사람이 아니게? 그렇다면 약을 또 숨겨 가졌을 것 아냐?"

명순은 아무 말도 안 하였다. 한수가 대학에서 늘 최고 득점을 하고 우수한 학생이었다는 생각을 하고 있었다. 또 한수는 플루트를 불었었다……

선풍기가 멎었다. 소리도 죽었다. 바람 한 점 없는 날은 저물려

하고 있었다. 불붙는 듯한 하늘의 빛이 작은 창틀을 꽉 메우고 있었다.

2

　금단 증상(禁斷症狀)의 고비를 넘기고 나면 한수는 매우 잔인하였다.
　심부름하는 계집아이를 회초리로 때렸다. 명순은 계집아이를 보내주었던 고모의 집에 사과하러 갔다.
　"그거야 괜찮지만. ······네가 고생이겠다. 식모라고 붙어나질 않을 테니까."
　명순은 채송화가 흩어져 핀 화단으로 가까이 갔다.
　"색색가지로 섞여 펴서 참 이뻐요. 우리 집에 가져간 건 왜 피질 않을까."
　"글쎄······"
　고모는 잠깐 침묵하였다가
　"너 그런 모양으루······ 살 수 있겠니? 어떻게 여기쯤에서 결단을 내리면 어떻겠느냐?"
　명순은 그저 조금 웃어 보였다.
　흰 나비가 화변* 위에서 나래를 접었다 폈다 하고 커다란 모기가 날아갔다. 날개와 긴 다리가 금빛으로 반짝였다. 명순은 눈을 가늘게 뜨고 날아가는 벌레를 보고 있었다.

고모는 또 입을 열었다. 옥색 물을 들인 모시 치마를 입고 옥비녀를 찌른 그녀는 어울리지 않는 말을 입에 담았다.

"네가 그 사람을 사랑하고 있는 기분을 나도 짐작은 한다. 남녀 간의 사랑이란 이치루다 따질 게 아니니까 옆에서 이러구저러구 할 수는 없다만……"

명순은 놀란 듯이 그녀를 쳐다보았다.

"사랑요? 사랑하고 있지 않아요."

"그럼 무엇 때문에 그리구 있니?"

"무엇 때문인지…… 난 모르겠어요. 그렇지만 누구든지 다 그런 것 아녜요? 고모도 왜 살고 있는지 모르시는 거예요."

"애는. 그건…… 그거야…… 나야 애들 기르고 너의 고모부도 도와드리고……"

"그래서는요?"

"그래서라니…… 그러는 게 좋으니까…… 그러는 거지."

"좋아도 그러고 안 좋아도 그러는 거예요."

명순은 무표정하게 단언하였다. 그리고 또 채송화를 내려다보았다.

"겹이 돼서 이렇게 보기 좋아요."

"들어가자. 들어가 저녁이나 먹자. 너의 남편 그새 약이나 또 집어내는지 모르지만."

"집어내도 그만이에요. 옆에 있을 때엔 나도 쇠를 채우고 경계하지만 소용없는 일인 것은 알고 있어요. 소용도 없는 걸 왜 그러는지 나도 모르겠지만."

"제 일을 제가 모르면 누가 아니."

명순은 고모의 방에 들어갔다.

맛난 음식을 조금 먹고 몸을 편히 하고 누워 있었다.

'돌아갈 때까지 조금만 편히 하구 있자.'

생각은 단순하였다. 한수로 인한 분노라든가 짜증 같은 것은 언제나 오래가지 않았다. 그것은 관용의 정신에서가 아니라 마땅한 감정으로 여겨지지 않는 때문이었다.

드리운 발 밑으로 고모의 치맛자락이 오락가락하고 있다. 고모는 명순에게 얼마간 친절하고 얼마간 무심하였다. 정상적인 보통의 상태였다. 명순도 그녀를 좋아하지도 싫어하지도 않았다.

사람을 좋아진다는 것은 쉽게 일어나는 일이 아니었다. 그러나 명순은 한때 몹시 그래본 적이 있었다.

그녀와 한수는 약학대학의 교실에서 만났다. 한수는 중도에서 학업을 포기하였기 때문에 약제사 면허증을 갖고 있는 것은 명순의 편이었다.

모르핀을 그가 시작한 것이 퇴학을 해버린 훨씬 뒤였는지 어떤지 명순은 지금도 알지 못했다. 둘의 사이가 친숙해진 것은 퇴학을 전후한 무렵이었다.

명순 편에서 꽤 적극적으로 접근하여 갔다고 할 수 있었다. 그녀는 고민에 싸인 사나이의 어두운 매력에 이끌려갔던 것이다.

사랑이라는 것이 어떤 감정인지 명순은 지금 한마디로 규정지을 수 있다고 생각한다. 그것은 말하자면 섹스가 일으키는 트러블이고, 일종의 하찮은 시정(詩情)이었다. 모든 시(詩)가 그러하듯이 그것은 과장을 일삼고, 우상을 만들기에 옆눈도 안 판다. '완전한 인생'을 꿈꾸는 것이다.

한수는 명순의 마음을 끄는 거의 완전한 형태를 갖고 있었다. 그러한 생김새는 아주 대수로운 것으로 그때 명순에게는 생각되었다.

그것은 명순의 정감을 자극하였고, 그와 함께 있는 시간을 즐겁게 만들었다. 그는 일반적인 교양으로도 명순을 만족시킬 만하였으나 가장 매혹적이던 것은 실의(失意)의 구덩이에 빠져 있는 일이었다.

민감한 청년이 감정의 부당한 학대를 감수하고 있는 광경은 얼마나 가슴 저린 것이었을까.

그러한 학대는 한수의 깨끗함에는 비길 수도 없는 야비한 여자로부터 왔다.

자기의 가치를 액면대로 주장하지 않는 겸허함은 명순을 감상적이게 만들었다. 한수의 시정은 말하자면 특별히 정열적인 연소를 하고 있었던 것이다.

한수의 양친은 한수들을 결혼시키고 나서 곧 별세하였다. 큰길 옆에 조그만 약방을 남겨주고 갔다. 그리고 한수는 아편 중독자였다.

"고모, 이젠 가겠어요."

명순은 고모의 집을 나와 어둑어둑한 거리를 걸어갔다. 바다 쪽에서 눅진한 바람이 불어왔다.

그녀는 버스를 기다리며 서 있었다.

맞은편 언덕 위에 거대한 플라타너스가 여러 그루 몰려 선 것이 눈에 뜨인다.

나무는 미풍을 따라 천천히 술렁였다. 잎새가 팔랑대고, 검고 굵은 줄기는 미미하게 그러나 뱀처럼 연하게 굼틀거리며[10] 움직였다.

나무는 꼭 살아 있는 것 같았다. 살아서 무언가를 얘기하고 있는 것 같았다. 무언가 사람은 이해하지 못하는 이야기를 하며 있는 것 같았다.

그것을 바라다보는 명순은 저도 모르게 평화로운 얼굴을 지었다.

……오늘 밤도 또 잠을 잘 수 없을 것이다. 한수는 자기가 잠을 자지 못하니까 남이 자는 것을 시기하였다. 갖가지 술책을 써서 깨워 일으키고야 말았다. 딱…… 하고 날카롭게, 파리채로 방바닥을 내려치는 일. 어떤 때는 명순의 귓밥을 때려놓고 모른 체하고 있기도 하였다.

모른 체하고 있더라도 바늘같이 뾰족한 그의 눈찌[11]가 잔인한 노여움을 말해주었다.

"불을 끄면 파리가 안 붙지요."

그런 당연한 말을 그러나 명순은 하지 않았다. 방 안에 파리라고는 처음부터 있지도 않은 것이다.

그런 때 명순은 잠자코 앉아 있다. 그가 잠들기를 기다리는 것이다.

사람과 다른 생물이 세상에 있다는 일. 플라타너스를 보며 일어나는 그런 느낌 속에서 그녀는 평화로운 얼굴을 지을 수 있었는지 몰랐다. 잠깐 동안.

3

 노란 물이 한 줄기 천천히 인중을 따라 굴러 윗입술에 멈추었다. 비공(鼻孔)에서는 그러나 또 노란 물이 나와 서서히 굴러내려 입술 위의 방울을 크게 하였다.
 팥알만큼. 콩알만큼. 또 좀 커졌다고 보는 순간 콧물은 주룩 흘러 일직선으로 무릎에 떨어졌다. 그러자 한수는 팔굽을 쳐들었다. 얼굴로 가져가다 중도에서 집어치운다. 대신에 눈꺼풀을 반쯤 들고 게슴츠레한 동자를 이편에 던졌다.
 명순은 그의 앞에 다가앉았다.
 "무엇이 보여? 응, 어떤 것들이 눈앞에 있어?"
 "으."
 한수는 도로 눈꺼풀을 내리고 모로 누워버렸다.
 "알구 싶어. 뭐가 보이는지. 누가 있어? 여기 사람들하구 다른 사람들이겠지?"
 대꾸는 없었다.
 "그럼 말해줘. 무슨 생각을 하고 있는가를."
 둥실 구름을 탄 것 같은 감각 속에서, 어떤 색다른 사색을 이들은 더듬고 있는 걸까. 명순은 궁금하고, 이 이상 상황(異常狀況)에 놓인 인간의 머리 속을 세밀히 살펴보고 싶다고 느낀다.
 한수는 등을 꼬부리고 팔다리를 오그려 붙이며 눈을 감았다. 입이 맥없이 벌려 있고 침이 흘렀다.

그는 또 잠을 잔다. 깨면 거짓말을 늘어놓을 뿐이다. 아편 속에는 결국 아무것도 없는 듯하였다. 인간 이상의 것도, 인간 이하의 것도, 아무것도 없다고 볼밖에 없을 듯하였다.

숨소리가 편안하게 들린다. 그는 요즘은 몹쓸게 표독을 부리지도 않았다.

한동안 내려다보다가 명순은 상을 찌푸렸다. 한수의 뒤범벅이 된 침과 코는 그 유달리 수려한 용모 위에 매우 추한 부조화를 이룩하고 있기 때문이었다. 환한 등불에 비친 너무 잔혹한 그림이었다.

그녀는 일어나서 다락 옆의 층층다리를 올라 지붕 위로 나갔다.

빨래를 널어 말리기 위해 마련된 네모나고 좁은 옥상이었다. 한길 쪽은 커다란 간판의 뒷면이 가려주고 있었다.

나무 걸상에 앉아 명순은 먼 곳을 바라보았다.

항구의 등불들이 차갑고 영롱하게 빛나고 있다. 몇 개씩이나 옆으로 잇닿아져 나가며, 불규칙한 단층(斷層)을 이루고, 군데군데에 유난히 밝고 흰 빛이며 빨간 등이며 네모진 파란 일루미네이션 등을 섞어 가지고 있다.

검은 하늘과 한빛이 된 바닷자락[12]은 보이지 않았으나 물 위에 떠 있어 불은 더 영롱해 보이는 것일 게다.

명순은 언제까지나 앉아 있었다.

아무 생각도 하지 않는 물건은 아름다웠다.

아무 의미도 없고 곱게 생겨 있는 물건에는 위안이 있었다.

별이 없는 하늘로 부드러운 진동음을 울리며 순찰기가 선회하고 있다. 날개 끝에서 진초록과 빨강의 구슬 같은 등불이 명멸하였다. 크리스마스의 납종이처럼 반짝이는 빛깔이다. 그 위로 어두운 하늘이 막막하게—영원의 침묵을 지키며 펼쳐져 있었다.

걸상에 기대어서 명순은 잠깐 졸았다.

그리고 싸늘해진 야기(夜氣)[13]에 둘러싸여 곧 눈을 떴다.

그녀는 날이 샐 때까지 그렇게 앉아 있었다.

어둠이 걷히기 시작하니까 등불들은 색이 바래고, 그리고 꺼졌다.

4

길 건너 시장에 가서 무와 파, 생선 같은 것을 사서 바구니에 넣어 들고 명순은 약방으로 돌아왔다.

한수는 유리장 앞 좁은 공간에 비스듬히 옆으로 서 있었다. 몸을 일직선으로 하여 십오 도쯤 앞으로 기울이고 있다. 무엇을 보고 있는지 무엇을 하고 있는지 도무지 알 수 없는 자세였다.

명순은 옆눈으로 바라보며 그 곁을 지나갔다.

그러자 한수는 별안간 입을 열었다.

"도둑을 맞았어."

꼿꼿이 한 몸을 앞으로 기울인 채 얼굴만 이편을 향하였다. 표정이 없어 오히려 섬뜩한 그런 얼굴이었다.

"잠깐 옆집에 갔었어. 당신이 잘못이야. 왜 그렇게 오래 시장에 있었단 말야. 그새에 유리창을 깨뜨리고 약을 훔쳐냈지. 잠깐 옆집에 갔드랬어. 당신이 모두 쇠를 채워놨기 때문에 유리를, 저것 봐, 저렇게 깨뜨리고……"

그는 진열장 뒤에까지 걸어 들어가 깨어진 자리를 손으로 가리켰다.

"봐, 내 말이 거짓인가."

그의 오른편 주먹에는 옥도정기가 칠해져 있었다. 바닥에 떨어진 유리 조각은 말끔히 비로 쓸려 있었다.

명순은 화가 나서 장바구니를 방에다 내던졌다. 그리고 수영복을 꺼내 들고 밖으로 나왔다.

한수가 모르핀을 했다가, 죽을 고생을 하며 끊었다가 또 져서 다시 시작했다가 하는 되풀이가 그녀에게는 번거롭다. 그녀는 한수가 소위 성실한 남편이 되어, 팸플릿을 읽고 외국에 약을 주문해준다거나 일요일이면 함께 거리에 나간다거나 하게 되는 일을 그다지 좋다고는 생각하지 않게 되어 있었으므로 변동은 그저 뒤숭숭하기만 한 것이었다.

그녀는 바다로 갔다.

사람들이 많이 모인 모래사장을 피해 외딴 바닷가에서 버스를 내렸다.

울퉁불퉁하여 발바닥이 아픈 바위 그늘에서 옷을 바꾸고 물속으로 걸어 들어갔다.

차가운 물은 육감적이고, 넘실대는 압력은 징그럽지 않을 정도로 욕정적이기까지 했다. 명순은 바다에다 몸을 맡겼다.

한수는 중독 상태에 들어가면 한 달이고 반년이고 그 이상이고, 명순의 육체를 잊고 말았다. 그녀는 바닷물에서 오는 전신적인 압박에서 흘깃 남편의 애무를 감각하기도 하였다.
 그러나 이윽고 모든 사념은 그녀의 머리에서 사라졌다. 그녀는 다만 운동의 쾌감을 느끼며 깊은 곳으로 헤엄쳐나갔다. 수평선을 바라보며 멀리멀리까지 갔다. 온몸에 힘이 넘쳐흐르는 것을 느꼈다.
 물의 차기가 두세 번 달라졌다. 그녀는 나가기를 멈추고 몸을 뒤쳐 등으로 둥실 떴다. 구름이 눈부시다. 갈매기가 날아간다.
 인간이 인간임을 완전히 망각할 수 있는 순간이란 얼마나 좋은 것일까. 고독을 죄처럼, 무슨 잘못처럼 버젓잖이 느끼지 않아도 되는 순간이란……
 그녀가 옷을 벗어논 물가로 돌아왔을 때 어떤 남자가 가까운 바위 위에 앉아 있는 것이 보였다. 보릿짚모자 밑에서 줄기찬 시선을 명순에게 보내고 있다.
 명순은 지나갔다. 그러자 젊은 남자는 따라서 일어났다.
 "명순이지, 역시 그랬었군. 그새 잘 있었어?"
 명순은 사나이를 쳐다보고 퍼레진 입술로 웃어 보였다.
 "난 누구라구."
 그러고는 바위 그늘로 가 타월을 어깨에 걸쳤다.
 "아까 버스에서 내릴 때부터 보고 있었어. 아무래도 명순이 같다고 생각했었지."
 세연은 조금 더 가까운 바위로 옮아와 걸터앉았다.

"옷 벗는 것도 봤어."

"바보 같은 소리."

"한수는 잘 있어?"

이것은 좀 특이하게 들리는 어조였다. 그는—아니 그들 동창생은 아마 누구나 다—한수의 상태를 알고 있을 것이다. 명순은 수건으로 젖은 머리를 문질렀다.

"얼마 잘 있지도 않아."

"그래? 그거 야단이로군."

세연은 따뜻한 눈초리로 명순을 지켜보았다. 잠시 침묵이 흐르고 단조로운 파도 소리만 되풀이하였다.

"결혼했느냐는 인사쯤 있을 법도 한데?"

"그런 것 물어서 뭘 하려구."

"여전히 냉담한데?"

옛 클래스메이트는 쓴웃음을 지었다.

"외국에나 갈까 하구 있어. 여기 있어보아야 별 재미두 없구……"

명순은 햇볕을 흡수하여 따가워진 바위에 가슴을 대고 엎드렸다.

"명순인 지금 행복할까? 정직히 말해서……"

명순은 머리만 조금 들고 간단히 고개를 저어 보였다.

"그렇지만 아직도 한수를 사랑하구 있군?"

갑자기 명순은 소리를 내고 웃었다.

세연은 잠자코 그녀를 바라보고 생각에 잠겼다.

이윽고 그는 바위에서 일어나며 말하였다.

"약방에 한번 놀러 가도 괜찮을까?"
"앉을 데도 없는걸. 한수는 그 모양이고."
"그 병은…… 좋지 못해."
세연은 어두운 소리로 낮게 뇌었다.
"그 병은 아주 좋지 못해. 명순에게도."
"알고 있어."
명순은 끄덕였다.
"그렇지만 난 아무 일도 또 새로 시작하지는 않을 테야."
그리고 그녀는 약간 확신이 없는 얼굴이었으나 덧붙였다.
"다 알아버렸으니까."
이번에는 세연이 웃을 차례였다. 그리고 그는 푸르게 반짝이는 바다로 고개를 돌려 먼 시선을 지었다.
"물에 또 들어가나?"
"조금 있다가……"
"난 그럼 갈 테야. 안녕."
"안녕."
세연은 느릿느릿 사라졌다. 조금 슬픈 것 같아 보였다.
명순은 잠시 그의 뒷모습을 지키다가 돌의 따뜻한 부분으로 돌아누웠다.
저녁때 명순은 싱싱한 낯빛이 되어 드라이브 웨이로 올라왔다. 시내를 향한 차가 달려오기를 기다리며 가볍게 걸어갔다.
한편에는 바다는 진줏빛 섞인 옥색으로 부드럽게 빛나고 있었다. 기운찬 바람이 그녀의 깡뚱한[14] 옷자락과 머리칼을 날렸다.

'기운이 돌아왔다.'

'나는 언제나 즐겁지는 않지만 그러나 기운은 돌아왔다.'

걸으며 명순은 문득 어떤 공상을 하고, 미소하였다.

공상은 때때로 조금은 즐거울 수 있었고, 그 대신 아무 의미도 없는 것이기는 하였다.

한수가 죽어버린다는 일.

한수가 죽어버리고 그의 옆에 노트가 펼쳐져 있다면…… 노트에는 흘림글씨로 몇 자 적혀 있을 것이다.

'정신이 맑은 새에 결행하겠다. 당신을 사랑한 증거라고 알아준다면 다행이다……'

사랑?

그것은 얼마간 우스운 말이기는 하였지만 나쁜 말은 아니었다. 동화를 읽고 난 어른처럼 그녀는 미소했다.

세연 같은 청년은 그런 것을 소중히 알고, 언제까지나 밥 굶은 소년처럼 가엾은 눈을 하고 있는 것이다……

젖은 물옷을 무릎에 놓고 차에 흔들려 명순은 집에 돌아왔다.

약방의 유리문은 잠겨 있었다. 그녀는 뒷문으로 돌기 위하여 옆 건물과의 새의 좁고 습기 찬 틈으로 들어섰다.

부엌문은 열려 있었다.

모든 것을 팽개쳐두고 한수는 나가버린 모양이었다.

정말 도둑이 들었었을지 모르지만 명순은 그다지 개의치 않았다. 그녀가 살아가기 위해서는 그런 일들은 차라리 필요한 조목들일지 몰랐다.

방으로 올라갔다.

한수는 외출하지 않고 거기 누워 있었다.

베개도 없이 턱을 높이 쳐들고——마치 턱으로 솟구쳐 오르려는 듯한 자세로 누워 있었다. 크게 벌어진 입은 바싹 말라 침도 안 흐르고, 석고같이 새하얀 살갗을 하고 있었다. 그는 호흡을 안 하였다. 그는 죽어 있었다.

명순의 동공은 크게 벌어져갔다. 점점 더 크게 벌어져갔다. 자기가 태어난 이 우주 속의 일 점을 다시 놓친 사람의 그것같이 그것은 매우 크게 뜨인 눈이었다.

파도 波濤

제1장

1

바다에서 불어 올리는 바람은 언제나 눅진하다.

살을 엘 듯 날카로운 추위에 넉 달 동안 꽁꽁 얼어붙었던 땅이, 겨우 조금 풀릴까 마음먹은 즈음부터, 이곳저곳의 함석지붕을 말아 올리는 바람이 불기 시작한다. 찢기어 휘날리는 험한 빛깔의 구름 조각 사이로, 엷은 햇살이 잠깐씩 내비친다. 그러면 저만치 내려다보이는, 겨우내 남빛으로 무겁던 바다가 일순 연초록으로 밝아지곤 하였다. 건너편 언덕배기에 층층을 이루며 게딱지같이 들어붙은 집들의 메마른 표정에도, 그런 때 무언가 화기가 도는 것 같아 보였다.

그러나 일광은 너무도 아쉬웠다. 사위[1]는 이내 다시 어두컴컴하여지고 바람은 땅 위에서——이제는 너무나 쓸어 올려 아무것도 남지 않은 땅바닥에서 자갈돌까지 들어 올리려고 하는 것이었다.

영실(英實)은 낡아빠진 쪽마루에 걸터앉아서, 시가지(市街地)의 동편을 둘러친 산줄기를 바라다보고 있었다.

날카롭고 험준한 봉우리를, 거무레한 솔이 덮은 산들이었다. 밤이면 불빛이 휘황한 일본인 상점가를 지나고 부둣가를 다 빠져 한참 돌아간 곳에 그 산줄기는 뻗어 있었다.

부둣가에는 성곽 같은 여관들이 늘어서 있다. 그리고 산 밑은 그 여관들보다 더 육중하고 우중충한 건물이 솟아 있는 유곽(遊廓)[2] 거리였다. 시가지는 모양 없이 기름하기만 하여, 흰, 굵은 연통을 가진 고베(神戶) 내왕의 기선이며, 수없이 많은 똑딱선이 떠도는 바다하고 잇대어져 있었다. 사람이 지나는 걸 본 일이 없는 유곽 앞 큰길을 올라갈라치면, 폭넓은 고동 소리가 등을 밀어대듯 울려오곤 하였다.

훨씬 이편으로 치우쳐 해수욕장이 있고, 서쪽 시야를 가리며 울퉁불퉁한 산이 하나 내밀고 있었으나 이것은 나무가 몇 그루 없는 바윗덩이이고, 밉고 불길하게 생긴 산이었다. 천마산(天馬山)이라는 이름이고, 아이들도 이 산에는 오르기를 꺼려한다.

영실은 짙푸른 솔에 싸인 동쪽 산줄기를 바라보며 곰곰 생각에 잠겼다.

'저 속엔 문둥이가 살지. 작년 봄에 형사 주임네 아아(아이) 간 빼내 먹은 문둥이가……'

건들거리던 다리를 오므리고 주저앉았다.

'간만 내먹고, 나무에 기대 앉혀놓았다지비. 그래 지금도 아이 우는 소리가 들린다네. 엄마아 엄마아 하는 소리가……'

영실은 오싹 몸을 떨었다. 그것은 참 끔찍한 일이 아닐 수 없었다. 그러나 진달래가 피는 때면 가보아야만 하는데……

산속으로 정신없이 파고들어 가며, 그 분홍 꽃을 양손에 못다 쥐도록 꺾는 재미를, 영실은 도무지 잊을 수 없다. 해마다 그렇게 해야만 직성이 풀리는 것이다.

방울꽃이 필 무렵에도 그러하였다. 무더기 무더기…… 어떤 곳은 산비탈 하나가 온통 방울꽃의 흰 구슬과 드높은 향기로 휘덮여 있는 데도 있는 것이다.

그만 꺾고 가자야, 하고 함께 간 아이들이 주춤거릴 때가 되어도, 영실은 욕심스럽게 산속으로 파고들기만 하였다. 그 아득한 정적, 새소리밖에 없는 낮의 정적과, 산중에 독특한 공기의 달콤함이, 영실의 넋을 앗아 가는 것이었다.

"저기 봐라, 문둥이가!"

동행인 계집아이 중에는 으레 방정맞은 축도 섞여 있다.

"어디메?"

"저 나무 뒤로 하얀 게 후딱 지나갔다."

숨을 꼴깍 삼킨다.

"사람 우는 소리 앙이 듣기느냐?"

"어디메?"

"저, 바라."

"뻐꾹새를 갖고."

하여놓고도 겁은 나서 겨우 발길을 돌릴 즈음에는 영실은 너무 많이 꽃을 따 안아서, 거반 다 버려야만 걸을 수가 있는 것이었다.

영실은 두 눈을 가느스름히 했다.

이 바람은…… 이 눅진한 바람은, 숨이 흐느낄 정도로 세차기는 하지만, 곧 진달래가 피는 봄을 가져오리라. 그러면 산에 올라가야지.

옹크리고 있는 일이 조금 지루하여져서 그녀는 기지개를 켜고 마당에 내려섰다.

사방을 두리번거리고 본다.

맞은편 언덕배기에서 이리로 건너오는 좁다란 길이 있다.

대문 앞 한길까지 T자로 곧장 뻗어 있지만, 길 폭만큼만 우뚝 높아서 마치 고가교(高架橋) 같아 보인다.

긴 세월 비바람과 사람의 발길에 닳아 매끌매끌하였고, 둥근 바위를 잇달아 늘어놓은 것처럼 온통 울퉁불퉁하였다. 양 가장이도 울퉁불퉁하여서, 동그랗게 파인 구멍에는 장난꾸러기들이 상체를 옴폭 집어넣어보거나, 어떤 곳에서는, 기어오르기 내기를 하는 것이었다.

영실네 납작한 대문 너머로, 그 작은 낭떠러지는 빤히 올려다보였다. 뿌연 옷을 입은 여인이 물지게를 지고 그 위를 오고 있다. 자그마한 여인이다. 영실의 모친이었다.

근처의 우물은 모두 찝찔하여서, 그녀는 건너편 언덕까지 먹는 물을 길으러 다니는 것이었다. 바람이 씽 하고 불어칠 때마다, 양편에 늘인 네모진 물통은 전후좌우로 쏠리곤 하였다. 그리고 그네 자신도, 머리와 가슴을 힘대로 앞으로 내밀려고 하는데도 바람에 떠밀리어 자주 제자리걸음을 치고, 때로는 뒷걸음질까지 하게 되는 것이었다.

영실은 빙그레 웃고, 바라다보고 있었다.

모친은 차츰 가까이 다가왔다.

그네의, 노란 눈알을 가진, 동글납작한 얼굴이 식별되었다. 가로 또 세로 몇 개 주름이 잡히기는 하였어도, 언제나 맑고, 나이보다 젊어 보이는 얼굴이었다.

갑자기 물통이 커다랗게 흔들렸다. 머리카락이 위로 날리고, 허릿바³로 조인 치맛자락까지, 있는 대로 바람을 안고 펄럭거렸다.

그러더니 놀랄 사이도 없이, 그네의 조그만 몸뚱이는 낭떠러지에서 떨어지고 말았다.

물이 찬 물통을 양팔 밑에 늘이고 그네는 홀랑 바람에 난 것이다.

실상은 발을 헛디딘 것인지 모르지만 흡사 바람을 타고 난 느낌이었다.

영실은 문간으로 뛰어갔다.

물통이 요란한 소리와 함께, 동댕이쳐지는 것을 보았다.

물이 길 위를 흘러갔다.

그녀의 모친은 빈 지게를 어깨에 걸친 채 흰 오뚝이같이 벼랑 아래 서 있었다.

방금 발이 땅에 닿인 뿐이어서, 미처 정신이 들지 못했다는 얼굴이었다.
 아찔하다는 듯 눈을 깜빡깜빡하고 있다.
 영실은 입을 쩍 벌리고 웃기 시작하였다.
 "고내기처리(고양이처럼), 연상 고내기처리……"
 그리고 영실은 더욱 큰 소리로 자지러지게 웃어대었다.
 웃는 얼굴이 야생적인 생기에 차, 아름답다.
 피부가 거무레하고, 눈도 코도 입도, 실팍하기만 한 그녀를 두고, 아무도 귀엽게 생겼다느니 하는 말은 안 하였고 그녀 자신도 박색을 자처하고 있었지만, 새하얀 이를 드러내고 마구 대고 웃고 있는 그녀에게서는 정한(精悍)한[4] 소년의 그것 같은 신선함이 흘러넘치는 것이었다.
 모친은 고개를 들고 이쪽을 보았다. 그리고 나둥그러진 물통을 주워 지게 고리에 걸었다.
 "어째 그러니, 영실아?"
 뒷문으로 해서 재빠른 걸음으로 마당에 들어서던 신실(信實)이, 미간에 무언가 수심을 담고, 작은 소리로 물었다.
 신실은 동생과는 달리 미인이었다.
 누구나 곱고 탐스러운 색시라고 말하였다.
 정말 그녀는 함박꽃처럼 소담스러웠다. 맑은 살결의 볼은 언제나 연한 분홍빛이었고, 쌍꺼풀진 눈매는 상냥스러웠다. 그 위에 온순하고 얌전한 티가 온몸에 출출 흐르고 있다. 귀를 덮어 느슨하게 머리를 땋고, 늘 연한 색 저고리를 입고 있다.
 누구나 탐을 내고 아까워하는 처녀였으나 또 어쩐지 좋지 못한 풍문이 함께 그녀를 따르고 있는 것이었다.

천마산 밑을 누구와 함께 걸었다든가 밤에 보습학교(補習學校) 뒤에서 남자와 둘이 있는 걸 보았다든가, 하는 유의 뒷공론들이었다.

그러나 그런 소문들은, 결국 놈팡이[5] 편이 나쁜 것으로 낙착이 되어, 신실은 이를테면 수난자로 동정을 얻는 것이었다.

사실 어느 모로 뜯어보나 이 처녀에게 난봉기가 있을 것으로는 믿어지지 않았다. 연삭삭하고[6] 대가 약할 뿐이라고 생각되었다. 말소리도 나직하고, 대개 눈을 내리깔고 있었다.

"저것 좀 보. 세상에, 저 높은 데서 떨어져가지고 고내기처리 다치지도 앙이하고……"

영실은 뻣뻣한 더벅머리를 흔들어대며, 손가락질을 하고 또 웃었다.

신실은 그편을 보았다.

모친이 지게 고리를 만지작거리면서 비스듬히 서 있었다.

무언지 잘 모르지만 자기와는 별로 관계가 없을 듯하다고 깨달은 모양이다.

흰 이마를 떨구며 더 묻지 않고 돌아섰다. 그녀들의 모친은 언덕길을 되돌아가기 시작했다.

"성아, 엄마 얼굴에도 고내기 같지 앙이트냐? 정지[7]에 쪼글치고[8] 앉았을 땐 영 그렇더라!"

영실이 킬킬거렸으나 신실은 아무 말도 하지 않고 쪽마루 앞으로 걸어갔다.

사과 궤짝으로 만든 신장 뒤에, 수틀을 세워두었었다. 그것을 꺼내 가지고, 뒤꼍을 향해 앉은 자기 방으로 얼른 들어가려고 한 것이었다.

"사람이 어찌믄 그렇게 높은 데서 자빠지지도 안하고……"

영실은 시시덕거리다 말고 갑자기 입을 다물었다.

쪽마루 뒤의 문이 홱 열어젖혀지며, 아버지의 시커먼 모습이 거기 나타난 것이었다.

그는 항상 위압적인, 음울한 눈을 하고 있는 인물이었다.

좀처럼 말을 하지 않는다. 모친도 말은 드문 편이었지만 아버지 신만갑(申萬甲)의 침묵은 무언가 몹시 거칠고 격렬한 것을 내부에 갖고 있는 것이다. 건드리면 곧 폭발을 할 것 같다.

영실은 그를 두려워하고 있었다. 때로는 공포감조차 느끼는 일이 있다. 그는 매우 몸집이 크고, 바위처럼 건장한 체구를 한 사람이었다.

몇 해 전 돌연 고깃배와 인연을 끊고 난 이래, 줄곧 집 안에만 틀어박혀 있으면서 그 보기에도 울적한 컴컴한 이마 뒤에 무슨 생각을 간직하고 있는지, 그것은 아무도 모를 일이었다. 집에 누가 찾아오는 일도 거의 없었고 남과 긴 이야기를 나누는 것을 본 적도 없었다. 그럼에도 불구하고 부친 만갑은 신실에 관한 모든 소문을, 재빨리 그리고 정확하게 알고 있곤 하였다. 신실의 반듯한 이마에서 수심의 그림자가 가시지 않는 것은 그런 일들 때문인지도 몰랐다.

우뚝 선 부친의 눈초리를 보자 영실은 한 번 더 움찔하였다. 기실 그는 영실 편은 일별(一瞥)도 하지 않고, 큰딸만을 뚫어지게 쏘아보고 있었지만.

신실은 고개를 떨구었다.

잠시 주저하는 낯빛이었으나 그대로 신장 뒤에 손을 넣었다.

부친의 두 눈에서 불이 번쩍 튄 것 같았다.

영실은 숨이 막힐 것 같아 저도 모르게 소리를 질렀다.

"성은 순옥이 성네 집에 수 배우러 갔다 왔지비. 무슨 다른 데 갔다 왔다고!"

신실이 창백해지며 신장 뒤에서 손을 빼었다. 세워두었던 수틀은 온데간데가 없었던 것이다.

부친의 어깨가 기우뚱하였다.

다음 찰나에는 방 안에 갖다 두었던 네모진 수틀이 와지끈 소리를 내며 뜰에 던져져 부서지고 있었다.

"날래 싹 못 들어오겠니얏?"

산울림같이 무겁게 울리는 음성이었다. 그것은 또 땅 밑에서 솟구쳐 오르듯, 어둡고 분노에 찬 목소리이기도 하였다.

신실은 자석에 빨려드는 쇠붙이같이, 아무 저항도 없이 그에게로 다가갔다.

쪽마루 앞에 간 그녀를 만갑은 머리채를 휘어감아 쓰러뜨렸다.

그대로 쭐쭐 끌고 간다.

문지방을 넘어갈 때 저고리가 찢기고, 동그란 어깨가 한쪽 드러났다.

그것은 부친의 분노에 부채질을 하는 일인 듯하였다. 더욱더 난폭하게 그는 그 손의 끄덩이를 낚아채었다. 삿자리에서 우두둑 우두둑 소리가 났다.

 궤짝 같은 것이 쌓인 기름한 구석방에서 그는 신실의 머리채를 놓았다.

 마당에 나와 울타리의 싸리 꼬치를 잡아 빼었다. 몇 개나 포개어서 땅에서 주운 끈으로 묶는다.

 영실은 쏜살같이 밖으로 달려나갔다.

 한달음에 언덕길을 올라 모친에게 돌진해 갔다. 모친은 허리를 구부정하고, 삐걱삐걱 소리를 내며 오고 있었다.

 영실은 집에 빨리 가라고 고함을 지르며 그녀의 어깨에서 지게를 잡아당겼다.

 모친은 그 노란, 가까이서 보면 초록으로도 비치는 동자를 들고 영실을 빤히 쳐다보다가 갑자기 지게를 벗고 내닫기 시작했다.

 무슨 일이 일어났는지 그네에게도 짐작이 든 것이었다.

 영실은 물지게를 자기가 지고 가려고 하였으나, 그것은 너무 무겁고 어깨를 파고들어, 몇 발짝도 앞으로 나갈 수가 없었다. 그네는 주저 없이 물통을 내려놓고 좌르륵 길 아래로 부어버렸다. 그리고 바람에 통을 빼앗길 뻔하면서 헐레벌떡 집으로 뛰어 달렸다.

 "말을 앙이 하겠니?"

 구석방에서는 또 회초리가 씽 하고 올라갔다. 만갑은 물어뜯을 듯이 으르렁대고 있었다.

 "말으 싹, 못 하겠니? 어디를 싸다녔느야!"

 신실은 두 팔을 짚고 모로 앉아, 어딘지 먼 곳을 향한 눈길이었다. 그 쌍꺼풀진 눈매는 더욱 연하게 풀려, 무언가 깨어 있는 사람의 그것 같지가 않았다.

그녀는 부친의 고함 소리가 들리지 않는지, 옴짝도 하지 않고 있었으나, 팔뚝에 연거푸 매가 떨어지니까, 별안간 고개를 탁 떨구었다.

마누라는 문간에서 떨고만 있다가, 이때 영감에게 달려들었다. 있는 힘을 다하여 그 팔을 붙들고 늘어졌다.

만갑은 허리를 펴고 일어서더니 마누라를 번쩍 들어 뒷마당에 내던졌다. 그리고 다시 회초리를 쥐었다. 찰싹! 소리가 날 때마다 끔쩍끔쩍 놀라다가, 드디어 야수같이 울음소리를 터뜨리며 대든 것은 신실이 아니고 동생이었다.

"수 때문에 동무 집에 갔다 오지 앙이했음? 수놓으러 간 것이 무시개 잘못······"

"윽! 앙이요! 채선생한테 갔다 왔소. 꼭 할 말이 있다 해서······ 저으 각시 이혼한다 해서······"

"어째 묻소! 다 알고 있으며 어째 묻는 거요!"

영실은 마침내 그 흰 이로, 만갑의 팔뚝을 물어뜯었다.

신실은 눈을 감고 초배도 하지 않은 흙바닥에, 죽은 듯이 엎어져 있었다.

2

"너으 성, 머리를 박박 깎있다지비?"

순희는 때때로 어른 같은 태도로 말을 한다.

영실은 오랫동안 잠자코 있었다. 그리고

"앙이. 앙이다."

고개를 저었으나 침묵한 동안이 너무 길었었으므로, 순희는 적이 안됐다는 듯 고개를 설레설레 옆으로 흔들었다.

"천지에 말 앙이 하는 사람이 없더라. 에그 아바이 어찌 그리 사납겠니."

영실은 허리에 띤 책보를 고쳐 매느라고 대꾸를 안 하였다. 자주색 무명 보자기 속에서 빈 도시락이 유난스럽게 덜컹거렸다.

"채선생네 각시가 채선생을 부지깨비루 막 뚜들어 팼단다. 선생님 얼굴이가 사방 부어터졌드라."

순희는 킬킬거리고 웃었다.

바위에 번지르르 검은 물이 흐르고 있는 천마산 섶에서, 무슨 새인지 꾸르르 꾸르르 울고 있다. 두 계집아이는 걸음을 재우쳤다.

보통학교는 동리에서 멀리 떨어져 있어, 천마산 밑을 도는 쓸쓸한 길, 무당이 사는 오막집 앞 벌판, 얼마 전 색주가가 목을 매어 죽은 버드나무 밑—하고, 온갖 무시무시한 데를 지나야만 하는 것이었다.

비라도 부슬거리는 저녁나절이면 그 부근에는, 귀신이 득실대고 있을 것이 틀림없었다. 그것은 헌병대 뒤 긴 가시철망에 노상 옭묶이어 있는, 빨강, 파랑, 노랑의 헝겊 조각, 길가 바위 앞에 흩어진 밥덩이나 북어 대가리, 이런 것만 보아도 알 일이었다.

"우리 성은 인제 시집간다. 서울 부자한테로."

영실은 불쑥 그런 소리를 했다.

매일 조금씩 훈훈함을 더해오는 봄바람이 볼을 간질였다. 발 앞에 긴 그림자를 늘여주던 석양은 천마산 뒤에 숨고, 길은 침침한 잿빛 속에 잠겼다.

"부잣집에?"

순희는 무척 신기하다는 눈을 지으며

"장달수네 같은 데 말이니?"

목소리까지 낮추어 수군덕거렸다.

"장달수네 큰아들이 일본서 왔지. 장달수네 큰아들은 일본서 공부하다 방학이면 내려오지비."

그런 말을 주절거리다가 순희는 갑자기 무슨 생각이 난 듯 영실의 얼굴을 쳐다보았다.

"너으 집 성, 장달수네 아들하구 '기요미' 온천 뒤에 간 거 나 보았다. 유곽 뒷산 말이다. 아마 작년 봄이었지비……"

작년 봄의 일은 영실도 기억하고 있다. 그네는 어른처럼 긴 한숨을 내쉬었다.

"그래서 걱정 앙이가. 시집갈 생각은 앙이 하고 어림없는 데루만 놀아난다니."

"장달수네 집에 시집보내라무."

순희는 또 혼자 킥킥 웃었다.

정어리 잡이로 일확천금을 하여 거부를 쌓은 장달수는 이 고장에서는 영웅이었다. 비록 눈에 일자[10]가 없는 토박이 무식꾼이 틀림없을망정, 일본인 비서를 거느리고, 겨울이면 털외투를 입고 다니는 신분이었다.

그의 사무실은 일인 거리에 있다.

집에서 어디를 나가는 때마다 우편국 옆에 있는 '삼일(三一)택시회사'로 전화가 걸려 가고, 그래서 털털거리고 달려온 검은 자동차를, 노상 타고만 다니는 것이었다.

서울 내왕이 있을 때마다 '지전을 길바닥에 뿌리고 다닌다'고 일컬어지는 사람은 원진 바닥에는 그밖에는 없었다.

그의 집 벽돌담은 굉장히 길고 높고, 그 집 개는 장달수의 이름만큼이나 유명하였다.

뭐라는 개인지, 백계 노서아[11]인에게 샀다는, 껑충한 노루 같은 생김새인데, 꼬리가 몽땅 잘려 있는 것도 진기하려니와, 때때로 이놈이 대문을 빠져나와 거리를 냅다 달리는 날이면, 그 집 하인은 사생결단을 하고 뒤를 쫓아 뛰는 것이었다.

평소 이웃 사람들께, 유달리 건방진 하인이었다.

장달수란 이를테면 부자의 대명사요, 그 아들은 이곳 처녀들에게 왕자와 같은 존재였던 것이다.

영실은 순희의 빈정거림을 못 들은 척하는밖에 없었다.

"서울에 언제 가니?"

"몰라."

허튼소리를 더 할 기운이 없어 풀이 죽었다.
　장마당 어귀에 버스가 와 멎더니 곤색 세일러복을 입은 여학생이 두셋 내리는 것이 보였다. 원진에는 여학교가 없어, 학생들은 이웃 도시까지 버스로 통학하는 것이었다.
　순희는 내년에 진학하면 구두를 제일 먼저 짓겠다는 이야기를 하기 시작했다.
　그녀는 어머니가 없었으나 아버지가 소방대 대장이었고, 그 최 대장은, 재작년 부둣가 정어리 공장에 큰불이 났던 때 이래, 간혹 머리가 수상해진다는 소문도 있기는 하였으나, 딸자식은 소중히 아는 성미였으므로, 그녀의 진학은 거의 정해논 일이나 다름없었다.
　그런데 영실을 두고 보면 어느 구석으로나 윗 학교에 갈 가망은 없었으므로 아예 단념하고 있는 터였고, 그런 면에서 또한 할 말이 숱하게 있었던 것이다.
　두 계집아이는 정신없이 지껄이며 걸어나갔다.
　한 소년이 저만큼 앞에서 걸어왔다. 이목구비가 수려한, 우울한 표정의 중학생이다.
　그를 보자 영실과 순희는 똑같이 입을 다물고 조용해져버렸다.
　항구에서 자라는 아이들은 통례적으로 조숙한 경향이 있다. 보통학교의 오륙 학년이 되면 남녀가 벌써 서로 시시덕거리며 일부러 숨어 보이기도 하고, 쫓아가 지분대는 장난을 시작한다. 못된 애들은 길거리에서 비외(卑猥)한 수작을 던지기도 하였다.
　누가 누구에게 반했다느니, 때로는 '잤다'는 따위의 불온한 풍문까지 교실 안에 떠도는 수가 있었다.

그러나 이 우울한 미소년은 언제나 그런 이야기의 밖에 있었다. 그는 누구에게나 초연한 태도를 취하고 있어, 길가에서 시시덕거리거나 밤거리를 쏘다니며 컴컴한 골목 안에 계집아이를 몰아넣거나 하는 일은 하지 않았다.

"저 어망이 눈에 피 맺히겠다. 불쌍타, 참 불쌍어."

어른들은 모두 그―윤경식(尹京植)이라는 이름이 나올 때이면 으레 그렇게 혀를 차며 언짢아하였다. 그리고 윤경식은 그 누구의 앞에서도 오만하게 고개를 들고 지나가는 것이었다.

윤경식이 지나가버리고 한참 되니까 순희는 또 아까 화제로 돌아갔으나 영실은 이제 얼마 말을 하지 않았다. 무언가 나른해진 것이었다.

장마당 앞에서 그녀들은 헤어졌다. 소방소는 장마당과 마주 서 있었고, 순희 부녀는 사무실 옆방에서 살고 있었던 것이다.

영실은 집에 들어가, 부뚜막 방에 앉아, 조밥을 떠먹었다.

방 끝에 달린 큰 가마솥에는 이제 물은 끓고 있지 않았지만, 모친이 토방에서, 작은 아궁이에 불을 지피고 있었다.

"가재미 지지개[12] 먹어라."

"필요 없다."

영실은 숟갈을 내려놓았다.

기름한 골방에는 신실이 머리를 깎여서 쓰러져 누워 있다. 마음에 걸리고 불안하였으나, 가서 들여다보기는 싫었다.

부친도 그날 이래 부뚜막 방에 나오지 않는다. 쪽마루 뒷방에만 들어앉아 있다.

밥사발을 밀쳐놓고 영실은 곧 밖에 나갔다. 어두워진 비탈을 걸어 내려갔다.

내리막길을 다 간 곳에 노망난 첨지가 살고 있다.

아침저녁 한 차례씩 길바닥에 튀어나와, 두 손을 하늘로 들며 욕지거리를 퍼붓는다.

"간나 새끼들아! 이 목을 꺾어 죽일 간나아 새끼들아! 어마이 아바이 고상 고상 키아노니……"

"……글쎄 앙이 그렇슴? 어마이 아바이가 서느라고 고오상, 낳느라고 고오상, 키운다고 고오상……"

그의 머리는 회색이고, 검불과 함께 틀어 올린 상투는 어린애의 엄지손가락보다도 작다. 찢어진 옷소매를 펄렁이면서, 차츰 더 높아지는 목소리로, 나중에는 삐익삐익 울듯이 하며,

"……서느라고 고오상, 낳느라고 고오상……"

을 되풀이하는 것이었다.

가난한 그의 며느리는 함지박에 이고 온 한 줌 좁쌀을 끓이고, 아들은 영감을 부르러 방에서 나온다.

"밥 먹소, 여."

그러면 고함 소리는 뚝 끊어지고, 영감은 아들을 따라 어슬렁어슬렁 오두막집으로 들어간다.

아침저녁 그렇게 노발대발하지만 그 밖엔 종일 문지방에 걸터앉아 며느리가 준 도루묵 알을 씹으면서 거리를 바라보는 것이었다.

영실이 그 앞을 지나가려니까 영감은 문턱에 앉아 있다가 공연

히 고갯짓을 해 보였다.

영실은 그에게 말을 걸고, 뚱딴지같은 대꾸를 듣는 것을 좋아하고 있었지만, 오늘은 쳐다보지도 않고 지나쳐버렸다.

그녀는 무언지 모르게 마음이 산란하여, 스스로 걷잡을 수가 없는 것이다.

신실 때문에 그러리라고 생각한다. 하나 어쩌면 윤경식을 만났었기 때문에 더한지도 모른다고 흘깃 느꼈다.

마음이 어수선하고 진정할 수 없을 때에, 영실이 가고 싶어지는 장소는 한 군데밖에 없다.

그녀는 우체국 앞 큰길에서 두 갈래로 거슬러 오른 언덕길의, 폭넓은 쪽으로 걷기 시작하였다.

비교적 반듯한 집들이 들어서고, 잡화상과 한약국이 하나씩 섞여 있는 길이었다.

언덕 꼭대기에 성아(星雅)네 집은 있다.

그것은 옥색 뺑끼로 칠하여져 있고, 서울 병원집이라고 불리고 있었다. 조그만 세모꼴의 현관 지붕은, 언제 보나 아담한 느낌이었고, 유리 창문에는 하얗고 빳빳한 문장이 걸려 있어 영실의 존경심을 자아내게 하였다.

문장이라는 것은 학교의 교장실에도 걸려 있지 않았고, 예배당에 있는 검은 휘장은, 그것은 뚫어져서 모양이 사나울 뿐만 아니라, 겨울이 되면 쪽이 무어져,[13] 연극할 때 막(幕)으로 쓰이는 것이었다.

성아의 아버지인 백의사는 금테 안경을 쓰고 있었고 대단한 명의사가 틀림없었다.

 어떤 때, 어린애의 창자가 밖으로 내민 것을 감쪽같이 고쳐놓은 일도 있었고, 또 시집살이가 심해 물에 빠져 죽은 며느리 오라비에게 늘씬 두들겨 맞은 촌 여편네를 살려내준 일도 있었다. 그 마누라는 깜깜한 방 속에서 곡괭이로 난타를 당하였기 때문에, 어찌나 얼굴이 부어올랐던지, 맷방석[14]처럼 밋밋하여서, 눈도 코도 입도 보이지 않더라는 것이었다.

 성아의 어머니는 상냥한 서울말을 썼고, 트레머리[15]에다 가느다란 그물을 씌워가지고 있었다.

 살림채의 방은 어느 것이나 장판지가 깔렸고, 밝고 깨끗하였다.

 가장 놀라운 일은 거기에는 언제나 과자나 과일이 있다는 일이었다. 과자가게도 아닌데 그런 집은 다른 데에 또 있을 성싶지 않았다.

 '일본 사람 집이라면 모르겠지만……'
하고 영실은 감탄한다.

 다르다고 하면 성아라는 애 그 자체도, 무언가 여느 애와 같지 않았다. 그녀는 지난 가을 이곳 보통학교에 전학하여 왔다. 그리고 처음부터 조금도 어색해하지 않고 침착하였다. 주제넘거나 당돌한 것도 아니고 그저 여유 있게 잔잔한 것이었다.

 공부는 기막히게 잘하였다.

 영실의 안목으로 본다면 이상하다 할밖에 없을 만치 무어든지 이내 알아듣고 또 잊어먹지를 않는 것이었다.

 성아가 반에 들어오고 얼마 안 되어서 '간나메사이'라는 축제일

이 다가왔다. 그것은 마침 일요일에 해당하여, 담임선생은
 "내일은 제가끔 신사(神社) 참배를 간다. 알았느야?"
하고 말하였다.

 모두 알았다고 대답을 하였지만, 실지로 신사까지 가야 한다고 생각한 아동은 한 명도 없었다.

 신사는 부둣가를 지나서도 얼마를 더 가야 하는 먼 곳에 있었고, 후미지고 침침하여, 아이들이 갈 만한 장소는 아니었다. 학교 선생조차 아이들이 거기를 가리라고는 생각지 않았다.

 '간나메사이'의 당일은 몹시 음산한 날씨였다. 스산한 바람이 불고, 바다는 저 멀리서부터 흑회색으로 둘둘 말리며, 사납게 치솟는 천기였다.

 영실은 새로 온 아이에 대한 호기심이 강하여, 그날도 일찌감치 성아네 집에를 찾아갔었다.

 성아는 집에 없다고 했다.

 신사에 갔다는 것이었다.

 영실은 그 말을 듣고 몹시 우습게 생각하였다.

 '멍충이처리……'

 저녁때 일부러 또 가서 놀려먹기로 하였다.

 "앙이 가도 암 일 없는 건데……"

 비웃음을 금치 못하였다.

 성아는 영실을 바라보고

 "응, 그런 모양이지. 아무도 안 왔더라."

 예사롭게 대답한다.

"그 먼 데르…… 세상에 이 바람이 부는데……"

영실은 코를 벌름대며 연방 빈정거렸다. 성아의 실수가 유쾌해 견딜 수 없었다.

"아주 좋은 곳이었어. 바닷물도 바람 소리도 여기와는 다른 느낌이더라. 이담 또 가볼 테야."

성아는 조용히 미소하였다. 허세를 부리는 낯은 아니었다.

"내일 선생님이, 간 사람 안 간 사람, 조사 앙이 하믄 손해지비!"
"손해?"

성아는 말뜻을 알아듣지 못한 듯 눈을 커다랗게 떴다.

조금 있다가

"글쎄…… 난 새루 어떤 기분을 알게 되면 참 기쁘단다."
하였다.

이번에는 영실이 어리둥절하였다. 성아의 말은 알 것 같기도 하고 모를 것 같기도 하였으나, 여하간 봄이 오면 진달래 피는 산에, 꼭 한번 데리고 가리라는 생각을 하였다.

성아는 새침한 것 같아 보인다. 그러나 영실처럼 사양 없이 돌진하여오는 상대에는 실은 퍽 다정한 것이었다. 다만 자기 편에서는 손을 내밀지 않을 뿐이었다.

영실은 병원집 앞에 섰다.

세모꼴 지붕의 현관 옆에 있는 작은 대문으로 들어갔다. 건물을 빙 돌아 안채로 간다.

성아 어머니가 마루에서 내다보고

"어서 오너라. 성아는 건너방에 있다."

하고 웃어 보였다.
 영실은 마음이 흐뭇하여졌다.
 이곳 토박이 사람들은 아이들을 상대로 말을 건네는 일이 별로 없다. 입을 여는 때는 자기 아이에게고 남의 아이에게고, 욕을 하거나, 일을 시키는 것이 고작이었다.
 아이들 편에서도 인사고 뭐고 없다. 정짓간에 쑤욱 하니 들어가 보고, 찾는 아이가 있으면 만족인 것이오, 보이지 않으면 휘딱 나와버린다. 성아의 집은 그 점도 달랐다.
 영실은 주르르 건넌방으로 들어갔다.
 성아는 동화책을 보고 있었다. 동물들이 갖가지 옷을 입은, 아주 색이 고운 그림이 들어 있는 책이었다.
 "나두 보자."
 "그래, 여기두 있어."
 성아의 곁에 앉으니까 영실은 자기 몸에서 비린내가 풍긴다고 문득 느꼈다. 인조견 치마폭을 밑으로 잡아당겨본다.
 식모가 쟁반에 과자를 담아 들고 들어왔다. 성아는 과자 그릇을 보더니 빙그레 웃었다.
 "어째 웃니?"
 "이거 봐, 이 과자. '모나카'라는 거지. 모나카만 먹으려구 하면, 구배 할아버지가 온단다. 인제 두고 보아, 꼭 올 테니."
 영실은 눈이 휘둥그레졌으나 함께 까르르 웃었다.
 "어째 그럴까……"
 "모나카를 참 잘 잡숴. 그래 그렇겠지."

이야기하고 있는데 아랫방 쪽에서 오홍오홍 하는 기침 소리가 났다.
"구배 할배다!"
영실이 소리쳤다.
그리고 두 아이는 허리가 끊어지도록 웃었다.
"왜들 이래?"
자개 장롱 속에 무엇을 넣으려 들어왔던 성아 어머니가 영문을 몰라서 그렇게 물었다.
그러다가 모나카 접시로 눈길이 가자 호호호호 하고 자기도 소리를 내고 웃었다.

3

구배 할아버지가 모나카를 집어 올릴 때마다 영실은 웃음을 참느라고 얼굴이 대춧빛이 되었다.
구배 할아버지는 곰보이다. 지독하니 늙어서 턱은 정말 주걱같이 안으로 굽어 있었다.
하나 그의 굵은 뼈마디를 덮고 있는 구릿빛 피부는 그가 아직 강건하다는 것을 말해주고 있었고 눈도 때로 형형한 빛을 발하였다. 그는 고기잡이와는 관계가 없었지만 젊을 때부터 바다 위를 숱하게 떠돌아다녔다고 했다. 고깃배고 똑딱선이고 좀더 큰 화물선이고 닥치는 대로 편승하여서는 자기의 '운수'를 잡으려고 먼

타곳으로 떠가곤 하였다 했다.

 힘든 일도 많이 하고 고생도 하였지만 별 좋은 변도 만나보지 못한 채 끝내는 이곳 북녘 바닷가—그의 고향인 평안도로부터는 퍽 먼 항구에, 정착해버리고 만 것이었다. 산꼭대기에 가난하나 부지런한 아들 내외와 살고 있었다.

 "할아버지 이야기해주세요."

 성아가 졸랐다. 구배 할아버지는 재미난 이야기를 무진장 갖고 있다. 그가 듣고 보고 온 세상 이야기는 남들의 그것과는 다른 것이 많았다.

 "니애기? 무슨 니애기."

 그는 으레 처음에는 딴전을 부린다.

 "재미난 얘기요, 어서요."

 성아는 과자 접시를 밀어놓으며 재촉하였다. 수북이 쌓여 있던 모나카는 거의 다 없어져가고 있었다.

 영실은 구배 할아버지를 이렇게 가까이서 보는 것은 처음이었으므로 호기심에 차서 열심히 그를 관찰하고 있었다.

 "아무 니애기나 하나 해주소고레."

 성아의 할머니도 한마디 거들었다. 얼굴이 둥그레하고 다복하게 생긴 할머니였다. 명주 수건을 쓰고 언제나 한쪽 팔을 다른 한 손으로 받쳐 들고 있었다. 겨울밤에 예배당에 가다가 얼음강판에서 낙상하여 그렇게 된 것인데, 말을 안 듣게 된 그 손에 굵은 금가락지를 끼고 노상 소중한 듯이 붙여 안고 있었다.

 할머니는 평양과 서울에서 그 긴 평생을 살아왔기 때문에, 봄이 되어도 하늘은 스산하기만 하고, 사나운 바람은 멎지 않고, 동리 사람들은 우락부락한 이 북쪽 땅이 심란하기만 하여, 태생이 평양이라는 구배 할아버지의 방문을 다시없이 반겨하는 것이었다.

"니애기, 니애기, 무슨 니애길 할까."

구배 할아버지는 무릎을 치면서 상체를 좌우로 기우뚱기우뚱하였다.

"할아버지, 이 뺀 이야기를 먼저요."

성아는 그 얘기를 영실에게 들리고픈 모양이었다.

"이를 뺐지. 하루는 이빠지가 자꾸 쑤시길래 이놈의 이빠지를 빼 팽가쳐야 되갔다 하구 잡아당겨보았더니 건들거리기만 하구 어디 나와야지."

또 상체를 기우뚱기우뚱한다. 그러면 그사이에, 무언가 썩 재미나고 즐거운 느낌 같은 것이 그 몸에서 흘러나와 주위에 번지는 것이었다.

"생각 끝에 굵은 실로 이를 동여매었지. 한쪽은 발꾸락에 걸고 이렇게 앉아서 잡아당겼다. 그래두 안 나오드라니, 이번엔……"

구배 할아버지는 모나카를 집었다. 주걱 같은 턱이 덜컹덜컹 움직이는 때마다 과자 한 개가 통으로 꿀꺽 목을 넘어 들어가는 것을, 아이들은 눈이 빠지게 지켜보았다.

"장도리 끝에다 바싹 비끄러매어가지고 어디 못 박을 데가 없나 돌아보았드라니 선반 다리가 건들건들하구 있어. 옳아, 이걸 고치자 하구 힘껏 장도릴 올려 쳤지."

"그렁이 빠졌음?"

영실이 큰 소리를 내었다.
"빠졌지."
"피가 나왔지요?"
"났지."
"선반은 어찌 됐겠음?"
"고쳐졌지."
"한 번에."
"여러 번 때렸어. 이빠지가 실 끝에서 데룽데룽하더군."
성아는 웃고 있다. 할머니가 부둥켜안은 팔을 어루만지며
"원, 아바지도. 끔찍스럽쇠다."
하였다.
"할아버지, 빈집에서 주무시던 얘기요."
이번에는 노인은 느닷없이 시작하였다.
"비가 뿌실뿌실 오고 있었지. 원진도 그때는 사람이 얼마 없어서, 집이 여기 하나 저기 하나…… 여기 이 동네는 아무것두 없는 산길이었으니까. 눈이 오면 늑대가 나왔다지. 꼭대기에서 내려다보니까 바다는 왕왕 사납기만 하구, 이거 나두 댕기다가 이런 델 다 왔나 생각이 들데. 아무러나 배는 떠나버렸구 노자는 다 됐구 오지도 가지도 못할 형편이지. 낼 부둣가에 가서 일거리를 찾기로 하고 우선 잠을 자야 하겠는데 어디가 어딘지, 에라 모르갔다 하구 아랫동네 술집엘 찾아 들어갔지요. 오마니, 나두 그땐 아직 술을 못 뗐대시오."
구배 할아버지는 변명을 하였다. 신앙심이 두터운 할머니는 이

죄 많은 인생을 가엾이 여기며 너그러이 용서한다는 뜻으로 고개를 천천히 끄덕여 보였다.
"그래 그때 양복저고린가 뭔가 벗어주고 설라무니 먹을 걸 좀 달라구 했더니 그 북청집 아마이[16]가—그 노친네, 예수는 안 믿어도 사람은 옥인[17]이에요—그땐 아직 젊은 아주마이인데, 값은 그만두라면서 국밥을 한 그릇 줍디다레."
영실은 그의 턱 밑에 바싹 들어앉았다. 북청집 아마이는 아직도 목로주점을 경영하고 있었고, 그 집 아들은 유명한 불량소년이지만 아주 멋지게 생긴 총각이었던 것이다. 뚱뚱하고 물주머니처럼 부걱부걱한[18] 몸에 기름 묻은 행주치마를 두르고, 진종일 고함만 지르고 있는 북청댁에게 어떻게 저런 아들이 생겨났을까 하고 누구나 의아한 생각이 들 만큼, 눈썹이 짙고 끼끗한[19] 느낌의 소년이었다.
일설에는 북청댁이 난 자식이 아니고, 데리고 있던 작부 몸에 태어난 것을 받아서 길렀다고 하는 말도 있었다. 아무튼 그 아이는 돈은 물 쓰듯 하고 학교는 빠져먹고 그랬지만, 북청댁은 마치 귀공자 섬기듯 그를 기르고 있다는 평판이었다.
"그래서요? 국을 다 잡숫고 나서……"
"그리구 나서 물어보았지. 어디 내가 잘 만한 데가 없느냐구."
"아바지는 담두 무던힌 컸쇠다. 어디라구 이런 델 혼자 와가지구…… 난 아이들 따라 펜안히 왔어두 심란해 못 견디겠습데다."
"벨수 있갔소? 북청집 노친네는 네배당에나 가보라구 그럽디다만 그때 옆에서 술이 잔뜩 취해 눈도 못 뜨고 넘어졌던 친구가 비츨비츨 일어나며 하는 말이 좋은 델 가르쳐주마는 거야."
하고 영감님은 갑자기 아이들에게 얼굴을 들이대며 말하였다. 아이들은 서로 바싹 다가앉았다.

"북청댁 아마이는 말렸지만 난 일어나서 갔지. 비가 부실부실 오는데 그 주정뱅일 따라서. 따라가누라니 컴컴한 고갯길루 한참 오르더니 저 위에 있는 저 큰 집이 뵈느냐고 하더군. 뵌다고 그랬지. 외딴집이야. 주정꾼 말이 저 집엔 도깨비가 나온다. 송장 묻은 터에다 집을 지었기 때문에 그런 거야. 아무도 못 살고 다 달아나버렸지. 자넨 힘깨나 씀즉해 보이니 어디 도깨비를 잡아보게나. 아 그러더니 전 저쪽 고개 너머에 간다면서 큰길루 내려가버리데."

"나중에 그 사람을 또 만나 보았어요?"

성아가 궁금한 듯 그런 말을 물었다.

"못 만났어. 시마(줄무늬)가 있는 하이칼라 양복저고릴 입구, 배 타는 사람 같아 뵈던데, 보면 대번에 알아볼 텐데. 지나는 길마다 북청집을 유심히 들여다보아도 못 만나겠던걸."

"그래 어쨌소?"

영실은 구배 할아버지의 무릎을 툭 치고 재촉하였다.

"그놈의 집엘 들어가 보니 아닌 게 아니라 몬짓내가 싸아 코를 찌르는 게 벽은 떨어지고 서까래엔 무언지 너불너불 걸려 있고. 깜깜한데 보아도 굉장한 것 같더군. 팔짱을 끼구 마루에 가 앉아 있었지. 밖은 어디가 어딘지 어둡기만 한데 저 끝에 바닷자락이 보이는 것도 아침에야 알았어. 그러느라니 바람이 쏴악쏴악 세어지더니 비까지 악수같이 퍼붓기 시작하네. 이 방 저 방에서 무언지 삐걱삐걱 찌걱찌걱 소리는 나고."

영실이 호옥 하고 한숨을 내쉬었다. 구배 할아버지는 어조를 조금 빨리했다.

"야 이거 도깨비란 놈 나오기엔 안성맞춤이로구나 생각했지. 어디 한번 나와보라구 지키구 앉았는데 빗소리가 가늘어지더니 원 갑재기 조을음이 와서 견딜 수가 있어야지. 참다가 참다가 구벅구벅 졸기 시작했지.

얼마를 졸았는지 무엇이 목덜미를 덥썩 잡는 바람에 깜짝 놀랐어. 그리구는 눌러대는데, 야아 그 힘 세더라. 난두 젊어서 쌈깨나 해본 사람인데 도무지 이렇게 센 놈은 처음이란 말야. 그러나 질 턱이 있나. 이렇게 잡아채며 몠다꽂았지. 일어서는데 보니까 구 척같이 큰 것만은 분명한데 그 이상은 알아볼 수가 없어. 엎치락뒤치락 밤새두룩 뒹굴었지, 내가 깔릴 때면 목을 졸라 붙이는데, 그놈 힘 세더군.

한참 뒤채다가 좀 늘어지는 듯하기에 그때는 품에서 장두칼[20]을 꺼내서 이렇게 누르고 앉아 푹 꽂았지. 땀이 비 오듯 하는데 나두 그리군 그만 쓰러지구 말았어."

식모가 뜨거운 홍차를 가지고 왔다. 할머니 잔만은 생강차가 채워져 있다. 구배 할아버지는 맛난 듯이 더운 차를 홀홀 마셨다.

"그래서요?"

"그래서 다지 뭐."

"장두칼은 어떻게 되었어요?"

구배 할아버지는 찻잔을 내려놓고 아까처럼 또 몸을 건들건들 하였다. 아이들을 보는 눈이 웃고 있다.

"장두칼은 아침에 보니 몽당빗자루에 꼽혀 있더라. 뜨락 한구석에."

"……"

"밤중에 그 장사를 뜨락에 내던졌던 것 같기도 한데 잘 생각이 안 나. 난 이쪽 끝의 방에서 자구 있었어. 언제 그리로 왔는지 그것도 모르지."

"구배네 지금 그 집 그 자리에 세운 거라지요?"

"그럼, 구배 아범이 제 손으로 세웠지."

할아버지의 아들은 목수였다. 성아네 병원을 지을 때에도 와서 일을 하였었다.

"도깨비 안 나와요?"

"나오긴 뭘."

할머니가 입을 열었다.

"예수 안 믿어서 그랬어요. 사탄이 시험해보느라구 그런 거지요."

구배 할아버지는 아무 말도 안 하였다.

"그래두 워낙 힘이 세었을 거니까……"

"힘은 세댔지요."

성아 어머니가 방문을 열고 할아버지 건너오셔서 진지 좀 드시라고 하였다. 영감님은 엉거주춤 일어나면서

"오마니두 같이 드십시다."

"아니, 우린 먹었쉐다. 아 아범이 환자 때문에 이제야 저녁이지. 어서 건너가 함께 드시라우요."
"예, 그럼……"
하고 그는 반가운 듯 냉큼 일어나 나갔다.

방 안에는 이제 전등불이 환하였다. 전등갓도 전구도, 크고 보얀 진줏빛이었다.

영실은 행복함을 느꼈다. 싸우고 욕하지 않는 사람들, 먹을 것 때문에 성내지 않는 사람들, 그리고 즐거움과 무언지 모를 그리움을 자아내는 옛이야기……

그녀의 뒤숭숭함은 가라앉았다. 집에 가서 공책에다 오늘 학교서 배운 것을 몇 자 적어보고, 부뚜막 옆에 누워 자리라. 부뚜막에 따스함이 남아 있으면 좋겠다……

"할머니, 장두칼 좀 보여줘요."
"그건 뭘 하게. 손 벨려구."
"아니, 빼지는 않구 보기만 할래요."

할머니는 치마를 몇 겹이나 들치고 주머니 끈에 찬 작은 은(銀)칼을 끌러 성아에게 주었다. 여자 고무신같이 둥그스름하게 끝이 위로 치켜진 예쁜 칼이었다. 도틀도틀한 꽃무늬에는 금이 올려져 있다.

"할머니, 구배 할아버지가 이런 거로 몽당비를 찔렀어요?"
"그렁 거 앙이다."

영실이 수선스럽게 가로채었다.

"배꾼들이 가지는 건 이렇게 검고 삐죽하지비!"

그녀는 지금 대단히 만족을 느끼고 있었다. 구배 할아버지를 배꾼이라 규정지어버렸으나, 본질적으로 과히 틀린 말은 아니었을지 몰랐다.

더 밤이 깊도록 놀다가야 그녀는 미련을 남기면서 그곳을 나왔다. 가야겠다고 망설이고 있을 때에 성아가 오르간을 쳐 들려주었기 때문에 영실은 한 번 더 넋을 빼앗겼던 것이다.

성아네 풍금은 매우 크고 낡은 물건이었다. 남경(南京)에서 전쟁을 피해 나온 어떤 중국인이 팔고 간 물건인데 몇 손을 거쳐서 '병원집'에 오게 된 것이었다.

그 음색은 깊고 부드러워, 영실의 가슴의 가장 연한 곳에 와서 부딪는 듯하였다. 학교 강당에 있는, 이가 빠지고, 발로 누르는 소리만 덜컹대는 그런 풍금과는 같지 않았다. 성아는 그것으로 단순한 동요를 짚었을 뿐이지만 영실은 감동하여 숨도 크게 쉬지 않고 듣고 있었다. 그리고 손가락을 하나 내밀어 그 반들반들한 상아의 표면을 눌러보았다. 아무 일에나 덤썩 덤벼들기를 꺼려하지 않는 그녀였지만 이번만은 매우 조심스러웠다.

소리가 난다. 이 세상의 그것 같지 않은 아름다운 소리가.

영실은 그 소리가 가슴속에 번져들어 가느단 여운을 남기고 서서히 꺼져갈 때까지 빨려들듯이 귀를 기울였다.

언덕길을 내리고 또 오르고 하며 집을 향해 가는 동안 영실은 죽 그 일만 생각하고 있었다.

―실로 놀라븐 물건이 세상에는 있다.

바늘 실로 꿰맨 고무신 코가, 돌부리를 걷어찬 바람에 터져나갔지만 영실은 그 소리만 생각하고 있었다. 이윽고 헤벌어진 고무신이 너무나 걸음을 방해한다고 느끼자 영실은 그것을 벗어 가슴에다 안았다. 그녀는 맨발로 걸으면서 황홀히 중얼거렸다.
——고븐(고운) 소리다. 실로 고븐 소리다……

4

부친은 종일 방에 들어앉아 있거나 간혹 뜨락에 나와 빙 도는 정도였지만 다른 가족은 일을 하지 않으면 안 되었다.

인둣불을 피워놓고 영실의 모친 조씨와 신실은 바느질을 하고 있었다.

닳아서 얇아진 삿자리 위에, 고운 헝겊을 펴놓고 열심히 바늘손을 놀리고 있다. 신실은 솜일을 하는 때처럼 수건을 머리에 덮어쓰고 있었다.

"날래 해라 좀!"

영실은 토방에 서서 발을 굴렀다.

건너편 언덕에 벌어진 새끼줄 뛰기가 한창 재미나는 판이었는데, 심부름 가라고 하던 말이 생각켜서 돌아와보았더니, 저고리 네 개가 아직도 덜 뒤집혀 있는 것이었다.

"날래 하라는데!"

그녀는 버럭 고함을 질렀다.

신실은 조금 손놀림을 빨리한 것 같았으나 조씨는 들은 척도 하지 않았다.

"그년의 운천집이 다르미질이나 제 손으로 하라고 그거 이리 내라. 그펜이 낫다."

영실은 흙 묻은 발로 삿자리를 딛고 올라 저고리들을 보자기에 꾸려 쌌다.

"야가 어째 이러니?"

조씨는 중얼대고 보자기를 빼앗아 다리미로 하나씩 누르기 시작했다.

"에이구 그 집 아바이도 멍텅구리다."

영실은 겔겔 웃어대었다.

"내 같음 단판 알아내겠네."

고등계 형사인 김경부의 작은댁은 젊지도 않은 여자였지만 바느질을 못해서 흥거리였다. 삯바느질을 부탁할 때면 은근한 목소리로 으레 이런 당부를 하였다.

"동정하고 고름은 달지 말고 보내요. 내 달아 입을 테니. 한 가지라두 수고를 덜어주어야지. 알았우?"

그것은 그것으로 좋았으나 그 여자는 동정이나 옷고름을 꼭 영감이 들어올 때를 골라 펼쳐놓고 단다는 것이었다.

"오늘은 이걸 뒤집느라구…… 깃이 그런대루 바루 놓였죠?"

그러면 손발이 몽땅몽땅하고 똥똥한 김경부는

"무시개 그런 것까지 임자가 만드오? 싹으 주지……"

"남이 지어준 게 맞아야지요? 그리구 그래서 쓰나요?"

누가 듣고 온 사람이 있어 이 말은 온 원진 바닥에 모르는 이가 없었다.

이웃 아낙이 와서, 그런 소리를 하였을 때 조씨는 그저 빙그레 한 뿐이었으나 영실은 박장대소를 하며 야단을 쳤다.

"걷어치우지 못하니얏!"

부친의 칼날 같은 음성이 제지하지 않았던들 그 수선은 언제 그쳤을지 모를 지경이었다.

"날래 이리 내애라. 그 집 아바이 오기 전에 갖구 가야 또 운천댁이 영감을 녹여먹지 앙이켔니."

영실은 다시 심술을 내며 거칠게 말하였다.

조씨는 저고리를 차곡차곡 개켜놓고 일어서더니 농 안에서 바지저고리를 꺼내 가지고 왔다. 그것을 손보기 시작한다.

"그것도 가지구 가니?"

"그래."

영실은 단념하고 두 다리를 뻗고 펑덩 앉았다.

"작년에 김경부네 아아 죽었지? 기생이 나아서 키우던 아아 말다."

"그래."

"내 생각해보니 그 아아 문딩이가 잡아간 거 운천집이 그래라고 시킨 거다."

"야가 무슨 소리를 하고 있니?"

"운천집이 아아 못 배지비? 아무리 탕약 먹어도 소용없고 만날 애기 선다고 속인다쟁이니. 유곽 뒷산에 간 빼먹고 내뻐린 아아 그게 그거다. 틀림없다."

"간만 빼먹고 내버린 아아 말은 참말 앙이다. 애국당(愛國黨) 사람들이 간도(間島)로 도망칠라다가 그 산으로 몰리어 들어갔다지 앵이니? 그 사람들 잡느라구 고등계 형사하구 헌병하구 쫘악 산에 깔렸드란다. 문딩이는 무신……"

"앙이, 앙이다. 문딩이가 잡아갔다. 운천댁이가 시켜서 기생 난 아아를……"

"사실 말고 날래 가아라."

조씨는 영실의 등줄기를 한 차례 후려쳤다.

"허연 옷 입은 사람들이 손 묶여서 헌병대로 끌려가는 걸 나도 보기는 보았지. 수엠이 이르케 난 사람이더라. 바지에 피가 숱해기 묻었딩이……"

영실은 고무신을 끌고 나와 마당 한쪽에 쌓인 솔가리²¹ 새를 비집고 둥그렇게 뭉친 조밥 누룽지를 꺼내었다. 입으로 가져가며 회심의 미소를 짓는다.

집안에 아무도 밥과질²²을 탐낼 사람은 없었고, 그것은 의당 자기의 차지였지만 공연히 그렇게 숨겨두는 것이다.

보자기를 안고 밥과질을 씹으며 걸어간다. 건너편 언덕에서 아이들이 줄뛰기 하는 것이 아스름히 올려다보였다. 한나 두얼 서이 너이 하고 찢어지는 소리를 합하고 있는 것이 바람결에 들려왔다. 그러나 지금은 별로 가고 싶다고 느끼지도 않았다. 대개의 경우 그녀는 그녀의 놓여진 처지 속에, 최대의 관심거리를 찾아낸다는 강한 습성을 지니고 있었다. 무언가 어슬어슬 등골이 추운 저물녘 길을, 옷 보따리를 안고 누룽지를 씹으며 심부름 가는 일에, 영실은 어떤 청승맞은 기쁨을 느끼고 있었다. 그녀는 일부러 등을 오므리고 걸었다.

장마당 앞을 지나놓고 나면 학교로 가는 횅한 빈 길이다. 김경부네 운천댁은 구배 할아버지의 집이 있는 언덕바지 중턱에 살고 있었다.

넓적한 얼굴에 금니가 번득이고, 도무지 마음에 안 드는 마누라였다. 혈색이 안 좋고 양복쟁이 남자처럼 '아사히'를 피웠다. 전에 만주에 살았다는 일도 무언가 약간 꺼림칙하였다. 만주라는 곳은 영실의 느낌에는 독립운동 하는 사람이나 공산당이나 그렇지 않으면 아편, 유곽 색시 같은, 그런 것과 관련 있는 사람만이, 오가는 장소라고 여겨졌던 것이다.

그러나 봉황새 눈처럼 꼬리가 치켜 올라간 운천댁의 두 눈은 능란하게 사리를 변별함직하였고, 은근하게 울리는 목소리는 변덕스러울 것만은 틀림없었지만 누긋누긋한 게 인정미가 넘쳤다. 가다가다 초콜릿이라는 씁쓰레한 과자를 주기도 한다.

그렇지 않더라도 그 마누라의 바느질감을 얻는다는 것은, 자기네의 생계에 얼마큼 중요한 일인가를 영실은 모르지 않는다.

실리적(實利的)인 문제로 머리가 돌아가면 언제이고 어떤 악감정이고 곧잘 좋은 편으로 전화시키고 마는 영실이었다. 불현듯 고맙다는 맘이 드는 동시에, 윤기 없고 넓적한 운천댁의 얼굴에, 살갑고 다정스러운 감을 찾아내었다.

영실은 김경부네 일본식으로 된 현관 앞에 서서 기운차게 그것을 열어젖혔다.

"알령하십니이까?"

아무도 나오지를 않는다. 영실은 몇 번이나 노래하듯 목청을 뽑았다.

그러자 바로 옆의 미닫이가 열리면서 굵은 검은 테 안경을 쓰고, 전신이 둥글둥글하게 생긴 남자가 쑥 나타났다. 혈색이 좋고 번들번들하고, 한복 차림을 하고 있었다. 먼젓번 영실이 가지고 온 마고자를 입고 소맷부리에 손을 찌르고 있다.

어쩐 애냐는 듯 내려다본다.

'오니 게이지(鬼刑事)'라고 일인들 새에 칭송을 듣고, 모든 '반항적인 조선인'을 잡아 묶어 고문하는 직무에 보람을 느끼며, 때로는 쏘아 죽이기도 한다는 것이 자랑거리인 사람이었다. 요릿집에 가면 일본 '게이샤' 조선 기생 섞어 앉혀놓고서, 으레 그 자랑을 한바탕씩 한다 하였다. 영실은 잔뜩 겁이 난 눈으로 그를 쳐다보았다.

굵은 테 안경 속의 둥그런 눈이 유난히 데굴데굴 구르고 있다. 순옥이네 오빠가 여러 해 만에 만주에서 몰래 돌아온 것을, 역두에서 잡아 고랑을 채운 것도 김경부였다. 순옥이 모친이 산발을 하고 땅을 치며 통곡하던 그때의 정경을 영실은 잊지 않고 있었다. 이 남자 몸에서는 곧 피비린내가 풍기는 것만 같다. 영실은 떨기 시작하였다.

"뉘기르 찾니?"

그녀는 움찔하였다. 그 음성은 쇳소리가 섞인 쨍쨍한 것이었다. 별 무서운 내용의 질문은 아니었지만, 그녀의 두려움은 적어지지 않았다.

운천댁이 문둥이를 시켜 애를 잡아가게 했으리라고 지껄인 말이며, 김경부 자신을 멍텅구리라고 하였던 것 등 말짱 눈치 채고 있을 것만 같았다.

"그 싸 든 게 뭐이나?"

아까보다 좀더 힘을 준 소리로 묻는다.

"저어, 이, 이거……"

영실은 말을 먹었다. 상대편의 눈이 번득 빛난 것 같았다.

돌연 영실은 대담하여졌다. 이 둥글고 땅딸막한 남자가 무엇이 두려우랴 하는 맘이 생겼다. 그녀는 형사를 쳐다보며 우선 벌쭉 웃어 보였다. 어떻게 이 형사를 따돌릴까 천천히 속으로 궁리하였다. 바느질감이라고 하면 운천댁이 난처하겠고……

"귀동네(貴童女) 엄마 있음?"

하고 그녀는 붙임살 좋은 투로 물었다.

"귀동네 엄마? 으응……"

형사는 자기 집 식모를 찾아왔다고 하는, 귀엽지는 않으나 표정이 생생하고 우스꽝하게 생긴 계집아이를 내려다보았다.

그때 뜰을 향한 다다미방[23] 저쪽에 운천댁이 나타났다. 늘 자다 일어난 듯 푸시시한 마누라가 행주치마를 걷어 입고 제법 가든히 차리고 있다. 김경부가 있을 때는 그렇게 하는가 보았다. 보자기를 안고 선 영실을 보자 몹시 당황한 얼굴을 한다. 다가오면서

"너 어떻게 왔니?"

"귀동네 집에서 귀동네 엄마 갖다 주라 해서요. 무시갠지 모르

겠소."

영실은 전신을 비비 꼬며 말하였다.

"아 그래? 이리 내라."

운천댁은 냉큼 보자기를 잡아채었다. 영실은 삯을 받아 가야 한다고 생각하고 있었지만 한 번 더 걸음을 걷는밖에 없다고 이때 판단하였다.

"모레 와서 귀동네네 집에 떡이나 좀 갖다 주거라."

"야아."

양해는 성립되었다.

운천댁은 귀동네 어쩌고 하는 말소리를 귀에 담고 부엌에서 기웃 고개를 내민 식모 노파를 떠밀듯 하며 안으로 사라졌다. 영실은 가려고 돌아서면서 형사에게 웃는 낯을 보였다.

"아재(아저씨) 알령히!"

김경부는 대꾸를 하지 않았다. 영실은 태연히

"아재 말 타고 다니지요? 아침 학교 갈 때 보았소."

상대방은 므, 하고 애매한 발음을 하며 조금 흥미가 움직인 눈초리를 지었다.

"그 말 비싸지요? 아재 말이오, 경찰서 말이오?"

김경부는 우하하 하고 웃어다.

"어떤 아아가 그러는데 만주에서 마적(馬賊) 잡았을 때 마적한테서 갖고 온 말이랍데. 그렇소?"

"이 아아가 웃기네."

운천댁이 의아한 듯 저편에서 한 번 더 내다보았다. 영실은 벙

실거리며 두 사람에게 꾸벅 절을 하였다.
　다음다음 날 영실이 학교에서 오는 길로 일찌감치 거기를 찾아가니까 운천댁은 이내 현관으로 나와 예측했던 대로 돈을 주었다.
　"옛다 이건 너 엄마 갖다 주고 이건 너 가져라."
　시퍼런 일 원짜리가 한 장 더 덧놓여졌다. 저고리 하나 삯이 오십 전이니까 두 개 값이나 더 받은 셈이 된다. 영실은 좋아서 싱글벙글하였다.
　"그리구 떡이나 좀 가져가련?"
　운천댁은 어째선지 조금 시름에 잠긴 표정으로 중얼대더니 안으로 들어갔다. 그저께 얼떨결에라도 하였던 말을 잊지 않은 모양이었다.
　안에서는 부침개질하는 맛난 냄새가 무언가 음식을 쪄내는 구수한 김에 서려 흘러나왔다. 영실은 재수가 좋다고 생각하였다.
　운천댁은 백지에 싼 것을 들고 나오더니 손바닥에 올려논 채 물끄러미 영실을 건너다보았다.
　"너 오늘 바쁜 일 있니?"
　반은 무슨 혼자 생각에 잠긴 듯 느릿느릿 말을 한다. 바쁜 일 같은 것은 없었다. 영실은 세게 고개를 저었다.
　"그럼 말이다."
　운천댁은 마음을 정한 듯이
　"그럼 너 이거 집에 갖다 놓고 얼핏 오너라. 오늘 여기 영감님 생신이다. 손님들이 오시는데 심부름 좀 해다오."
　영실은 말이 다 끝나기도 전에 반쯤 현관 밖에 나와 있었다.

"빨리 갔다 올깨요. 금세 올깨요."

그녀는 숨이 턱에 닿아 줄달음질을 쳤다.

먼지투성이 발을 말끔 씻고 머리도 물을 발라 빗어넘긴 후에, 진분홍 셀룰로이드의 사쿠라 꽃이 달린 머리핀을 꽂고 잠시 후 영실은 다시 운천댁 앞에 나타났다.

운천댁은 아까보다 좀 생기가 나 있었다. 정지 마루에는 몇몇 여인이 앉고 서고 하여 음식을 장만하고 있었다. 방에는 병풍이 둘러쳐지고 여러 개의 방석이 늘어놓였다. 영실은 얼룽덜룽한 무명 방석의 무늬며, 병풍에 그려진 모란꽃이며 공작새 따위를 둘러보고, 공연히 마음이 들떠오는 것을 느꼈다.

그러나 운천댁은 그녀를 뜰아랫방으로 데리고 갔다. 광하고 잇대어진 허수룩한 방이었다. 방문 앞에 커다란 여자 고무신이 한 켤레 벗어 놓여져 있다. 황토 흙이 묻고 알따랗게 닳아 낡은 고무신이었다.

"여기 있는 이에게 과일도 깎아 드리고…… 같이 앉아 있거라. 조금 있음 상을 들여보낼 테니까."

운천댁은 음성을 낮추었다.

"꼭 붙어 앉어 있어야 해. 손님들이 갈 때까지 이편으로 내보내면 안 돼. 알겠어?"

그러고서 운천댁은 총총히 문간께로 사라져갔다. 남자들 목소리로 바깥에서

"김선새앵, 김선생."

부르고 있었기 때문이었다.

영실은 방문을 열고 어두컴컴한 안을 들여다보았다.

늙수그레한 마누라가 혼자 앉아 있었다. 희뿌연 광목 치마에 철 늦은 모본단[24] 저고리가 번쩍하였다. 어깨 폭이 넓고 얼굴도 크다. 이마에는 굵은 주름이 가로 두 줄 건너가 있었다.

그네는 몹시 긴장한 낯빛이나 동시에 어딘가 허해 보이는 눈초리로 영실을 흘낏 쳐다보았다. 그러고는 다시 벽을 향해 돌아앉아버렸다.

얼마가 지나도 촌 마누라는 움쩍을 하지 않고 앉아만 있다.

영실은 손님들이 웅성대는 바깥 기척이 무척 궁금하였지만 하는 수 없이 그 아마이의 옆을 지키고 있었다.

송편이니 기주떡이 담긴 접시가 마누라 앞에 놓여 있다. 깎아서 누레진 사과도 몇 조각 곁들여 얹혀 있었다.

영실은 이게 누구일까 하고 한동안 바라보며 궁리하다가 우선 떡을 몇 개 집어 먹었다. 그러고는 또 눈이 빠지게 뜯어보는데도 여편네는 여전히 고개도 안 돌린다. 멀리 멀리를 바라보듯 시선을 허공에 두고, 그러면서 입이며 볼은 미미한 경련을 일으킬 만큼 팽팽히 긴장하고 있는 것이었다.

그러는 사이에 영실은 그 아마이가 깊은 절망, 무거운 슬픔과 싸우고 있다는 것을 느꼈다. 돌부처처럼 앉아 있는 그 가슴속에 말할 수 없는 격동을 누르고 있다는 것을 깨달았다.

"아마이 이거 자시오, 야."

영실은 접시를 밀어놓으며 권하였다. 그것은 운천댁이 그렇게 당부하였다고 해서가 아니라 아낙네의 슬픔이 쉽사리 영실에게 전달되어 그녀 자신 마음이 언짢아졌기 때문이었다. 어찌 된 경위는 알지도 못했지만 그녀의 가슴은 슬픔을 헤아렸다. 저릿하고, 무엇에게 짓눌리듯 무거운 감정……

"야, 아마이."

그러고서 영실은 코를 훌쩍하였다. 곧 울음이 나올 것만 같았다.

그 음성이 너무나 간절하였던지 아낙은 벽에서 눈을 떼었다. 그리고 영실을 건너다보았다.

"너는 뉘기냐?"

그녀는 그렇게 물었으나 대답을 기다리지도 않고 주르륵 눈물을 흘렸다.

"나르 보고 이거 먹으라고 하능야? 이 나르 보고……"

그리고 그녀는 심하게 흐느끼기 시작하였다. 영실의 두 눈에도 눈물이 핑글 돌았다.

"우지 마오 아마이, 우지 마오, 야."

"내 어찌 앙이 우겠니. 아이고오."

여인은 갈래갈래 찢기는 듣기 흉한 목청으로 통곡을 시작하며 손바닥으로 방을 내리쳤다.

누군지가 뜰 앞으로 달려왔다. 방문 앞에 섰다가 그대로 사라졌다. 영실은 퍼뜩 정신이 들었다. 저쪽 편의 생일잔치가 머리에 떠올랐다.

"떠드지 마욧!"

영실은 거친 목소리로 날카롭게 명령하였다.

아낙네는 떨꺽 통곡을 멈추었다.

광목 수건 쪼가리로 입을 틀어막고 소리를 내지 않으려고 하고 있는 아낙네에게 영실은 이번에는 부드럽게 일렀다.

"울면 안 되오. 우지 말고 내 말 들으오."

그러고는 손으로 그녀의 등을 쓰다듬어주었다.

"너느 어쩐 아이냐?"

여인은 돌연 얼굴을 들고 경계하듯 물었다.

"내요? 나 아무도 앙이요."

여인은 다시 쪼가리를 눈에 대었다.

"아마이는 어디서 왔음?"

그 음성은 완전한 동조자(同調者)의 울림을 갖고 있었던 까닭에 여인은 잠깐 침묵한 뒤에 입을 열었다.

늙수그레한 마누라와 영실은 그날 뜰아랫방에서 함께 눈물을 흘렸다. 한편은 울면서 신세 한탄을 하였고 다른 한편은 울면서 동정의 표시를 하였다. 둘이 다 목소리는 죽이고 있었다. 그 광경은 꽤 오래 계속되었다.

그리고 돌연 난폭한 발소리가 마당에 들렸다. 방문이 벌컥 열어젖혀졌다. 김경부의 격노한 얼굴이 거기 있었다. 아낙네와 영실은 벌떡 일어섰다.

김경부의 생일날 본마누라가, 어쩌자고 첩의 집엘 찾아갔다가, 매만 맞고 문밖으로 끌려 나왔다는 소문은 다음 날로 온 거리에 퍼져버렸다.

그 숙맥 같은 마누라는 이날 이제껏 그런 투기 비슷한 감정을 나타냈던 일이 없었더니만치 사람들은 놀라고 어처구니없어했다.

김경부는 원체 인기가 나빠 돼지 소리를 혼자 듣고 있었지만 마누라의 처사는 그보다 더 웃음거리였다. 그 심청[25] 궂은 사내에게 등덜미를 잡혀 마당을 질질 끌려간 참경을 동정 아니 할 사람은 없었지만, 그리고 또 손님들을 방에 둔 채 맨발로 뛰쳐나와 그런 상스러운 행동을 한 김경부를 잘했다고 할 사람은 아무리 살벌한 신개지(新開地)에도 없었지만, 그러나 무엇보다도 여인에 대한 조소(嘲笑)가 앞서는 것이었다.

운천댁이 상대이고 보니 처음부터 승부는 뻔하였을 뿐만 아니라, 옛날에는 함지박을 이고 맨발로 감자를 팔러 다닌 마누라는 김경부가 출세한 뒤—그리고 운천댁에게 영감을 빼앗긴 뒤, 너무나 오랫동안 참고만 있었던 것이었다. 이제 와서의 투기는 남의 눈에는 망발로밖에 비치지 않았다.

그 마누라는 아침나절 뒷문으로 들어와서, 정지 문 앞에 가 장승처럼 잠자코 우뚝 서 있었다 하였다. 장삼같이 크고 맞지도 않는 옷이지만 그래도 모본단 저고리랑 뻗쳐 입은 품이 거지는 아닐 테고, 하고 쳐다본 순간 음식을 장만하던 여편네들은 모두 놀랐다.

"학수 엄마 앵이요, 신흥동에……"

작년에 잃은 기생 소생이 학수란 이름이고, 아이는 본댁네가 기르지도 않았건만 사람들은 그렇게들 부르고 있었다.

"학수네요, 신흥동에……"

운천댁의 귀에 대고도 그렇게 수군거려졌다. 분주한 바람에 운천댁은 제일 나중까지 그 여인을 눈여겨 쳐다보지 않았던 것이다.

여자들이 마당으로 내려와 좋은 말로 아낙네를 돌려세우려고 하였다. 마누라는 끄떡도 하지 않았다.

운천댁이 손수 그녀를 뜰아랫방으로 '모셔' 갔다. 형님 자를 놓으며 그렇게 하였다. 객들이 올 시간은 촉박하였고, 달리 도리가 없었던 것이다.

손을 치르고 난 그다음에, 김경부가 만약 그렇게 하기를 원한다면 큰절이라도 올렸을 운천댁이었다. 능소능대[26]하였다. 김경부가 어떻게 알아채었는지 중간에 그 망신을 벌인 것이었다.

아랫방에 인도되어 간 마누라는, 한 마디도 입을 떼지 않고, 차려다 논 상 옆에 웅크리고 앉았다가 끌려 나갔다고, 사람들은 보고 온 듯이 지껄거렸다. 마누라가 그 집에 있는 누구와도 말을 하지 않은 것은 사실이었다. 궁금증으로 차례차례 엿보러 온 여편네들 말에도 또 형님 자까지 붙인 운천댁에게도 그녀는 대꾸를 안 하였다. 목구멍까지 치민 원한으로 하여 부들부들 떨고만 있었던 것이다. 그녀와 긴 말을 나눈 것은 영실뿐이었다.

김경부는 마누라의 머리통이라도 깨부술 듯이 날뛰었으므로 영실은 깜짝 놀라 벽에 밀어 던져진 아픔조차 느끼지 않았다.

김경부가 자리에 돌아가자

"너 수고했다."

운천댁은 영실의 얼굴을 바로 보지 않고 그런 말을 하였다. 영실은 어쨌거나 마누라를 밖으로 내보내지 않았으니 책무에 충실

했다고는 할 수 있는 것이다.

"이거 적지만…… 그리구 밖에 나가선 이런저런 소리 내지 마라."

영실은 치마를 걷어 들고, 바지에 꿰매 붙인 호주머니에다가 지전을 접어서 깊이 넣었다. 그리고 어두운 문간을 나섰으나, 어떤 일이 생각나서 뜰아랫방으로 되돌아갔다.

아까 거기 놓였던 떡과 과일이 김경부에게 무찔려 사방에 흩어져 있었다. 영실은 치마폭에 주워 담았다.

그러고는 복잡하고 해괴한 슬픔에 잠겨 한숨을 쉬면서 느릿느릿 걸어갔다.

김경부네 본마누라가 다시 함지박을 이고 장사를 하며 다니게 된 것은 그로부터 얼마 지나지 않고서였다.

사월이 다 가도 여전히 흐리고 스산하기만 한 어느 날, 영실은 달래를 캐러 갔다 돌아오는 길이었다.

수성다리라고 하는, 십 리나 떨어진 모래벌판 가운데의 철교 부근에, 달래가 있었다. 어쩌다 한 개씩 땅속 깊이 묻혀 있곤 한다.

쌀쌀한 벌바람이 모래를 날려, 계집애들의 꼬챙이를 쥔 손과 불룩한 볼은 보고 있는 새 꺼슬꺼슬 터오는 것만 같았다.

춥고 배는 출출하고 돌아갈 길은 멀다. 그러나 영실은 그 애써 발견한 실오라기 같은 달래 줄기 둘레를 극성스럽게 파고 쑤석거려, 보얗고 둥근, 말할 수 없이 아담하고 풍요한 형태의 것을 파내는 흥분에, 충분히 도취한 뒤였으므로, 다른 애들처럼 으스스 솜털을 일으켜 세우고 있지는 않았다.

철교 위를 기차가 달려갔다. 요란한 진동음이 들판을 휘덮고, 구름 조각은 좀더 빨리 날기 시작한 것 같았다.

"이거 호야(등피) 같쟁이냐? 일본집 호야처럼 보오얗고 둥실하다."

영실은 바구니 속에 손을 넣어 제일 큰 달래를 수염을 잡아 끄집어내었다. 옆의 계집아이는 분홍 인조견 치마를 펄럭이며, 을씨년스럽다는 듯 바라보고, 아무 소리도 하지 않았다.

철교가 멀리 조그맣게 뒤에 보이는 지점까지 걸어왔다. 가시철망을 두세 줄 건너지른, 건물도 없는 정거장이 거기 있었다. 새하얀 모래 바닥에 장사치 아낙들이 네댓 명 앉아 있다. 함지박 속에 비린내 나는 빈 자루를 담고 그 위에다 고무신을 벗어 얹어놓고 있다.

그녀들은 기차를 기다리고 있는 것이었다. 바람에 그을린 거친 살갗의 얼굴을 다 같은 방향으로 돌리고 모두 비슷한 무심한 표정들을 하고 있었다. 그중의 한 얼굴은 낯이 익었다.

"아마이! 신흥동 아마이!"

영실은 반색을 하였다.

김경부의 마누라는 이쪽을 보았다. 그러고는 아무런 감동도 없이 옆의 아낙에게로 고개를 돌렸다. 그녀는 아마 영실의 얼굴을 잊고 말았는지 몰랐다. 잊고 말지 않았더라도 이제 아무런 느낌도 자아낼 수 없는 얼굴인 것만은 확실하였다.

옆의 아낙은 고의춤에서 때 묻은 주머니를 끌러 내었다. 김경부의 마누라도 그렇게 하였다. 그리고 그들은 고개를 빼고 앉아 그들의 재산을 계산하기 시작했다.

엷은 햇볕이 바람 따라 어두웠다 밝아졌다 하였다.

5

포근한 날씨가 며칠 계속되자 영실은 주일학교에 다니기 시작하였다. 해마다 있는 산 예배의 계절이 다가왔음을 깨달았기 때문이었다. 산 예배는 다시 말하면 원유회이고 굉장히 많은 인원이 참가하는 피크닉이었다.

예의 유곽 뒤로 뻗어 내린 산줄기가 그 장소였다. 그러나 유곽 거리를 찬송가를 합창하며 걸어갈 수는 없다. 주최자는 해마다 골치를 앓으며 신사(神社) 옆을 우회한 울창한 숲 속 길을 지나갈 수 있도록 허가해달라고 당국에 진정을 하는 것이었다.

영실이 예배당에 나오기 시작한 무렵부터 아이들은 산 예배에 대한 공론으로 들떠 있었고, 중등반 선생인 장선생은 이제 얼마 안 있으면 '하나님의 은혜로' 거기에 가게 될 것이라고 보증을 하였다.

장선생은 국숫집의 아들이었다.

금테를 두른 여자 같은 안경을 쓰고 있었다. 안경뿐이 아니라 그 사람의 것은 무엇이고 여자 것 같고 우스꽝스러웠다. 앞이 뾰족한 기또[27] 구두라는 것이 그랬고 유달리 새파란 양복 빛깔이 그랬다. 그의 아버지인 장집사의 냉면가게에서는 언제나 하얀 김이 풍풍 뿜어져 나와 한길로 퍼졌다.
 살림방에는 따로 문이 없었으므로 장선생은 노상 질척대는 가게 바닥을 발꿈치를 높이 들고 건너 나오는 것이었다. 그러고는 하얀 손수건을 꺼내서 구두 끝을 닦았다.
 '와세다' 대학이라는 데를 칠 년이나 다녔건만 아직도 졸업을 덜 했다 하였다. 장집사는 주머니 끈을 단단히 동이고 이제는 다시 풀지 않기로 하였으므로 장선생이 다시 일본에 갈 가망은 거의 없다는 것이었건만 그는 아직 희망을 버리지는 않고 있었다.
 영실은 매우 열심히 교회에 다녔다. 수요일이나 금요일의 밤 예배에까지 빠지지 않고 참석하였다.
 그렇지만 성경 이야기나 긴 기도는 그녀에게는 너무 지루하였기 때문에 구실을 마련하여 바깥에 나와 서성거리는 때가 많았다.
 교회당은 함석으로 지붕을 이은 낡은 목조 건물이고 우뚝 솟은 봉우리 같은 지대에 외따로 서 있었다. 역시 함석을 이은 종루와 목사관이 한편에 있고, 낭떠러지 밑에 작은 풀밭과 버스 길을 격하여 회색의 긴 방파제를 내려다보고 있었다. 그 저편에 펼쳐진 바다는 다른 어디에서보다도 광막한 조망을 보이고 있었다.
 영실은 담장도 난간도 없는 낭떠러지 끝에 서서 먼 시선을 바다로 던졌다.
 항구에 사는 사람들은 의외로 바다에 대해 무관심하다. 고기잡이나 배와 직접 관련이 있는 일로 생계를 잇는 이들을 제외하고는 일 년에 한 번도 바다 곁에 가지 않았다는 사람이 대부분이었다. 까닭도 없이 유심히 바다를 바라다본다는 일 등은 더욱더 드물었다. 그러나 영실은 그것을 보기를 좋아하였다. 갠 날, 흐린 날, 바람 부는 날, 그것은 각각 다른 표정을 하고 있었고, 다른 말을 하고 있는 듯 보이는 것이었다.

날씨가 화창하고 태양이 반짝이고 있었으므로 그날 아침 바다는 눈부시게 빛났다. 먼 수평선의 일대까지 하늘과 같은 푸른빛이고, 군데군데 희고 화사한 잔물결이 일고 있었다.

영실은 몸을 돌려 목사관께로 걸어갔다. 주일학교가 거의 끝날 시간이었으므로 어른의 교인들이 가파른 비탈을 올라 모여들기 시작하고 있었다.

교회는 화제의 주인공들이 많이 나타나는 장소이기도 하다. 큰 부자 영감에게 후처로 왔다가 영감이 앓아누워 안이 달아 있는 부산댁. 이 여자는 언제나 늦지 않고 나타나지만 예배 중간에 총총히 사라지는 버릇이었다. 뇌일혈로 쓰러진 영감은 말을 못 하는데, 만약 유언을 안 하고 죽는 날에는 일점혈육도 없는 부산댁은 그야말로 큰일인 것이었다. 그 밖에도 바보 귀동녀, 이발소의 벙어리 아들, 그리고 경식 소년의 모친……

경식 엄마는 그중에도 사람들의 동정을 모았다. 그 여자는 말하자면 슬픔의 여인이었다. 속을 썩이는 여자의 전형처럼 여겨지고 있었다.

날카롭게 선 콧날에는 품위가 느껴졌지만 마음을 질정하지 못하여 그러는지 항상 여기저기로 방황하는 시선에 충혈한 기색이 가시질 않아, 그것은 지금도 울고 있는 것 같은 인상이었다. 그러나 그녀의 입술은 부자연한 엷은 웃음을 습관처럼 담고 있었다.

영실은 깨끗이 차려입고 성경 찬미를 각기 옆구리에 끼기도 하고 가죽 주머니에 넣어 들기도 한 교인들이 걸어 들어오는 것을 마주 보며 목사관의 판잣담을 끼고 돌아갔다.

기름하게 붙은 방이 두 개와 부엌뿐인 초라한 집이었으나 깨끗하고 조용하였다. 여름이면 갖가지 꽃들이 뜰 안에 가득 흩어져 폈다.

초대 목사 경식의 할아버지가 손수 지은 집이었다. 지금은 쪽마루에 햇살이 괴어, 열어젖힌 분합문[28]에 반사하고 있었다.

뚱뚱한 목사님은 온유한 두 눈에 미소를 담고 느린 걸음걸이로 예배당 쪽으로 사라졌다. 마당에는 '히사야'라고 일본 이름으로 불리는 아이가 혼자 우두커니 서 있다가 영실을 보고 뱅긋 웃었다. 웃으면 보조개가 파이는 살굿빛 볼을 한 대단히 귀여운 사내아이였다. 아직 학교에 가지 않는다.

그러나 이 귀여운 아이는 마치 악마의 새끼이기라도 한 것처럼 여러 사람에게 백안시당하고 있었다. 히사야는 누구에게나 웃어 뵈고, 행여 말 상대가 되어줄까 곁으로 다가온다. 아이에게서는 젖내 같은, 사과내 같은, 향긋한 냄새가 풍겨 났다. 그러나 어른도 아이도 히사야와 말을 하기를 꺼려하는 것이었다.

히사야와 꼭 같은 느낌으로 기품 있고 잘생긴 그의 모친 애경은 서울 태생이고, 이화전문을 다닌 신여성인데, 지금은 이름난 고급 창부(娼婦)였다. 원진에 오기 전 학생이면서 교수와 손을 잡고 일본에 출분하여 몇 해 만엔가 돌아왔을 때 그녀는 히사야를 안고 있었다. 그리고 또 그 아이는 교수의 아들도 아니었다.

애경이 그렇게 배에서 내린 이래 원진 바닥에 행세하고 사는 가정으로서 그녀의 피해를 입지 않은 집은 드물었다. 그리고 최후의 가장 긴 기간에 걸친 희생자가 경식이 모자였던 것이다.

경식의 아버지는 법학사이고 더구나 목사의 아들로 착실하기만 하였었는데, 모든 것은 애경의 술잔 속에 녹아버리고, 그는 세간의 비난과 조소에 등을 돌린 채 애경의 옆에만 눌어붙어 있는 것이었다.

애경은 히사야를 돌보지 않았다. 비싼 옷을 사 입히고 돈은 주지만 집에 있지 못하게 내쫓곤 하였다. 밤에도 문을 안 열어주어 쓰레기통에 기대 자게 하였다.

그런 일이 겹친 후 히사야는 목사관에 와서 살게 된 것이었다. 목사님의 부인이 애경의 먼 친척이었다. 목사님의 설교도 부인의 애원과 기도도 주효를 못 하여 애경은 여전히 창녀이고 히사야는 고아마냥 목사관에 와서 묵고 있는 것이었다.

"너 주일학교에 왔니?"

히사야는 영실이 대답을 해줄지 어떨지 몰라 주뼛대면서도 붙임성 있게 말을 걸었다.

"그래. 너는 무얼 하느냐?"

영실이 말하니까 히사야는 풀쩍 뛰듯 기뻐하며 대뜸 방 안으로 달려 들어가 무언가 가슴에 안고 나왔다.

"이거 봐라. 이렇게 누르면 기차가 달려간다."

팥알만 한 전등불이 깜박깜박하며 레일 위를 기차가 달리는 장난감이었다.

"앙이, 벨게 다 있다. 내 한번 눌러보자."

영실은 장난감을 난폭하게 다루어 꼬마 기차가 마구 폭주하게 하였다.

히사야는 좋아했다. 그는 주일날은 예배당 쪽에 나오지 못하도록 명령받고 있었으므로 다른 날보다 더 지겹고 심심하였던 것이다. 영실이 가버릴까 봐 마음이 안 놓여 자주자주 그녀의 얼굴을 보며 눈치를 살폈다.

"이거 엄마가 사주딩야?"

히사야가 고개를 끄떡했다.

"이 옷도?"

"음."

"에그 얼매나 좋겠니. 우리 엄마는 눈깔사탕 하나 사주지 앵이 한다."

히사야는 잠시 생각해보고서 귀염스럽게 빙긋하였다. 기뻤던 눈치였다.

찬송가 소리가 울려왔다. 아이들의 예배는 거의 끝난 모양이었다. 영실은 히사야와 헤어져 다시 벼랑 끝에 와서 섰다.

문득 그녀는 회색의 방파제 위에 우두커니 서 있는 그림자를 보았다. 모자를 쓰지 않고, 양복바지 주머니에 두 손을 찌르고 있다.

경식인 것 같았다.

얼굴은 보일 리도 없었지만 그가 틀림없는 것 같았다. 어깨 언저리에 무언가 그에게서만 풍기는 특수한 느낌이 있었다. 우울하고 어두운, 그러나 또 그의 용모와 같이 어딘지 달콤한……

그는 결코 예배당에 오지 않는다. 그의 조부가 세운 그리고 그의 아버지도 그의 손목을 잡고 십자가 앞에 무릎 꿇던 이 근방에, 절대로 발길을 하지 않았다.

그림자는 한동안 바다를 향해 서 있다가 방파제 저편으로 천천히 걸어 내려갔다. 바위 위를 뛰어 건너는 것이 보이더니 이어 그의 모습은 회색의 제방에 가리어 보이지 않게 되었다.

순간 저릿하고 가슴을 누르기 시작한 어떤 감정을, 영실은 당황하면서 지켜보았다. 무언지 잘 알 수 없으나 가슴을 가득하게 한 그 감동은 점점 부풀어 오르는 것만 같았다.

잠시 후에 그녀는 깎아지른 낭떠러지를 내려가기 시작하고 있었다.

발끝을 걸 자리도 만만치 않게 곤두선 바위들은 위험하여서, 방금 주일학교의 선생으로부터도 옆에 가지 말라는 주의를 듣고 있었지만, 영실은 마음이 급하여서 큰길을 빙글 돌고 있을 수는 없었던 것이다.

치마가 찢어지고 종아리도 몇 군데 벗겨져 나갔다. 앞으로 붙잡다 뒤로 돌아서다 하느라고 손바닥에도 피가 맺혔지만, 영실은 개의치 않고 급한 걸음으로 버스 길을 건너갔다.

잔잔해 보이던 바다도 방파제 부근에서는 제법 우렁찬 파도 소리를 올리고 있었다.

영실은 제방에 기어올라, 험한 바위가 마음 내키는 대로 겹쳐진 발밑을 내려다보았다.

바닷자락과 인접한 넓은 암석 위에 경식이 누워 있었다. 두 손으로 머리 밑을 받치고, 하늘을 바라보고 누워 있었다. 파도는 바로 그의 곁에까지 다가와 부서지고, 솟구쳐 오른 물방울이 그의 전신을 덮어버릴 것같이 보였다. 밀려들었다 밀려 나가는 거센 물결은, 그대로 그를 안아 바다로 끌어들일 듯하기도 하다.

 영실은 오래 생각할 겨를도 없이 바위 위를 뛰어넘어 그에게로 다가갔다. 거칠어진 숨소리가 상대에게 들리도록 가까이 가서야, 발은 저절로 멎었다.

 왜 왔을까. 무슨 말을 하자고 온 것일까?

 조금도 설명이 되질 않았다. 무언가가 센 힘으로 잡아당겨서, 그래서 딸려 온 따름이었다. 불현듯 수치심이 전신을 화끈하게 만들었다.

 인기척에 경식은 머리를 조금 들고 이편을 보았다. 그러고는 상체를 일으키며 좀더 똑바로 영실을 건너다보았다.

 영실의 당황은 극도에 달하였다. 그녀는 여기에 온 것을 죽을 만큼 후회하고 있었다. 경식의 눈빛에서 의아해하는 기색이 뚜렷한 것을 보자, 후회는 절망감과 뒤범벅이 되었다.

 '나는 보기 싫게 생겼지. 머리카락도 이렇게 뻣뻣하고……'

 영실은 절망적으로 그를 응시하며, 입을 벌리고 거친 호흡을 하였다. 이렇게 바싹 옆에까지 오지만 않았어도 좋았을 것을……

 그러자 처음 의아함으로 세게 쏘아지고 있던 소년의 눈 속에, 어떤 따뜻한 빛이, 다정하게조차 느껴지는 빛이, 담겨진 것을 영실은 보았다.

 그렇게 느낀 순간 다시 가슴이 철렁 내려앉으면서 그녀는 뒤도 돌아보지 않고 내닫기 시작했다. 아무런 어려움도 의식하지 않고 방파제를 뛰어넘어 멀리 뛰어 달아났다. 파도를 탄 듯이 몸이 치솟았다 내려졌다 하는 감각이 이상했다.

먼데까지 가서야 뒤를 돌아다보았다.

경식은 바다를 등지고 우뚝 서 있었다. 움직이지 않고 이편을 지켜보며 서 있었다.

'나르 보고 있다. 나르 보고 있다……'

영실은 허덕이면서 마음속에 소리쳤다. 경식의 자세로부터는 무언가 강렬한 것이 똑바로 자기에게 흘러오고 있는 것 같았다.

제2장

1

빨강이니 초록, 남, 노랑 등의 꽈배기 양철 조각이 새끼줄처럼 처마 밑에 드리워져서 팽그르르 바람이 불 때마다 돌아간다. 전등불에 비쳐서 반짝반짝한다. 길 건너편까지 물이 흠씬 뿌려져서, 검어진 땅이 시원스러웠다.

대머리에, 무릎까지 오는 '지지미'[29] 속바지를 입은 잡화상 삼성상회(三星商會) 주인은, 왜나막신을 신었다고 해서가 아니라, 전체의 느낌이 꼭 일본인 같아 뵌다. 일본 사람 가게에서 오랫동안 고용살이를 해온 경력이 그의 용모에 어떤 작용을 가한 모양이었다. 종일 털고 쓸고 닦고 하며 장사를 하였다. 그러나 전적으로 까다로운 성미인 것은 아니어서, 동리 사람들이 줄곧 마을을 왔다.

가게 앞에 내논 넓적한 평상에 걸터앉아서 밤 깊어가는 줄을 모르고 지껄댄다. 땅바닥에서는 계집아이들이 동글납작한 색색의 유리 말을 가지고 놀고 있기도 했다.

영실은 어른 틈에 끼어 앉아 있다. 오가는 이야기 소리에 귀를 적시며 드리워진 양철 조각이 반짝이며 돌아가는 모양이니, 유리 항아리에 담긴 눈깔사탕, 공책, 필통, 양말 등 가게 앞쪽에 늘어놓인 물건들을 바라다보며, 좋은 기분에 잠겨 있다. 풍족하고 흐뭇한 기분인 것이다.

유리 말이나 구슬 같은 장난감은 얕은 종이 상자에 담겨, 땅에 놓여 있었다. 영실은 그중의 단 한 개도 사서 가질 능력은 없었지만 그러나 거기 펑덩 앉아가지고 실컷 둘러봄으로써 다 자기의 소유가 된 것 같은 흡족함을 느끼고 있는 것이었다. 사실 어느 때이고 그녀는 그녀를 둘러친 상황 속에, 유달리 깊이 자기를 침투시키고, 그럼으로 하여 많은 것을 저 자신 속에 걷어넣는 것이었다.

"소방소의 최대장이 영영 미쳤어. 이제는 의심할 여지가 없던걸."

누군가 알짜 서울말을 쓰는 사람이 그런 이야기를 꺼내었다. 알짜 서울말은 여기서는—평안도 말이나 황해도 사투리나 또 드물게는 경상도 말 같은 것을 원토박이 말 속에 함께 듣는 이 고장에서는, 웬일인지 몹시 어색하게 울렸다. 다른 어느 말씨보다 나약하다. 조금 경망하고, 그리고 감각적이다. 쓰고 있는 사람이 가엾어질 것 같다. 하나 당사자는 그렇게 느끼지도 않는지, 가늘고 높은 소리로 계속하였다.

"길에서 만났다가 봉변을 했지. 아주 혼이 났어."

"왜, 어떻게 했길래?"

"경례를 붙이면서 정중히 인사를 해요. 그담엔 호주머니에서 명함을 한 묶음 꺼내 들고서 하나하나 설명을 해나가는데, 온 무슨 소린지, 입속말로 수근수근 끝이 나야지."

"흠, 그리고 보니 접때는 혼자 길 복판에 서 있는데 한 십오 분 동안이나 움쩍을 안 하데. 난 누굴 기다리는가 생각도 했지만."

"기다리긴 무얼 기다려. 갈 길은 바쁘고 그래 이제 그만 실례한다고 했더니, 이러구 눈을 치뜨고 쳐다보는데, 그 눈이, 그만 소름이 쫙 끼치데."

흐흐흐흐 하고 듣던 사람들은 웃었다. 이편은 기를 올리며,

"그게 보통 눈초리가 아니고…… 아무튼 그러면서 하는 소리가 '들으시오! 이건 중대한 얘기요!' 하는데 그 음성이 낮지만 어찌 무서운지……"

"그거 참 봉변이로군."

"웬만치 누구라 하는 사람만 보면 그렇게 붙들고 놓질 않는다니까."

서울내기는 내심 약간 득의한 듯하였다. 딴은 소방대장쯤 되고 보면 그렇게 아무에게나 함부로 경례를 붙이지는 않는 것이었다.

함지박을 인 여자들이 몇 맨발로 저벅대며 지나갔다. 미역 냄새가 확 끼친다. 평상 위에서는 퉤! 침을 내뱉고

"참말 정신이 오락가락하는 걸까?"

"하지만 소방대 일은 보고 있지 않어?"

"불은 매일 나는 게 아니니까……"

물건을 팔러 상점 안에 들어갔던 주인이 나막신을 덜그럭거리고 나오면서 노상 쉬어 있는 목소리로 참견을 하였다.

"돌긴 돌았어. 그 사람, 정어리 공장 불날 때에 너무 혼이 나서 그렇게 되고 말았지."

"소방대장이 불날 때마다 혼이 날라치면 그 정신 몇 개 있어도 모자랄세."

"그때 그 불은 워낙 컸으니까. 정어리기름 때문에 물을 끼얹으면 끼얹을수록 타올라서, 원진 하늘은 사흘 동안 캄캄했드랬어."

"흠, 목 잘릴까 봐 딴은 혼도 났을 테지."

서울내기가 앙칼진 소리를 하였다. 잡화상 주인은 빙그레하고

"목이야 뭐…… 사람 많이 타 죽은 걸 보고 맘이 뒤집혔지."

봉천(奉天)에서 났다고 봉천이라고, 아들에게 이름을 붙이고 있는 그는 대개의 경우 빗나간 말은 하지 않았다.

"상처하고 나서 너무 오래 혼자 살다 보니 전부터 좀 이상해졌던 것은 아닐까?"

"모르지, 그런 사정까지야……"

뭐가 우스운지 남자들은 히히거리고 웃었다.

"그 집 아배는 본대 경례르 잘하오. 말도 좀 이상하게 하긴 하오만 무시거 맘이 변하기는……"

영실은 평상 끝에 걸터앉아 이의를 말하였다. 최대장을 그렇게

들 평하고 있는 것이 못마땅하였던 것이다.

순희 아버지는 위풍이 당당하다. 경찰관 같은 제복을 입고, 근엄한 얼굴 표정을 하고 있었다.

"순희 아바이……"

한길에서 만난 인사랍시고 소리를 치면 웃지도 않고 깍듯이 답례를 보내주었다. 아닌 게 아니라 좀 이상하기는 했다. 전부터 알고 있는 일이었다. 집에서는 순희에게 숯불도 피워주고 지껄이는 소리에 음 음 하며 귀를 기울이기도 하였다.

어른들은 그렇게 별안간 소리를 지른 영실을 잠깐 바라보고, 이내 자기들의 화제로 돌아갔다.

"귀동네가 아이를 낳았다네."

"귀동네가? 설마……"

"아니 정말이야. 옥동자를 순산했는데 아주 잘생겼더라는걸."

"어떤 죽일 놈이 그런 장난을 했을까? 말도 제대로 못 하는 병신을 건드리다니……"

"저한테 물어보면 알지."

"제가 아나?"

잡화상 주인인 중늙은이는 말하고 눈꼬리에 주름을 잡고 웃었다.

"아이를 길러놓고 봐야만 애비가 드러날 판이구나."

"모친 탁을 했으면 그 일도 틀렸겠네."

싱겁게 주절거리던 축들이 별안간 침묵하였다.

저편에서 한 여자가 걸어온다. 유명한 여자이다. 애경이었다.

몽당치마에 굽 높은 구두를 신고 핸드백을 들고 있다. 이런 차림의 여자는 이 고장에 몇 없다. 한쪽으로 썩 치우쳐 가르마를 탄 '히사시가미'[30]가 모양 좋다. 희고 갸름한 얼굴에 오뚝한 코도 예쁘다. 백합꽃의 느낌과 닮아 있었다.

애경은 옆을 지나가면서 사람들에게 슬쩍 시선을 던졌다. 난잡해 보이지 않고 오히려 고상한 것 같은 느낌이나 어딘지 멋이 들어 있다. 어둠 속으로 향긋한 냄새가 흘러왔다.

그녀가 시야에서 완전히 사라져버린 뒤까지 남자들은 한 마디도 입을 떼지 않았다.

못된 년, 요망한 것, 이라는 말이 대명사처럼 되어 있는 그녀였건만 남자들은 실없는 소리는커녕 숨도 크게는 쉬고 있지 않는 것 같았다.

자리까지 웬일인지 서먹해진 듯하다.

"자, 자, 이 색신 그만 돌아가 자지."

잡화상 주인이 큰 소리를 내었다.

영실은 평상에서 내려 슬금슬금 걸어갔다.

골목에서 시원한 바람이 불어온다. 바다 위를 건너온 바람이다. 낮의 태양은 찌는 듯하지만 밤은 무덥지 않고 공기는 물속 같다. 원진의 여름밤은 모기도 나방이도 없고, 별이 유난히 크고 아름답게 빛났다.

영실은 가슴을 펴고 폐부 가득히 밤공기를 들이마셨다. 밤공기는 어째선지 늘 달콤하다고 생각하였다. 별빛의 아름다움도 함께 가슴으로 흘러들었다.

여러 모양의 여러 가지 처지의 사람이 세상에는 살고 있다고 영실은 감심한다. 팔자인가 운명인가 하는 것이 사람을 휩쓸고 돌아가는 힘도 아닌 게 아니라 대단한 것 같아 보였다.

그러나 영실은 그렇게 모든 사람이 얽매여서 빠져나지 못하고 있는 갖가지 처지에, 오히려 조화(造化)의 묘라고나 할 것을 느끼고 있었다. 그럴듯하게 째어 있어 재미나기조차 하다. 삼성상회 주인만 하더라도 봉천이 때문에 줄창 골머리를 앓고 있는데, 봉천이는 보통학교를 두 번이나 낙제하고, 학교 측에 빌다시피 졸업을 시킨 뒤로는 주로 극장 둘레를 비돌며[31] 살고 있었다. 발뒤꿈치로 재주를 부리며, 앉았다 섰다 하는 노서아 댄스를 썩 잘 추었다. 천하태평인 총각이었지만 부친이 원하는 방향과는 정반대의 쪽으로만 가고 있는 셈이었다.

그가 사고를 일으키면 잡화상 주인은 상을 찌푸리고 울상이 되면서, 더욱 열심히 상품의 먼지를 털고 바닥을 말끔히 쓸어내는 것이었다.

그들의 이러한 연결은 그러나 영실에게는 태곳적부터의 엄연한 법규 같고, 그 외의 현상은 도무지 어울릴 듯하지가 않은 것이었다.

자기의 형편까지를 뭉뚱그려서 (그것은 결코 좋은 부류에 속하는 것은 못 되었지만) 영실은 무릇 사물이 놓여 있는 상태에 기묘한 긍정감을 갖고 있었다. 관대하였다.

분명한 이론을 세울 수는 없었지만 밤하늘을 쳐다보며 영실이 어렴풋이 느끼는 것은 그런 감상이어서, 다시 말하면 그녀는 세상 돌아가는 일에——그 밑바탕에 대해서——대체로 어느 때나 찬

성인 것이었다.
 큰길에서 멀어졌다.
 골목 가녘에 귀동녀의 집이 있다. 디딤돌이 수직에 가까운 급경사로 오륙 미터나 쌓아 올려진 그 꼭대기의 새둥지 같은 오두막 집이 그것이었다.
 돌층계의 양옆에는 귀동녀가 사방에서 주워다 놓는 기암 기석(奇岩奇石)이 총석정(叢石亭)같이 진묘한 경관을 이루고 있다. 아이들은 그것을 금강산이라고 부르고 있었다.
 귀동녀는 못난이이다. 한번 시집갔다 쫓겨 온 뒤로는, 드물게 말문을 떼던 입마저 아주 굳게 닫아버려서, 벙어리나 조금도 다를 데가 없었다. 큰일을 치는 집이 있을 때는 불려가서 날품을 팔았다.
 그녀가 할 수 있는 일은 놋그릇 닦는 것뿐이었다. 힘을 아끼지 않고 비벼대는 까닭에, 유기그릇은 대번 은같이 광택이 났다. 이제 되었으니 그만두라고 하여도 못 들은 체하고 문지른다. 해가 저물고 난 뒤에야 부엌 뒤에 서서 밥을 한술 얻어먹고, 그러고는 일하던 것은 마당에 버려둔 채 휑 하니 가버리는 습관이었다.
 다음 날이 되면 새벽같이 삯을 받으러 왔다. 십 전이나 오 전짜리 백통은 마다하고 동전만 받아서 사람들을 웃겼다.
 지금 그녀의 집에는 희미하게 불빛이 껌벅이고 으애앵 으애앵 하는 갓난아기 울음소리가 흘러나왔다.
 거기서부터는 길은 캄캄하고 별하늘이 넓어졌다. 영실은 문득 순희와 그의 아버지인 최대장의 일을 상기하였다. 장마당 건너편에 빨간 칠을 한 망루가 있고 불자동차가 두 대 한길을 향하여 곧

내달을 듯이 멈춰 있었다. 거기 붙은 어두컴컴한 방에서 순희는, 가끔 정신이 이상해지는 아버지와 단둘이 살고 있는 것이었다.

'저으 아바이라도 어떨 적에는 무서블 게다.'

영실은 생각하였다.

이상해지는 때는 무섭고, 그렇지 않을 때는 오직 의지가 되고…… 계집아이는 불안에 흔들리면서도 그 부친을 지극히 따르고, 밥 짓고 빨래하는 아이의 힘에는 겨운 일을 열심히 해나가며 살고 있는 것이었다.

그 일그러진, 편안찮은, 고생과 비장한 감에 찬 순희의 경우에, 영실은 흘깃 마음이 기울렸다. 부럽다고까지 생각하였다.

절망적으로 얽매어져서, 무리하도록 힘을 다하며, 무언가 비뚤린 속에 살고 있다는 일에, 어떤 충족감을 느낀 것이다.

'순희, 그 아아의 가슴은 언제나 촉촉이 젖어 있을 것 같습네.'

그 선망은 그녀 자신이 아직은 아무것에도 속해 있지 않다고 느끼는 데에서 출발하고 있었다. 가난하고 무지한 양친, 얌전한지 바람쟁이인지 알 수 없는 형, 그러한 그녀의 처지가 실은 조금도 자기의 운명을 지배할 수는 없는 것임을 영실은 직감하고 있었다. 순희와는 달랐다. 그러나 진정 자기의 것이 자기 앞에 다가왔을 때, 순희처럼 아니 순희보다 더 철저하게, 그 속에 빠져들어 뒹굴 것이라고, 그녀는 자기의 앞길에 막연한 예감을 가졌다.

바람이 치마 밑으로 풀렁풀렁 들어와 기분 좋았으므로 영실은 자기 집 앞을 그냥 지내놓고 한참 더 걸어 돌아다녔다. 졸음이 와서 들어가 누울 필요가 생기기까지, 그곳은 그녀에게 별로 생각나는 장소도 아니었던 것이다.

2

 담임선생이, 신영실은 하학 후에 남았다가 자기에게 오라고 하였으므로, 영실은 볼이 부어가지고 직원실로 들어갔다.
 채선생은 음성을 낮추어서
 "농사 실습장 옆에…… 내 곧 갈 거다."
하고 책상 위의 시험지를 만적거리면서, 눈은 다른 데를 보는 체하고 말하였다.
 '치, 누가 모를까 해서…… 조금 있음 학교에서 쫓겨날 거라고 숙덕대쟁이는 선생이 없는데……'
 가소롭게 생각하였으나 그가 말하는 대로 모래가 버적대는 복도를 나와, 학교 뒷동산에 올라갔다.
 뽕나무밭이 있다.
 누에 치는 것을 가르치기 위해서 심었다는 것이나, 해마다 아무런 실습도 하지 않고, 퍼런 잎사귀만 자랐다가는 지는 것이었다.
 뽕밭이 끝난 곳은 아카시아 숲이었다. 아무리 울창하게 무성하여도 가볍게 상쾌한 느낌이 없어지지 않는 것이 아카시아였다. 젖 빛깔의 꽃송이가 아직 더러 남아 있다. 나뭇가지가 얽히고설킨 밑에, 터널같이 뚫린 길로 영실은 들어섰다.
 풀내와 꽃향기가 뭉클하다. 광선의 조화로 터널 속은 아련한 연듯빛에 물들어 있었다.

가끔 아이들 새에 위험감을 동반한 달짝지근한 소문이 떠도는 수가 있다. 대개 예쁘장히 생긴 계집아이와 불량기가 있는 사내아이가 어디서 둘이서만 만났다는 등속의 소문이었다. 그 장소는 해변 가의 모래밭이기도 하고, 솔산 속이기도 하고, 때로는 이 아카시아의 숲 새 길인 일도 있었다.

영실은 문득 윤경식의 얼굴을 상기하였다. 가슴이 뿌듯하여온다. 어째서인지는 알 수 없었다. 무언가 조금 슬픈 것 같기도 하다. 너무나 기쁨이 커서 그런지도 모른다. 그때 바닷가에서 부끄럽던 생각은 거의 다 가시었고, 다정하던 눈초리만 머릿속에 있었다. 그…… 윤경식……

이런 데에서 채선생을 기다려야 한다는 일에 새삼스레 부아가 치밀었다.

그녀는 채선생이 싫었다. 맨 처음 얼굴을 본 때부터 그랬다. 빛깔이 노랗고, 언제나 열이 있는 사람 같고, 어딘지 깨끗지 못하였다. 목소리는 꿀을 탄 듯 매끄러웠다.

'성은 어찌 저른 게 맘에 들까……'

못마땅하였으나 딴은 신실은 사내를 가리고 어쩌고 할 마음도 없었는지 몰랐다. 잡아 이끄는 대로 그저 끌려만 간다.

채선생은 얼마 안 있어 뒤쫓아 올라왔다. 영실을 보고 빙긋 웃는다. 비뚤어지며 기다란 선을 긋는 입술이 능글맞았다.

'구엑질이 날라 한다.'

보통학교 교사는 땟국이 흐르는 곤색 양복 주머니에 손을 넣고,

무언가 부스럭부스럭 찾기 시작했다.

"저 이거르 말이야, 언니한테 좀 전해주면 좋겠어."

그는 서울말을 흉내 내느라고 이상한 억양을 내면서 흰 편지 봉투를 건네주었다. 그러고는 신파 배우처럼 두 눈을 지그시 감아 붙였다.

영실은 그의 마누라와 세 살쯤 된 그의 아들과 또 밤낮 마누라의 등에 매달려 있는 젖먹이를 상기하였다.

채선생은 아카시아의 길을 걷기 시작하면서

"영실인 나르 어찌 생각치?"

당치 않게도 그런 소리를 물었다. 영실은 잠자코 있었다. 교실에서 영실은 얼마 기세가 좋지 못하다. 공부를 썩 잘하지 못하는 때문이었다. 그 위에 선생이라는 것은 아무리 깔보아도 어딘지 무서운 데가 있는 법이었다. 그러나 채선생은 제멋에 겨운 듯

"아아 나는 참 불행한 사나이야. 그러나 한편 행운아이기도 하다."

그러고는 또 아아…… 하고 기묘한 소리를 발하였다.

영실은 징그럽다고 생각하였다.

빨간 넥타이, 얼굴을 가리는 긴 머리카락, 감정이 넘쳐흘러 그러는지 삐죽삐죽 공연히 경련하듯 하는 입술……

능글맞았지만 이때 영실은 신실이 그에게 이끌려간 기분을 언뜻 짐작할 수 있을 것 같았다. 능글맞다는 것, 그것이 바로 그 이유 아니겠는가.

목 속이 후끈한다. 유쾌하지 않았지만 강한 감정이었다.

영실은 꾸벅 절을 하고는 돌아서서 실습장을 내려갔다.
'성한테 줄 줄 아나. 어림없는 소리다.'
편지를 꼬기꼬기 구겨 쥐고 걸어갔다. 도중에 그녀는 장달수네 아들 수철을 만났다.

장수철은 여기 사람들과는 아예 종족부터 다르다는 느낌이었다. 검은 학생복에서까지 무언가 윤이 흐르는 것 같다. 일본 유학생인데도 국숫집 장선생이 가끔 쓰고 돌아다니는 그런 사각모가 아니고, 동그스름한 학모를 쓰고 있었다. 그 모자에도 멋이 쿡 들어 있다.

걸음걸이도 그렇다. 구두도 멋지다. 윤기 있는 큰 눈을 가진 얼굴도 썩 멋이 있어 보였다.

영실은 눈이 부신 것 같아 당황하면서도 그에게서 시선을 뗄 수가 없었다. 지금 이 길에서 그를 만났다는 것은 어쩐지 좀 쇼크였다.

그는 어깨를 흔들며 유쾌한 낯빛으로 지나치더니 힐끗 돌아다보며 알은체를 하였다. 가지런한 흰 이가 정결하고 시원스럽다.

영실은 눈앞이 아찔아찔하였다. 장수철은 너무나 어른이 다 된 남자이기 때문에 윤경식처럼 달콤한 감동을 불러일으키지는 않았지만, 전신이 오그라들 듯한 자극이었다. 그는 장달수의 아들, 원진의 왕자였다.

장수철은 무슨 말을 할 듯이 하더니 그냥 저벅저벅 걸어가버렸다.
집에 돌아와 신실의 앞에 섰을 때까지, 영실은 흥분을 가라앉히지 못하고 있었다.

"형아, 너는 그 사람을 알지비? 같이 걸어간 일도 있다데!"

앞에 와 우뚝 서서 씨근거리고 있는 영실을 신실은 잠깐 쳐다보았다. 그러고는 이내 바늘 놀리는 손으로 이마를 떨구었다.

그녀의 새까만 머리는 다시 곱게 땋아 내려져 있었다. 부친이 가위로 잘라낸 자리는 머리카락이 누울 만치 자라나 있어, 나머지 긴 터럭으로 가리워져 이제는 감쪽같았다.

영실은 구겨 쥐고 있던 편지 봉투를 신실의 앞에 내던졌다. 결코 전하지 않으려고 생각하였던 것인데 웬일인지 장수철을 만나고 나니까 그렇게 하게 된 것이었다. 말하자면 신실의 고운 뺨에 흙이라도 던져보려는 심사와 비슷하였다.

신실은 그것에도 흘낏 눈길을 주었으나 집어 가지도 않고 아무런 반응을 보이지 않았다. 그것이 무엇인지 번연히 짐작을 하였으련만……

"읽어바라. 채선생이 주더라."

영실은 음성을 낮추지도 않고 말하였다. 부친의 귀에 들어갈지도 몰랐지만 공연히 거친 기분이었다. 신실은 못 들은 체 눈을 내리깔고 있었다.

영실은 허리를 굽혀 그것을 방바닥에 대고 싹싹 폈다.

"자, 봐라는데!"

이번에는 좀 작은 소리로 하였다. 부친의 방에서 덜그럭대는 기척이 났기 때문이었다.

"날래! 앙이 그럼 나 학교에 못 간다. 선생이 벌세우지 앵이니?"

신실은 봉투를 쥐고 일어섰다. 자기 방에 갖다 두고 이내 돌아왔다. 읽지 않은 것이 분명하였다. 영실은 무언지 모르게 맥이 빠졌다.

그로부터 한 달 남짓 지난 때에 신실은 돌연 행방을 감추었다. 언제인지도 모르게 집을 나가서 종일 보이지가 않더니만 밤이 되어도 돌아오지를 않은 것이다.

부친 신만갑은 미친 사람처럼 날뛰었다. 거리로 뛰어나갔다 들어왔다 하면서

"이 간나…… 이 쌍 간나가……"

욕지거리를 지껄였다. 눈에 핏발을 세우고 밥그릇이고 무어고 걷어차 던졌다.

영실은 토방에 흩어진 밥을 주워 모아 쌀 일듯 바가지에 일어가지고 뒤꼍에 가 앉아 천천히 먹었다.

또 하루해가 저무니까 신만갑은 방문을 닫고 들어앉아 울기 시작했다.

그는 방학이 되어 아무도 없는 보통학교에도 쫓아가 보았고 또 채교사의 집으로도 달려가서 마침 마당에 서 있던 사나이를 멱살을 죄어대며 반쯤 죽여놓기까지 하였지만, 채교사가 정말 아무것도 모르고 있는 것을 알자 사남[32]을 피울 기운마저 없어진 것이었다. 그러나 그는 또 일어나 나가 밤새도록 바닷가를 찾아 헤매었다.

영실은 아침에 일어나자

"엄마, 돈 일 원만 내라."

맞은편 언덕에 물 길으러 갔다 오는 지게 앞을 막아서며 손을 내밀었다.
"야가 정신이 나가쟁있니? 썩 비켜서거라!"
모친도 전에 없이 날카로운 소리를 질렀다.
"내라 하믄 내라. 할 일이 있다."
영실은 질기게 되풀이하였다.
조씨는 어이없어 그 노란 눈알을 이편으로 들었다. 하나 그때 부친이 마당으로 들어섰으므로 모녀는 갈라서고 말았다.
'벨수 없다. 멍충이들이……'
영실은 부뚜막에서 숟가락을 집어 와 그 꼭지로 방의 반닫이의 자물통을 열었다. 일 원짜리가 두 장 소중한 듯이 헝겊에 싸여 옷갈피 사이에 끼여 있었다.
그녀는 그중의 한 장을 빼내고, 먼저대로 쇠를 잠가두고는 거리로 나와 시장터로 걸어갔다. 시외버스의 정류장에서 그녀는 온천행의 왕복표를 샀다.

3

왕복은 구십 전이었으므로 영실은 나머지 중에서 오 전짜리 캐러멜을 한 갑 샀다. 일본 사람네 과자가게에 아름답게 진열된 상품들을 오래 물색한 끝에, 자주색과 금빛으로 꾸며진 '메이지' 캐러멜의 상자가 가장 호화롭게 눈에 비친 것이었다. 그 귀중한 소득물을 영실은 조심스럽게 손수건에 싸서 동였다.

 엉덩이가 들썩 높은 시골행 버스가 건들거리며 한길로 나와, 멎었다. 영실은 일착으로 올라타서 가운데쯤에 자리를 잡았다. 맨 앞이 좋을까도 하였지만 함께 타고 가는 사람들을 구경하자면 거기가 나으리라고 고쳐 생각한 것이었다.

 오랜 짬을 두고서 사람이 하나씩 걸어와서 차에 올랐다. 북청집의 뚱뚱보 아마이도 새 옷을 입고, 기름하고 납작한 핸드백을 들고 탔다. 새 옷은 그녀에게 어울리지 않았으나 크림빛의 단추 잠그는 곳에 빨간 구슬이 달린 핸드백은 더욱 걸맞지 않았다. 그녀가 부리고 있는 작부의 것이라면 알맞을 것 같았다.

 하나 북청집은 깡패 스타일의 미소년 창규의 모친이라 영실에게는 관심이 컸고 또 구배 할아버지의 이야기에 등장한 것을 들은 후로는 어떤 친숙감마저 느끼고 있는 터수였다. 저편에서야 알아보건 말건

 '아마이, 어디로 가오?'

 말을 걸고 옆에 가서 쳐다보고 싶었다. 어쩌면 창규 소년의 이야기라도 들을 수 있을는지 몰랐다.

 그러나 영실은 꾹 참고 창밖으로 외면을 하였다. 오늘의 온천행은 누구에게도 덮어두는 게 옳으리라 생각한 것이다.

 마지막에 버스 차장이 오르고 차는 겨우 흔들거리며 달리기 시작했다. 엉덩이가 들썩한 버스 모양 그것같이 뒤가 쑥 내민 곤색 '세루'[33] 모자를 쓰고, 굵은 혁대에 가죽 가방을 달고 있는 버스걸을 영실은 부러운 듯한 낯을 하고 한 식경이나 바라보았다. 들창

코의 차장은 그러한 영실을 건방진 눈으로 쓰윽 훑어보고, 잘난 체 콧노래를 흥얼거렸다.

　　오너라 동무야 강산에 다시
　　되돌아 꽃이 피고……

　상대가 그렇게 뽐내어도 영실은 여전히 침이 흐를 듯한 표정을 가다듬지 못하였다. 저렇게 가죽 혁대를 잘록 매고 문에 기대서서 뽐내보면 얼마나 기분이 좋을까……
　북청집은 영실의 바로 앞에 앉아서 건너편의 아낙과 큰 소리로 이야기를 주고받고 있었다.
　"어디를 가옴둥?"
　"영동으로 가오, 아마이는?"
　"한증막에. 골에 바램이 들어서…… 영동에 땅으 망이 샀다등이 정말요, 야?"
　"망이느 무시거……"
　"실로 놀랍소."
　그러다가 그녀들의 화제가 바뀌었으므로 영실은 움칫하여 그편에 귀를 기울였다.
　"총각은 잘 있음?"
　"야아."
　"어찌믄 어찌믄 그리 잘났겠소. 내 저 먼저 보았지비. 점점 더 잘나갑디다."

북청집이 흐흐거리고 배를 흔들고 웃으면서
"잘나 보입데?"
"에그으 원진 바닥에는 그망이 잘난 인물이 드므오."
"아닌 게 앙이라 뉘귀라도 그처리 말하오."
북청집은 손에 쥐고 있던 셀로판 봉지를 열고, 고급 눈깔사탕을 상대에게 권하였다. 굵은 손가락에 구슬 반지, 금가락지, 백금 반지, 그렇게 여러 가지를 끼고 있다. 옷고름에도 금줄이 드리워져 있었다.
짙은 눈썹을 하고, 일자로 다물린 입술이 좀 난폭해 보이는, 까무레한 소년을 영실은 가슴에 띄워 올리고, 무언가 새큼한 감각에 미소하였다. 모자를 빼뚜름히 기울여 쓴 밑에서 대담한 눈이 강하게 빛나는 소년이었다.
"그렇게 잘생겨서 이담 어떤 각시를 데빌고 오겠는동……"
늙은이답지 않게 총각 아이의 매력을 잘 이해하는 듯한 말라빠진 아낙네가 또 그런 소리를 하였다.
"핫하하, 고븐 각시라야 하지비."
"곱아도 엔강이 곱지 않음 앙이 될 기오."
"지난해 안직 철이 없어 한 소리오만 서울 병원집 딸이 있지 앵이하오, 고븐 처녀……"
"있지비, 성아 앙이오."
"이담 꼭 그 처녀한테 장가든다 해서 숱해기 웃기지 앵이했겠소."
"저거 좀 보. 눈은 다 있당이."

두 늙은이는 차 안이 떠나가게 웃었다. 영실의 낯빛이 거무죽죽하여졌다.

성아……

가슴속에서 김이 쑤욱 빠져나가는 것 같았다. 이제 그녀들의 회화에는 흥미도 없어졌다. 영실은 창문 밖으로 시선을 던졌다.

길은 바다 옆을 다 지나고 산속으로 접어들고 있었다. 강냉이와 감자밭이 군데군데 보인다. 돌이 많은 울퉁불퉁한 산비탈에도 무언가가 조금씩 심어져 있었다.

지금부터 두 시간이나 이렇게 산속을 파고들어 가야 한다. 그 끝에 있을 C온천에 영실은 가본 일도 없었거니와, 거기 가면 신실을 만나지리라는 확신도 사실은 없었다. 이를테면 무모하게 떠나온 것이다.

불안 같은 것이 가슴 위에 흘낏 와 멈췄으나 영실은 곧 그런 기분을 날려 보냈다.

신실이 없더라도 무언가가 있겠지.

두려움이나 지루함의 감정은 어느 때고 왕성한 호기심 앞에 맥을 못 추었다.

하기는 영실이 온천에 가보자고 마음을 정한 데에는 얼마간의 근거가 없지는 않았다.

부친 신만갑이 그처럼 산으로 바다로 또 거리로, 으슥한 곳이라곤 모조리 뒤지고 다녔는데도, 신실이 나타나지 않았다면, 그녀는 원진에는 있지 않은 것이라고 생각할밖에는 없었다. 채선생은 자기 집에 멋도 모르고 앉아 있었으니까 그가 어디로 꾀어낸 것도 아니다.

누구 다른 사람과 어디 먼 데로 간 것이 분명하였다.

서울로 도망쳤을까?

그처럼 야단스러운 일일 것 같지는 않았다. 신실은 무엇 하나 자기 물건을 갖고 나간 흔적이 없었다. 곧 돌아 들어올 작정으로 집을 빠져나갔다가 그대로 시간이 걸리는 것이 아닐까?

제 맘대로 상상력의 날개를 편 셈이나, 신만갑이 찾아내지를 못하고 날뛰기만 하니 영실은 자기의 생각을 굳힐밖에 없었다.

어제 오후 그녀는 슬근슬근 장달수네 담장 밖을 서성대어보았다. 언젠가 채선생의 편지를 전하던 날의 일들을 머리에 띄워 올리면서.

장달수네 긴 담장 안에서는 오랫동안 아무도 나오지 않았다. 영실의 생각에는 명물인 그놈의 개라도 뛰쳐나오면 하인이 사생결단 쫓아갈 것이고, 그러면 어떻게 말을 붙여볼 심산이었다.

그러나 개도 하인도 나오지 않고, 영실이 단념하기 시작한 무렵, 장달수의 두 딸이 해수욕장에서 돌아온 뿐이었다. 작은댁의 소생들이었다.

영실에게는 그것으로 충분하였다. 그녀들은 어떤 청년을 동반하고 있었는데 그들 새에 이러한 회화가 오갔기 때문이었다.

"그럼 내일 또……"

"내일 또……"

"오빠는 언제 돌아온다고요?"

"그걸 누가 알아요, 호호……"

"지독한 친구야. 사람을 오라 해놓구선……"
"기별 없이 내려오시는 편이 나쁘죠."
 장달수의 첩의 딸들은 서울에서 여학교에 다니고 있었다. 방학이라고 내려온 것이다. 청년도 서울 사람인 듯하여 보였다. 수철이 불렀다고 하지만 숙소는 다른 곳에 머물고 있는 모양이었다.
 딸 하나가 대문 안으로 들어간 다음에 남은 남녀는 얼른 손을 맞잡으며 어깨를 비벼댔다. 그리고 계집아이는 킬킬거리면서 대문을 닫았다. 끼익 하고 요란한 소리가 났다. 청년은 그제서야 낯이 벌게져서 기묘한 눈초리를 지으면서 가까운 곳에 지키고 선 영실을 힐끔 보았다. 그러고는 더 기묘한 표정을 하며 걸어가버렸다.
 '장수철이 지금 여기 없다……'
 그래서 온천에 가면 신실이 있으리라는 생각을 한 것이나 물론 따지고 보면 자신은 없었다.
 북청댁이 내리고 그 상대편의 노파도 또 다른 사람들도 많이 내리고 하여, 경치가 수려한 계곡 사이를 버스가 달릴 무렵에는 영실과 두 사람의 승객이 남았을 뿐이었다.
 영실은 그, 물에 씻은 듯이 맑은 산과 길, 곳곳에 펼쳐져 있는 넓은 하상(河床), 그 위에 궁구는 희고 둥근 바위들을, 감탄하여 가슴을 뿌듯이 하며 둘러보았다.
 차분하면서도 청렬한[34] 무엇이 거기에는 있었다. 모든 것이 개방되어 명랑하였다. 바다의 격렬함과도 심산의 유수와도 같지 않았다. 어떤 다른 느낌의 세계였다.

오기를 잘하였다고 영실은 만족히 생각하였다. 부친에게 호통쯤 맞아보아야, 머리카락쯤 쥐어뜯겨보아야, 큰일일 것은 없었다.
"다 왔습니다. 내리오오."
버스 차장은 외고, 자기 먼저 풀쩍 뛰어내렸다.
둘레에 집이 몇 채 있고, 저만치 떨어져서 좀더 많은 집들이 몰려선 것이 보였다.
흰 길은 눈부시고, 건조한 열기가 화끈 얼굴에 끼쳤다. 진분홍의 접주화가 길가에 몰려 피어 아름다웠다.
영실은 하여간 여관집들이 있는 마을로 내려갔으나 어디서부터 그들을 찾아보아야 할 것인지 조금도 엄두가 나질 않았다.
큰 나무 밑에 파란 이끼가 안팎으로 휘덮은 조그만 샘이 있었으므로 그녀는 그 옆의 풀밭에 앉아 캐러멜을 꺼내어 까 먹었다. 한 알씩 천천히 입속에서 굴리며 음미한다.
이렇게 맛이 있는 물건이 세상에는 있고나 싶다. 이처럼 황홀한 감을 주는 물건이 존재하는 한, 어떤 일이 생겨도 자기는 세상을 싫어하지는 않을 것 같았다.
그리고 나서 그녀는 풀밭에서 일어나 여유 있는 동작으로 천천히 걸어갔다.
장달수의 아들은 부자니까 큰 여관에 들어 있을 것 같다.
어떤 제일 좋아 보이는 일본 호텔로 영실은 걸어 들어갔다.
정면 현관이 아니고 옆문이었다. 아무도 아무 말도 하지 않았으므로 영실은 신을 벗고 낭하로 올라가 앞으로 나갔다.
방들이 있고 주방인 듯한 넓은 장소도 있었다. 그리고 급기야 한 손 편에 탕이 주룩 늘어선 복도가 나타났다. 풀처럼 커다란 탕도 있다. 방 한 칸만큼씩 작은 독탕도 있었다.

영실은 목을 빼들고 기웃거리며 어떤 곳에서는 유리문을 밀치고 들여다보기도 하였다.

목욕탕은 대충 비어 있었다. 한두 군데 사람이 있는 모양이었으나, 옷 바구니에 일본 옷이 흩어져 있었으므로 그녀는 곧 돌쳐나오곤 하였다.

빙빙 돈 끝에 요행히 고무신을 벗어놓은 문간에 다시 나왔으므로 무사히 밖으로 나올 수 있었다.

그렇게 영실은 몇 군데를 들렀다. 조선 여관에 가서는 말로 물어보기도 했다. 하나 그녀는 신실을 만날 수가 없었다.

이 뜨거운 날에도 온천객은 노상 없지는 않았다. 얕은 물이 흐르는 넓고 맑은 내의 이편저편에 그런 사람들이 서성거리고 있는 것이 보였다. 낚싯대를 메고 걸어가는 사람도 있다.

신실은 여기에 오지 않은 모양이고 왔다 하여도 찾아내기란 용이한 일이 아닌 것 같았다.

어떤 집에서 그녀는 일인 '반또'[35]에게 혼이 났다. 그러고는 찾기를 그만두고 냇가에 내려가 멱을 감았다. 온 김에 즐길 수 있는 만큼은 즐겨야 했겠기 때문이었다.

마지막 오전으로 팥만두를 사 먹고, 그녀는 공복이 메워지지는 않았지만 그런대로 만족하였다. 신기하고 좋은 하루였다고조차 생각하였다.

해가 저물기 시작한 때 영실은 버스를 타려고 마을을 나서면서 어떤 공터 옆을 지나갔다. 여기저기에 잡초가 무성하고 꽃이 핀 토끼풀로 깔려 있었다.

한편에 보이는 목조 건물은 어떤 목욕탕의 뒤쪽인 듯하였다. 옥색 뻥끼칠을 한 벽의 높은 곳에 창이 뚫려 있고, 김이 새어 나왔다.

영실은 그곳으로 다가갔다. 들여다보려고, 근방에 흩어진 허섭스레기를 주워다 쌓고 그 위에 가 딛고 올라섰다.

창틀은 높아서 손이 닿이지 않았다. 찌그러진 상자를 길이로 고쳐 쌓고, 벽의 판자에 발붙일 곳을 찾아, 겨우 매달리듯 위태로운 자세로 넘겨다보았다.

다음 순간 그녀는 풀밭에 펄쩍 주저앉아 있었다. 멍한 얼굴이 되어 있었다. 눈 속에 뛰어든 광경이 너무 충격적인 것이었기 때문에 아무것도 생각할 겨를이 없었다.

잠시 후에 하나 그녀는 다시 일어났다. 확인해야만 할 일이 남아 있었다. 그 흰 피부의 여자는 신실이 틀림없었는가. 팔 속에 그녀의 어깨를 안은 남자는 장수철인가.

영실은 양 손바닥에 침칠을 하고, 살금살금 신중히 기어올랐다. 발밑에서 궤짝들이 기우뚱거린다. 체중을 이리저리 움직거려 균형을 잡았다.

그녀의 두 눈이 창틀 높이에 이르렀을 때 그 안의 사람들의 자세는 아까와는 달라져 있었다.

신실은 둥그런 탕의 언저리의, 매끄러운 굽 위에 걸터앉아 있었다.

꿈꾸는 듯 먼 시선의 옆얼굴을, 어깨 뒤로 흐트러진 긴 머리카락이 반 가리고 있었다. 저녁놀에 물들어 욕실 안은 아련한 장밋빛에 싸이고, 신실의 몸도 형용할 수 없을 만치 오묘한 연한 분홍빛이었다.

고개를 수그리고 한 팔로 앞가슴을 가리듯 하고 있다. 어깨, 허리, 다리에서 발끝에 이르는 완전한 아름다움을 지닌 선…… 성아네 집에서 본, 희랍의 대리석 조각 같았다.

눈부신 아름다움이었다. 매끄럽고 동글고, 부드러우면서 탄력 있는…… 그리고 거기에 어울리는 저 무표정……

자기의 형이라고는, 사람이라고는, 생각하기 어려웠다. 이렇게 절대적인 아름다움에는, 함부로 침범할 수 없는 어떤 신성함이 있는 것 아닌가?……

영실은 뜨거운 한숨을 내쉬었다.

장수철의 얼굴도 흘낏 눈에 들어왔으나 영실은 이제 그 남자가 누구이건 아무래도 좋을 것같이만 생각되었다.

그녀는 다시 풀밭에 내려 한동안 거기 앉아 있었다. 청명한 고요함이 주위를 둘러치고 있었다. 풀 향기가 저녁 하늘로 올라갔다. 어째선지 퍽 행복스럽고, 풍요한 기분이었다.

그녀는 때때로 고개를 저으며, 혼자 입술 끝에 미소 짓곤 하였다.

다음 날 집에 돌아온 영실은 부친 신만갑에게,

"형으 걱정은 마오. 장달수 아들과 놀라 갔소."

그렇게 말하였다. 그러고는 몸을 꼿꼿이 하며 경계하는 눈초리를 지었다.

만갑이 대번 주먹을 후려 올리며 달려들 것이라 짐작하였던 것이다.

"무시개 어째? 이 회양년의 새끼들……"

그리고 분풀이를 자기에게 할 것이라고 믿고 있었다.

그러나 신만갑은 일순 오히려 넋 나간 얼굴로 허하게 이쪽을 바라보았다.

"……살아 있딩야?"

그가 입속으로 중얼거린 것은 그 한마디뿐이었다. 그러고는 눈 속이 빨개지며 일어나서 휘딱 자리를 피하였다.

종일 그는 방 안에서 나오지 않았다. 영실에게 무엇을 묻지도 않는다.

'벨일도 있지비.'

영실은 생각해보았으나 이해할 수 없었다. 말수 적은 모친이 이번은 오히려 이것저것 캐어물어, 영실을 귀찮게 하여주었다.

4

북녘 항구의 여름은 짧다.

그 여름이 다하여 자는 무렵, 성아네 집에서는 큰 잔치가 베풀어졌다. 성아의 할머니가 환갑을 맞는 것이었다.

준비는 며칠이나 전부터 시작되었다. 그리고 원진의 대부분의 잔치가 그러하듯이, 여기서도 그 시초는 귀동녀의 출동으로 비롯하였다.

하늘이 채 밝기 전, 귀동녀는 그 기암 기석이 양옆을 장식하는 좁은 층계를 내려와, 종종걸음으로 경사가 있을 집을 찾아갔다.

그녀는 전형적인 바보여서, 자기의 지식의 범위를 결코 넓히려고 하지 않았지만, 사람들의 집이 어디에 있는가는 어떻게 해서인지 잘 알고 있었다.

구릿빛의 더러운 피부를 하고, 공처럼 동글한 머리통에, 때에 전 붉은 댕기를 드려 쪽을 찌고 있었다. 그리고 노상 앞가슴이 비져 나오는 짧은 저고리를 입고 있었다.

"야, 아이 잘 자라니?"

앞마당에 거적을 깔고 씨근덕거리며 놋그릇을 문질러대고 있는 그녀에게 일하러 모여드는 여편네들이 말을 건다.

귀동녀는 못 들은 척하고 있다.

"하나님두 참. 애기 가지고파 사생결단인 김경부네 같은 집에 하나 주시질 않구 저런 것에게 원……"

"부산댁은 어떻구……"

한 여자가 그렇게 받자 모두들 일손을 멈추고 웃었다.

"정말 그 집엔 어떻게 되었어? 그 영감 아직도 그저 그 턱인가?"

"그저 그 턱이지. 부산댁이 들어가서 붙들고 울고 나면 나오기가 무섭게 아들이 대신 들어가고…… 그새에는 서로 엿듣노라 분주하고……"

"어차피 말도 못 하는 영감인걸 뭘."

"말은 못 해도 정신이야 말짱하지. 쪽지에 한 자 삐뚤게라도 적어주는 날에는 수만 냥이 오락가락하는 판인데……"
"그렇다면 어디 밤잠인들 마음 놓고 자겠나?"
"밤잠이라니. 죽을상이 되어 있더라는데. 호호."
성아의 조모──유복한 노부인은 온유한 얼굴을 하고, 입도 손도 잽싸게 돌아가는 여인들에게 치사를 하였다.
"더운데 이거 수고들 하십네다."
그녀는 또 귀동녀를 불쌍히 여겨, 옷가지도 내다주고 사탕 같은 것도 집어주고 하였다.
저녁때 보면 일껏 내준 옷가지는 그 자리에 그냥 있고, 과자만 없어져 있는 것이었다.
땅거미 지기 시작한 길을 지척거리고 가며 귀동녀는 어깨를 웅크리고, 사탕을 먹느라고 정신이 없다. 전에는 으레 그런 모양을 볼 수 있었던 것이나 요즘은 그녀는 손 안에 꽉 쥐고 하나도 먹지 않고 간다 하였다.
"자식 주겠다고……"
끌끌 하고 사람들은 혀를 찬다.
당일이 돌아오자 성아의 집 안팎은 성장을 한 사람들로 득실대었다. 알 만한 얼굴들은 빠짐없이 모여들었다는 느낌이었다. 학교 교장 선생님이니 부회의원이니 하는 '유지'들 새에, 김경부와 최 소방대장이 섞여 있는가 하면 교회의 목사님과 장로들 축에 구배 할아버지가 끼어 있기도 했다.
이발소 주인도 북청댁도, 몰래 606호를 맞으러 다니는 환자도

왔다. 보이지 않는 것은 경식의 일가와 애경 정도가 아니었을까.

대접은 아침, 점심, 저녁의 세 차례에 걸쳐 베풀어졌다. 과실이 귀한 고장이었으나 떡이나 고기 요리에 섞여, 얼음에 채운 수박, 참외, 복숭아 등이 끊일 새 없이 큰 쟁반에 담겨 운반되었다. 국숫집의 장선생이 금테 안경을 쓰고, 찬양대를 지휘하는 솜씨 그대로, 손님들을 정리 구분하느라고 땀을 뻘뻘 흘리고 있었다. 한 손에 흰 손수건을 쥐고, 암만 급하여도 미소와 목례를 잊는 일은 없다. 빼어문 목소리로,

"저어, 이편으로 오실까요? 예예, 댁내 모두 알령하시지요? 저어, 이편으로……"

영실은 물론 왔다. 불청객이었으나 성아의 집의 경사인 이상 자기가 빠진다는 일은 상상할 수도 없었다. 그녀는 진종일 성아에게 묻어다니며 성아의 곱은 수선을 떨었다.

밤이 되니까 손님을 따라온 아이들, 동네 아이들까지 한데 얼려, 바깥마당에서 저희끼리 놀이를 벌였다. 잡화가게의 아들 봉천이 노서아 춤을 추자 모두 흥이 나서 손뼉을 쳤다. 노래도 쳤다. 하늘에는 둥근 달이 떠 있었다.

영실은 아이들 틈에 창규가 섞여 있는 것을 진작부터 알고 있었다. 엇비뚜름하게 벽에 기대서서 정한한 눈을 빛내고 있다.

어떤 아이가 서툰 솜씨로 하모니카를 불기 시작하였을 때 그는 그것을 가로채어 자기가 멋들어지게 한 곡조 들려주었다.

영실은 황홀한 눈을 하고 그를 응시하였다. '산타 루치아'의 곡조는 아름다웠다. 갑삭[36]하나 어딘지 자극적인 악기의 음색도 달

콤한 정감을 불러일으켰다. 그리고 또 비스듬 옆으로 서서 가끔 어깨를 흔들며 그것을 부는 소년의 모습……

영실은 갑자기 자기의 마음이 그에게 사로잡히고 만 것을 깨달았다.

극장에 드나들고 학교에 안 나가 처분을 당하고, 이웃 도시의 중학으로 전학한 불명예를 소지하는 그였지만, 불량이면 어떨까 보냐고 영실은 공연스러운 생각마저 품어보았다.

창규는 하모니카를 돌려주고는 어디론지 슬그머니 자취를 감추었다.

영실은 땅에서 일어나 아이들 새를 빠져나왔다. 그를 찾아 두루 돌아다녔다. 조금 떨어진 헛간 옆의 그늘 속에 그는 성아와 마주서 있었다.

"이것……"

하고 그는 갸름한 모난 상자를 내밀었다.

"할머니에게?……"

하며 성아는 받았다.

"아니, 성아에게."

성아는 주저하는 몸짓으로 그를 쳐다보았다. 난처해하는 표정이 영실에게까지 선히 보이는 것 같았다.

"……이거……그럼……"

돌려주고 싶다는 듯 성아는 상자를 도로 조금 내밀었다.

"그럼 좋아, 할머니에게라도 드려줘."

창규는 싱긋 웃고 돌아서서 가버렸다. 성아는 상자를 쥐고 한 손은 주먹을 만들어 깨물며 서 있었다. 그녀의 머리 그림자가 환한 땅 위에서 조금씩 움직였다.

"성아야."

하고 영실은 튀어 나갔다.

"그게 무시개니?"

"이거…… 아무것두 아니야."

성아답지 않게 애매한 태도였다.

"좀 기경(구경)하자."

영실은 염체 차리지 않고 손을 내밀었다.

가만있어…… 하며 성아가 망설이는 눈치를 보였지만 영실은 그대로 잡아 빼앗았다.

"일로 오나. 기경하자."

달이 정면으로 비치는 쪽 헛간 벽으로 앞장서며 갔다. 거기에 가 펑덩 주저앉는다. 치마폭에 올려놓고 버석거리며 종이를 열었다.

이런 일에 있어서 영실은 조금도 사양을 모른다. 무엇이 나올까 하는 흥미 이외에 아무것도 생각할 여유는 없는 것이다.

안에는 연한 하늘색 종이 상자가 들어 있었다. 무언가 아주 좋고 비싼 장난감 같은 것, 그런 것이 나타날 듯한 예감에 영실은 가슴이 두근두근하였다. 성아는 뒷짐을 지고 서서 잠자코 내려다보고 있다.

"이거 보지비. 보드레한 종이로 싸고 또 쌌다."

그리고 드디어 물건이 나타났다. 손바닥만 한 길이의, 보얀 진 줏빛 등피를 가진 램프였다. 귀여운 갓은 찬란한 금빛이고 기름

통에는 연옥색의 에나멜이 칠하여져 있었다. 놓고 보기만 하는 물건이겠지만 견고하고 정묘하게 만들어져 있었다.

"앙이 세상에……"

영실은 입속말로 한숨짓듯 속삭였다.

달래의 신비와 풍요함을 닮은 보얀 등피. 진줏빛의 호화로움은 어떤 멀고 화려한 꿈을 말해주는 듯하다.

영실은 그것을 움켜잡고, 다시는 놓지 않을 듯한 얼굴을 지었다.

"보물이다. 보물……"

성아는 다정한 눈초리로 램프를 지켜보고 있었다.

그 눈을 보자 영실은 별안간 심술궂은 생각이 떠올라

"이거르 뉘기 가져왔니?"

하며 눈썹을 치떴다.

성아는 잠자코 있었다. 달을 쳐다보며 무슨 다른 생각에 잠긴 듯하다.

영실은 문득 어떤 궁리가 들어

"이거르 너르 주딩야?"

"……"

"이런 거 집에 가지고 가도 너으 엄마 욕하지 앵이니?"

"……"

"어디서 났니야고 묻쟁이니?"

"……"

"나도 이런 거 한번 가져보면 좋겠다."

성아가 대답을 하지 않고, 듣고 있는 것 같지도 않으므로, 영실은 지껄이기를 그만두고 램프를 옥색의 종이들로 말았다. 다시금 한숨이 새어 나온다.

그러자 성아의 나긋한 손이 램프를 잡았다. 소중한 듯 얼굴 앞에 받쳐 들고 보고 있다. 이윽고

"영실아, 이거 너 가지고 싶거든 가져."

너무나 잔잔한 목소리였다.

영실은 자기의 야비함을 느꼈다. 성아의 생각이 자기의 유치한 암시—협박 같은 것에 의한 결과가 아님은 너무나 명백하였다. 성아는 그 소년의 선물을, 받아 가지고 있지 않는 편이 온당하리라고 판단을 내린 것이다.

그러나 영실의 수치감은 오래가지 않았다. 보물을 손에 넣은 기쁨으로 흥분은 걷잡을 수 없이 높아가기만 하였다.

"내 가질까, 내 가질까."

하면서 그것을 가슴에 끌어안았다.

성아는 미소하고 있었으나 역시 무슨 다른 생각에 잠긴 듯한 얼굴이었다.

잔치는 다음 날에도 계속되었다.

바닷가에 자리를 마련하여, 바람을 쐬고, 헤엄도 치고, 노인네들은 바닷물에 발이라도 잠그라는 취지인 것이었다.

천막이 쳐지고 음식이 산더미같이 날리어 오고, 돗자리가 수없이 펼쳐졌다.

오늘의 손님은 대충 허물없는 사이이고 그것도 할머니의 친구

가 대부분이었다. 체면자리나 젊은 층은 초대를 하였어도 사양을 했다.
 그러나 오늘 틀림없이 창규가 바다에 올 것을 영실은 알고 있었다.
 이글거리는 태양에 정수리를 내리쬐면서 그녀는 눈부신 한낮의 해변으로 나갔다. 발바닥을 태울 듯 따가운 모래의 쌀랑대는 저항이 기분 좋다. 청람빛 파도는 그 끝에 흰 술을 달고 산처럼 높이 솟구치면서 우렁차게 포효했다. 광포하도록 거센 파도여서 물속에 들어선 사람은 거의 안 보인다. 이 푸른 바다는 언제나 대개 이렇게 노하여 있었다.
 천막 언저리에 영실은 곧 성아와 창규를 발견해내었다. 연한 물색의 조젯[37] 원피스를 입고 물거품같이 흰 레이스를 풀로 굳힌 듯한 차양 넓은 모자를 쓴 성아는, 다른 어느 때보다도 우아해 보였다. 그녀는 할머니 곁에서 오락가락하면서 창규에게는 냉담하게 외면하고 있었다. 창규는 모래 바닥에 엎드려 그 정한한 눈으로 성아만을 쏘아보고 있었다.
 노인네들이 흥에 겨워 찬송가를 합창하기 시작하였을 때 창규는 벌떡 일어나 바다로 걸어 들어갔다. 원을 그리며 거꾸로 떨어지는 집채 같은 파도와 마주 섰다. 물결이 앞을 가렸다 내려지는 때마다 그의 까만 머리통이 저만큼씩 멀어져 나간 것이 보이곤 하였다.
 "저 학생 위험한 짓 하는군."
 누군지가 말하였다. 몇 사람이 그쪽을 보았다. 그의 모습은 더 깊이 들어가 사라져버렸다.

"아까 그게 뉘기요?"

몇 곡조인가의 우스꽝한 합창이 끝났을 때에 누군지가 다시 걱정을 하였다.

"북청집 총각 앙이오? 아까 저기 엎드려 있던……"

"맞소. 그 총객이구마. 저 어마이 알면 기절으 할 기오."

"저 어쩌겠소, 내 눈엔 앙이 보이는데."

"누구레 물에 들어갔대우? 아무도 보이지는 않는데?"

성아의 할머니가 겨우 말소리를 귀에 담았다. 그러고는 야단이 벌어졌다. 할머니는 안색을 변하면서 어서 찾아야 한다고 물가로 달려갔다.

오늘 참가한 유일의 청년인 국숫집의 장선생을 비롯하여 몇 명인가의 남정네가 파도 앞에 나섰다. 그러나 뛰어들어보아야 일을 치를 것 같지는 못하였다. 할머니는 성아의 아버지를 부르러 사람을 뛰어 보냈다.

불길한 예감이 모든 사람의 얼굴을 뻣뻣하게 만들었다. 바닷자락이 밀려들었다 나가는 모래 위에 아이들이 뛰놀고 있을 뿐 해면에는 아무것도 보이지가 않았다.

그러자 까마득히 먼 곳에 작은 흑점이 나타났다. 파도에 가리면서 조금씩 다가온다.

창규였다. 사람들은 겨우 가슴을 쓸어내리고 한두 마디 투덜거리기도 하였다.

"하나님의 은혜외다."

"정말 그렇습니다."

잠시 멈춰졌던 점심상의 준비가 다시 서둘러 펼쳐졌다. 먹고 마시고 웃는 일이 계속되었다.

창규는 숨이 차 허덕이고 있었으나 골난 듯이 앞만 보고 있었다. 모래에 올라오자 쓰러지듯 엎드려서 잠깐 있다가 모래투성이의 몸에 그냥 옷을 덧입었다. 곧장 돌아갈 생각인 듯하였다.

그는 성아의 곁을 지나갔다. 지나가고 나서 그러나 돌아다보았다. 그러고는 다가왔다.

그는 주저하지 않고 쭈빗거리지도 않고 다만 조금 슬픈 얼굴이었다. 모래와 함께 한 손에 쥐고 있던 것을 성아에게 펴 보였다. 그것은 앵둣빛을 한 작은 조개껍질이었다. 파도에 닦여 아름다운 모양을 하고 있었다.

성아는 그의 손바닥에서 그것을 집었다. 그녀는 울고 있었으므로 그 얼굴에는 아직 아무 표정도 떠 있지 않았다. 단순히 조개껍질을 집어올린 뿐이었다.

소년은 가버렸다.

영실은 어젯밤 집에 갖다 신주 단지처럼 모셔둔 남포등을 생각하였다.

그것은 그녀의 마음에서 이제 어쩐지 얼마 보물이 아니게 된 것 같았다.

육중한 파도 소리는 되풀이하고 백열하는 광선은 모든 것을 불태우려고 하고 있었다.

제3장

1

"너, 거기서 멀 보고 있니?"

 이발소의 춘모는 공동(空洞)을 불고 지나는 바람 소리같이 맺힌 데 없는 큰 목청으로 느릿느릿 말을 한다.

 히사야는 실눈을 뜬 고개를 돌려 춘모를 쳐다보았다. 마른 풀 위를 주먹으로 탕탕 치고, 다시 아까처럼 깍지 낀 두 팔 위에 턱을 파묻었다.

 천마산의 벼랑 끝에 그는 반신을 중공에 내걸친 그런 자세로 엎드려 있었다. 흰 스웨터에 가물거리는 햇살이 괴어, 아이는 양지쪽에 졸고 있는 고양이같이, 무심한 행복감에 젖어 있는 듯했다.

 춘모는 히사야가 주먹으로 가리킨 자리에 가 히사야와 같은 모양으로 엎드렸다. 아까 말을 건 것은 그것은, 질문이 아니다. 다만 자기가 왔다는 표시인 것이었다. 그는 어른치고도 덩치가 크다. 넓적한 등판이 거의 허리께까지 벼랑 밖으로 내밀었다.

 그 밑은 노도(怒濤)가 포효하는 거친 바다였다. 백수(百獸)가 서로 물어뜯는다는 형용이 있지만, 이 까마득한 벼랑 밑이 바로 그러하였다.

 굉장한 기세로 밀려드는 파도는 사납게 생긴 바위를 때려치고 물러서는 때마다 그 노여움을 새로이 하였다. 무서운 굉음(轟音)

이 하늘을 휘덮고, 그 때문에 하늘의 해도 반짝이지를 못하는 것 같았다. 진하고 엷고 또 탁한 회색 물살이 어지러운 속도로 암석 사이를 맴돌아 나갔다.

일별하면 누구나 전율하고, 뒤로 물러서는 풍경이었다.

하나 히사야는 늘상 이렇게 여기에 온다. 이발소의 아들 춘모도 왔다. 그들은 몇 시간이라도 이렇게 엎드려 바다를 보고 있곤 하는 것이었다.

좋다고도 어떻다고도 말하는 법은 없다. 그러나 그들은 흡족한 낯빛을 하고 있었다.

눈을 가늘게 뜨고, 먼 수평선의 얼룩덜룩한 구름을 바라보기도 한다. 히사야가 하는 대로 춘모도 하였다.

이윽고 춘모는 상체를 비꼬아 이편에 돌리면서 히사야에게 말을 걸었다.

"나 어저께 예배당에 갔다."

반신을 허공에 둔 채 갑자기 그런 동작을 하였으므로 그의 몸은 위태롭게 흔들거렸다. 내던진 두 다리가 하늘에 휘청 뜰 듯이 쳐들렸다.

그러나 그들은 둘이 다 태연하다.

"응."

하고 히사야는 대꾸하였다.

그는 목사관에 살고 있으니까 예배당의 이야기는 신기할 것도 없다. 그래도 그는 호의에 찬 눈으로 춘모의 다음 말을 기다리고 있었다.

춘모는 한동안 무슨 궁리에 잠겼더니
"어저께 말고 더 어저께 기요미 뒷산에 갔다."
하여놓고는 히쭉 웃었다. 꺼무레한 코 밑에 몇 올 자라난 노랑 수염이 그의 얼굴에 묘하게 처량한 그러나 평화로운 그늘을 던지고 있었다.
"응."
한 번 더 그렇게 말하고 히사야는 일어났다. 그들은 바다를 등지고 벼랑 가장이에 나란히 돌아앉았다. 싸늘한 바람이—바다 쪽의 눅진한 그것이 아니고 이상히 맑고 찬 가을바람이, 골짜기에서 불어 올렸다. 노랗게 마른 키 큰 잡초가 오들오들 떨었다.
"산에는 응, 진달래가 빨갛게 피었더라."
히사야의 볼에 보조개가 패었다.
"진달래는 봄에 피지, 그건 단풍이다."
"우."
하고 춘모는 또 무슨 다른 생각에 사로잡히며 고개를 밑으로 빼어 들었다.
몸은 장정이 다 된 지 오래였지만, 그는 언제까지나 어른이 되지 않았다. 부친에게 끌려 이웃 도시의 도립 병원에 가거나 침이나 뜸질을 하는 한방의를 만나는 일은 그의 가장 두렵게 여기는 바였다. 그는 어른들과 말을 안 한다. 어른은 자기에게 반드시 해를 끼치는 물건이라고 믿고 있었다.
그의 친구는 아이들이었다. 아이들은 때때로 그를 골려대고 좋아하기도 했다. 그러면 그는 잠자코 사라졌다. 장난꾸러기의 얼굴을 언제까지나 기억한다는 일도 없었다.
"진달래가 피었는데, 우, 정선이가 고운 옷을 입고서……"
춘모는 시작하였다.
"……나를 보고 이렇게 인사를 하더니."
그는 환하게 웃었다.
히사야는 그 이야기를 말짱 알고 있었다. 줄창 들려주는 소리였기 때문이다. 정선이는 언제나 고운 옷을 입고 춘모에게 환하게 웃어 보이곤 했다. 배경은 가끔가다 바뀌는 수가 있었다. 그러나 그녀는 늘 환히 웃고, 그리고 그 대목까지 오고 나면 춘모의 말은 또 으레 막히고 마는 것이었다.
"정선이는 누구야?"
"예쁜 처녀지."
"어떻게 생겼는데?"
"곱게 생겼다."
"무슨 옷을 입었어?"
"허어연 걸……"
춘모의 눈은 가느스름하여진다. 눈꼬리에 잡힌 주름이 그 얼굴에 예의 평화롭고 어설픈 감을 퍼뜨렸다.
"어디서 살아?"
"……"
"너네 동네 사니?"
춘모는 고개를 설레설레 내젓는다.
언제나 그런 모양이기 때문에 히사야는 정선이에 대한 궁금증을 풀려는 생각을 내버린 지 오래였다. 그러나 춘모를 즐겁게 해 주기 위하여 이번에도 한두 마디 질문을 하였다.

"정선이에게 수건을 주었어?"

"아니, 아니."

춘모는 갑자기 엄준한 낯이 되며 히사야를 주시하였다.

"글쎄 이걸 집에다 놓고 갔단 말이야!"

수군대며 그는 잠바의 안주머니에서 네모지게 접은 손수건을 꺼내었다. 조젯 같은 바탕에 꽃무늬를 놓은 물건이었다.

펼쳐 들고 보고 나서 다시 접어, 소중한 듯 가슴속에 간직하였다.

"이담엔 집에 두고 가지 말어."

히사야는 그를 위로했다. 춘모는 깊이 고개를 끄덕였다.

그들은 바위에다 다리를 걸쳐 드리우고, 해면을 향한 자세로 고쳐 앉았다.

"저기 쪼끄만 배가 간다. 진짜는 이만치 큰 배야."

히사야가 말하였다.

춘모가 그편을 보면서 싱글싱글하였다. 무엇을 생각하는지 알 수 없었다.

"고베에는 전차랑 기차랑 자동차가 참 많다고 엄마가 그랬어."

히사야는 기선에서 오는 연상으로 그런 소리를 하였다.

"빨간 전차도 있고 노란 전차도 있다더라."

"빨간 전차도 있고 노란 전차도 있고?"

춘모는 몹시 놀라서 큰 소리를 내었다. 은회색 구름이 얼룩진 먼 수평선을 한동안 보고 있다가 손가락질하면서 한 번 더 열심히 캐어물었다.

저기 가면 빨간 전차와 노란 전차가 있겠는가?

그 얼굴을 보고 히사야는 그에게 그런 것을 보여주고 싶다고 생각하였다. 춘모는 작은 친절이라도 무척 기뻐한다. 어느 때고 히사야를 본체만체하는 일은 없었다.

"너 저기 갈 수 있니?"

"갈 수 있다. 배를 타면……"

"나는 가보고 싶다."

"나도. 그렇지만 너네 아부지가 찾지 않니?"

히사야가 그렇게 묻자 춘모는 황황히 벼랑 끝에서 일어섰다. 그는 도립 병원과 수염을 기른 한방의의 얼굴을 불현듯 생각해낸 것이었다.

"난 간다. 빨간 전차 보러……"

"가만있어. 혼자 가지 말어."

소년은 따라 일어섰다. 즈봉에 붙은 마른 풀이 으스스 추운 바람에 날렸다.

그날 이후 히사야와 춘모는 천마산의 벼랑 끝에 나타나지 않았다. 그곳에뿐 아니라 원진 아무 데서도 찾아볼 수 없게 되었다.

이발소 집에서는 다소 소동이 일어났고 기운을 잃은 주인 내외를 위로하기 위하여 사람들이 모여서 예배를 보기도 하였다.

목사관에서 목사님은 히사야 때문에 기도를 하셨고 목사님 부인도 조금 눈물을 흘렸다.

다만 애경은 냉담하였다. 마지막 그녀에 있어서는 사내가 시초이고 또 마지막이었다. 남자와의 생활에서 황홀함을 찾기 위해 낮도 밤도 없는 그녀였다.

알코올을 준비하고, 전신에 향료를 발라 문지르고, 붉은 등을 켜고, 무거운 방장[38]을 드리우고—끓어오르는 정염[39]의 불꽃에 따라 행동하는 것만이 그녀의 일이었다. 백합을 닮은 우아한 모습이, 짐작도 할 수 없는 코케트리를 간직하고 있었다.

눈을 반 감고 사내의 가슴팍에 기대어본다.

경식의 부친—법학사이고, 경건한 기독교도였던 사람은 많은 것을 상실한 남자만이 가지는 우울함이 속속들이 밴 얼굴로 그러나 미친 듯한 열기에 떠, 그러한 애경을 대하였다. 히사야의 실종은 그들에게 창문을 스치는 바람 소리만큼 한 뜻도 가지고 있는 게 아니었다.

2

살이 베어질 듯 맑고 차가운 달빛이었다. 귀뚜라미가 울고 있다. 어디선가 다듬이질 소리가 요란하였다.

밤은 깊었다.

경식은 팔을 벌려 손 새에 실타래를 끼고 천천히 좌우 쪽으로 움직이고 있었다. 그의 모친 허씨가 실패를 돌돌 말며 주란사 실을 감고 있다.

방금 울음을 그친 듯한 붉은 눈을 하고 있었다. 날카롭게 선 콧날이 그녀의 박복을 불가피의 것으로 시인하고 있는 듯 유난히 뚜렷한 느낌으로 파르스름한 볼 위에 떨구고 있었다.
"인제 됐다. 가서 자거라."
허씨는 바느질감을 집어 올리며 한마디 하였다.
경식은 잠자코 있었다.
허씨가 말을 할 때면 언어들은 마치 무한의 괴로움을 뚫고 억지로 뱉어지기라도 하는 듯한 무잔한 고통의 내음을 내포하고 있었다. 말을 그친 순간에는 가슴을 후비듯 쓰라린 무엇이 주위에 흩어졌다.
경식은 모친이 말을 하지 말아주었으면 좋겠다고 늘 생각한다. 그러지 않아도 그녀는 거의 입을 봉하고 지냈고, 아주 드물게 아들의 신변에 관한 몇 마디를 할 뿐이었지만.
시간이 늦었는데 어머니도 그만 주무시지요.
경식은 그렇게 말하고 싶다고 느낀다. 그러나 자기의 입에서 나오는 말소리도 역시 이 찢기는 듯한 쓸쓸함을 더욱 조장할 것만 같아서 그는 침묵하고 있었다.
바늘방석에서 바늘을 뽑아, 실을 꿰어서 꽂아놓았다. 바늘이 있는 대로 몇 개나 그렇게 하여놓았다. 아직 삼십대였지만 허씨는 눈이 나쁘다. 나빠진 것이다. 밤이면 바늘 실을 꿰기 곤란했으나 그래도 안경은 쓰지 않았다.
경식은 그렇게 하고 나서, 모친의 얼굴을 몇 번 훔쳐보았다. 며칠째 생각하여오던 일을 별안간 털어놓고 싶어진 것이었다. 하나 그의 음성은 좀체 목을 넘어 나오지 않았다.

 허씨는 아들의 시선을 느끼고 있었지만, 물어보려고 하지 않았다. 그녀 편에서도 경식이 아무 말도 말아주는 것을 바라고 있었는지 모를 일이었다.

 "엄마, 나 말이야."
하고 경식은 마침내 입술을 떼었다.

 "……"

 "나 어디로 갔으면 하는데, 그러면 엄마 곤란한가?"

 허씨는 일순 바늘손을 멈추었다. 헝겊을 무릎에 놓고 경식을 보았다. 그러고는 아무 말도 듣지 않은 사람같이 일을 계속하였다.

 "나 어디 갔으면 한다. 서울이든지 동경이든지……"

 "……"

 "여기 있기 싫다!"

 경식의 목소리는 높지 않았다. 그러나 오히려 일단 낮아진 듯한 그의 저음 속에, 혐오와 절망은 억눌리어 담겨져 있었다.

 부친이 집을 나가버린 이래, 경식이 이에 대한 감정을 말로 표명한 일은 한 번도 없었다. 자존심 강한 소년은 입을 벌린 상처를 누구에게도 노출시키기를 꺼려한 것이었다.

 이 년이나 삼 년이나 지나간 지금, 그의 쓰라림은 조금도 아물어 있지 않았다. 생활비 때문에 남의 옷을 만들고 앉은 모친을 밤마다 보는 일은 그의 상처를 깊게 만들었다. 그리고 거리에서 만나는 사람들의 동정 어린 시선……, 애경의 음탕함에 대한 농담들……

"가서 공부할 테다! 그리고 엄마 데려갈게!"

그는 이번에는 허덕이듯 숨을 흐느꼈다. 무엇인가 가슴에서 폭발을 한 것 같았다. 오랫동안 누르기만 한 그 무엇은 드디어 가슴에서 폭발을 해버린 듯하여 보였다.

히사야가 없어진 뒤 사람들은 허씨에게 와서 그 이야기를 전하였다.

어떤 반응이 있을까 하는 호기심 때문에 일부러 찾아온 아낙네도 있었다. 그리고 가장 모욕적으로 경식 모자의 신경을 건드린 것은 다음과 같은 말을 지껄여대는 축들이었다.

"그년은 그래도 눈썹 하나 깜짝 않고 치장만 하고 앉았드라오. 요부요, 요부!"

"그게 사람년이오? 경식 아배도 인제 정이 떨어져서 홀 돌아오겠지비."

"기다려보오, 내 말이 틀리쟁일 거요."

이 모자가, 남편과 아버지를 기다린다는 생각을 자기 스스로의 감정의 표면에나마, 슬쩍이나마, 비쳐본 적이 있었을까? 그러나 또 의식의 깊은 밑바닥으로부터 전 영혼을 기울여 바치면서, 그의 귀가를 갈망하지 않은 때가 있었을까?

타인의 입술 끝에서 쉽사리 취급되기에는 그것은 너무나도 중대하고 절박한 문제였다.

거기다가 애경이 냉혈 동물이라 하여 제정신을 잃은 남자가 개심을 할까? 그는 원체 창녀의 인격을 사랑하여 쫓아간 것은 아니지 않은가!

경식은 그러한 수다쟁이들을 미워하고, 아버지와 그 정부를 증오하고, 또 어머니의 비참함을 지키는 일에도 이제 인내심을 잃었다.

이 치욕의 거리를 떠나련다!

허씨는 고개도 들지 않고, 건조한 어조로 대답하였다.

"못 한다."

그 무표정한 말소리는 경식의 가슴에 번져 들어갔다. 언제나와 같이 무엇을 두리고 떨려 나오는 듯한 말소리가 아니었다. 어떻게 강경한 반대의 말보다도 그것은 힘을 갖고 있는 듯하였다.

경식은 절망적인 눈초리로 일순 모친을 응시하였다.

옆집의 괘종시계가 한 시를 쳤다.

새로 한 시라는 시각은, 어떤 시기 경식에게 특별한 의미로 감각되었다. 남편이 혹시 돌아와주지 않으려나 하는 희망을 모친이 버리지 않고 있던 무렵, 그녀는 언제나 한 시까지는 기다리고 앉아 있었던 것이다. 삯바느질을 할 필요는 없던 때였으나, 오뚝이처럼 앉아 움직이지 않았다. 그 시각이 지나면 자리에 누웠으나 암담한 낯빛을 하고 있었다.

경식은 자는 체하고 있으면서, 밤마다 괘종시계가 하나를 치면 가슴이 철렁 내려앉으며, 자욱하고 무거운 감정 속에 말려들곤 하였던 것이다.

이웃의 다듬이 소리도 언젠가 멎어버리고 툇마루 밑에서 귀뚜라미만 가는 소리로 돌돌 울고 있었다.

봉창문 바깥에 발자국 소리가 났다. 찌걱찌걱하는 구두 소리였다. 어딘가의 난봉꾼이 늦게서야 집으로 가는 걸음이겠지.

잠시 끊어졌던 구둣발 소리는 이번에는 마당으로 들어와 툇돌 앞에서 멎었다. 그리고 방문이 덜컹 밀어붙여졌다.

스프링코트에 중절모를 눌러쓴 커다란 남자가 안을 들여다본다. 경식의 부친인 윤기호였다.

악 소리가 나도록 경식과 모친은 놀랐다.

출분 이후 경식은 그 부친을 거리에서조차 만난 일이 없었다. 밖에 나와 다니지도 않는다는 풍문은 아마도 사실인 모양이었다. 부친은 전보다 더 커 보이고, 어딘가 불결함이 배어버린 듯했다.

윤기호는 찬 공기 속을 걸어와서 그런지 불그레 상기한 낯을 하고 있었다. 금방 무어라고 악을 쓸 것같이 험악한 표정같이도 보였다.

허씨는 자기도 모르게 벌떡 일어서 있었다. 거의 공포에 가까운 빛이 그 볼에는 떠 있다. 기호의 등 뒤에는 새파란 달이 걸려 있었다.

"들어가도 좋은가?"

그가 처음 입 밖에 낸 것은 그런 말이었다.

윤기호는 돌아왔다.

그는 그 처와 자식이 처음 느낀 것처럼, 무슨 해를 가하려고 온 것이 아니라, 회개하고 돌아온 것이었다.

"미안했소."

하고 그는 아내에게 고개를 숙였다.

허씨는 한량도 없이 많이 눈물을 흘렸다. 경식의 앞에서도 이제는 자제하지 못하였다. 그녀는 울었고, 울면서 그를 용서하였다.
 소년의 아버지는 돌아왔다. 기적이 일어난 것이었다.

 한 달하고 엿새가 지났을 때에 윤기호는 다시 경식 모자의 주변에서 자취를 감추었다.
 애경에게 달려간 윤기호는 무릎을 꿇고 쓴 눈물을 삼키며 먼저의 관계로 되돌아가줄 것을 애원하였다.
 애경의 소행에 의심을 품고 질투를 누르지 못한 것은 돌이킬 수 없는 잘못이었다고 빌고 또 빌었다. 돈도 좀 갖고 왔다고 말하면서 그는 필사적으로 여자의 치맛자락에 매달려 구걸을 했다.
 경식 모자가 살고 있던 초라한 집의 집문서가 그사이 날아간 것이었다.
 허씨는 기절하여 그대로 자리에 눕고 말았다.
 다시 새파란 달빛이 마당을 차갑게 적시던 날 경식은 조그만 트렁크 하나를 들고 집을 뒤로하였다.
 "엄마, 내가 데릴러 올게!"
 허씨는 이번에는 못 한다고 하지 않았다.
 "가거라!"
 오히려 먼저 말을 내었다.
 그녀는 가진 것을 전부 돈과 바꾸어 경식에게 주었다. 경식은 다 받지 않으려고 고집을 세웠으나 모친도 이 일에는 양보를 안 하였다. 자기가 목숨이 붙어 있는 사이에 할 수 있는 이것은 마지막 일이라고 그녀는 생각하고 있었다.

경식이 떠나간 뒤 허씨는 추위도 잊고 방문을 훤히 열어젖혔다.

마당에 새파란 달빛이 깔리고 귀뚜라미가 울고 있었다. 방바닥에도 밖의 달빛같이 옥색 비단이 넓게 펼쳐 놓여 있었다.

방 한쪽에 쌓인 피륙 중에서, 그녀의 손가락이 아까 끌어내어 펼친 것이었다.

무엇 하러 이런 것을 꺼내놓았을까 하고 그녀는 멀거니 생각하였다.

'그렇다, 경식이에게 태연해 보이려고……'

거기서 생각의 실마리는 끊어지고, 박복한 여인은 그저 언제까지나 앉아만 있었다.

방 한편에 쌓인 색색의 옷감은 신만갑의 딸의 혼수감들이었다.

신만갑의 큰딸이 장달수네 집으로 시집간다는 소문은 소문만이 아니어서, 솜씨 얌전한 삯바느질꾼들은 이렇게 일감들을 맡은 것이었다.

신실이와 장수철의 약혼 소리는 원진 바닥을 떠들썩하게 만들고 있었다.

그러나 또 하나의 떠들썩한 화제의 주인은 마비한 듯 아무 소리도 듣지 못하고 있었다.

남에 관한 것도 자기에 관한 것도.

3

 가을 하늘이 투명히 높아 보이던 날 성아의 아버지 백의사는 촌길을 걸어 원진으로 돌아오고 있었다.
 누렇게 여문 볏단이 베어져 눕혀 있는 논판의 광경이나 타작에 바쁜 농부의 모습 같은 것은 촌이라 하여도 잘 눈에 뜨이지 않는다. 도대체 벼가 자라지를 않는 것이었다.
 바위 부스러기가 온 땅에 데굴거리고, 울퉁불퉁 경사진 지대뿐이었다. 그래도 잡곡을 부친 자리라든가 푸성귀를 심었던 자국이 여기저기 산재하고, 노랗고 붉게 물든 잎사귀와 줄기가 흩어져 있는 것은 역시 흐뭇한 느낌이었다. 맑고 찬, 가는 물줄기가 도처에 달리고 있고, 걸으면 보일 듯 말 듯 먼지가 올라오는 길에 햇볕이 정답게 괴어 있다. 아직 정오 전이었다.
 백의사는 기분이 좋아진 듯
 "간혹 이렇게 시골 공기를 쏘이는 것은 몸이나 마음에 다 함께 이로운데……"
 뒤에 따라오고 있는 사람에게 들리도록 큰 소리를 내었다.
 "야아."
하고 아직 어린 티가 남아 있는 면서기는 송구하여서 허리를 굽실 꺾었다. 백의사는 앞을 본 채 말을 하니까 그런 모양은 보이지도 않았지만.
 면서기의 또 뒤에는 조수인 오군이 흰 가운을 입고 걷고 있었다. 왕진 가방은, 홑바지에다 윗도리만 와이셔츠를 걸친 면서기가 들고 있다.

"참 좋아. 정말……"
"선새임."
하고 면서기는 약간 흥분된 어조로 말을 꺼내었다.
"선새임, 엊저녁은 한숨 눕지도 앵이하고 실로 감사합니다."
"뭐, 그게 내 일인걸."
"그래도 이 먼 데르…… 저전번 공의(公醫) 선새임은 암만 사정으 해도 일쩍 와주지 앵이했다는데요. 몇 날 뒤에 형사랑 같이 와갖고 훌 들다보고는 고만 갔다 하는데요."
그리고 그는 고개를 돌려 오군에게
"보기 싫은 꼴으 뉘기 좋다 하겠소."
오군에게도 미안쩍어서 하는 소리였다. 얼굴에 여드름이 잔뜩 난 오군은 그러나 시골뜨기와 어울릴 생각은 없다는 듯 두꺼운 입술을 다물고 있었다.
백의사는 잠시 묵묵하였다가
"내가 벌써 두 번째니 그 마을엔 사고가 많군."
혼잣말처럼 중얼대었다.
야아, 하고 대답하였으나 면서기는 이번에는 적이 불만스러운 눈초리를 땅에 떨구었다. 의사의 말이 불만인 것이 아니라 자기 마을에 대해서 울화가 치민 눈치였다.
아닌 게 아니라 그 벽촌에는 줄창 상해 사건이 일어났다. 걸핏하면 깨고 분지르는 소동이었다. 낫을 후려 들고 덤벼드는 것을 돌로 내려쳤다느니 면상을 깨부수었다느니, 끔찍한 이야깃거리가 많았다. 대개는 상처에 된장을 으깨어 붙이고 찜질을 하면서 아물기를 기다린다.

하나 엊저녁 사건에서는 사자(死者)가 발생했다.

그리고 목숨이 오락가락하는 중환도 한 명 생겨났다. 순진한 성품인 듯한 면서기가 맨발로, 먼 길을 줄달음질쳐, 백의사를 마중 왔던 것이었다.

백의사는 검시(檢屍)를 히고, 환자에게 응급수단을 가하였다. 그러고는 함께 출동하였던 경찰관들과, 밤 안으로 돌아섰어도 실은 무방할 일이었다. 하나 그는 환자를 완전히 구하고 싶다고 생각하여 아침까지 그 옆에 머물러 있어주었다.

이렇게 걸어가면서 순간적으로, 맑은 가을 공기 속에 기쁨을 느꼈으나, 실상은 그는 매우 피로해 있었다.

그래도 탈것이라고는 나귀 한 마리 없는 곳이어서, 필경 걸어서 가는밖에는 도리가 없었다.

식사도 물론 걸렀다.

하나 시장기보다도 불면보다도 더 좋지 못한 무엇이 그에게서 기운을 빼앗고 있었다. 몸이 잦아들 듯한 이완감, 가끔 엄습하는 악질의 오한, 그리고 머릿속이 까마득하여지는 현기증의 전조—그가 숙지하는, 그러나 자기 자신의 몸에서는 다년간 경험하지 않았던 불건강의 증상이 일시에 그를 덮친 것이었다.

어젯밤 들것에 담겨 땅에 눕혀진 횡사체를 검시하였을 때 등골을 달리던 이상한 불쾌감을 그는 상기하였다. 맞아서 죽은 젊은

이의 몰골은 무잔하였으나 그보다 더한 시체도 얼마든지 주물러 온 터수였다. 역시 낮에 집을 나서기 전부터 어딘지 쾌치 않던 기미가 있던 것을 기억하니까, 먹은 것이 잘못되었거나 감기에 붙들려서 탈이 나지 않았는가 검토하여보는 것이 순서일 것이었다.

그렇다 하더라도 피로는 심히 깊은 곳에서, 무언지 근원적인 곳으로부터 오고 있는 듯했다.

백의사는 금테 안경을 쓰고, 화사한 몸매를 하고 있다. 얼마간 신경질인 데도 있었으나 그것은 사물의 처리에 관해서만 그러했고 사람을 대하면 상냥하고 관대하였다. 그는 인간이라는 것은 절대로 친절히 취급되어야 하고 말하자면 신(神)의 의사라든가 자연의 법칙이라든가 하는, 힘에 겨운 문제를 제외하고는 가급적 소중히 다루어져야 한다는 신념을 자연스럽게 몸에 붙이고 있는 사람 중의 하나였다. 사회의 불공평이나 횡포 같은 것에 비분강개하여 떠드는 일은 없었지만 옆에 오는 사람을 누구나 따뜻이 맞이하였다.

"아까 그 젊은이는 아무도 친척이 없다는 게 사실인가?"

백의사는 현기증 같은 것이 지나가고 또 좀 기분이 나아지자 그런 말을 물었다.

그도 의사니까 환자의 고통이라든가 비참함 같은 것에 상당히 마비가 되어 있다. 아픈 사람의 몸을 마치 기계 등속처럼 만지는 것은 다른 의사나 매한가지였다.

그런 감각과는 전혀 다른 곳에서 그는 그가 접하는 모든 사람에게 염려스러움과 관심 같은 것을 품는 여지를 갖고 있는 것이었다.

"죽은 펜 말씀임동?"

"아니, 그 경찰에서 데려간 친구, 밉지 않게 생겨 있던데……"

면서기는 잠시 머뭇하였다.

살인을 저지른 편은 뒷산으로 도망쳐 숨었던 것이, 백의사들이 도착한 뒤 얼마 안 있어 제 발로 내려와서 묶이어 간 것이었다.

의사와 조수는 남포등을 밝힌 정자나무 밑에서, 다친 사람을 치료하기에 한창 바빠서, 고개를 쳐들지도 않던 것 같았는데, 어느새 얼굴까지 보아두었을까.

너무 오래 잠자코 있으면 안 된다고 생각하여 젊은 면서기는 입을 열었으나 목소리는 울먹거렸다.

"그 아이는 제 친구고……, 죽은 것도 제 친구고…… 원판은 오늘 선새임이 살려주신 그 사람이 젤로 좋쟁입니다. 죽은 아 엄마르 그래 놓았으니까나, 야가 타관에서 돌아와서…… 이쪽 아이는 팬스레 말리러 들어섰다가……"

"음."

백의사는 짧게 대꾸하고 더 묻지 않았다. 궁핍한 촌락에 빈번히 일어나는 무지스러운 치정 사건의 하나인 것이었다. 그렇지 않으면 고부간의 불화가 빚어낸 참극이거나, 노름하다 벌어진 난장판으로 원인은 늘 정해 있었다.

다만 이번 일에는 젊은 애들이 말려들어 희생된 것이 매우 언짢게 여겨졌다.

"가엾은 짓들을 했군, 가엾은 짓들을……"

백의사가 중얼대자 면서기는 코를 훌쩍하였다. 의사는 화제를

돌려
"자넨 매일 면까지 출근을 하는가? 꽤 거리가 멀던데?"
"야아."
대답하고 소중한 듯이 왕진 가방을 다른 손에 옮겨 쥐었다.
"이제는 그만 돌아가지. 길이 눈에 익군. 찾아갈 만하네."
"앵이올시다."
"오군, 가방을 받게. 이 친구도 고단할 테니."
"앵이오, 앵입니다."
자그마한 토교 위까지 왔다. 맑은 물살 아래로 꽤 큰 붕어들이 등을 보이며 오락가락하고 있다.
백의사는 고개를 돌리고 무언가 말하려고 하였다. 입술에 미소가 담겨져 있었다. 그 얼굴이 갑자기 창백하여지더니 그는 그 자리에 웅크리고 앉아버렸다.
"선생님!"
오군과 면서기가 양편에서 붙들었다.
백의사는 그대로 고개를 뒤로 떨구고 축 늘어졌다.

두 청년의 등에 번차례로 떠메어져 버스 길까지 나온 백의사는 마침 달려온 트럭 운전수가 그를 알아본 덕에 곧 이웃 도시의 도립 병원까지 운반되었다. 트럭은 반대 방향에 급한 용무가 있었던 것이나, 운전수는 그의 늦게 본 외아들이 경풍을 일으켜, 눈이 쌓인 한밤중에 백의사를 깨우러 갔던 일을 기억하고 있었던 것이다.
도립 병원에 대었을 때 백의사의 맥박은 약하게나마 아직 뛰고 있었다. 오군은 붙잡고 어쩔 줄 몰라 하는 면서기보다는 그래도 역시 침착하여서 길바닥에서나 트럭 위에서 캠퍼[40] 주사를 한 대씩 놓았던 것이다.

하루하고 열 시간 남짓 백의사는 의식은 없는 채 호흡을 계속했다. 그리고 그는 운명하였다.

이루 말할 수 없이 돌연한 죽음이라 하지 않을 수 없었다. 사인 (死因)에 관해서는 병원으로부터 여러모로 설명이 되었다. 하나 그것을 납득한들 무슨 소용이 있을까.

백의사는 죽은 것이었다. 그리고 그를 축(軸)으로 하여 돌아가고 있던 하나의 세계는——평화롭고 풍성하고, 그리고 따뜻하던 하나의 세계가, 남은 사람들의 운명에 아무러한 고려도 베풀어지는 일 없이 돌연 붕괴되고 만 것이었다.

누구에게나 다가오는, 진기할 것도 없는 현상이기는 하였다. 그러나 그것은 또 아무에게도 이해할 수 없는, 그리고 한 번도 이해되어본 적도 없는, 영원한 불가해한 노릇이 틀림없었다.

4

아이들은 줄지어, 운동장에 서 있었다.

심청 궂은 한풍(寒風)이 쉬지 않고 불어서, 계집아이들의 무명이나 인조견의 치마폭을 펄럭펄럭 날렸다.

애들은 추워서 멍이 든 것처럼 퍼릇퍼릇한 볼을 하고, 등과 무르팍을 꾸부리고 있었다. 사내애들은 주먹을 쥐고, 역시 꺼꺼부정하고[41] 있었다.

교장 선생님의 이야기는 좀체 끝이 나지 않았다. 끝이 난다 하여도 또 다음에는 그 지긋지긋한 교감의 훈시가 있을 것이었다. 식이라고 하면 언제나 이 모양이었다. 뭣 때문에 식을 올리는 건지 잘 알지도 못하고, ㄱ자로 허리를 굽혔다 폈다 또 몇십 분이라도 꼿꼿이 서 있다가 해야 하는 것이었다.

매섭게 노한 하늘은 진회색의 구름에 덮여 있었다. 왕모래가 날아와 정강이나 주먹이나 때로는 얼굴을 따끔하게 찌르기도 하였다.

영실은 무릎과 발뒤꿈치를 들었다 놓았다 하여 전신을 상하로 들먹거렸다. 점점 속도를 빨리하여서, 학질 걸린 사람이 떨듯 하였다.

줄 앞에 좀 높은 둔덕 위에, 옆으로 늘어선 선생들의 눈총이 몇이나 이편에 쏠려졌다. 놀라서 금세 달려올 듯하고 있는 표정, 골을 내어 험해진 얼굴도 있었다.

그러나 알 게 뭐냐고 영실은 생각했다.

무엇보다도 이 살 속까지 스며드는 추운 바람에 화가 치민다. 참고 가만있으면 있을수록 사정없이 해치려는 심사에 반발 안 할 수 없다. 소용없는 긴 소리를 늘어놓는 교장도 얼빠진 사람 같아만 보였다.

하여간 참고 가만히 있는 일에 울화가 치밀어, 그녀는 입술을 덜덜거리며 그처럼 마구 몸을 흔들어댄 것이었다.

'창가를 할 차례나 날래 돌아오지 앵이나……'

영실은 하늘을 쳐다보고 일부러 고개를 휘휘 내둘렀다.

험한 빛깔의 구름이 찬 바람 속에 뭉클거리고 있는 느낌이 무언가 가열하다.

영실은 문득 움직이기를 멈추었다. 무언가 침통한 것이, 그 하늘과 같이 가열하고 침통한 것이, 자기의 마음 밑바닥에 흐르고 있다고 깨달았다.

'무시개였더라?……'

아이들이, 코가 땅에 닿게 절을 하였다. 영실은 갑자기 생각이 났다. 성아의 집 일, 성아가 아버지를 잃었다는 일이었다. 그런 일이 정말 있을 수 있을까? 성아가 가졌던 그러한 영롱한 행복 같은 것이 그렇게 깨어져도 괜찮다는 걸까?

그 사건은 영실에게 너무나 충격이었기 때문에, 의식의 겉에서는 잊은 듯이 보이는 순간에도 실상은 늘 슬프고, 마음이 묵직한 것이었다.

선생의 구령에 따라 아이들은 몇 번이나 연거푸 최경례를 하였으나 영실은 자기의 생각에 사로잡혀 손가락을 물며 뻣뻣이 서 있었다.

성아의 아버지가 죽었으니까 성아의 어머니는 이제 상냥하게 웃어 보이지도 않을 것이다. 복스럽게 생긴 성아의 할머니도, 아이들에게 과자나 과일을 나누어주며, 재깔거리는 소리에 기쁜 듯 귀를 기울이지는 않을 것이다. 구배 할아버지도 놀러 오지 않는다. 성아는 오르간을 치지 않을 것이다……

성아의 손가락 밑에서 울려 나오던, 그 다정한 여운을 가진 아름다운 풍금 소리가 영실의 귓전을 스쳐갔다. 모든 안심스러운 것, 밝고 안심스러운 것은 끝장이 났다…… 끝장이 난 것이다……

그것은 영실이 자기의 위에다는 감히 바라지도 않았지만, 그러나 어딘가에 확실히 존재하는 것으로서 마음 푸근히 간직하여오던 하나의 경우였다. 그것은 함부로 물거품같이 꺼져도 좋을 일이 아니었다……

성아는 오늘도 학교에 안 왔다. 장례식을 막 어제 치른 것이었다. 병원집은 지금 무덤 속같이 스산하리라. 이 찬 바람이 불고 있는데……

영실은 갑자기 울음이 복받쳤다. 목이 메어오고 눈물이 뚝뚝 굴러 떨어졌다.

그날 식이 끝났을 때에(그것은 뭐라는가 하는 축제일이었다) 영실은 사납게 생긴 선생 하나에게 붙들려 운동장 한가운데 벌을 섰다.

합창을 할 때에는 눈에 손을 대고 울었고 일본 왕의 사진을 흰 장갑의 교장이 받쳐 들고 나갔을 때에는 치마폭에 코를 풀어 큰 소리를 내었기 때문이었다.

그녀는 슬픔으로 가슴이 가득하였으므로 운동장 한복판에 혼자 세워졌어도 추위도 그다지 느끼지 않았다.

모두 없어졌다……

깨어졌다……

떼놓여진 자의 뼈저린 외로움과 절망감이 번갈아 그녀를 엄습하여서, 멍하니 발부리를 보고 있다가는 또 뜨거운 눈물을 쏟곤 하였다.

한동안의 시간이 흘러간 뒤에 영실은 얼굴을 들고 교사 쪽을 보았다. 붉은 벽돌의 긴 이층 건물은 우중충하게 이편을 내려다보며 서 있었다. 교원실에 선생들이 있을 터이지만 무수히 늘어선 창유리들은 무표정히 침묵을 지키고 있었다.

영실은 서 있기를 그만두고 교문을 향하여 천천히 걸어갔다.

명령받은 일을 그녀는 어겼다. 그런 것이 잘못이라는 생각은 원체 얼마 갖고 있지도 않았다. 사나운 선생이 얼굴을 외고 있어 내일 더 큰코를 다칠지 몰랐으나 그것도 지금의 기분으로는 대수로운 일이 아니었다. 또 대충은 아무 일도 없으리라는 것을 그녀는 알고 있었다.

매사에 짐짓 뻔뻔스럽다는 것인지도 몰랐다.

그녀로 보면, 위험한 것과 위험하지 않은 것, 유리한 것과 불리한 것을 가려내는 본능이, 어쩐지 발달되어 있다는 뿐이었다.

때에 따라 천하기도 하였고 야비해지기도 했다. 해롭지 않다고 생각되는 대로 행동을 하는 때문이었다.

다만 그녀에게는 어떤 감정이, 가슴 밑바닥으로부터 뜨거운 분수처럼 뿜어 올리는 수가 있었다. 어떤 경향의 것이라고 종잡을 수도 없었으나 그런 감정에 그녀는 절대로 충실하였다. 그때에는 이해(利害)도 반성도 없었다. 수치감도 상식도 그녀를 억제하지 못하였다.

영실은 그렇게 지극히 자유로웠고 또 지극히 구속되어 있는 것이었다.

매일같이 영실은 성아의 집에 갔다.
저녁을 먹고 나면(때로는 저녁도 그 집에서 먹기로 하고) 비탈길을 내려가, 노망난 첨지의 오두막 앞을 지나갔다.
"서느라고 고오상(고생), 낳느라고 고오상……"
그랬는데 간나 새끼들이 푸대접을 한다면서 첨지는 찢어진 소매를 펄럭거리고, 하늘에 대고 주먹질을 하였다.
우는 듯이 잡아 빼는 목청이 구슬프다.
"성아야."
초상이 난 집은 어느 때고 물속같이 고요하였다. 병원 문은 잠겨 있고 오군이 어쩌다 우울한 낯을 하고 약국 옆에 있는 자기 방에서 이편으로 걸어 나오기도 하였다.
처음 얼마 동안 그곳에서는 영실이 가는 때마다 새로 울음바다가 이루어졌다. 영실이 가족의 얼굴만 보면 입을 비쭉대며 눈물이 그득해지는 때문이었다.
소리를 내어 우는 사람은 없었다.
아니 영실이 울음소리를 누르지 못하였다. 그러나 소리를 삼키고 우는 사람들이 얼마나 깊은 슬픔을 울고 있는가를 영실은 이때 가슴 저리게 실감하였다.
그런 일은 날이 감에 따라 점점 줄어들기는 하였으나, 가슴의 상처가 생생한 사람들은 영실의 내방을 고대하는 눈치였다. 울음만이 괴로움을 잠시 씻어주는 단계에 그들은 있었다. 어른들까지 때때로 영실에게 무언가 의지하고 기대려고 하는 것이었다.

  검은 리본을 둘러친 화환이 세워졌던 마당귀나 눈 선 기구가 놓여 있던 대청마루는 그것들이 말끔히 치워지고 나니까, 전혀 낯설고 무서운 공허감으로 대신 메워졌다. 신비함과 공포를 반반 자아내는 향 냄새는 어느 때까지나 집 안에서 가시지 않았다.

  구배 할아버지가 오거나 또 다른 아는 이가 찾아와서 한동안씩 앉았다가 가는 날이 있었으나 그들이 돌아간 뒤의 적막감은 거의 걷잡을 수 없을 만큼 격심한 것이었다.

  영실은 성아나 미망인이나 할머니나와 똑같은 심정으로 일각일각 저미는 듯한 그러한 밤 시간을 함께 보내었다.

  이상 상황에 놓인 사람들의 신경은 병적으로 날카롭다. 자기들과 다른 어떤 조금 틀린 기분의 언동에도, 깊이 가시 찔리고 피를 흘렸다.

  그런 의미에서는 영실은 지금 완전히 유족의 한 명이 되어버린 감이었다. 그것도 자기를 억제하기 무척 힘들어하는 철부지 머슴애와 흡사한 유족으로.

  그녀가 씻은 듯이 발걸음을 끊어버린 데에는 불행이 있은 집에 무슨 별다른 일이 생겼다거나 누구에게서 무슨 말을 들었다거나 하는 일이 있은 것도 아니었다.

  어느 날 영실은 자기 집 부뚜막 방에서 색동 조각이며 수놓은 방석이며 베갯모 같은, 색색가지 물건이 쌓여 있는 것을 발견하였다.

또 그 옆 상자에는 손으로 짠 레이스의 이불보, 경대 덮개, 화병 받침 따위가, 모두 거의 완성된 상태로 담겨져 있었다.
 광목통이니 베니 모시필과는 달리 이 화려한 물건들은 영실의 마음을 끌어당겼다.
 "이야아, 이 고븐 것들 보지비!"
 신실은 여전히 꿈을 또 꿈꾸는 듯한 그 차분한 무표정으로 이것 저것 매만지며 조용하였으나, 모친은 같이 말수는 없으면서도 상당히 다급한 얼굴로 일어섰다 앉았다 하고 있었다.
 자신이 삯바느질을 하던 것은 엊그제까지의 일이고, 지금은 여기저기 일감을 맡긴 것을 검사하고 독촉하고 또 뜯어고치도록 잔소리를 하지 않으면 안 될 입장에 있는 것이었다.
 신실의 동무인, 과년하여 말만큼씩 큰 계집애들이, 머리 꽁지를 흔들어대며 하루에도 몇 차례씩 몰려오곤 하였다.
 귀밑머리를 딴딴히 땋고 뒤의 짧은 머리채도 돌덩이처럼 빼등빼등 내리엮은 처녀가 있는가 하면 터져 나갈 듯이 살이 찐 어깨와 가슴팍에 머리카락이 온통 쏟아져 내리도록 느슨하게 한 묶음에 동여둔 애도 있다.
 "앙이, 이게 머이요?"
 "무시개니, 신실아?"
 넋을 잃고 혼수감을 들쑤석거린다. 선망과 질투로 낙심한 표정들을 하였는가 하면 또 키드득거리고 웃느라 야단이다.
 신만갑은 방 안에 들어앉아 움직이지 않았다. 전 같으면 누가 밖에서 기웃대기만 해도 대번 눈을 부릅뜨고 맞받아 나오므로 계

파도 295

집애들은 질겁을 하여 얼씬거리지를 못하였던 것이다.

하나 그렇다고 신만갑이 이 혼사를 무척 기뻐하고 있다는 증거가 되는 것은 아닌 듯하였다.

그는 묵묵 입을 다물고 있는 뿐이었다. 여하간에 그가 찬동을 하였기에 이 일은 진행이 되고 있는 것이겠고 또 누가 보나 말썽이 있다면 장달수네 편에 있지 신만갑이 문제이리라고는 상상하기도 어려운 노릇이었다. 그러나 신실과 모친은 처녀 애들이 너무 큰 소리로 수선을 떨 때면 흘낏 그 방문에 두려움에 찬 시선을 달리곤 하였다.

화려한 물건들은 날마다 주위에 불어가서 드디어는 온 집 안에 자리를 가리지 않고 흩어져 놓였다.

십삼도 반도 삼천리를 열세 개의 무궁화로 표시한 문화자수의 액자라느니 모본단에 수를 놓은 염낭이라느니 수저집이라느니 하는 신실의 제작품은 이제 한옆에 비켜지고 서울서 온 번쩍번쩍하는 것들이 사방을 점령하였다.

눈이 부신 이불 껍데기 은기 그릇들, 경대와 놋대야와 수철이 동경에서 부쳐 보낸 핸드백과 파라솔……

다이아 반지와 백금 팔찌와 비취 비녀의 예물이 도착하였을 때 영실의 흥분은 최고도에 달하였다. 그녀는 밖에서 달려 들어오며 신 한 짝은 삿자리 위까지 끌고 올라왔다.

"이거뿐이니? 앙이 이게 다라오?"

책보를 내던지고 때가 묻어 까만 손바닥에 그것들을 움켜쥐며, 무슨 소리를 하고 있는지 자기도 분간 못 하는 들뜬 음성으로 그런 말부터 외쳤다.

모친 조씨는 만족한 듯이 고개를 주억거리고 천천히 대답했다.

"또 있다 한다. 진주 반지라는 기 금단추서껀 온단다."

대꾸를 해도 좋고 안 해도 좋은 일에 그녀가 응하는 것은 드문 일이었다.

"진주 반지? 진주라?"

영실은 창규 소년이 가지고 온 보얀 등피 빛깔을 상기하였다.

"진주라고? 성아, 그게 오게 다믄(되면) 나르 다오. 잉야, 나르 다오! 너는 베리벨 것 다 가젰응이까나……"

"이 아아가 미치쟁있니?"

조씨는 영실의 머리통을 한 대 쥐어박고

"이을루 내애라. 데럽은 손 해가지고스리……"

패물도 잡아채려고 했다.

"좀 있가라 보자."

영실은 휘딱 돌아앉으면서

"살랑히(천천히) 좀 귀경하자, 내가 봐야지비."

시금털털한 냄새가 올라오는 치마폭에 담아놓고 하나씩 주워 올려 천천히 햇볕에 대고 본다.

희뿌옇게 자줏물을 들인 당목 치마는 단께가 해어져 나가 실이 거미줄처럼 늘어져 있었다.

"이거 머시거 돈을루다 치게 다믄 얼매나 가겠니?"

"그건 알아서 머얼 하자구서리. 날래 내아라."

"어찌믄 어찌믄 이래 곱겠소. 실로 기가 챙인다. 요 손가락에 금강석 반지 끼고 요 손가락에 진주 끼고 또 요올루 금가락지 끼고 새끼손가락에……"

"이올루 내애라."

"거깃거라. 살랑히 해라는데 어째 이러니?"

영실은 혀를 찼다.

조씨는 손을 내리고 단념하여 기다리고 앉아 있었다.

하학 때에 영실은 발가락이 하나 나온 고무신을 끌며 맹렬한 기세로 운동장에 뛰어나왔다.

신실에게 일어난 그 모든 놀라운 이야기를 최순희에게 들려주려고 생각한 것이었다.

"순희야, 야아 순희야."

숨이 차게 불러대었다.

앞을 가고 있던 소방대장의 딸은 걸음을 멈추고 돌아다보았으나 꽤 오랜 시일을 두고 자기를 본체만체하여온 영실의 진의를 알 수가 없어 의아스러운 눈초리를 이편에 댄 채 잠자코 있었다.

"내 말으 좀 들어바라."

영실은 이제부터 잠겨들 즐거움에 미리서부터 빠져, 취한 듯한 웃음으로 얼굴을 빛내면서 동무의 어깨에 팔을 감았다.

어깨동무를 하고 턱 붙어 서며, 몸 전체로 떠밀듯이 걷기 시작한다.

그 몸무게와 마구 밀고 오는 체온을 느끼자 순희는 그동안 그녀로부터 소홀히 취급되어 서운하였던 생각이나 멀어졌던 감정이 일시에 눈 녹듯 스러지고 변함없는 영실의 친밀함만이 더운물처럼 가슴속에 번져드는 것을 느꼈다. 그러고는 영실이 휘몰고 와 떠안기는 무언지 모를 즐거운 분위기에 부지중 싸여들어
"어째 그러니?"
묻는 말투까지 기쁨에 차 있었다.
영실은 지껄이기 시작하였다.
이야기는 첫머리부터 조금씩 과장되고 윤색이 되어서, 차츰 하늘의 별처럼 반짝이기를 비롯하였다.
교문 옆에 성아가 서 있었다.
영실이 나오기를 기다리고 있었을 것이 틀림없었다.
알은체를 하려고 한 그 얼굴이 영실의 눈 속에 들어왔으나 영실은 그냥 지나쳐 내렸다.
자기가 지금 만들어내고 있는 영상에 열중하여 그 이야기의 상대로는 성아가 합당치 않다는 생각을 흘깃 하였을 따름이었다. 한 가지 이상의 일이 그녀의 가슴을 동시에 점령할 수는 없었다.
성아의 표정이 굳어졌던 것 같았지만 캐내어 생각해볼 겨를도 없었다.
"좋은 거르 얼매나 숱해기 보내왔든동."
전하기가 여간 힘들지 않다고 영실은 말하였다.
그 이야기 속에서 보석류는 몇 배로나 그 가짓수가 부풀어 오르고 그 모양이며 빛깔은 또 그녀가 언젠가 보석상의 창유리 앞에 서서 한나절을 구경한 그 모든 형태와 변화를 가지고 있었다.
성아네 집을 그녀는 완전히 잊고 말았다.

슬픔과 쓰라림 속에 잠겨 조용히 호흡하고 있는 그 집 식구들과 영원히 운명을 함께해도 좋다고 생각하였던 일을 영실은 깨끗이 잊어버렸다.

 하늘에라도 오를 듯 들뜬 기분이어서, 사람이 살자면 이렇듯 재미가 나야만 한다고 생각하였다.

 웃고 날뛸 거리가 없는 사람은 보잘것없는 축들로만 여겨졌다. 거처하는 집도 이를테면 장달수네 그것처럼 으리으리한 데서 살아야만 같은 값에 흥이 나지 않겠는가.

 그런 맘이 들자 그녀는 순희에게 머지않아 자기네도 이사를 떠나리라고 말하였다. 물론 그럴듯한 집으로 옮길 것이었다.

 그리고 또 그녀의 집에서는 현재 비단 헝겊이 남아돌아가서 성가실 지경이라고도 덧붙였다.

 거미줄처럼 실이 늘어진 뿌연 무명 치마를 그녀는 아직 입고 있었지만, 그런 얼마간의 부조화는 그녀의 마음에 걸리지 않았다. 애초, 조화(調和)라는 감각에 결여되는 구석이 없지 않았지만, 자기부터 열중하여, 생생한 표현으로 어떤 상황을 묘사해나가면, 다소 엉뚱한 이야기에라도 기묘한 실감이 부여되는 것이었다.

 순희는 강한 흡인력을 가진 영실의 세계에 두말도 못하고 말려들어서, 황홀한 낯을 하고 그 현란한 물질들을 자기도 머릿속에 어느덧 향락하기 시작하고 있었다.

 소방대장의 딸은 단순하여서 며칠이 지나니까 영실에게는 다시 지루한 친구로 여겨지기 시작했다.

그녀는 오랜만에 성아의 편에 눈을 돌렸다.

성아와 지낸 날들의 기억이 달콤한 그리움으로 가슴속에 되살아났다. 성아는 이편의 시선이 가 닿아도 응하지 않았다. 그 얼굴에는 무언지 아주 단호한 것이 담겨 있어서 어지간한 일에는 굴하지 않는 영실로서도 상당한 저항을 느끼지 않을 수는 없었던 것이다.

성아는 영실의 페이스에 말려 들어와 본 일이 없다. 영실이 가까이까지 접근해가지고도 마음대로 주물럭거리지를 못한 거의 유일한 존재였다.

한 번 그들의 마음이 완전히 합쳐진 일은 있었다.

요전번 성아의 슬픔을 나눠 가진 때였다. 영실이 파고들어가서 이루어진 일이었다. '죽음'이 그런 일을 허용하였었다. 성아 편에서 다가온 것은 아니었다.

마음대로 되지 않는 인간이니까 이끌려 가는 힘도 크다.

영실은 시간 중에도 공부에는 하나도 집중을 하지 않고 힐끔힐끔 성아의 낯빛만 살펴대었다. 몸을 비꼬고 아주 돌아앉아 한동안씩 바라다보기도 한다. 주의를 이끌려고 갖은 동작을 해 보이는 것이었다.

영실의 그러한 태도는 우스꽝스럽고, 또 그 눈초리는 무언지 비겁하고 연민을 구하는 듯 청승맞아 보이기도 하였지만, 누구 눈에 어찌 비치든 개의할 바가 아니었다. 이편을 보아주기라도 하면 좋을 것 같았다.

하나 성아는 새침하고 있다.

찬바람이 도는 듯한 얼굴이었다.

영실은 낙담하고 차차 자기 자신이 싫어지기 시작했다.

지난번에는 미안하였다는 생각이 이제서야 조금 떠오른다.

하나 어느 점이 미안하였는가는 영실의 머리로는 얼마 명백하지가 않은 것이다.

그편에서 오라고 조른 것도 아니고 이쪽에서 안 간다고 뻗댄 것도 아니었다. 따지고 본다면 잘못은 아무것도 없을 것 같기도 하고, 영실은 아물아물한 것이었다. 그러나 성아가 저처럼 분명히 거부의 뜻을 나타내고 있는 이상 무언가 나빴던 것만은 사실인 듯하였다.

노는 시간이 되면 영실은 성아의 옆을 공연히 서성대며 오락가락하였다. 얼굴이 마주치면 넉살 좋게 친밀한 표정을 지어 보이기도 했다.

이편에서 천진난만하게 그처럼 전폭적인 우의를 나타내어 보이면 누구나 감정이 동화(同化)되고 마는 것이 영실의 경우에는 상례였다.

그러나 성아만은 달랐다. 그녀는 눈썹도 까딱하지 않고 영실의 웃음을 막아내고는 차갑게 외면을 하였다. 도저히 덤벼볼 도리가 없었다.

후회스러운 생각이 떠오른다. 그러나 방법은 없었다. 영실은 툴툴거리면서 혼자 집으로 돌아가곤 하였다.

이번에는 순희가 또 며칠이나 결석을 하고, 그녀의 신변에 퍽 좋지 않은 일이 생겼다는 소문이 들렸으나 영실은 찾아가서 보지 않았다. 용이하게 이편의 기분이 전염되어 대번에 웃거나 끄덕이거나 하는 상대에게 그녀는 염증을 느끼고 있었다.

5

 가을인지 겨울인지 분간하기 어려운 추운 날씨가 이어져가고 있었다.
 헌 솜을 뭉쳐놓은 듯한 암울한 하늘은 꼭 눈을 내려뜨릴 것 같아 보이지만 좀체 그렇게도 이르지 않는다.
 눈이 뿌리기 시작하면 하루 만에 키만치나 높이 쌓이고 그러고는 모든 것이 일시에 꽁꽁 얼어붙고 마는 것이었다. 겨울은 그제서야 시작이 된다.
 무언가를 기다리는 듯한 불안한 공기는 내리누르듯 무겁지만 이상한 적막을 안에 간직하고 있었다. 바다만 날로 사남을 피워, 그 노하여 포효하는 소리는 때로 바람결에 거리 안 깊숙이까지 울려오기도 했다.
 영실은 어두컴컴한 중국인 가게 안에 서 있었다.
 기둥도 책상도 천장도 모든 것이 거무죽죽 번들번들 빛나고 있다. 층을 이룬 우중충한 선반 안은 거의 비어 있는데 호화로운 천들은 어딘가 밑 쪽에서 얼마든지 끌어내어 펼쳐지는 것이었다. 머리를 동여맨 것 같은 검은 둥근 모자를 쓰고 긴 손톱을 기른 중국인이, 마술을 부리고 있는 것 같아 보였다.

버걱버걱 소리가 나도록 두껍고, 묵직한 광택을 발하는 비단들은, 자막대기로써가 아니라, 책상과 칸막이를 겸용한, 좁고 기다란 널판자에 칼로 그려 넣은 자국에 의해 재어졌다.

"이거는 어때? 이거 참 좋아."

그러면서 중국인은 또 다른 피륙을 끌어내어 펼친다.

영실의 모친은 지독히 정색을 한 낯을 하며 신중히 헝겊들을 바라보았다.

손바닥에 대고 비벼보고 구겨 잡아보고 작은 창유리 쪽을 향해 비추어 본다.

"그거 좋아, 비싸, 그거 비싸니까 좋아."

묘한 억양으로 중국 사람은 말한다.

아낙네는 침을 꿀꺽 삼키고, 장시간 생각에 잠기고, 다음에는 얼마 얼마를 베어달라고 목에 잠긴 듯한 음성으로 말하였다.

영실은 아직까지도 해어진 치마를 걸치고 있다. 집 안에서라도 어물대다가는 밥 한 끼를 제대로 못 얻어먹을 형세쯤 되어 있는 것이다. 매사에 휘감기며 성가시게 군다고 쥐어박히기를 떡 먹듯 하였다. 모친 조씨는 요즈음은 긴장이 연속되는 나머지 몹시 신경질이 되어 있었던 것이다.

하나 그런 일들은 조금치도 영실의 마음에 걸리지 않았다. 중국 집에 옷감을 사러 간다 소리를 듣고는 앞장서서 달려왔다.

늘 문이 닫혀 있는 음침한 가게 안, 금글자의 둘레에 뻘건 헝겊이 펄렁 드리운 세로의 좁은 간판, 여름에는 종다리 조롱이 함께 매달려지는 그 무언가 무시무시한 가게 안에 한 번은 꼭 들어가

보고 싶었던 것이다.

중국 사람은 요술을 부린다고 영실은 믿고 있다.

시퍼런 청룡도로 계집아이의 목을 치면 거기서 빨간 모란꽃이 피어난다느니 훨훨 타오르는 불을 손가락으로 집어 씹어 먹고는 누에처럼 실을 뽑아내는 걸 보았다느니 하는 소리를 듣고 있었다.

그래서 그녀는 열심히 그 긴 손톱을 가진 상인의 동작을 주시하고 있었다.

이제 시작하는가?…… 이제 무슨 희한하고 공포에 찬 노릇을 보여주는가……

딸가락 하고 깊숙한 안쪽의 문이 움직이고, 전족을 한 중년의 여인이 어린애를 안고 나타났다.

희고 동글한, 찹쌀떡처럼 말랑말랑해 보이는 사내아이였다. 반짝반짝하는 금빛 옷을 입고 앞머리 한 군데만 네모지게 터럭을 남기고는 박박 밀어내어 마치 둥근파[42] 같아 뵈는 머리통을 하고 있었다.

'아아 이것이 중국 사람 요술인가.'

어찌나 아기가 귀여운지 영실은 그런 생각을 하였다. 수를 놓은 새빨간 비단신을 그 아이는 신고 있다.

"애고 참하다……"

영실은 참을 수 없어 아이의 찹쌀떡 같은 볼을 손가락으로 꼭꼭 찔러보았다. 아이가 동그란 손을 움직거리니까 팔목에 매단 금방울이 짜랑짜랑 고운 소리를 내었다.

어린애를 안은 중국 여자가 뭐라고 웃으며 지껄거렸다. 조씨는 보퉁이를 안고 가잔 말도 없이 가게 문을 밀쳤다. 영실은 황급히 쫓아 나왔다.

"그 아아 어찌 그리 곱겠소."

"……"

"내도 후제 아아 낳게 다믄 그처리 해놀란다. 지내가는 사램 다 들다보게스리."

"……"

"엄마, 니는 어째 세상에 고븐 걸 모리니?"

"……"

"실로 딱도 하다."

영실은 갑자기 입을 다물었다.

그들의 앞을 최순희의 아버지가 천천히 당당한 걸음걸이로 걸어가고 있었던 것이다.

몇 달이나 전에 그는 소방서에서 파면당하고 있었다.

그럼에도 그는 지금도 소방대장의 제복을 착용하고 제모를 쓰고 가슴을 편 근엄한 자세로 걸어가고 있었다.

조씨는 그를 앞질러 집 쪽으로 걸음을 재우쳤으나 영실은 보조를 느꾸어[43] 최대장의 뒤를 따라 걸어갔다.

얼마 전 그가 이미 쫓겨난 지 오랜 대장실에 들어가서 책상 앞에 앉아 한동안 사무를 보았다고 하여 야단이 벌어진 일이 있었다.

그는 그가 그곳을 면직되었다는 사실을 아무리 하여도 이해하지 않았다. 살림방도 다른 곳에 옮겨졌건만 매일 아침 근엄한 표정으로 출근을 하였다.

지켜 섰다가 가로막고 끌어내고 하여서 겨우 신임 대장이 일을 보아오던 것인데, 어느 날 깜짝할 사이에 그렇게 들어가서 서류를 뒤적이고 도장을 누르고 하고 있었던 것이다.

 그는 걸어가면서 때때로 무어라고 혼자 중얼대었다. 그러다가는 멈춰 서서 금줄로 장식된 웃옷의 안주머니에 손을 넣어, 명함을 여러 장 꺼내 들고 들여다보았다. 그는 언덕길을 성아네 집 앞까지 올라갔다가 이번에는 시장터께로 발을 돌렸다.

 영실은 따라 걸으면서 마음은 성아며 순희의 둘레를 방황하였다.

 지금 그녀들은 각기 자기와는 인연이 끊긴 세계에서 살고 있었다. 무언가 치열하고 정상치 못한, 그렇기 때문에 더욱 인간적인 냄새가 짙은, 그런 생활 속에 살고들 있었다.

 공중에 발이 뜬 지금의 자기와는 같지 않은, '삶' 그것과 직접 연결이 되어 있는 듯한 그러한 상황 속에 다시 발을 들여놓고 싶은 강한 욕구가 그녀를 사로잡았다. 최대장이 두번째로 성아의 집 앞에 왔다 돌아섰을 때 영실은 따라가지 않고 거기에 남았다.

 세모꼴의 현관 지붕을 바라다보며 길 건너편에 오랫동안 서 있었다.

 그러나 그녀는 결국 안에 들어가지는 못하였다. 비위나 배짱으로는 어떻게도 할 수 없는 무언가가 그녀의 발목을 매고 있어서였다.

 성아네 집안 식구들은 방심한 듯한 상태에서 헤어날 사이도 없이 또 하나의 시련을 겪어야 하였다.

그것은 백의사를 묘지에 묻고 와야 하였다는 그런 일에 비한다면 일도 아니라고 할 만한 것이기는 하였다.

하나 미망인은 아직 젊고, 성아는 유달리 예민하였으므로 일단 공포가 집안을 지배하기 시작하자 쉽사리 가라앉힐 길을 찾기도 어려웠다.

백의사가 데리고 있던 조수 오군은 본래 우울한 축이기는 하였다. 양친도 없이 여기저기 떠다니며 고생을 하고 자란 탓이라고 백의사는 특히 측은히 여기며 돌보아주었었다.

주인이 사망한 후의 오의 침울함에는 도를 넘는 무엇이 있었다. 처음 얼마 동안은 아무도 물론 그런 데 주의가 미치지 않았으나 그의 무겁고 어두운 침묵은 드디어 이 의지할 곳 없는 가족들에게도 짐스럽게 여겨지지 않을 수는 없었다.

새로운 쓰라림을 맛보면서 미망인은 하룻밤 그를 불러 말하였다.

"……일이 이렇게 되어서 오군에게도 타격이 컸을 줄 알아. 이 담에 검정 시험이라도 쳐보도록 해주시겠다던 그분이 별안간 그렇게 되셨으니……"

오군은 고개를 떨구고 앉아 묵묵하였다.

"아무리 생각해보아야 나로서는 별 힘이 되어줄 수도 없고. 일단 고향에라도 내려가보려는가? 가까운 친척도 없다고는 하였지만……"

"……"

"우리도 좀 있다가 결국 이 집을 처분하고 떠나거나 할밖에 없을 모양이지만 너무 갑자기 적적해지면 성아가 무서워할 것 같고, 빈 병원이나마 오군이 좀더 지켜주다 떠났으면 싶으기는 하지만 그건 우리 욕심이고 붙잡을 수는 없겠지."

"……"

네, 라고도 아니요, 라고도 대꾸가 없다. 성아의 어머니는 명하여 그를 건너다보았다. 정신분열증 초기에라도 있는 것 아닌가 하고, 의사의 부인인 만큼 그런 생각도 띄워 올려보았다.

한참 만에 오군은 무거운 입을 열었다.

"네, 제 일도 차차 생각해야 되겠지요마는 지금은……"

이번은 성아 어머니가 묵묵히 듣고 앉았을 차례였다.

"그 미쳐버린 소방대장 때문에 실은……"

"뭐라고?"

"밤중에 벌써 몇 번이나 찾아왔더랬어요. 선생님을 뵙겠다구."

"선생님을……"

"돌아가셨다는 소릴 알아듣지 못해요. 접때 자기도 장례식에까지 참례하였으면서도."

"……"

"드릴 말씀이 있다면서 영 돌아가질 않아요. 못 들어오게 하고 제가 밖에 나가 막아서서 얘기를 하는데요……"

옆에 앉아 있던 할머니가 길게 한숨을 내쉬었다. 명주 수건으로 눈물을 닦으면서,

"무슨 할 말이 있다고 하더냐? 영 떠난 사람을 가지고."

오군의 얼굴은 어두운 위에도 어두워졌다. 낮은 음성으로

"미친 사람 맘을 알 수 있습니까? 꼭 백선생님이시라야만 자기

맘을 이해해주실 거라면서 자꾸 들어오겠다 우기는 뿐이죠."

어제와 그저께 밤은 연달아 왔었다고 하였으므로 할머니와 성아의 어머니는 오늘은 다 함께 나가 그를 설득시켜보기로 하였다.

"시간은 언제쯤?……"

"열두 시나 가까워야 옵니다. 문을 열고 나가지 않으면 어느 때까지나 서 있기 때문에 섬찟해서 잘 수도 없어요."

무겁게 웅얼댄다.

"지금은 아직 열 시지? 어디 문들이나 모두 단단히 잠겨 있나 보고 오자."

할머니가 일어났다.

"사모님은 이따가라도 나오시지 마셔요. 오히려……"

"아니 내가 나가서 단단히 이야기를 할 테야."

아직 올 시간은 아니라고 하였지만 세 사람은 살림채를 연결한 복도를 걸어 병원으로 들어갔다.

앓고 신음하는 사람들이 드나들던 장소는 주인을 잃고 보니 몹시 음산한 곳으로 여겨졌다. 혼자서는 들어설 마음이 내키지 않을 정도이다. 그들은 현관에 인접한 대합실께까지 갔다.

전등을 켜려고 미망인은 스위치 있는 데로 손을 뻗쳤다. 그 순간 그녀는 소스라치게 놀라 숨이 멎었다.

까만 유리창에 얼굴이 하나 붙어 있었다.

한길에서 흘러드는 희미한 밝음에 비쳐, 그 창유리 밖에 밀착해 있는 얼굴은 소름 끼치게 무섭게 보였다.

소방대장의 얼굴이었다. 한쪽만 보이는 커다란 눈알이 껌벅이지도 않고 이편을 응시하고 있었다.

성아의 어머니는 할머니에게로 쓰러졌다.

오군이 스위치를 눌러 불을 켜고는 한편에 세워져 있던 백의사의 단장을 손에 잡았다.

"할머니, 사모님이랑 어서 들어가세요. 제가 오늘은 저놈을……"

며칠 뒤에 원진에는 눈이 왔다.

사람의 키만치나 내려 쌓여서 집집마다 문 앞에 토굴처럼 길을 내었다.

최 전 소방대장은 이날 아침에 피투성이가 되어 눈 위에 뒹굴고 있는 것이 발견되었다.

그는 면도칼로 팔목의 동맥을 잘라 자살한 것이었다. 멀리까지 뿜은 피가 백설 위에, 너무 강한 대조를 보이고 있었다.

얼마 후 오군은 아무 반겨줄 이도 없는 고향으로 내려갔다.

제4장

1

언덕 위에 서 있는 교회당의 창유리에 밤늦게까지 불빛이 당겨지는 계절이 되었다.

널판자 사이로 바람이 새어 들고, 때로는 왕모래 같은 눈싸라기가 불려 들어오는 수도 있었지만, 빨갛게 단 화덕과 사람의 운기와 밝은 전등빛 등으로 하여, 예배당 안은 훈훈하고 즐거운 분위기에 차 있었다.

 걸상은 한편에 쌓아 올려지고, 넓어진 마룻바닥에는 유년부, 중등부, 청년부의 부원들이 각기 둥그렇게 뭉쳐가지고, 자기들의 연습에 몰두하고 있었다.

 연극의 대사를 외우거나 무용을 하거나 무언극의 몸짓을 배우고 있는가 하면 어떤 그룹에서는 난데없는 웃음소리와 지껄거림이 한꺼번에 터지면서 잠시 흩어져 쉬는 자세로 들어가기도 하였다.

 국숫집의 장선생은 금테 안경을 쓴 뾰족한 코를 하늘로 쳐들고 바른손에 쥔 검은 연필 자루와 왼손의 다섯 손가락을 더없이 우아하게 움직거려서 아이들에게 합창을 가르치고 있었다.

 "작은 소리로, 작은 소리로. 피아니시모! 피아니시모!"

 그는 눈을 가느스름히 하고 잦아들 듯이 몸을 오므린다.

 "크레셴도오오……"
하면서 발굽을 들고 어깨를 펴서 위를 향한 지휘봉과 더불어 천장까지 뻗어 올라갈 듯이 하는가 하면 획 허리를 틀어 두 팔을 X자로 드리우기도 했다.

 영실은 겔겔거리면서 그쪽에만 고개를 돌리고 있었다. 그녀가 속한 소년부는 거창한 연극을 담당하고 있어 지금 모두 그 대사 외우기에 왕왕거리고 있는 중이었으나 영실은 그야말로 시시한 단역(端役)으로 출연하는 터이었으므로 외워야 하는 것은

"네, 여왕님."
하는 한마디뿐이었다.

그녀는 실은 이교도(異敎徒)의 두목으로 분장하여, 나중 지옥에 떨어지는 그 여왕 역이 맡고 싶어 못 견딜 지경이었으나, 봄의 원유회 이래 예배당에 얼씬도 하지 않은 그녀에게 그런 행운이 허락될 까닭은 없어 두 명이 함께 나가 단 한 번

"네, 여왕님."
하는 시녀 역으로 만족할밖에는 없었던 것이다. 그것도 말하자면 경쟁자가 적지 않아, 그녀의 철면피와 왕성한 투쟁력 아니고는 탈취할 수 없었던 영광인 셈이었다.

장선생이 아이들의 노래를 끝마치고, 한편에 서성대던 찬양대원을 모아 세우니까 장엄하고 화려한 할렐루야 코러스가 울려 퍼지기 시작하였다. 그 합창단은 남의 연습에 지장이 있을까 해서 소리를 낮추는 일도 없었으므로 노래는 높게 아름답게 울려 올라갔다.

모두가 동작을 멈추고 그편을 보았으나 영실은 그중에도 경탄하여 두 눈을 크게 뜨고 바라보고 있었다.

그것이 '헨델'의 곡이라는 것도, 그지없이 장려(壯麗)한 사원(寺院)에 어울릴 이러한 곡이, 어떻게 판잣집 교회당에도 마찬가지로 어울리며 깊은 감동을 불러일으키는가 하는 것도, 영실은 물론 헤아리지 못하였다.

다만 그녀는 황홀한 눈을 하고 듣고 있었다. 자기도 알 수 없게 맑고 높은 세계 같은 것에 승화되는 듯한 순간——그것은 영실의

경우에는 아름다운 음향을 대하는 때였다.

거칠고 욕심스럽고, 자기 이외에는 아무것도 문제가 아닌, 평소의 영실은 자취를 감추었다.

노래가 끝나자 모두 다시 와글와글 자기들의 일로 돌아갔으나 영실은 구석에 가서 걸상을 내리고 앉아 멍하고 있었다.

마룻바닥에는 어른 아이들 외에 색종이로 만든 것들, 은색이나 초록의 납종이를 오린 별이나 종, 그것들을 담은 바구니 같은 것이 산란하여 있었다. 한구석에서는 솜을 떼어 소나무에 올려놓고 있었고, 봉천이는 엎드려서 강대상 뒤에 칠 포장에 낙타를 만들어 붙이기에 열중하고 있었다.

누런 털실 뭉치를 잘라, 풀칠을 한 본 위에 붙여간다. 봉천은 이런 일을 썩 잘하였다. 그 밖의 그의 재주인 노서아 춤을 성탄절 여흥에 내놓을 것인가 어떤가가 문제 된 일이 있었으나 이 안은 결국 각하되고 말았다.

그러므로 그는 그날 무대를 밟을 형편은 못 되었지만 기꺼이 이런 일을 돕고 있는 것이었다.

봉천이 말고는 별로 영실의 흥미를 이끄는 인물이 이 밤마다의 모임에 참가하고 있지 않다.

성아에게 독창을 부르라는 권유가 있었지만, 그녀는 이를 사절하였고, 윤경식은 서울에 갔고, 목롯집 아들 창규는 한 번 구경을 온 일이 있으나 엇비스듬히 벽에 기대서서 지켜보다가 그만 핑 가고는 오지 않았다.

그가 하모니카로 「고요한 밤」이라도 불겠다고 나선다면, 낯선 아이라도 시켜줄지 모른다고 영실은 생각하였지만.

연극 연습이 본격적으로 시작되었다.

인물들은 무대로 등장하였다. 장선생과 이번에 '와세다'에서 돌아온, 원래는 장선생의 훨씬 후배였으나 내년이면 졸업하고 돌아옴으로써 장선생의 오히려 선배가 될, 권선생이라는 이가 감독, 연출을 담당하고 있었다. 공책을 한 손에 말아 쥐고,

"자, 풍금!"

"낙타와 상인, 걸어 나와요!"

하고 구령을 한다.

장면은 진행되어, 나중 천사가 될, 그러나 지금은 남루한 옷을 걸친 소녀가 나타났다. 가련한 목소리로 노래를 부른다.

이 역도 영실은 부럽게 생각하였으나 그러나 자기가 할 수 있으리라고는 생각하지 않았다. 그 소녀는 남루한 옷을 입었어도 아주 하얗고 아주 예뻐야만 했기 때문이었다.

이교도가 소녀를 데리고 갔다. 여왕의 앞에서 긴 사연을 아뢴다.

그 긴 사연은 열두 번도 더 막혔으므로 구경꾼들은 웃고 그 소년 배우는 점점 더 쩔쩔매었다.

"시녀, 나와요. 시녀 둘!"

장선생이 시녀가 하나 모자라는 것을 알고 이리저리 두리번거리며 소리쳤으나 영실은 걸상에서 움직이지 않았다.

이교도의 여왕이 거침없는 웃음소리를 올리며 부하의 두려움을 조롱하는 장면을, 여기 앉아서 좀 잘 보자고 생각한 것이었다.

여왕은 자리에서 일어나 한 발짝 앞으로 쑥 내밀고 모로 서면

서, 먼저 거침없이 높은 소리로 웃는다.

"자아, 웃고……"

동그랗고 풍만한 느낌의 여왕은 시키는 대로 웃었다.

정말 우스워 못 견디겠다는 듯한 간드러진 웃음소리였다.

"말을 시이작……"

여왕은 지껄대기 시작하였다.

영실은 고개를 기웃하였다.

참 우스운 것같이 자연스럽게 웃는다…… 그런데……

연습이 반복되었을 때 영실은 이번에는 충실한 시녀로서 여왕의 뒤에 서 있었다.

"자아, 웃고……"

하고 구령이 걸리자 아이는 웃었다.

장선생은 무대 밑에 서서 잘되었다는 듯 끄덕끄덕하였다. 하나 이때 영실은 조금 떨어져 있는 권선생이 약간 고개를 기울인 것을 보았다.

'너무 우스운 것같이 웃는다. 실지로 웃을 때처럼 웃어. 연극과는 어딘가 맞지 않아.'

그렇게 그는 생각한 것이 아닐까.

"한 번 다시!"

권선생은 그렇게 소리쳤다.

아이는 또 간드러지게 웃었다.

이번의 연기는 더욱 영실의 마음에 맞지 않았다. 사람들은 실지로 우스울 때 그처럼 웃는다. 연극에서 그렇게 웃으면 자연스럽다는 그 일 자체가 오히려 어색하다.
 영실은 상을 찌푸렸다.
 그러고는 자기도 모르게 한 발짝 앞으로 쓰윽 나섰다.
 "명옥아, 이렇금 해라."
 여왕의 어깨를 툭 치고는 깔깔깔깔…… 하고 자기가 한바탕 웃어넘겼다. 웃어넘겼을 뿐일까. 그다음 대사도 지껄여 보였다.
 "아, 소심한 자여! 너는 마치 저 동방 박사의 예언을 믿는 무리들과 같구나!"
 영실은 그 말을 몹시 연극적으로 다시 말하면 좀 부자연히 과장된 억양으로 하였다.
 명옥이보다 좀 느리게, 좀더 큰 소리로, 그리고 역시 매우 침착하나 과장된 몸짓과 함께.
 그것은 이상히 정채*를 발하는 연기였다.
 처음 영실의 행동에 와아 웃으려고 하던 축들도 잠깐 말문이 막힌 기미였다.
 영실이 제자리에 돌아갔으므로 연습은 그대로 진행이 되었으나 며칠 후 여왕의 역할은 기어이 그녀의 손에 떨어지고 말았다.
 명옥이 말이 막히면 늦을세라 영실이 튀어나오고, 그럴수록 명옥은 못하게만 되어가서, 마침내 권선생이 용단을 내린 것이었다.
 "그렇지만 얼굴이 좀……"
 "앙입니다. 이 학생 얼굴이 도리어 맞습니다. 그날 밤은 화장을 할 거니까나……"
 명옥이는 성아에게 시키려던 독창을 부르게 되었다. 영실은 미안하다는 생각도 없이 좋아라고 날뛰었다.

연극 연습이 끝나고 보면 다른 축들은 대개 돌아가버린 뒤인 수가 많았다.

봉천이와 마음씨 착한 명옥이와 또 몇몇 놀기 좋아하는 아이들이 남아서 보고 있는 정도였다.

"권선새임, 옛날야기 해주오."

밤이 깊었는데도 또 조른다.

"......나그네가 그 방 문을 열고 들어가 보이까나, 사람이 하나 앉아 있는데, 머리끝서부터 발끝까지 몸뚱이 반쪽만 싹 돌이드란다 얼룽덜룽한 돌이드란다."

아이들은 무섬을 타서, 와아 하고 서로 부둥켜안는다. 권선생은 이상스러운 이야기만 들려주었다. 아라비안나이트에 있는 얘기라고 하였지만 영실은 비슷한 소리를 들어본 적도 없다.

한 뭉치가 되어 밖에 나오면 온 땅을 뒤덮고 얼어붙은 눈이, 별빛에 반짝이고 있었다.

또 눈이 오려고 하기 전에는 하늘은 매일 밤 개고 별이 차갑게 빛나고 있는 것이었다.

별빛보다는 따스한 노란 등불이 새어 나오고 있는 골목 안 길로, 형태도 알 수 없을 만치 잔뜩 끼어 입고 목테[45]를 두른 일단이 와자지껄 떠들면서 몰려들 간다.

"알려엉히!"

"선새임 알려엉히!"

그렇게 목청을 빼며 하나씩 둘씩 떨어져 간다.

"내일 또 보옴세!"

공기는 탁탁 바늘로 찌르듯 볼에 와 꽂혔다.

속눈썹에 입김이 서려 단박 얼어붙어서 눈을 깜박일 때마다 쩍쩍거렸다. 무릎이며 발의 감각도 거의 없어져서 그저 기계적으로 차례차례 내딛는다.

흰 김이 풍풍 기세 좋게 새어 나오는 장선생네 국숫집 부근까지 오면, 들통을 쥐고 종종걸음을 치는 심부름꾼을 더러 만나기도 하였다. 강철처럼 반들반들 닳아진 자리에서는, 누군가가 꽝 하고 나가넘어가기 일쑤였다. 모두 웃지만 상당히 조심하여 걷고들 있는 것이었다. 뿔뿔이 제 집으로 들어들 가고 나면 으레껏 영실이와 봉천이 남게 된다.

봉천네 잡화상은 교회에서 제일 가까운 거리에 있었으므로 처음부터 그편으로 떨어져 갔으면 일착으로 제 집에 도착하였을 것을, 빙 도는 길로 따라온 결과, 그렇게 맨 나중까지 걸어야만 하는 것이었다.

2

그러나 봉천이 그처럼 싱거운 짓을 하여도 아무도 이상하게 여기지는 않았다. 그는 늘 싱겁고 늘 사람 많은 데로만 오는 것이었다.

"선새임, 알렝히!"

"옹야, 알렝히!"

그러고 나서 시장터께를 지나가면 최순희가 살던 소방소가 저만큼 마주 띄었다.

"어째 기분이 좋쟁이타."

"무시거."

하고 봉천은 피식 웃는다.

"나는 그날 아직에(아침에) 보라 갔다 왔다."

"보았나? 어떻딩야?"

"벌그랗게 피이 났더라."

영실은 오싹 떨고, 다음 순간에는 눈물이 핑그르르 그 눈 속에 돌았다.

"팔목으 멘도날로가 잘라가지구스리…… 미렌스럽게……"

"……"

"눕은 자리서 죽지 앙이했는갑드라. 피이 여기 있고 저기 있고……"

"……"

영실이 잠자코 있으므로 봉천은 들리지 않는가 하고

"순희는 저으 아재 집을루 내려갔다지비?"

버럭 소리를 지르며 목테 속의 영실의 이마를 들여다보았다.

영실은 멈춰 서서 허리를 굽혀 목도리 끝을 잡아다가, 천천히, 거창한 동작으로, 눈물을 닦았다.

"다른 말으 해라, 잉."

가라앉은 음성으로 말하였다.

봉천은 말허리를 꺾여 한동안 잠자코 걷기만 한다.

가끔 번차례로, 쭐떡쭐떡 미끄러질 뻔하지만 신 위를 새끼줄로 동이고 있으므로 상당히 보호가 되어 있는 셈이다. 빨갛게 달아 있는 화덕 옆에서 제가끔 새끼를 잡고 매느라고 끙끙대던 광경이 문득 떠오르기도 했다.

"앗, 저것들 온다!"

"온다니 무시개?"

그들은 걸음을 멈추었다.

둥둥둥둥…… 북소리가 가까워오고 그와 함께 웅얼웅얼 많은 사람이 음성을 합하여 읊조리는 것이 들려왔다.

"남묘호오렝게꾜오…… 나암묘오호오렝……"

하얀 두루마기 같은 옷을 걸치고, 머리에도 흰 헝겊을 뒤집어쓴 일인들이, 수십 명 대열을 지어 눈 속을 걸어오고 있는 것이 보였다. 법화경(法華經) 신자인 일련종(日蓮宗)의 사람들인 것이었다. 맨발에 짚신을 신고, 부채 같은 작은 북과 북 치는 방망이를 쥔 양쪽 손도, 팔뚝까지 드러난 맨살이었다.

여자도 섞여 있다.

땅속에서 울려 나오는 듯한 무거운 웅얼거림과 박자를 맞추어 두들기는 북소리는, 그들의 차림과 그 엄숙한 표정과 함께, 이 대열을 세상에도 기괴한 인상으로 비치게 하였다.

영실과 봉천은 질린 듯이 한자리에 서 있었다.

처음 보는 것은 아니었지만 보는 때마다 무언지 놀랍고 겁이 나는 것 같다.

소리가 조금 멀어지자 영실은 후유 하고 한숨을 내쉬었다.

그들은 또 걷기 시작하였다.

"히사야가 늘마다 저것 뒤르 쫓아다니등이……"

봉천이 입을 열었다.

"그 아이는 집에 드갈 수가 없어서 늘마다 그랬지비."

영실은 생각에 잠기며 느릿느릿 대꾸했다. 히사야와 함께 그 자취를 감춘 이발소의 춘모는 어찌 되었는지, 그 집의 창문들은 굳게 닫겨 불빛도 새어 나지 않고 있었다.

캄캄한 길로 접어들며 별하늘이 넓어졌다.

인가가 끊긴 빈터에서 무언가 까만 것이 꿈틀 움직였다. 획! 하며 고양이의 기다란 허리가 신 끝을 스쳐갔다.

"니 말다, 무서븐 야기 해줄까?"

"싫에! 앙이 듣겠다."

영실은 질겁을 하였다.

봉천이는 싱글거리면서

"저기 저 공터에 말다. 집이 한 채 있었지비? 어째 허물트려버렸는지 너 아니?"

"안다, 듣기 싫에! 하지 말라 하쟁이나?"

"거기 백여호 같은 첩이 살았단다. 남자가 벵이 나서 죽으니까 이 백여호 같은 여자가 말다. 공동뫼지에다가스리 묻지 앵이 하고, 그냥 그저 정지 바닥에다가 묻어버렸단다."

영실은 공포의 나머지 울기 시작했다.

"어째 그랬능가 하면 응, 그 남자는 옘병으 앓아 죽었다쟁이니?

정지에 묻으면 살아난다는 말으 곧이듣고……"

으악 하고 영실은 그의 팔에 매달렸다. 빈 터의 얼음 위에 무언가가 또 번득한 것 같아서였다.

봉천은 헐렁헐렁 웃으면서

"여기가 그 자리다, 여기가!"

반대로 영실을 떠다 밀쳤다. 무언가가 번득한 것 같은 빈 터 쪽으로 영실은 넘어졌다.

그녀는 귀신이라든가 하는 것에 병적인 공포심을 갖고 있었다. 어쩌다 그 감정이 자극되고 보면 무엇으로도 수습할 수 없는 상태에 이르는 것이었다. 예배당에서 얻은 지식 같은 것은 그런 경우 조금치도 소용에 닿지 않았다.

지금 그런 곳에서 떠밀쳐지자 영실은 아찔하여 일순 정신을 잃었다. 그러고는 나가넘어진 곳에서 일어나려고 사지를 굼틀거렸다.

봉천은 멈칫하고 거기에 서 있었다. 그리고 갑자기 어떤 충동을 느껴 입술에 침을 발랐다.

그는 뒤로 넘어간 계집애에게 다가갔다.

계집애에게 장난을 한 경험이 그는 있다. 불완전한, 말도 아닌 것이기는 하였지만.

봉천의 손이 옷에 닿이자 영실은 웬일인지 한동안 오히려 조용히 하고 있었다.

그러고는 양발을 치켜들며 그의 무릎을 걷어찼다.

봉천은 움칫하여 두 손을 오므렸다.

그러고는 일어서서 멀거니 기다렸다. 그는 영실의 노여움을 두려워하고 있었다.

영실은 아무 말도 하지 않았다.

옷의 눈도 털지 않고 그냥 걷기 시작했다.

봉천은 잘못했다고 말하려고 그녀의 뒤를 줄줄 따라갔다. 주저주저하면서 따라 걸어갔다.

영실이 여느 때보다 오히려 상냥한 얼굴을 하고 있다는 것을 그는 알지 못하였다. 그런 일은 조금도, 상상할 수도 없었다.

3

"어째 앙이 들어옴둥? 들어가오, 일없소!"[46]

하마터면 부딪힐 뻔한 여인에게 영실은 그런 말을 던지고 지나가려다가 문득 멈춰 서며 돌아다보았다.

대문 앞에 바싹 다가서 있던 여자는 그새 벌써 꽤 서두는 걸음걸이로 저만치 등을 보이며 가고 있었다.

어저께인가 그저껜가도 같은 여자를 문간에서 설핏 본 듯하였다. 잔칫날이 가까워 워낙 많은 사람이 드나들므로 눈여겨 살펴지는 않았었지만.

영실은 돌아서서 그 사람의 앞으로 가 얼굴을 쳐다보았다.

"아주망이 뉘기요?"

허여스름한, 무언지 멋있어 보이는 목도리를 한 여자는 그 한

자락으로 얼굴을 좀 가리듯 하며 눈길을 피하였다. 그대로 비켜서며 걸어가려고 한다.

여자의 얼굴도 하얗고 어딘가 도회지풍이 섞여 있는 듯했다.

'술장사 앵인가?'

나이는 삼사십 되어 보이지만 앳된 티가 남아 있는 것이 영실에게 그런 연상을 갖게 하였다.

이렇게 되면 상대방이 외면을 한다고 무안해 물러설 영실은 아니다. 짓궂도록 앞을 막아서며 쳐다보았다.

여자는 난처한 듯 입을 가렸던 숄을 내렸다.

'닮았다! 뉘긴가르 똑 닮았다!'

쌍꺼풀진 눈매가 그랬는지 약간 방심한 듯한 입모습이 그랬는지, 여하간 낯익은 느낌의 생김새였다.

영실이 놀라움에 사로잡혀 있는 틈에 여자는 팔굽으로 영실을 떠밀듯이 하며 빨리빨리 걸어갔다. 숄을 푹 뒤집어쓰고 있었다. 세루 두루마기의 뒷모습이 날씬했다.

영실은 어둠이 내리덮이기 시작한 길을 반대편으로 걷기 시작했으나 아까 뛰어나오던 기세는 숙어지고 불안한 낯빛을 하고 있었다. 여자는 온순하고 상냥한 느낌이었으나 영실은 어째선지 불길한 예감이 들었던 것이다.

비탈길의 미끄러움과 위험함은 이루 말할 수도 없는 것이었다. 눈이 와서 얼어붙은 위에 또 눈이 오고, 사람들이 딛고 지나간 뒤로 또 얼고 하여서 그것은 강철같이 단단하고 울퉁불퉁한 유리띠[帶]를 펴놓은 듯 매끄러운 것이었다.

길이 좁아지며 한편이 낭떠러지인 곳은 굵은 쇠사슬이 육, 칠 미터나 건너질러져 있었다. 붙잡으면 털장갑이 쩍쩍 달라붙었다.

한사코 쇠사슬에 매달리며 조심조심 지나간다.

영실은 소방소가 있는 앞을 돌기 싫었으므로, 저물면 아무도 다니지 않는 비탈을 오르내리기로 하고 있었다.

꼭 가야 할 일이 있는 것도 아니었다. 아니 아까는 그 필요를 느껴서 튀어나왔었다.

빈집이 되어버린 성아네 병원 앞에 가보자는 것이 목적이었다.

성아네는 며칠 전 이곳을 떠나버렸다. 그날 성아가 뜻밖에도 상냥한 웃음을 보냈으므로 다음 날 영실은 용기백배하여 등교를 하였고, 두리번거리며 그녀를 찾았었다. 그러나 성아는 출석하지 않았다.

야만인 같은 자기에게 웃어 보인 바로 그 밤 차로, 먼 곳에 와 가장을 잃은 그 일가는 소릿기 없이 기차를 타고 만 것이었다.

며칠 후 채선생이

"에에, 백성아는 서울로 전학을 갔다. 너이들께 인사하고 가고 싶었지만사도 슬픔이 앞을 서므로 기양 떠나니까나 말으 잘해달라고 백성아의 어머니가 그 안날[47] 왔다 가셨다. 알겠니야?"

아이들은

"예에."

하고 대답하였다.

최순희가 시골로 가버렸을 때 선생은 아무 말도 하지 않았었다. 하지 않았어도 아이들은 말짱 알고 있었었다. 이번 일도 말이 나오기 전에 먼저들 알고 있었던 것이다.

뉘앙스는 조금씩 다르지만 구슬픈 느낌은 매한가지였다.

채선생의 노란 얼굴이 초췌해 있는 까닭도 아이들은 모르지 않았다. 세수도 하지 않고 나온 것이 아닌가 생각이 들 만큼 구지레한 느낌으로 그가 변한 이유를 아이들은 하나 빼지 않고 눈치 채고 있었다.

그래서 그가 영실이 있는 부근에는 절대로 눈을 돌리지 않고 반대쪽에 앉은 애들에게만 읽으라느니 쓰라느니 지명하는 까닭도 알고 있었다.

영실은 아랑곳없이 고개를 빳빳이 쳐들고 있다. 채선생이 못 본 체하는 것을 기화로 앞뒤 아이들과 장난을 치고, 시험 때는 책을 꺼내어 베끼고 한다.

영실이 앉은 부근은 와글와글 시끄럽고, 때로는 난장판이 벌어지기도 하였다.

그러한 영실에게도 성아와의 결별은 충격이었다.

하루에 한 번씩은 뛰어 달려가, 성아네 빈집을 바라보곤 하였다. 마지막에 웃어 보인 얼굴을 생각해내면 곧 눈물이 솟았다. 이를테면 비탄에 잠기기 위하여 오늘도 해가 저물자 왁자지껄한 자기 집을 뒤로한 것이었다.

영실은 쇠사슬을 붙들고 간신히 위태로운 장소를 지나자 다시 무언가 모를 아까의 불안에 사로잡혀, 가라앉은 기분으로 느릿느릿 걸어갔다.

목롯집이 두셋 늘어선 앞을 지나간다.

불빛이 김에 서려 새어 나오고, 유리 미닫이문은 끊임없이 열렸다 닫겼다 하였다.

작부들이 끼익끼익 목청을 빼고 있다. 빨강이며 파랑의 옷자락도 스치고, 남자의 탁한 음성이 고래고래 악을 쓰고 있는 것도 들렸다. 음식 냄새가 난다.

영실은 무언가 평화롭고 훈훈한 것을 느껴 그 앞에 걸음을 멈추고 서 있었다.

성아나 순희의 아버지처럼 자기의 아바이도 별안간 죽고, 엄마도 또 갑자기 없어지더라도——만약 그런 일이 생기는 경우에라도, 이런 선술집에 와서 살면 된다고 그녀는 그런 생각을 하였다.

사람이 북적대고 시끌덤벙하고 그러니까 쓸쓸하지는 않을 거다…… 불빛은 밝고, 음식은 따뜻하고……

북청집에서는 기름투성이 앞치마를 두른 북청댁이, 국이 쌀쌀 끓고 있는 가마솥 앞에 서 있었다. 붉은 얼굴로 기운차게 무어라고 고함을 질러댄다.

영실의 마음은 조금 가라앉았다. 그녀는 성아의 집을 향하여 이번은 폭넓고 경사도 느린 언덕을 올라갔다. 세모꼴의 현관 지붕은 어둠에 싸여 있었다.

문장은——지난날 영실에게 그처럼 흐뭇함을 주던 하얗고 빳빳한 문장은 모조리 떼어지고, 검은 유리알이 서글픔을 자아내고 있었다.

외등도 꺼진 채, 간판도 떼어지고 없었다.

길 건너편 담장 앞에 영실은 한동안 서 있었다. 그리고 아마도 문이 샅샅이 잠겨 있지는 않으리라는 생각을 문득 하였다. 그녀는 안채로 통한 작은 옆문으로 다가갔다.

텅 빈 대청마루며 역시 유리알만, 검은 방문들은, 그 삭막함으로 더욱 그녀의 가슴을 저리게 만들 것이 분명하였다. 영실은 손끝으로 판자문을 밀어보았다.

문은 전과 조금도 다름없이 소리 안 나게 안으로 열렸다.

그리고 순간 누군가가 거기에 있는 것을——그곳이 황량하게 비어 있지는 않은 것을, 영실은 느꼈다.

부드러운 음향이——산타 루치아의 휘파람 소리가, 가느다랗게 귓전에 울려왔기 때문이었다.

'창규나!'

영실은 직감하였다. 그리고 걸음을 멈추고 호흡까지 죽이면서 안마당 저편을 살펴보았다.

깡패 스타일에 미소년 창규는 마루 끝에 걸터앉아 있었다.

저편을 향한 옆얼굴로 휘파람을 불고 있다.

그의 옷차림이며 모자 쓴 모양으로 창규라고 알려진 뿐, 그 얼굴은 어둠에 가려 있었는데도, 영실은 그때의 그의 표정을 너무나도 뚜렷하게 눈앞에 그려 올릴 수 있었다.

그것은 다정하고 슬프고 고통스러운——영실이 실지로는 아무에게서도 본 일이 없었던 얼굴이었다. 없었지만 웬일인지 그녀는 실지로 그것을 그려내었다.

슬픔을 닮은 형언하기 어려운 감정이 영실을 엄습하였다. 그것은 정체가 분명치 않은 채 몹시 격렬한 감정이었다.

산타 루치아가 끝날 때까지 그녀는 움직이지 않고 서 있었다. 그리고 귀를 기울였다. 정적이 흘렀다. 정적은 찬 공기와 함께 얼어붙은 듯 언제까지나 계속되었다.

갑자기 영실의 가슴 밑바닥에서 분노가 불을 뿜었다.

그녀는 몸을 돌려 내닫기 시작했다. 한쪽 발에 새끼줄이 느슨하여지더니 드디어 풀려나가버렸으나 영실은 그냥 달렸다.

달이 나와 유리 띠 같은 좁은 고갯길은 반짝반짝 빛나고 있었다. 옥색으로, 흰빛으로, 또 검은 점선으로.

영실은 씨근덕거리며 단숨에 쇠사슬의 거리를 지나버렸다.

창규는 길가에서 만나면 무뚝뚝하기 짝이 없다. 그렇다기보다는 숫제 무관심하다. 다른 계집애들에게는 그렇지 않기에 불량이라는 소리를 들을 것이었다.

'내가 곱지 앵이한 따문이지.'

맹렬한 반발심이 고개를 쳐들었다.

그것은 이상하게도 창규 그에게보다 성아를 향하여 뻗어 올랐다.

'다시는 앙이 간다. 앙이 가고말고.'

그녀는 성아를 미워하기까지 하였다.

반들거리는 길이 대문 앞을 지난 곳에 누군가가 서 있었다.

모친 조씨인 것 같았다. 덧옷도 안 걸치고 방에 있던 차림 그대로다.

그녀는 누구를 찾는 듯이 두리번두리번하고, 조금 문 쪽으로 걸어오다가는 또 멈춰 섰다. 생각에 잠긴 눈치 같다. 다시 고개를 돌렸다. 이편은 보려고 하지 않고 뒤쪽만 자꾸 살피고 있었다.

영실은 대문 옆에 서서 지켜보았다.

조씨는 날카로운 얼굴을 하고 있었다.

고양이 동자 같은 노란 눈알이 초록색으로 빛났다.

"엄마!"

조씨가 이제는 마음을 정한 듯이 무표정한 낯을 하며 가까워왔을 때 영실은 소리쳤다.

조씨는 처음으로 딸을 바라보았으나 아무 말도 없이 안으로 들어갔다.

마당에까지 불빛이 밝고, 아낙네들은 여전히 분주히 돌아가고 있었다.

4

떡을 치고 술을 빚고 법석을 하였지만 짜장 잔칫날의 영실의 집은 쓸쓸하였다.

신실을 둘러싸고 떨어대던 요란은 그녀를 식장에 보내기까지를 경계로 거짓말처럼 멎고 말았다.

그 뒤에는 그녀의 양친이 맥 풀린 얼굴로 식장에서 돌아오고, 신실이와 장수철의 신랑 각시가, 바퀴에 쇠줄이 감긴 자동차를 타고 와서 들여다보는 둥 마는 둥 다시 가버린 뿐으로, 동리 사람 몇이 기웃거리는 양이 오히려 심란할 지경이었다.

모든 혼례다운 행사, 떠들썩한 잔치는 장달수네 쪽에서 차지를 하고, 무엇 하나 남은 게 없다는 느낌이었다. 불긋불긋한 색깔이며, 헝겊 쪼가리조차 남겨져 있지 않았다. 꽃분홍색의 치마와 연두저고리를 얻어 입고 손바닥만치나 큰 꽃핀을 더벅머리에 찌른 영실이마저 여기에는 얼씬거리지를 않았다.

아마도 잔칫상 둘레에서 풀럭거리며 다니고 있을 것이었다. 누군가가 상을 찌푸리거나 사돈 색시는 이제 그만 가라고 일렀더라도 끄떡을 하지 않았을 것이 분명했다. 모든 사람이 흩어지고, 몇 개나 되는 대문이 엄중히 잠겨질 그때까지 그녀가 그곳을 물러날 기색은 전혀 없었던 것이다.

그래도 조씨는 다시 옷소매를 걷어붙이고 상을 차려 동리 사람들을 대접하였다.

장달수네 잔치를 먹고 온 이웃도 또 차례차례 끼어들고 하여, 전등불이 들어올 무렵에는 그래도 제법 웅성웅성해지기도 하였다.

신만갑은 내키지 않는 듯 자리에 끼어 앉아 있었다. 그는 신색이 좋지 못하였다. 아주 기분이 나쁜 사람 같았다.

객들은 그를 치지도외하고 저희끼리 이야기를 주고받다가 술맛 안 나는 듯 몇 잔씩 들이켜고 그러고는 일어나서 돌아들 갔다.

신만갑은 원래가 남들과 친하지 않고, 객들도 그가 달갑지 않았지만 잔칫날이라 하니 온 것이었고 장달수네 집에서 얼근해진 축들은 흥이 돋워진 김에 색싯집에도 잠깐 들렀다가 기분만 잡치고 돌아간다는 얼굴들이었다.

빈 상에 앉아서 신만갑은 나중까지 혼자 술을 마셨다.

아낙네들이 모인 방이 한결 수다스럽고 시끄러워서 그녀들은 각기 오늘의 흥분을 뒤떨어질세라 입 밖에 내어 지껄거리고 있었다.

"신실으네, 복 많은 딸으 두었지비."

"옥가마 탔소, 옥가마."

"선녀 같습데, 그런 각시 어디 또 있겠음."

"딸으 그처리 곱게 낳는 기술 좀 배와주우다."

"그기사 아바이에게 묻소."

"에그 너므 아방이에게…… 앵이 하는 소리 없소."

여자들은 박장대소를 하고 장달수네 살림의 호화로움을 다시 찬탄하였다.

"어마이 공로자요, 오늘 한잔 받으오."

조씨는 순순히 술을 받아 마셨다. 웃지도 않고 기쁜 것 같은 얼굴도 아니었으나 받아 마셨다. 가까이서 보면 초록으로도 보이는 그녀의 눈알에 몇 번 이슬이 맺힌 것을 여편네들은 보았으나 그럴수록 그녀들은 떠들어대기를 그만두지 않았다.

먹는 일이 끝나고 바지런한 몇몇 아낙의 도움으로 뒷설거지도 대강 마쳐졌을 때에 신만갑은 어디로 갔는지 집 안에 보이지 않았다.

조씨는 혼자 부뚜막 방에 앉아 있었다.

언젠가 영실이 고양이 같다고 형용한 그런 자세로 오뚝 언제까지나 앉아 있었다. 음식 냄새와 사람의 온기가 아직도 남아 있고, 그러나 아무도 없는 집 안에.

자정이 훨씬 지나니까 영실이 돌아와서

"아아 자부럽다……"

조씨 곁에 누우려다가 얼굴을 쳐다보더니 일어나서 신실이 있던 방으로 갔다. 곧 쓰러져 자는 모양으로 숨소리가 쇄애쇄애 들려 나왔다.

조씨는 일어나서 그 방에도, 골방에도, 또 툇마루가 달린 방에도 가보았다. 기웃거리며 살핀다. 영실이 말고 또 누군가가, 남편이, 집 안에 있을 듯한 마음이 갑자기 들었던 모양이었다.

며칠이나 그러나 신만갑은 돌아오지 않았다.

다음 날도 또 다음 날도 '경사'가 있은 집에는 손이 들락거리고 그런 때마다 조씨는 말수 적으나 평정한 태도로 음식을 내놓고 응대하였다. 그러나 혼자가 되면 가마솥 옆에 오뚝 앉아 있는 것이었다.

신만갑이 보이지 않는 것을 아무도 이상히 여기지는 않았다. 집 안에 있더라도 얼굴을 내밀지 않을 위인으로만 여기고들 있는 것이었다. 영실은 근심스러운 듯이 모친을 내려다보며 서 있곤 하였다.

밤이었다.

영실은 그러고 섰다가 별안간 자기부터 놀라면서 큰 소리를 질렀다.

"앗, 생객이 났다!"

그녀의 꽃분홍빛 치마는 벌써 더럽히고 구겨, 말려 올라가 있었다. 치맛단 밖으로 내보이지 않기 위하여 둘둘 걷어 올렸던 솜바지는 흘러내려 한쪽만 정강이까지 덮여 있었다. 그녀는 지금, 동글납작한, 맑으나 종횡으로 주름이 간 모친의 얼굴을 내려다보고 있다가 전연 형이 다른 하나의 얼굴을 돌연 상기해낸 것이었다.

하야스름한, 어딘지 멋이 있는 것 같아 보이는, 얇은 목도리로 입을 가리던 여자.

쌍꺼풀진 눈매와 어딘지 방심한 듯한 입모습……

"신실이형으 닮았다! 맞다, 그렇다! 또옥 닮았드라!"

조씨의 몸이 움찔 흔들린 것 같았다.

하나 영실이 자기가 내쏜 말에 놀라서 눈을 둥글게 뜨고 다시 모친을 바라보았을 때 그녀는 움직이지 않고 아까 모양 꼿꼿이 앉아 있었다.

영실은 더욱 당황하였다. 엉뚱한 소리가 튀어나왔다.

"신실이형으 닮았다! 그거 형으 엄마 앙이가?"

어렴풋 의심을 해본 일도 없는 생각이었다. 그러나 한번 그런 마음이 들자 폭포가 쏟아지듯 지껄대기 시작했다.

"딸 시집가는 거르 보러 온갑다. 서울이나 피양〔平壤〕서 술장사질 하다가……"

"……"

"옳다! 그래 문 앞에서 왔다 갔다 한 거지비."

영실은 한동안 입을 다물고 잠자코 있었다. 그리고 아까보다 더 큰 소리를 내었다.

"앙이다, 그렇쟁이타! 성 시집가는 거르 보라 온 기 앙이다. 거저 기양 왔다. 아배 찾아서……"

이번은 영실 자신이 흠칫하며 말을 끊었다. 조씨가 이편을 쳐다본 때문이었다. 그 눈에서 눈물이 주룩 흘러내린 것을 보았던 것이다.

모친이 운다……

그 노랗고 때로는 초록으로 보이는, 표정이 없는 눈에서 눈물이 굴러 내린다……

상상해본 적도 없는 일이었다.

측은하다든가 슬픈 감정보다도 기이한 느낌이 앞을 섰다.

영실은 침묵하고, 모친이 보이지 않는 곳으로 가서 꾸부리고 누웠다.

신만갑은 다음 날 낮에 돌아왔다.

양털이 속에 달린 검정 외투를 털썩 내던지고, 아무 말도 없이 들쓰고 눕는다.

영실은 문틈으로 들여다보았다. 낡아서 사방이 닳아진 외투는 젖어서 더욱 더러워 보였다. 눈을 묻혀갖고 돌아다녀서 저렇게 되었다고 영실은 생각했다. 그의 커다란 털신도 꾸둥꾸둥 얼어 있었다.

해 저물 때까지 그 방에서는 코 고는 소리밖에는 들리지 않았다.

밤이 되었을 때 그는 일어나 앉았다. 장시간 우두커니 벽만 보고 있더니 다시 그 긴 외투를 들쓰고 후닥닥 밖으로 튀어 나갔다.

영실은 부뚜막 방에 와서 조씨를 잡아 흔들었다.

"날래 따라나서거라. 날래 날래! 또 놓치고 마쟁이겠나."

모친은 오뚝이처럼 움직이지 않았다.

눈물을 흘렸던 눈알은 깜박이지도 않았다.

"앙이 갈 참잉야? 내사 모른다."
영실은 또 언성을 높였다.
"……"
"빨리 가아라! 그 색시가 아배르 앗아 간다!"
해버리고 나서 영실은 색시라는 말을 쓴 일에 어떤 불안을 느꼈다.
엄마가 좋쟁이케 여기리라.
그러나 지금 이것저것 가리고 있을 여유는 없었다.
"이만치 말으 해도 참말로 앙이 가나?"
영실은 버럭 화를 내며 모친의 쪽 찐 머리통을 떠다 밀쳤다. 조씨는 두 무릎을 들며 넘어갔다.
영실은 뒤도 돌아보지 않고 대문 밖으로 달려나갔다.
날카롭게 가늘어진 달이 하늘에 걸려 있었다. 바늘 끝처럼 군데군데가 뾰족뾰족 빛나고 있는 얼음길을, 영실은 언젠가 여인이 사라진 쪽으로 달려가고 있었다.
멀리는 내다보이지도 않는다. 무엇이 있는지 누가 있을지 알 수 없었다. 덮어놓고 뛰었다.
귀신이 나오는 헌병대 뒤의 철망 옆도 지나갔고, 무당이 사는 오두막집 앞도, 색주가가 매달려 죽은 버드나무 아래도 줄달음을 쳐 갔다.
시커멓게 서 있는 학교 옆도 달렸고, 천마산 굽을 돌아 바닷가 거리까지 쉬지 않고 걸었다.
한 번도 나가넘어지지 않았다.

사람을 더러 만났으나 쳐다보지도 않았다.

무엇인가를 알고 있는 아이같이 영실은 급히 갔다.

부친의 옷자락이 젖어 있었던 것은 그것은 눈이 묻었던 때문만은 아니다. 신도 그랬다. 바다 냄새가 났다. 찝찌름한, 비린내 섞인……

그런 생각이 의식의 밑바닥을 흐르고 있었는지 어쨌는지……

갯가에서는 작은 똑딱선이며 고깃배 같은 것이 무수히 늘어서 있는 것이 보였다. 바다 가상이는 얼어붙어서, 그러한 배들은 저만큼 안에 머물고 있거나 모래 위에 끌어 올려져 있었다. 고베내왕의 기선이나 그 밖에 흰 마스트를 가진 큰 배들은 유곽 거리에 가까운 부두로 들어온다. 여기는 단지 어선장(漁船場)인 것이었다.

비린내가 주위 일대에 얼어붙어 있었다. 동태며 정어리가 산더미같이 쌓아 올려지는 때도 있지만 지금은 빈 그물만 한풍에 휘날리고 있었다.

영실은 디디면 뽀득뽀득하는 모래 위로 내려서서 작은 방파제로 다가갔다. 초라한 화물선이나 똑딱배는 여기서 출발하여 인근 항구로 생선이며 짐과 함께 사람도 날라 갔다. 보잘것없는 장사치나 화류계 여자들이, 한두 명씩 얹혀 가는 그 승객이었다.

똑딱선은 조금 전에 떠나버린 눈치였다. 방파제는 비어 있고 저만치 어두운 해상을 뱃소리가 멀어져가고 있었다.

영실은 모래사장으로 돌아와, 배가 사라져가고 있는 방향으로, 병행하여 걸어갔다. 그쪽 끝에는 해수욕장이 있다. 더 지나가면 언젠가 경식이 누워 있던 바위가 있는 곳이 된다.

  문득 그녀는 주춤거리고 섰다.

  모래 위에 앉아 있는 검은 털벙거지가 보였다.

  털벙거지를 쓰고 검은 외투를 들쓴, 몸집이 커다란 사람은, 모래 위에 책상다리를 하고 앉아 주먹으로 땅을 두들기고 있었다.

  어헝, 어허허허…… 하고 어른이 우는 때면 언제나 느껴지는 그 처참하고 듣기 흉한 울음소리를 내면서, 땅을 두들기고 있었다.

  "흠!"

  영실은 비스듬한 각도에서 그를 내려다보면서 입가에 비웃음을 띠었다.

  모친 조씨를 위하여 통쾌하게 여겼다는 것은 아니었다. 하나 여하간 그—부친 신만갑의 패배는 무언지 모르게 통쾌하였다.

  여자는 가버렸다…… 신실이 형을 닮은, 하이칼라 냄새가 나는 여자는 가버렸다. 똑딱선을 타고서……

  흠, 하고 영실이 한 번 더 코웃음을 쳤을 때 신만갑은 벌떡 일어서더니 우오—하는 듯한 신음성을 올리면서 해수욕장 쪽으로 내닫기 시작했다.

  얼굴은 바다로 돌리고 있다.

  해풍에 휘날리는 그의 외투 자락이 푸덕푸덕 소리를 내었다.

  주먹질하듯 바다로 팔을 내밀면서 그는 뛰었다. 얼음을 밟고 점점 바다 속으로 들어간다.

  영실은 갑자기 걱정이 되었다. 그의 뒤를 따라갔다. 두려움과 격렬함과 그리고 무언지 모를 혼탁함에 휩싸이며 따라 걸어갔다.

몸집이 큰 털벙거지의 사나이는 연신 우오——하고 어둡고 무거운 바다를 향해 소리 지르고 있었다.

이브 변신 變身

1

 창경원 담 밑을 사(四)가로 돌아가는 모서리까지 오자 나는 기운이 다 빠져 길가의 돌 위에 걸터앉았다.
 "아가다, 아가다의 다리는 원 참……"
 최애자씨가 그런 소리를 한 적이 있지만 내 다리가 왜 어때서. 안으로 굽었거나 말거나 몇십 리를 씽씽 오가고도 끄떡없는, 곰의 다리같이 튼튼한 생김새인데 지금은 매시시 남의 몸뚱이 같기만 하다. 식사를 제대로 안 한 때문이지.
 둘레가 차츰 어두워왔다. 여덟 시는 넘었을까. 잠자리가 걱정이다. 그리고 영양이 좋지 못하면 눈도 나빠진다던데…… 그런 생각을 하자니까 또 불현듯 화가 치밀었다. 올빼미 같다고 내 오묵한 눈을 흉보는 것들이 없지 않지만 얼마나 잘 보이고 건강한 눈알이라고. 사십 평생 안질 한번 걸린 일이 없다.

 좀 쉬어서 체온이 내리니까 으스스 한기가 들기 시작했다. 오늘 밤은 추울 모양이다. 바람이 와삭거리며 낙엽을 쓸어 갔다. 못마땅하다. 집이니 방이니 제가끔 문을 닫아걸고 들어들 앉아서, 내가 누울 자리 하나 비워주지 않다니.

 먼 곳에 등불을 밝힌 저택이 보인다. 저만큼은 크고 깨끗해야지만 나는 편안히 잘 수 있는데……

 여러 사람네 집을 돌아다니며 살아보았지만 이번 있던 곳이 그래도 제일 마음에 든 편이다. 이제야말로 좋은 주인을 만났는가 싶었다. 장차 특별히 비위에 거슬리는 일만 생기지 않는다면 오래도록 살자고 마음먹었었다.

 첫째 그 집에는 재미난 구경거리가 많았다. 일도 일이지만 사람이 무슨 낙이 있어야 사는 법이다. 밥하고 빨래하고 집 안 치우고 ─그런 잡용만 가지고는 짜증이 나서 못 견딘다. 그 집에는 희한한 볼거리가 있었다.

 둘째는 남자의 그림자라곤 없어 그 점이 내 맘에 흡족하였다. 하기야 주인 영감도 살아 있고, 은행에 다닌다는, 삼십이 넘은 아들도 있기는 하지만 내가 들어간 지 일 년이 넘는 오늘날까지 둘을 도합 서르나문 번이나 보았을까? 그러니 있으나 마나 매한가지이다.

 나는 남자라는 것이 싫다. 뭐가 좋아 그들하고 같이 사는지 아무래도 알 수가 없다.

"아니, 그럼, 아가다는 애는 어떻게 났누?"

언젠가 주인마누라 최애자씨가 나를 놀렸지만 그때도 나는 큰 소리로 대꾸를 해주었다.

"시집을 갔으니까 어떡해요? 생겼으니 났지. 그래두 원 우린…… 사내가 어디가 좋다고 사죽들을 못 쓰는지……"

비웃으며 혀를 차니까 최애자씨는 적이 내 얼굴을 건너다보며,

"법이 그러니까 그저들 사는 거지."

한숨을 내쉬었다.

"하지만 뭐 그다지 싫달 거야 또 있나?"

덧붙이고 비시시 웃는다. 육십이 멀지 않았건만 최애자씨는 아직도 고운 티가 남아 있었다.

고와도 소용이야 없다. 영감은 딴살림을 차리고 앉아, 고작 생활비나 주러 오곤 하는 뿐이니까. 그래도 같은 값에 나처럼 네모지고 억세게만 생긴 것보다는 본인 자신 기분이 좋을지는 모를 일이다.

애자씨 말에 나는 절레절레 고개를 저었다.

"우린 몰라요, 이래라저래라 성가시기나 하구. 사내 때문에 죽네 사네 하는 예펜네들 보면 어째 저럴까 이상스러 못 견디겠어."

애자씨는,

"목통두 크기는. 말을 좀 가만가만히 하라구."

하더니 새삼스럽게 내 나이를 물어 마흔세 살이라니까 젊어서도 그랬었느냐고 캐고 들었다.

젊어서고 무어고 나는 그렇고, 동시에 남자 곁에서 이러쿵저러

쿵하고 있는 여자들도 눈꼴사납고 치사스럽게만 보인다.

그러므로 사내들이 없는 이 집안은 십상[1] 내 마음에 드는 것이었다.

셋째로 여기서는 나를 들볶을 사람이 없다.

들볶다니, 들볶일 멍텅구리는 또 어디 있을까마는, 어느 집이고 주장 잔소리를 맡아 하는 위인이 한 명씩은 있는 법이고, 이 집에서는 애자씨가 의당 그것을 맡아 하게 마련인 모양인데, 나는 아예 첫머리에서 그 기를 쿡 꺾어놓고 말았다. 이러저러하게 해놓으라고 이른 일은 일부러 뒤로 미루어 하지 않았고, 재촉을 해도 못 들은 척 버려두고 버티었다. 아니, 내가 한 소리 못 들었느냐고 제법 언성을 높이기에 손이 나면[2] 하고 안 나면 못 하는 거지 왜 야단이냐고 갑절은 큰 소리로 내쏘았더니 질렸는지 잠잠해져 바라보기만 한다. 그래 나는 한마디 더 하였다.

"보면 알 일이지. 언제 내가 두 손 마주 잡고 놀읍디까? 가만 놔두면 해놀 텐데 괜히 떠들고 소란이네요."

심화를 못 이겨 나는 얼굴이 벌겋게 달아올랐다. 올빼미 같다는 눈이 더 흉측해졌을 것이다.

사실 나는 무슨 일에서고 누구의 지시를 듣는 일이 아주 질색이다. 가만있으면 혼자 다 알아서 척척 처리한다. 나만큼 일을 빨리 하고 잘하고 깨끗이 하는 인간은 드문 것이다.

몇 번 그런 따위 승강이가 있고 나서부터 최애자씨는 잔말을 하는 대신 오히려 나를 추어올리는 쪽으로 방향을 돌렸다.

"아가다. 그저 우리 집에 오래만 살어. 내 양단 저고리도 해주고 다 해줄 테니."

홍, 하고 나는 코웃음을 쳤다.

내가 낳은 계집아이 둘이 노고산동 막바지의 땅굴 속에서 굶으며 먹으며 중학과 국민학교에 다니고 있다. 거기에 쌀 나무를 대어야 하므로 돈은 필요하지만 울긋불긋한 옷을 나는 색싯적에도 탐내 한 일이 없다. 치사한 취미라고 여기는 때문이다.

그건 그렇고 최애자씨처럼 YWCA야 무슨 구호회야 자선 바자야 하고, 하루도 빼지 않고 밖으로 나돌아야 하는 사람은, 집안일에 더 간섭을 하려야 할 시간도 없고 또 나만큼 믿음직스러운 식모를 구하기도 어려울 테니까 내게 고개를 숙일밖에는 없는 것이다.

나는 저녁 여덟 시가 되면 일손을 멈추고 안방에 들어가 앉아 텔레비전을 본다. 며느리나 애자씨와 함께 보는 때도 있지만 혼자 구경하는 일이 더 많다. 그리고 아홉 시에는 잔다. 졸음이 와서 기구[3]는 안 올리지만 가슴에 십자는 잊지 않고 긋는다. 내세에는 기어이 좋은 데로 가야 하겠기 때문이다.

내 널찍한 방은 내게 아주 알맞고 편안하다. 땅굴 속의 질척거리는 가마니 뙈기 위에서 자는 우리 계집애들이 저희끼리 못살겠다고 가끔 우는소리를 해오지만 나는 그 잠자리를 첫째 참을 수 없어 돌아가지 않는다.

아침이면 수도에 호스를 끼어 들고 돌아가며 집 안팎의 타일을 닦아내고 빨래를 하고——나는 물을 가지고 점벙대기를 아주 좋아한다——부엌일은 밥 끓이는 것과 설거지만을 맡아 한다.

그 정도면 내 힘에 꼭 알맞고, 피곤하지도 않으므로 내가 그렇게 정한 것이다. 그리고 이 집 사람들과는 함께 살 만하다고, 평생 있을까 하는 생각까지 하는 것이었다.

2

가끔 애자씨와 며느리가 한바탕씩 충돌을 하는 일이 있다.

물론 상소리가 오가고 하는 것은 아니지만 그래도 싸움은 싸움이다. 원인은 그때그때 어디서 불거져 나오는 것이 아니라 노상 이 집안 근본에 깔려 있는 일들이었다.

그날 애자씨는 부녀회관 신축 축하 파티에 갔다 오면서, 수입품인 바나나를 한 아름, 그리고 아직 계절도 아닌 수밀도를 한 바구니나 사 가지고 들어왔다.

"우리 난아 좀 어떠냐? 응, 아가다, 난아가 좀 나았어?"

허겁지겁 묻는다.

그처럼 마음이 쓰이면 옆에서 시중이나 들 일이지 저물도록 싸돌아다니다가는 해 질 무렵이면 갑자기 걱정이 되는가 하고 나는 일부러 대꾸를 안 하였다. 마누라는 과일 꾸러미를 내주며 얼른 씻으라고 손짓을 해대고 난아의 방으로 동동걸음을 쳐 갔다.

저절로 빙그레 웃음이 난다.

저렇게 둘도 없는 듯 법석을 하는 난아가 자기 없는 새 집안에서 어떤 대접을 받고 있는지 한번 구경을 하면 아마 기절을 해 나

자빠질 것이다.

"난아야 엄마가 왔다. 감기 기운이더니 열이 좀 내렸냐?"

애자씨는 악어 핸드백을 내던지고, 비취와 다이아가 번득이는 손으로 누워 있는 난아의 이마를 어루만지면서 마치 어린아이에게처럼 말한다.

난아는 푸시시 일어나 앉으며 멍한 눈초리를 벽에다 던졌다. 나이를 따지자면 서른 살이나 먹은 노처녀였다.

"저녁 먹었니?"

"아아."

입으로는 대답하고 고개는 설설 옆으로 내젓는다. 애자씨는 나를 돌아보며 답을 기다렸다.

"먹었지 그럼, 굶겼을까요?"

퉁명스럽게 나는 말하였다.

사실은 난아가 맛이 없어 그러는지 밥을 한 숟갈 입에 넣었다가는 상 위에 패 뱉고 또 뱉어놓고 하는 것이 미워, 어차피 안 먹으려거든 일거리나 만들지 말라고 빼앗아버렸더니 에엥 울음을 터뜨리고 쓰고 누웠던 것이지만 고자질을 하는 법은 없으니까 그저 그래두면 간편한 것이다.

"난아야, 바나나랑 복숭아랑 먹어라. 아가다, 어서 씻어 오라구."

난아는 투명하게 희고 가는 손끝으로 반듯한 이마를 짚으면서 역시 먼 곳을 보는 듯한 눈동자를 움직이지 않았다.

곱게 생긴 색시였다. 얼굴을 볼 적마다 신기할 지경이다.

몸매도, 어깨가 나부죽[4] 매끄러운 것이 크지도 작지도 않고, 알맞추[5] 찐 살은 아기 볼처럼 부드러운 분홍색이다. 거기다 말을 할 때의 목소리는 오죽 맑고 고울까.

그 짓만 하지 않는다면 참말이지 나라도 혹할 만하였다. 서른 살이라지만 아무리 보아도 스물두셋을 넘은 것으로는 여겨지지 않았다. 스물두 살에 그렇게 되고부터는 나이까지 거기서 멈춰버린 게라고 애자씨도 그런 말을 한 적이 있었다.

내가 쟁반에 과일을 담아 들고 가니까 애자씨는 성급하게,

"자 어서 먹어라 먹어라."

하고 재촉을 해대었다. 파티에 갔던 치마를 걷어 안지도 않고 펑덩 주저앉아, 지금은 온갖 세상일은 다 잊은 듯, 금테 안경을 쓴 콧등에 땀방울을 띄우고 있는 마누라는, 이런 때는 별수 없이 제 나이만큼 다 늙어 보였다.

난아는 귀에 아무 소리도 들리지가 않는지 여전히 옴짝을 하지 않았다. 불란서 레이스라나 하는 연두색 치마저고리를 걸치고, 그야말로 넋을 잃고, 까만 구슬처럼 맑은 눈동자로 벽만 보고 있다.

"응 애야."

하고 애자씨는 그 몸을 잡고 흔들었다.

난아는 별안간 두 무릎을 세워 오그려 붙이더니 두 손으로 얼굴을 가리고 재빠른 말씨로 중얼대기 시작했다. 그 왼손 무명지에 낀 루비라던가 하는 새빨간 구슬이 퍽 예쁘다.

내 약혼반지 내놓으라고 야단야단을 해서 애자씨가 비싸게 주

고 사다 주었다는데, 그 물건은 애자씨의, 말라서 나뭇가지 같은 손에 끼고 있는 반지들과는 달리, 언제나 아주 깨끗하고 고와 보이는 것이었다.

"중현씨가 그러면 나는 몰라요."

"나도 갈래요. 집을 빠져나와서 갈 테야요. 가면 되겠죠."

"싫어요. 꼭 붙잡으세요. 손을 꼭…… 네? 어머니가?"

갑자기 난아는 손을 뿌리치며 얼굴을 들더니 꽥 하고 듣기 싫게 소리를 질렀다.

"뭐? 그런 년은 죽으라고 해! 그런 악마는. 이년! 최애자란 네 이년!"

무서운 형상을 하고, 열 손가락의 손톱을 세워가지고 애자씨의 얼굴을 할퀴려고 달려든다.

"이거나 먹어! 이러지 말구."

나는 바나나를 하나 들어 난아의 눈앞에 대고 찌걱찌걱 껍데기를 벗기기 시작했다.

난아는 나를 흘깃 보더니 다시 얼굴을 가리고 입속의 말을 중얼댄다. 음성이 잦아든 듯 낮은 데다 어찌나 빠르게 주워섬기는지 쇠쇠거리는 소리밖에는 들리지가 않았다.

"자 어서."

하면서 나는 그 한쪽 손을 당겨 내리고, 달싹거리는 입술에다 바나나를 비벼대며 밀어 넣었다.

"먹어, 자."

"그러지 말어, 아가다."

최애자씨는 다 죽어가는 소리를 내더니 방바닥을 짚고 일어났다.
"저리 가자, 내버려두고. 아가다……"
나는 악어 핸드백을 들고 애자씨의 뒤를 따라 나왔다. 난아의 주절거림은 조금 높아졌다. 중현씨, 꼭 안아주세요, 라느니 가면 싫다느니 안 보고는 못살겠다느니 하며 또 몇 시간이라도 쑹얼쑹얼 끈덕지게 계속할 것이다.
실지로 성한 여자와 성한 남자가 그 꼴을 하고 있다면 오죽 치사스럽고 더러워 보일까마는, 난아가 혼자 그러고 있는 것은 재미가 난다.
최애자씨의 넋두리도 볼 만은 하였다.
"아이그 내가 어찌다 내 딸을 저 지경을 만들어놓았을까?"
"누가 안다우? 그래 논 사람이 알지."
애자씨는 내 소리는 못 들은 체하고,
"그 애 말이 맞지, 내가 죽어야 해."
치마저고리를 벗어 휘딱 내던지고는 두 다리를 뻗고 앉아 무릎을 두들겼다.
"아 왜 모든 게 영감님 탓이라믄서요?"
하고 나는 애자씨의 애통하는 모양이 우스워 빙긋거렸다.
"거야 틀림없지. 그눔으 영감이 방탕이 끊일 날 없이 내 속을 썩이니까 내가 딸을 사내놈에게 내줄 생각이 났겠어? 죽으면 죽었지 혼사는 못 시키겠다고 버텼을밖에."
"그래 결과가 좋기도 했쉬다. 남 시집가고파 못 견디겠다는 걸 독신으루 늙으라구 생으루 방에 감금을 시켰으니……"

애자씨는 내가 비꼬아대어도 화를 낼 기력도 없어,

"우리 난아가 너무 얌전한 탓이지. 그저 너무 얌전했던 탓야. 그렇잖고 극성스럽고 못된 계집애 같았어봐. 가두지 않아 별짓을 했어도 사내놈한테 끌려가고 말았지."

"글쎄 거 그렇게도 사내라는 게 좋을까? 난 난아 참 곱게 생겨서 맘에 드는데, 저렇게 사내를 좋다고 야단인 건 이해를 못 하겠어."

"이해 못 하겠음 말어. 성하지두 못한 애를 가지구……"

애자씨는 더럭 고함을 질렀다. 나는 빈들거리며 딴소리를 하였다.

"하기야 왜 세상에는 그런 영감님만 있답디까? 금실 좋게 잘들 사는 내외간도 얼마든지 있습디다."

"아가다두 그렇게 의좋게 살았으니 신랑 생각이 간절하겠군."

최애자씨는 입이 쓴 듯하였다.

"죽었으니 망정이지 딴 짓이야 몰랐죠. 그래도 난 간절히 생각나지도 않아."

하고 나는 실지대로 말하였다.

마누라는,

"말은 바른대루 내가 젊어선 누구에게 그다지 빠지는 축은 아니었다구. 공부도 일본 동경까지 가서 남 할 만침 했지, 얼굴도 미인 투표에 나가라는 권고를 여러 번 들은 정도는 되었으니까…… 그리구 오죽 정성을 들여 자기에게 하느라고 했을까. 헌데 그놈의 영감쟁이가…… 생각만 해도 이가 갈리지. 난아를 저렇게 해논 건 그 첨지야, 그렇구말구."

 향수내 나는 대마직 손수건에다 팽 하고 코를 푼다. 눈알이 발개진 것이 울음이 나온 모양이었다.

 그러는데 샛문이 열리고 며느리가 들어섰다.

 "어머니, 들어오셨에요?"

 졸린 것 같은 목소리로 느릿느릿 말한다. 노상 선하품을 하고 있는 인상이고 생김새도 부옇게 살집이 좋아 무척 호인다워 보이는 것이 특징이었다.

 젖먹이를 끼고 누웠었는지는 몰라도 언제나 저 있고픈 만큼 실컷 지체를 하고 나서, 인제 오세요? 하고 나오는 것이었다.

 바나나와 수밀도의 더미를 흘깃 보더니,

 "어유, 비싼 걸 사 오셨네."

하며 옆에 앉는다.

 애자씨는 나를 쳐다보았다. 왜 빨리 갖다 치웠다가 난아를 주지 않고 여태 벌여 놔두었느냐고 꾸짖는 눈치였다. 며느리는 아랑곳없이(내게도 물론 아랑곳이야 없다) 바나나를 한 개 뚝 무질러 떼더니,

 "어디 나두 맛이나 좀 봐야지."

 그러고는 나머지를 밀어놓으며,

 "어머니도 드셔요."

 자기가 사 오기라도 한 것처럼 권한다.

 뱃심 좋은 데가 있었다.

 가끔 며느리의 친정에서 먹을 것이 오는 일이 있다. 세도하는

집안이니까 들어오는 것도 많고, 버리느니보다 나으니까 그렇겠지만 풍성풍성 손은 컸다. 그런 터수에 바나나 몇 개쯤, 난아 준다고 사 온 것인들 못 먹을 게 무어냐, 그렇게 생각을 했을 것이다.

애자씨는 아무 말도 안 했다. 그러나 안경 속의 눈알에는 가시가 돋아났다.

며느리는 한바탕 꾸역꾸역 먹고 나더니 말하였다.

"어머니 찬값 좀 주고 나가시곤 하셔요. 냉장고 속이 텅텅 비었는데, 오늘 저녁만 해도 뭐 먹을 거 있어요?"

"아 왜 아범이 주지 않더냐?"

"아범이라뇨?"

하고 며느리는 오뚝하게 휜 코를 치켜들었다. 그녀는 남편에 대해서 지독히 무관심하였다. 얼마를 집에 안 들어와도 질투의 티를 보이는 법이 없다. 경멸하고 숫제 수에 치지도 않는 것처럼만 여겨지는 것이었다.

아직도 영감에 대한 원한이 가슴에 사무쳐 날마다 밖으로 쏘다니지 않으면 가슴이 답답하고, 어쩌다 영감이 집에 들르는 날에는 꼭 한바탕씩 싸움을 벌이고야 마는 애자씨는 그런 며느리를 무던해서 좋다고 생각을 해야 할지 교만하다고 미워해야 할지 종을 못 잡는 눈치 같았다.

— 네까짓 거 네 맘대로 하려므나. 남편에게는 그런 태도로 임하고 있는 그 여자에게 소중한 것은 그럼 무엇일까 추측해보면, 네 살과 두 살의 두 사내애와, 맛있는 것을 먹는 일과 단잠을 자는 일 등으로 여겨졌다.

바깥일에 별로 취미가 없고 계를 한다고 밀려다니지도 않았다. 어린애와 미식(美食)과 안일로 만족하고 있는 것이었다.

"돈은 왜, 가용을 쓸 만큼도 안 주고 가더냐?"

하고 최애자씨는 감정 상태가 평온치 못하던지라 뾰족한 음성을 내었다.

며느리는 여전히 느리고 조는 듯한 투로 응수하였다.

"요담 만나건 물어보셔요. 얼마를 주었는가."

그리고 치마폭을 털고 일어서며,

"반찬 없는 밥을 거지 죽처럼 끓여 먹고 디저트 하나는 근사하네."

바나나와 수밀도의, 반은 아직 셀로판지에 싸인 것에 흘깃 눈총을 주고 몸을 돌렸다.

"아니 너 그거 얻다 대고 하는 핀잔이냐?"

"핀잔이라뇨?"

"빈정거리는 것 아냐?"

"어째서 그렇게 들리실까?"

그녀는 제 방으로 가버렸다. 뿌여스름하고 덩치가 큰 여자는 꼭 뭉게구름과 마주 앉았던 것 같은 느낌을 남기는 것이었다.

애자씨는 쌔근덕거렸으나 교양 있는 사람이라 더 언성을 높이지는 않았다. 싸움치고는 싱겁게 끝났지만 그 뒤에 애자씨가 심화를 못 삭여서 안절부절못하는 양은 내게는 재미스러웠다.

혈행을 좋게 하고 피부를 곱게 만든다고 날마다 거르지 않는 목욕도 집어치우고 자리에 누워 한숨만 눌러 깨문다. 눈알은 독이 올라 발갛게 충혈되어 있었다.

  난아는 주절대다가 엎어져 잠이라도 들었는지 기척이 없다. 며느리도 제 방에서 나오지 않는다. 내게는 기분 좋은 조용함이 집 안에 가득 차 있었다. 퉁탕거리고 오락가락하고, 큰 소리로 말을 하고, 산 사람답게 움직거리는 것은 나뿐이니까.

  아직 날은 채 저물지 않았지만 나는 모든 문을 잠가 걸고, 노할머니 방이나 들여다보기로 하였다.

  부엌 뒤로 나가서 광에 붙은 그 방은 원은 식모 때문에 지은 것인 모양이지만, 어두컴컴하고 습기 져서, 나보고 있으라면 대번 싫다고 할밖에 없이 생겨 있었다.

  그러나 노할머니에게는 그만하면 충분하다.

  떠들어도 시끄러운 소리가 안 들리고, 냄새도 이쪽까지는 오지 않고, 노인네 자신은 어두운지 축축한지 분간도 못 하니까 거기면 족한 것이다.

  망령 난 늙은이는 언제 구경하여도 심심치가 않았다. 해괴망측한 생각을 해내고, 해괴망측한 지저구[6]를 저지르며 허구한 날을 보내고 있으니까.

  점잖고 품위 있게 생긴 자그마한 늙은이는 웃을 때 몹시 애교가 있는데 때때로 나를 보고 김대감 댁 마님이라고 부르면서 절을 하는 일도 있었다.

3

 날이 새어, 애자씨가 또 펄펄 나가버리고 나니까, 며느리는 냉장고 문을 열고, 과일을 바구니째 꺼내다가 실컷 두들겨 먹었다. 내게도 주고, 아들아이에게도 주었으나 자기가 숱하게 먹어치웠다.
 "나중 찾거든 난아 주었다고 그래둬."
 그리고 웃으면서 몇 개 남은 것을 도로 갖다 넣었다.
 하기는 어제 입에다 틀어넣어도 먹지 않던 바나나를 난아는, 아침 가보았더니, 한 송이 열댓 개는 붙었을 것을 다 먹어치우고 없었으니까, 난아가 그처럼 입에 맞아 해치웠노라고 해도 애자씨는 곧이듣고 오히려 좋아할 일이었다.
 난아는 여남은 시 되니까 휘청휘청 걸어 마루로 나왔다.
 어젯밤 무엇을 하였는지 — 혹은 아침녘에 그랬는지 — 연두색 레이스의 통치마가 앞폭이 아래까지 쭈욱 찢어져 있다.
 상아로 다듬은 것 같은 모양 좋은 맨발을 보이면서 우두커니 허공을 향해 서 있다.
 "여태 뭘 하고 있었어? 일껏 빗겨논 머리는 그 꼴을 해갖고······"
 며느리는 빙그레 웃으며 시작하였다.
 애자씨는 나들이를 가기 전에 난아의 머리를 빗기고 조반을 먹는 것을 보고 떠난다. 상태가 특별히 좋지 않아 새벽같이 발작이 일어나지만 않는 한 늘 변하지 않는 절차였다.

오늘 난아의 파마한 머리는 유달리 헝클리고, 속치마는 몹시 구긴 데다 일부분은 젖어서 몸에 밀착된 것이 엷은 헝겊 속으로 들여다보였다.

"응, 그새 무슨 짓을 했어? 한 번 더 해봐."

며느리의 두툼한 손은 난아의 어깨를 잡아 자기 쪽을 향해 세웠다.

난아는 나약한 미소를 머금고, 살피듯 올케를 쳐다본다. 그런 때는 참 애처로워 보였다. 남자를 홀린다 홀린다 하지만 이런 눈길이나 입모습이 바로 사내들을 혹하게 만드는지 모를 일이었다.

"응, 거기 앉아서, 어디 해봐. 어서어서. 내 맛있는 거 줄게……"

기운으로 마루에 주저앉힌다.

난아는 여전히 나약한 시선인 채 가만히 있다. 나는 마루를 쓸던 손을 멈추고 한 다리 끼었다.

"틀렸어. 제가 마음이 나야지 그 뭐 아무 때나 그러는 건가? 흐흐흐……"

"젠장 무엇도 멍석 펴면 안 한다더니만."

며느리는 소리 안 나게 웃고 찬간 쪽으로 걸어갔다. 오늘은 닭찜을 하는지 곰국을 안쳤는지, 아무튼 그런 것의 맛을 보러 간 것이다. 음식 만드는 데는 하여간 정성이었다. 나는 내가 만들기는 성가셔서 싫지만, 잘 먹기는 좋아하므로(또 영양도 생각해서) 며느리의 수선을 나쁘지 않게 여기고 있다.

미닫이에 기대놓았던 빗자루를 다시 잡는다.

난아가 어떻게 하고 있다가 나왔는지, 가끔 실지로 목격을 하는 나와 며느리는 환히 짐작을 할 수 있다.

그녀는 중현이라는 그 옛날의 애인이 선히 눈앞에 보이는 모양으로, 안고 쓰다듬고, 그 밖의 온갖 몸짓을 혼자 하는 것이었다. 입으로 옮길 수 없는 망측한 수작도 마구 지껄여댄다. 그런 때는 사람이 옆에 있어도, 때리며 말려도 막무가내였다.

'원 저렇게도 지랄일까? 그렇다면 애자씨 말마따나 도망을 가서라도 중현이하고 살았어야 옳을 노릇이지……'

중현이라는 사람을 본 일도 없었지만 이름이 하 귀에 익어, 아는 사이같이 여겨진다. 그러나 난아가 그 사내와 그렇게 하지 않았다는 일은 무언지 나를 흐뭇하게 하고 있는 것도 사실이었다.

"저리루 비켜나, 여기 쓸게."

나는 일껏 다정스럽게 말하였으나 난아가 움쩍도 하지 않으므로 짜증이 나 빗자루로 툭툭 쳤다.

며느리가 찬간에서 나오면서 걸레를 철썩 던져 보낸다.

"어서 거기 훔쳐, 미친갱이. 맛있는 거 처먹기만 하지 말구."

그런 소릴 하는 때에도 며느리는 오히려 호인다운 유화한 얼굴로 눈웃음을 치고 있고, 목소리도 예사 때나 다름없이 부드러웠다.

난아는 올케의 말에 잘 복종하는 습관이었으므로 곧 엎드려서 걸레질을 시작하였다. 얌전하게 치마폭을 여미고 앉아 싹싹 문지르며 나간다.

"에그 저거 어서 죽지나 않구 뭐 한다구 살아서 저럴까?"

"그러기 말이지."

나도 맞장구를 쳤다.

난아는 머릿속이 이상할 뿐 아니라 불결한 손으로 온갖 데를 만지고 긁고 하여 그런지 밤낮 여기저기 부스럼이 나서 피고름이 꿀쩍대고, 귀, 입속, 내장기관 할 것 없이 돌아가며 고장인 것이었다. 아프다고 울고 가렵다고 날뛰고……

그래서 얌전히 입을 다물고 있을 때를 보면 뭣 하러 죽지 않고…… 생각이 더욱 짙어지는 것이었다.

언젠가 며느리의 이모라는 마누라가 왔을 때에, 애자씨는 마침 없었는데, 질녀가 시누한테 하는 것을 보고는 기겁을 하여, 그러면 못쓰느니라고 꾸지람 비슷이 타일렀다.

"아냐, 뭘?"
하고 며느리는 태평스럽게 대꾸했다.
"그럼요, 모르니까 마찬가지죠."

나도 옆에서 참견을 하였다. 난아 자신 아무것도 모르는데 이러나저러나 다를 것이 무엇이며 또 애자씨가 들을 턱도 없으니까 무방하다는 뜻이었다.

숙모라는 마누라쟁이는 자기의 조카딸보다 내 얼굴을 더 멀뚱멀뚱 건너다보았다.

그러더니 한숨을 쉬며,

"그 어려운 여고를 수석으로 졸업을 하고 대학도 둘째로 들었다는 색시가…… 아깝고 가엾어라."

혼자 중얼중얼하는 것이었다.

흥, 하고 나는 그 말에야말로 코웃음을 쳤다.

대학 교육 아니라 그보다 더한 학문을 하였은들 그게 무슨 소용이냐는 것이다. 얼굴이 예뻐도 결국은 마찬가지고 교육을 받았어도 별수 없는 것이다. (우리 계집애들도 학교에를 다니고 있지만 이름자나 쓰고 셈이나 할 줄 알면 그만이지 더 다른 성과는 있을 리가 없다.)

천주님이 계셔서 보살피시니, 누구나 그저 뜻대로 태어나서 살다가 가는 것이다.

훔치지 말라고 하셨으니 나는 훔치지 않는다. 그 말은 성경에도 쓰여 있다지만 주교님과 파트리시야 수녀님에게서도 들었다. 그렇지 않더라도 법률로 정해져 있으니 내가 만약 훔치면 어디로 달아난다는 건가? 그러므로 나는 정직하다.

정직히 살고, 기구도 올리고, 십자를 긋고—하여간 나는 나 할 일을 다 하고 살고 있으니, 내세에 가서 상은 있을지언정 벌을 받을 까닭은 없다.

사실 내가 남보다 못한 것이 무얼까? 내 책임을 다 못 한 게 무엇일까? 나는 내 힘에 알맞도록 일한다. 재가해 가는 여편네가 수두룩한데 그렇게도 안 했다.

같이 와 있지 않는다고, 앓는 때랑 계집애들이 우는소리를 하지만, 그래서 푸성귀 장사라도 하면서 한데 지내지 그러느냐고 충고를 해주는 동네 식모 같은 것들도 있지만 그것은 나는 싫어서 못 하겠다. 거처 자리, 먹는 것 등이 여기만큼은 해야지 더 고생스러워서는 나는 안 되는 것이다.

성당에 얼마 다니지도 못하고, 금요일날 음식을 가릴 수도 없지만, 그것은 직업상의 이유로 해서 그런 것이니까 별수 없는 노릇이다. 하기는 언제 어느 때고 미사 하러 간다고 떨치고 나서면 최애자씨가 별수 있을까마는, 그리고 음식을 가려 먹는 것은 내게 달렸겠지마는, 그러다가는 과로할지도 모르고, 영양 부족이 될 수도 있으니까 실행할 수가 없다.

나는 신체가 완강하고 병이라고 좀체 나는 편이 아니지만 어쩌다 어디가 좀 찌뿌듯하기라도 하면 아주 기분이 좋지 않고 역정이 난다. 그래서 그렇게 될 염려가 있는 일은 피해야 하는 것이다.

이야기가 빗나갔지만, 난아가 말끔히 걸레질을 하여 한동안 할 일이 없었으므로 나는 마루방에 앉아 며느리에게 수작을 걸었다. 마당의 화초 잎이 짙푸르게 무성하기 시작했고 선들선들 바람이 불고 있었다.

"난아가 저렇게 이성에게(나는 유식한 말을 쓰기를 즐겨한다) 미쳐 저러는 걸 봐도 식이 엄마는 아무렇지가 않아? 식이 아빠를 왜 좀 꽉 붙들지 못하고 이래? 그러다가 영영 뺏기고 말려구."

며느리는 대답할 흥미조차 없다는 듯 옆에 있던 나무 그릇을 끌어당겨 낙화생[7]을 까먹기 시작했다.

"먹어요, 아가다 아줌마도."

나는 낙화생을 벗기며 좀더 짓궂게 파고들었다.

"응? 식이 엄만 참 이상해. 남들은 안 그렇던데?"

"아줌마는 잘 알 것 아냐? 남자는 싫다는 주장이니까."

뭉게구름 같은 여자는 패패 하고 입술에 붙은 낙화생 속꺼풀을 뱉어냈다.

"나야 그렇지만 나는 특별이거든."

"알긴 아는구먼."

 그러고는 비꼬는 것 같은, 어찌 보면 그냥 장난인 것같이 천진한 웃음을 눈에 담으면서 덧붙였다.

 "별수 있어? 저나 나나 별수 있냔 말야. 별수 없이 자기는 돌아올 거고, 별수 없이 나는 기다릴 거고, 그렇지 뭐."

 난아는 모아 세운 무릎 위에 턱을 얹고 그 예쁜 얼굴로 잔디밭을 보고 있다. 또 중현이 생각을 하고 있는 거겠지. 그야말로 그 머릿속에는 그 청년 말고는 완전히 아무것도 없을 터이니까.

 "여자는 저런데 그래도 총각은 저렇지 못했길래 미치지 않았겠지?"

하고 나는 화제를 돌렸다.

 "미치긴, 장가가서 아들딸 낳구 잘 먹구 잘 살구 있지."

 "저런 온."

 "아 그럼 그 남잔 오기 없답디까? 그쪽두 멀쩡한 집 아들인데 딸을 잡아먹기라두 하는 줄 알았던지 펄펄 뛰며 그악을 부리니 더럽고 아니꼽다고 가버릴밖에."

 "그야 그렇지."

 며느리가 갑자기 어이없는 듯한 소리를 질렀다.

 "어이구 맙시사. 저 어른은 또 왜 기어나오실까?"

 그 시선을 따라 나는 뒤꼍 모퉁이로 눈을 돌렸다.

 노할머니가 이 더운데 공단 조바위[8]를 쓰고 옥색 모본단 마고자를 입고 상글거리면서 아장아장 돌아 나오다가 우리들을 보고는 멈춰 선 것이었다.

어젯밤에는 장판지를 떼내어 포를 썬다면서 조각조각 가위질을 하고 있더니, 오늘은 아침 한나절 걸려 뒤주 물건을 끄집어낸 모양이었다.

"원천댁, 원천댁."

하고 할머니는 가느다랗게 떨리는 늙은이 목청으로 나를 불렀다.

"김대감 댁 마님이 어쩌다 또 별안간 이 집 소실(小室)로 굴러떨어졌누."

며느리가 두 다리를 주욱 뻗으며 말하였다.

"그 여자들이 나를 닮았었나?"

"누가 알어. 보았어야 말이지."

빨빨 떨리는 노할머니 목소리는 다시 나를 불렀다.

"원천댁, 날 좀 보우."

시앗'을 대할 때는 적이 맘이 복잡했었는지 노인네 표정은 억지로 웃는 것같이 아주 기묘하였다. 지체 있는 점잖은 여인답게, 늙은이는 내게 고갯짓을 해 보였다.

4

밖으로 걸어논 자기 방 문고리를 어떻게 벗겼던지 노할머니가 또 마루로 올라와서 아물거리고 다니는 바람에 잠을 깼다.

아니 나는 잠귀가 무뎌서 어지간히 잡아 흔들어도 깨는 습관이 아닌데, 눈을 뜨고 보니 바로 머리 위에 유리 단지가 박살이 나서 흩어져 있다. 요놈의 할망구가 단지를 훔쳐 들고 나가다가 내 머리맡에다 팍삭 떨군 모양이다.

 그래놓고는 고양이처럼 미닫이 뒤에 가 숨어, 아옹한[10] 눈만 내놓고 살피고 있다.

 나는 두말 않고 늙은이를 잡아끌어 뒷방에다 밀어 넣었다.

 빌어먹을 할망구 때문에 잠만 설쳤다. 나는 어젯밤 텔레비전의 사극(史劇)을 보느라고 충분한 수면을 취하지 못했기 때문에 오늘 낮에는 한잠 푹 자고 나야만 하는 것이다.

 혀를 차고 다시 대청의 화문석 위에 누웠다. 선들선들 지나가는 바람이 어느새 싸늘한 기를 품고 있다. 여름이 다 갔구나 하고 나는 마당의 오동나무 잎이 하나 둘 떨어져 내리는 것을 보며 하품을 하고, 겹이불을 둘둘 다리에 말았다.

 "으음—"

 그런대로 내 처지에 흐뭇한 만족 같은 것을 느끼며 눈을 감아 붙인다.

 단잠에 막 곯아떨어졌는데 쿠당탕거리는 소리가 다시 나를 깨워놓고 말았다.

 "에에이 시끄럽기는."

 식이란 애녀석이 풀쩍거리는 거라면 한마디 소리를 지르면 도망을 쳐버리는데, 하고 엿들어도 어쩐지 기척이 그놈애 같지가 않다. 이불을 머리 위로 뒤집어쓰고 더 자려고 했다.

 탕! 쿠당!

 "이건 도무지 사람이 잘 수가 있나."

투덜대며 일어나 앉았다. 귀를 기울이니까 소리는 틀림없이 난아 방에서 나고 있었다.

며느리는 무얼 하는지, 반대쪽으로 저만치 떨어져 있는 제 방에 들어앉아 얼씬도 않고, 담장 밑의 그늘이 서늘서늘하게 혜식어[1] 있었다.

"저 빌어먹을……"

복도를 따라 걸어가는 동안에 몽롱하던 머릿속은 개어버리고 난아의 광태에 대한 호기심이 솟아났다. 가끔씩 짬을 두고 쿠당탕 쿠당탕 하는 소리가 무엇을 뜻하는지, 조금도 짐작이 가질 않았다.

미닫이 틈으로 눈을 대고 들여다본다.

난아는 다다미에 가 나동그라져 있다가 기척을 느꼈는지 바싹 몸을 옹크리며 겁에 질린 쥐 모양 경계하는 태세를 취하였다. 가슴에다 베개를 부둥켜안고 있다.

그녀의 옆에는 조그만 책상이 끌어내 놓이고 그 위에 요를 개킨 것, 또 그 위에 방석까지 접혀서 얹혀 있다. 거기 올라섰다가 굴러 떨어지곤 하는 소리가 다다미방이니까 쿵당쿵당 울렸던 모양이다. 베개는 저와 함께 굴러 내린 것을 도로 얹으려고 하던 참이었던 듯했다.

그것은 좋은데 놀란 것은 그녀가 몸에 실오리 하나 걸치지 않은 벌거숭이로 있다는 일이었다. 군데군데에 부스럼이 나 있다. 그것은 마치 왕파리가 여러 마리 붙은 것처럼 더럽고 징그러워 보였지만 또 그 비단 같은 살결이 그 때문에 더 희게 백설처럼 비치는 듯이도 여겨졌다.
 숨을 죽이고 있으려니까 난아는 경계심을 풀었는지 상체를 일으키고 무릎으로 걸어왔다. 베개를 맨 위에 놓고 상 위로 기어오른다.
 별별 꼬락서니를 다 구경하였지만 이처럼 완전한 알몸인 것은 처음이었다. 나는 만족스럽게 여기고 이 진귀한 구경거리를 눈이 빠지게 바라보았다. 생각보다 더 살이 쪄 있었다. 잘 발달한 신체였다.
 난아는 상 위에 올라서더니 두 팔을 높이 뻗고 그래도 손끝이 닿지 않는지 풀쩍 뛰어올랐다. 다음 찰나에는 다다미에 쿵당 나동그라진다.
 '아하—'
하고 나는 납득이 갔다. 이 미친것은 자기의 오라비—하니까 며느리의 남편이고 이 집 아들인 은행원이 엊그제 사다 놓고 간 물약을 꺼내려고 하고 있는 것이었다.
 무슨 바람이 불었던지 아들이 불쑥 여기에 들렀던 날 난아는 몹시 기침을 하고 열이 올랐었다.
 "의사를 부르지요."
 "의사? 저 애가 순순히 보이려고 하나? 야단 난리를 쳐서 동네가 다 뒤집힐걸."
 마누라 말에 아들은 잠자코 밖에 나가더니 약을 사 가지고 왔다.
 "이거 독해서 분량을 넘으면 안 됩니다. 어따 감춰두고 시간 맞춰 먹이세요."

"오냐."

애자씨가 내게 지시한 대로 나는 한 숟갈씩 한 이틀 먹이고 난 뒤에 매번 들고 왔다 갔다 하기도 귀찮아서 병을 그 방 옷장 위에 얹어버렸다. 빗자루 끝으로 깊숙이 뒤쪽에 밀어붙이고 더 주지 않았다.

'기침 그만한데 뭐.'

그걸 꺼내겠다고 저 야단이다. 상 위에 기어올랐다가는 벌렁 네 굽을 들고 나자빠지고 또 그렇게 하고……

더 무슨 다른 짓을 할까 기다려도 그저 그 노릇뿐이므로 나는 미닫이를 밀치고 안으로 들어갔다.

"이게 무슨 꼴이야, 벌거벗고 흉한 줄도 몰라? 흉한 줄도."

그러면서 나는 우두커니 마주 서 있는 난아의 야들야들한 몸 여기저기를 손가락으로 꾹꾹 찔렀다. 난아는 몸을 굼틀거리며 쭈그리고 앉는다. 그것을 보자 좀더 심술궂게 머리채도 잡아당기고 간지럼을 태웠다. 야들거리는 흰 고깃덩이는 연방 꿈틀꿈틀하였다.

"자 그럼 한 숟갈만 마셔. 그리구 옷 입어. 이게 뭐야 이게."

물약을 한 모금 받아먹더니 난아는 방싯이 웃었다. 약이 달콤해 그런지 몹시 좋은 것 같다. 나는 문득 생각켜서,

"이봐 나 하라는 대로 하면 또 줄게. 이렇게 하고…… 옳지, 어서 시작해."

나는 난아에게 그녀가 중현이 이름을 부르면서 가끔 하는 짓을 시키고 구경을 하였다. 약을 한 모금씩 먹이고……

한동안 그러다가 방에서 나왔다.

부엌에서 일을 하다 생각하니까 약병 단속을 허술히 해두었던 것 같다. 옷장 위에 올려놓긴 하였지만.

그러나 나는 보러 가지 않았다. 일을 하던 중간에 멈추고 가기도 성가셨고, 많이 먹겠음 먹으려무나도 싶었다. 위험하다지만 죽으면 대수랴. 살아보아야 좋은 것 싫은 것도 없는 인생인 것이다.

5

애자씨는 그날 밤 늦게 돌아왔으므로 난아의 이상을 맨 처음 발견한 것은 역시 나였다.

난아는 아까 그때서부터 달그락 소리도 없이 조용하더니 줄곧 잠만 자고 있었다. 배고플 때가 되어도 어적어적 일어나 나오지 않는다.

내버려두고 그만 자려다가 그래도 인정이 그렇지 못해서 가 들여다보았더니 숨소리가 걸그렁걸그렁하는 것이 어째 이상스럽다.

"난아! 난아!"

잡아 흔들어도 흐무럭거리기만 하고 눈을 안 뜬다. 나는 급히 방 안을 휘둘러보아 약병을 찾았다. 거무죽죽한 액체가 두 홉은 들어 있었을 병은 깨끗이 비어서 구석에 궁굴고 있었다.

"난아!"

더욱 난폭하게 흔들어본다. 흐느적거리는 것을 억지로 일어뜨려 앉히니까 눈은 안 뜨고 입 귀퉁이로 갑자기 침이 주룩 흘러내렸다.

"이봐, 내 말 들어. 이 약 내가 꺼내줬다고 그러지 말어. 그렇게 말했다간 혼내줄 테니까. 마루의 찬장에서 난아가 혼자 집어 내 왔다고 그러는 거야. 알지?"

어떻게 해도 반응이 없어, 나는 역성을 내고 그녀를 밀어 던지고 나와버렸다. 애자씨가 돌아오더라도 아무 말을 하지 않으리라 하였다.

한데 마누라는 밤늦게 현관에 들어서자 부득부득 딸의 방에부터 달려가는 것이었다. 잘 거라고, 가만 놔두라고 일러도 듣지 않는다. 어떤 예감이라도 들어서였는지 알 수 없었다.

"아니 얘가! 에그머니! 아가다, 아가다! 이리 좀 와!"

드디어 난리는 벌어지고 말았다.

전화질을 해서 의사가 오고 아들이 오고 한다. 며느리까지 머리가 푸수수해 일어나가지고 왔다 갔다 하였다.

토해내게 하고 밑으로도 쏟는 걸 받고…… 어째선지 나는 오히려 신명이 났다. 졸음도 잊고 바라지[12]를 해대었다.

난아는 그럭저럭 살아난 듯하였다.

말은 안 했지만 흔들면 가다가다 눈을 떴다.

나는 아무 걱정도 하지 않았다. 난아는 묻는 말에 좀체 대답을 하는 법이 없었고 올바른 대답은 더구나 아무도 기대하지 않는다. 일러바칠 염려는 그래서 없는 것이었다.

그런데 주위가 괴괴해지고 야기가 썰렁해서 담장 밖을 돌며 가는 야경꾼의 딱따기[13] 소리도 구성지게 울려오는 즈음, 겨우 다리를 펴고 한숨 자려는 나를 아들인 은행원이 불러들였다.

난아가 뻗치고 누운 바로 그 방이었다. 머리맡에는 최애자씨가 굳은 표정을 하고 앉았고, 며느리도 부석부석 졸린 눈등인 채 끼어 있었다.

키가 자그마하고 똥똥한 은행원은 송곳같이 찌르는 눈으로 나를 쳐다보더니,

"거기 앉으시오!"

방 귀퉁이를 가리키며 독기를 품고 으르땅땅거린다.

비위가 틀렸으나 약간 겁도 났다. 나는 남자는 싫은 것이다. 좋은 말을 해도 듣기 싫다는데 그처럼 을러대니 달가울 리가 없다. 나는 누워 있는 난아를 흘낏 살폈다. 가슴이 불룩불룩하고 숨결이 고르지 못한 것이, 눈은 감았으나 깨어 있는 것이 분명하였다.

"당신이 저 약을 먹게 했지요? 바른대로 말하쇼!"

나는 이거 크게 떠들며 맞서지 않으면 안 되겠다고 생각하였다.

"아니 뭐요? 내가 뭣 하러 그걸 먹여요? 원 별소릴 다 듣네!"

"떠들지 말어! 어디다 두었었소?"

"아 마루에, 그릇장 속에요."

"거짓말을 하는군. 얘기해야 소용없겠다. 어머니."

그 사람은 최애자씨에게로 얼굴을 돌렸다. 나는 길길이 뛰었다.

"이러니저러니 할 것 없이 당자에게 물어봐요. 내가 퍼 멕였는가 아닌가, 물어보면 알 것 아뇨."

그리고 나는 난아에게 덮쳐들어 먹살을 잡아 일으켰다.

"일어나. 말을 해봐. 내가 이 약을, 이 한 병을 다 퍼 멕였는가

아닌가, 응, 내가."

난아는 흐느적대면서 끼잉 하고 비명 같은 소리를 질렀다. 나는 더 세게 잡고 흔들었다.

애자씨 아들의 손이 내 팔을 움켜잡더니 내 몸은 벽에 가서 꽝 소리를 내고 부딪혔다.

"무슨 짓을 하는 거야 이게!"

"아니 아가다, 다 죽어가는 애를……"

옆에서 애자씨도 소리친다.

나는 지고 있지 않았다.

"애매한 허물을 뒤집어씌우는데 그럼 가만있을까? 깨워서 물어봐야지. 자 말을 해. 지가 혼자 갖다 먹었나 누가 멕였나."

나는 또 난아에게 달려들었다. 이렇게 되면 입을 빠개어서라도 제 말을 듣지 않고는 둘까 보냐고 기가 올랐다.

다음 순간 내 등에서 부드득 소리가 났다. 저고리가 찢어져 나간 것이다. 그리고 나는 마루로 떠밀리어 나뒹굴고 있었다.

"저 인간, 당장에 내쫓아요. 저건 사람이 아니다."

아들의 매섭게 가라앉은 말소리가 울렸다.

"월급 줄 것 있거든 주어서 지금 곧 내보내세요. 집안에 큰일 내겠습니다."

"월급 줄 건 없다. 선금을 몇 달 치나 가져가서 외려 받아내야 한다."

"그럼 됐습니다. 나가라 합쇼."

최애자씨는 잠자코 있었다. 그것으로 나는 애자씨도 같은 마음인 것을 알아차렸다. 다만 시간이 시간인지라 나가라 소리를 못 하고 있는 것이다.

'흥, 그렇지만.'

하고 나는 생각하였다. 날이 새어 아들만 돌아가고 나보아라. 내가 녹녹히 나갈 줄 알고.

나는 이 집이 마음에 들었다. 평생토록 있을 작정이다. 난아가 아무 증명도 못 해내는 바에야 내가 나가야 할 까닭이 뭐냐. 오늘 밤 분풀이는 애자씨에게 톡톡히 해줄 테다.

"지금 밤 두 시라고요? 좋습니다. 네 시까지 지키구 앉았죠. 잠시도 더 보기가 싫습니다. 음흉한 생김새하구, 그게 성한 인간예요? 난아보다 더하죠. 난아보다두 뒷방 할머니보다도 더 돌았습니다."

며느리도 애자씨도 대꾸가 없다.

'오냐, 실컷 지껄여라.'

그런데 다음 찰나 나는 정신이 퍼뜩 들었다.

"저런 거 원은 경찰에 넘겨서 혼을 내줘야 하는데……"

괜히 하는 소리가 아니고 무언가 곰곰 생각하는 말투였다.

나는 얼른 내 방에 가서 보따리를 챙겼다. (이때에도 나는 무엇 하나 훔쳐 넣지 않았다.) 소리 안 나게 뒷대문으로 가서 고리를 벗긴다.

난아가 대체 뭐라고 하였는지, 그 남자가 어떻게 알고서 나를 유죄로 모는지, 애자씨를 들볶아 알아내고픈 맘이 간절했지만, 경찰이라는 말이 소름 끼쳐서 모두 단념하였다.

골목을 내다보니 캄캄한 것이 바람은 쓸쓸하고 발이 내딛기지 않는다. 주춤하고 섰는데,

"얘야, 너 어딜 가니?"

고양이 같은 음성이 나를 소스라치게 놀라게 하였다.

뒷방 늙은이가 툇마루에 걸터앉아 있었던 것이다. 나들이옷을 차려입고 흰 수건을 손에 접어 쥔 것을, 희뿌연 어둠 속에서도 식별할 수 있었다.

"푸닥거리는 이제 끝났냐?"

오늘 방문을 밖으로 잠그는 것을 깜빡 잊었더니—그럴 새도 없었고—저러고 나왔다. 버려두고 가면 틀림없이 또 말썽거리를 저질러놓을 것이다.

그러나 내가 알 게 무어냐. 나는 뒷문을 훤히 열어젖혀놓고 골목을 빠져나갔다.

밤이 깊어간다. 바람 소리도 조금씩 커졌다. 창경원 담 저편에서 낙엽이 날려온다.

생각해보아도 갈 곳이 없다. 조금이라도 건덕지가 될 만한 곳은 빼지 않고 찾아 다녔다. 돈암동에서 필동으로, 노량진으로, 마포로, 얼마를 걸었는지 알 수가 없다.

맘이 급해서 한 번은 택시를 탔지만 그 뒤는 돈이 없어 줄곧 걸었다. 내가 이게 무슨 고생일까. 영양 상태도 보나 마나 나빠졌을 게다.

사람들이란 어찌 악한지 모르겠다. 밥 한 숟가락을 권하기를 고

렇게 어려워하고, 죽으면 모두 틀림없이 지옥에 갈 것이다.
 당장 편안한 잠자리가 아쉽다. 역정만 난다. 이렇게 불편해서는 나는 못 사는 사람인데……

강江물이 있는 풍경風景

 강물은 검고 어둡게 빛나고 있었다. 넓이로도 길이로도 바다처럼 시야에 꽉 차서, 크고 무겁게 보였다. 어느 편으로 흐르고 있는지는 알 수 없었다.
 여자는 고무신을 모래에 파묻히면서 걸어와서, 기다란 선창에 올랐다. 완강한 나무 판대기로 만들어진 그것은 굵은 밧줄로 풀숲에 박혀 있는 말뚝에 잡아 묶여 있고, 가냘프게 생긴 여자가 하나쯤 걸어가도 움쩍 요동이 없다.
 여자는 중간에 멈춰 서서 고무신을 벗어 거꾸로 들어 모래를 털어내고 다시 버선발을 그 속에 집어넣었다. 그러고는 그녀가 쏟아놓은 것뿐이 아닌 원래부터 얼마간의 모래가 부슬대는 투박한 판대기 위를 끝까지 걸어갔다. 거기서 그녀는 좀 두툼하게 둘러쳐진, 배다리[1]의 가녘에 걸터앉았다.
 아무것도 분간할 수 없이 아주 새카만 건너편 나루터에 등불이 반짝 비쳤다가 꺼진다. 노란 그 빛깔은 서치라이트처럼 일순간 강물 위에 세모꼴의 공간을 띄워 올렸다가, 다른 방향으로 틀려졌는지 이쪽과 비슷한 선창 모서리에 무언가가 움직여가는 모양을 가물가물 잠깐 비치더니 그것도 소리 없이 꺼지고 만다.

소용돌이치며 흐르는 물소리가 높지는 않으면서도 어딘가 위협적이다. 여자는 치맛자락을 당겨 올리고 어깨를 움츠렸다.

투닥투닥 발소리를 내며 사나이가 달려온다. 모래사장에서 엇비슷이 뻗어난, 마을로 통하는 길에서 뛰어오고 있었다.

그가 단걸음에 뛰어오르니까 선창은 아주 조금 흔들거렸다. 여자 앞에 와 서서,

"춥지 않어?"

난폭하지만 다정하게도 들리는 목소리로 묻는다. 목이 밭은 스웨터를 입고 무명의 짧은 코트를 아무렇게나 걸쳤는데 여자의 봄옷은 얇고, 하얀 얼굴은 추위를 타는 것처럼 보였다.

여자는 고개를 저었다. 그리고 두 손으로 천천히, 마치 세수하는 때처럼 얼굴을 가리고 문질렀다.

"이거 좀 먹음 어때요? 배고플 텐데."

사나이는 방금 사 가지고 온 싸구려 카스텔라를 주스 병과 함께 내밀었다.

몸 모양의 실루엣만이 떠올라서, 하나 그것은 이상히 생생하게 젊은 사내의 분위기를 주위에 흩어뜨렸다.

여자는 또 고개를 흔든다. 사나이는 종이를 벗기고, 혼자 과자를 한입 베어 물다가 생각난 듯이 그것들을 선창가에 내려놓고,

짧은 코트를 벗었다. 여자의 어깨에 들씌워준다. 앞을 잘 여미어 단추를 위까지 다 끼워주고 나서 먹고 마시는 일을 계속하였다.

그러면서 그는 어두운 강변이나 나룻배의 사공이 사는 듯한 풀숲 저편의 오두막집이나 또 별도 몇 개 뜨지 않은 하늘이나를 두루 둘러보았다. 그리고 시선은 역시 여자에게로 와서 멈추었다.

'이 여자는 왜 오늘 밤 내게 몸을 맡겼을까?'

사나이는 그 이유를 찾아내보려고 잠시 궁리하였다. 그리고 이내 그러한 수고를 집어 내던지고 말았다.

그는 여자 곁에 바싹 붙어 앉았다.

머리카락에 자기의 볼을 기대고 그녀의 냄새를 맡는다. 온몸에서 다정함이 번져나는 것을 느끼며 그녀의 볼을 쓰다듬었다. 그녀는 거의 움직이지 않았다. 오늘 밤 줄곧 그녀는 표정을 갖고 있지 않는 것이었다.

'하지만 내게 몸을 맡겼어. 이 년이나 삼 년이나 그렇게도 완강하게 내 애무를 거절해오던 사람이.'

그는 조금 전에 동산 위에서 있었던 일을 상기하였다. 잡목림은 아직도 나뭇잎을 달지 않아 엉기성기하였고, 동산 꼭대기 평퍼짐한 자리는 돌이 불퉁거렸다. 가느단 솔바람 말고는 아무 소리도 없고 캄캄하고 인가는 멀리 떨어져 있었다.

그는 언제나와 같이 맹렬한 힘으로 상대를 끌어안으려고 하였다. 여자는 웃어대지 않았다. 늘, 매양, 그를 물리치는 최대의 무기였던 웃음소리를 내지 않았던 것이다. 저항 없이 감기어 들었다.

"왜 그래? 무슨 일이 있었어?"

사나이는 오히려 놀라서, 여자의 어깨를 잡아떼 놓으면서 물었다.
"응? 말해봐요. 뭐가 있었지?"
"……"
"응? 응?"
"아니……"
눈물이 괸 눈과 여린 입술을 어둠 속에서도 사나이는 아름답다고 느꼈다.
'무슨 일이 있었거나 없었거나…… 하긴 무슨 상관야.'
사나이는 땅이 좀 부드러운 곳을 골라 여자를 안아 눕혔다.
그렇게 오랫동안 여자는 거절만 해왔지만 그러나 자기를 사랑하지 않는다고는 그는 한 번도 생각하지 않았었다. 그러므로 지금 이 변화를,
'이유 따위 아무래도 좋아.'
그는 마구 자기를 폭발시켜갔다.
여자는 가만히 있었다. 아마 가만히 있었을 것이다. 사나이는 아무것도 헤아릴 수가 없었다.
솔바람 소리가 다시 귀에 들려왔다. 파도같이. 그는 여자가 하고 있듯 자기도 풀 위에 반듯이 누워 하늘을 올려다보았다.
"별……"
여자의 말소리는 목에 잠겨 있었다.
"뭐라구?"
그는 고개를 반쯤 들고 물었으나 대꾸가 없으므로 호주머니를

더듬어 담배를 찾았다. 째깍! 하는 작은 소리와 곧 스러진 작은 불꽃이 이상하게 인간 세계를 느끼게 하였다. 자기들은 지구 바깥으로 멀리 나와 있기라도 한 것처럼.

별안간 남자는 벌떡 몸을 일으켜 무릎을 짚고 다가가며 격렬한 투로 말하였다.

"오늘 밤 죽으려고 생각한 건 아니겠지? 설마 오늘 밤……"

"……"

"대답을 해봐요, 어서!"

그는 여자의 상체를 안아 일으켜서 마구 흔들어대었다.

"응? 응?"

"……"

새로운 정욕이 그를 엄습하였다. 아까와 다른, 영혼의 아무것도 개입하지 않은, 완전히 동물적인 환희가 폭풍처럼 그를 휩쓸어대었다. 그는 거친 숨을 내쉬며, 굼틀대는 여체를 가혹하게 다루었다.

그가 땅바닥에 엎어져 허덕이고 있는 동안 여자는 조금 눈물을 흘린 것 같았다. 사나이는 상대에게 늘 품어오던 생각, 가슴이 저리도록 사랑스럽고 애처롭다는 느낌을 이때에도 가졌다. 그가 지금까지 겪어온 일 가운데서 그의 가슴에 다시 서늘한 환멸의 바람을 불러 넣지 않고 감동을 안겨주어 오는 것은 이 여자의 존재뿐이었다.

어디선가 아주 미미하게 이른 봄의 향기가 흘러왔다. 흙과 풀의 입김 같은.

이 나직한 산꼭대기에서는 도시의 불빛이 하나도 보이지 않았다. 마을은 어디쯤에 붙어 있는지 다른 동산과 산등성이에 가려 그런 것도 알 수 없었다. 두 사람은 날이 저문 뒤에 나룻배를 타고 와서, 발 내키는 대로 걸어 여기까지 왔을 때 여자가 이제 더 못 걷겠다고 하였던 것이다.

잠들고 있지도 않으면서 완전히 무심하게, 투명한 시간의 흐름을 감촉하고 있는 것은 때로는 기분 좋은 일이었다. 그러나 여자는 아마도 그 반대의 상태에 놓여 있는 것으로 보였다. 모든 생각이 최대한의 진폭(振幅)을 가지고 그녀의 속에서 흔들리고 있는 것 같았다. 그녀의 정신은 아마 육체의 피로에도 불구하고, 아니 거기에 겹친 정신 그 자체의 피로로 하여 더욱, 극도로 팽창해 있는지 알 수 없었다.

몇 개 나돋아 있지 않는, 그러나 유난히 새파랗고 큰 별을 쳐다보며 여자는 무표정하게 중얼거렸다.

"사랑했습니다. 사랑했어요……"

이번에는 남자가 묵묵히 밑을 보고 있었다.

'알고 있어, 그런 소린…… 하기는 한 번도 들어본 일은 없었던 것 같지만.'

트랜지스터라디오를 가진 사람이 가요곡을 들판에 울리게 하면서 동산 밑을 지나갔으므로 그들은 자리를 떠서 먼저 온 길을 되돌아 걷기 시작했다. 어째서 그런 일이 행동의 계기가 될 수 있는 건지 그런 것은 아무도 알 수 없었다.

손을 꼭 잡고 걸으면서 남자는 자기에게 있어, 이보다 더 소중한 것은 없으리란 생각을 거듭거듭 하였다. 머리와 가슴에뿐 아니라 지금은 전신의 세포의 하나하나에까지 그녀가 옮아와 있다고 느껴진다. 그러므로 이처럼 애달프게 사랑한다 느끼고, 이담에는 다시 그녀를 애무할 수도 없으리라 어렴풋 예감하면서도 그는 유쾌한 것이었다.

지나간 괴로웠던 날을 생각하면 울컥 기쁨이 솟구치곤 한다.

하나 그는 아무 말도 하지 않았다. 다만 때때로 여자의 옆얼굴에 깊은 시선을 갖다 대었다.

여자는 그러나 도저히 들뜬 기분일 수는 없는 모양 같았다. 고개를 숙이고 무표정하게 느릿느릿 걸었다.

선창가에 바싹 붙어 앉아 사나이는 여자의 어깨에 팔을 감았다.

이 여자와 지금 죽어도 좋다고 생각한다. 다른 아무 일도 머릿속에 집어넣고 싶지 않았다. 사랑으로 가슴이 저릿했다 전신이 더워졌다 하였다.

"무얼 생각 해?"

귀에 대고 나직이 속삭인다.

여자는 오늘 만나서 처음으로 애정이 슬프도록 서린 얼굴이 되며 사나이를 올려다보았다. 그리고 손을 그의 볼에 갖다 대었다. 네 개의 동자가 어둠 속에서 영원처럼 깊이 맞물리었다.

사나이가 견디기 어려워진 듯 여자의 싸늘한 손끝을 끌어다가 이빨로 깨물었다. 눈을 감은 채.

"오늘은 내가 바래다드리지, 끝까지…… 중간에서 혼자 보내지는 않을 테요."

"아니…… 그러지 마세요."

그것은 언제나 되풀이되는 똑같은 대화였다. 그것을 말하는 사람들의 안색이 사자(死者)들처럼 굳어가는 것도 같았다.

"이번엔 내 맘대로 할래."

"……"

"더 말하지 말어."

뱃사공의 집 문이 덜그럭 열리고 사람이 서넛 걸어 나왔다. 무엇을 하려는지 토막나무에 가솔린을 들어붓고 불을 질러 주위를 환하게 만들었다.

불은 활활 타오르고 노동자들은 목청을 뽑아 잡가(雜歌)를 불러댔다.

외애롭고 스을프면 하늘만 바라보면서어…… 내애 생전 처음으로 바아친 순정으은 머나먼 천국에서 그대 옆에 피어나리이이……

작업복의 총각 하나는 휘파람으로 멋지게 따라가면서도 주머니에 손을 찌르고 이편을 유심히 바라보았다.

"뭘 봐, 인마. 저런 거 처음 구경허니?"

노래를 부르지 않는 중늙은이가 자기도 이쪽을 보면서 빙긋거렸다.

사나이와 여자는 얼굴을 떼었다. 활활 타오르던 불은 차츰 스러져서 다시 서로의 윤곽은 희뿌옇게 흐려왔다.

"여보쇼, 나룻배루 건너가시는 거요?"

중늙은이가 집 안에 들어가 토막에서 얼굴만 내밀고 소리 지른다.

 사나이는 여자를 건너다보았다. 여자는 잠자코 있다. 사나이는 하는 수 없는 듯,

 "예에."

하고 굵직하게 대꾸하였다.

 "저쪽 배가 건너오자면 시간 남짓이나 기다려야 할 거요. 따루 작은 놈을 낸다면 또 모르지만."

 중늙은이는 목을 빼고 기다리고 있었으나 사나이는 이번에는 대답을 안 하였다.

 주위는 다시 캄캄하다. 여자는 오스스 몸을 떨었다. 사나이는 가슴에다 꽉 감싸 안고,

 "언제까지나 이렇게 하고 있고 싶다. 그럼 안 되나?"

 젊은 목소리에 미련(未練)이 서려 있었다.

 "바래다주심 안 돼요. 오늘도 마찬가지죠."

 여자가 밑을 본 채 말하였다.

 또렷한 음성이나 다시 표정이 없다.

 멀리 떨어진 곳에 세로로 기다란 불기둥이 나타났다. 레몬빛으로 하늘하늘하는 그 두 개의 원통형의 불덩이는 언제까지나 꺼지지 않았다.

 두 사람은 오랫동안 그것을 지켜보고 있었다.

 여자가 입을 떼었다.

 "저건 무얼까요?"

 "쇠가 타는 거겠지."

"무엇 때문에."

"사람들이 일을 하고 있나 봐."

"일을......"

회화에도 풍경에도 그 밖의 아무것에도 이제 이들에게는 의미가 없었다. 그랬지만 그들은 또 한동안 레몬빛의 불길을 보고 있었다.

대안²에서 등불이 움직거리고 모터 소리가 나며 거창한 나룻배가 트럭과, 자전거를 끈 사람과, 또 농부 같은 남자 몇을 싣고 건너왔다. 선창가를 스치고 바로 모래사장에 갖다 댄다.

이편 길에서도 어느 사이엔가 승객 몇이 모여 와서, 그 배는 중늙은이가 말한 것보다는 훨씬 빨리 되돌아갈 기세였다.

"어여 일루 옮겨 타슈, 곧 떠납니다."

쉰 목청이 서치라이트 같은 불빛을 들이대며 소리쳤다. 사나이와 여자는 선창에서 일어났다.

그러나 배가 또 검은 강변을 미끄러져 건너갔을 때 그들은 거기 타고 있지 않았다.

새벽 일찍 멀리 떨어진 모래사장에서 자는 듯 누워 있는 여자를 발견한 것은 작업복에 비틀스 같은 머리를 하고 어젯밤 휘파람을 불던 총각이었다.

여자는 혼자였다. 그러나 몹시 고운 자세로 누워 있었고, 남자의 짧은 코트로 잘 감싸여 있었다. 위에서 덮고 도닥거려준 것 같다. 잎을 달지 않은 백양나무 숲이, 암회색 안개를 흘려보내고 있었다. 주스 병은 거기에 다 못 간 곳에 버려져 있었다.

 조금 뒤늦은 시각에, 건너편 드라이브 웨이의 벼랑 밑에는 교통사고가 일어났단다고 떠들기 좋아하는 뱃사공이 오두막 앞에서 외쳐대었다.

 더벅머리 총각은 일부러 구경을 하러 갔다. 그리고 양 포켓에 손을 찌르고 돌아와서 말하였다.

 "승용차가 궁굴러 깨져 있었어. 새나라 따위 쩨쩨한 거가 아니고 집채만치나 큰 근사한 놈이던걸. 앞이 박살이 났어, 바위에 부딪쳐서. 순경이 옆에 못 오게 했지만 그래두 난 봤지. 어젯밤 저기 앉았던 그 사람이 틀림없어. 회색 바지하구 세타를 입은……"

 그리고 그는 고개를 젓고 휘파람은 불지 않고 또 여자의 시체를 보려고 걸음을 옮겼다.

 모래 위에 불그레한 아침 햇살이 퍼지고 그것은 이미 그 자리에 있지 않았다. 이편에도 '근사한' 자동차가 앰뷸런스와 경찰차와 함께 나타나서 실어 갔다는 것이었다.

 뱃사공의 오두막에서 밤을 자는 노무자들은 며칠 동안 열심히 신문을 받아 보았다. 서로 빼앗듯 하며 머리들을 부딪고, 그 사건에 관한 기사를 찾았다.

 하지만 사흘이 지나도 일주일이 지나도 단 한 줄의 글도 실리지는 않았다. 마을에 가서 다른 사의 신문을 얻어다 뒤져도 마찬가지였다. 어떤 강력한 힘에 눌려 사건은 결국 어둠에서 어둠으로 묻히고 만 모양이었다.

 배는 운전하지 않고 늘 소리만 지르는 중늙은이는 원통해하였다. 그는 첫날, 수첩을 펴 들고 그를 심문한 순경에게 그가 했던 말이, 인쇄되어 나올 것을 몹시 기대하고 있었던 것이다.

그는 그때 이렇게 말하였다.

"글쎄 어두웠지만서두 불도 피웠고 그런 관계루다 잘 보았다면 보았다고 할 수 있는뎁쇼. 젊었어요. 그리구 예쁘장들 했어요. 둘이 다……"

신문에 실망하였으므로 그는 더벅머리 총각에게 그 말을 끄집어내었다.

"야 이놈아, 네 생각은 어떻데? 왜 죽었을 성싶으냐, 그 사람들이."

"아저씨가 말하셨지 않아요? 젊구 예쁘게들 생겼더라구. 그래 죽은 거죠."

"딴은 참, 복잡한 사정이 다 그 속에 있다. 옳다."

돈과 시간이 남아나서…… 하는 소리는 그는 하지 않았다. 그는 그 자신의 딸에 관해서도 쓴 기억을 하나 갖고 있었던 것이다.

그날 밤에도 레몬빛의 불기둥은 멀리 가물대었고 선창에는 배를 기다리는 사람이 두셋 서성거렸다.

작업복의 총각은 휘파람을 불고 있었다. 자꾸 같은 곡조만 불고 있었다.

점액질 粘液質

모든 행위(行爲)의 원인(原因)은 신체 내부(身體內部)의 내장기관(內臟器官)의 활동 상태(活動狀態), 신체 외부(外部)의 물리적(物理的) 상태, 그리고 사회(社會) 상태 등에 있다. 행위의 원인을 캐내기를 단념한 사람들이 자유 의지(自由意志)라는 것이 있다고 주장(主張)하는 것이다. —— 신경학자(神經學者) 영

지나간 세월 속에 일어났던 일들을 사람은 대충 잊고 살게 마련이고 더구나 그것이 자기와 직접 관련 없이 생겨나고 진행했던 일인 경우에는, 이제는 아무래도 좋은 과거의 한 토막으로 어느새 흔적도 없이 사라진 줄로만 여기고 있다.

그러나 가다가는 크고 작은 우연이 작용하여서, 누구나 그처럼

간단히는 흘러간 과거로부터 놓여날 수 없다는 사실을 명심케 하여준다. 흘러간 과거로부터——라기보다 자기 자신으로부터, 결코 인간은 놓여날 수 없다고 함이 더욱 적절할지 모르겠다.

운명이라는 말이 생각킨다.

이 어휘를 사람들은 상당히 꺼림칙이 여기고 반발을 느끼기도 하는 것은 삶에 지쳐 기진맥진한 늙은이들의 군소리처럼 들리기 때문이다.

하지만 각자 다른 조건 아래——미묘하게 다른 구조와 다른 환경 밑에 생명이라 불리는 현상을 부여받은 유기물인 사람은, 결국 그 자신을 빚어서 만들고 있는 화학 성분과 외적 조건에 따라——말하자면 논리적인 필연성에 의하여 전적으로 밀려 나가고 있는 듯이만 보이는 면이 없지 않은 것이다. 저울대의 바른쪽을 누르면 왼쪽은 올라가듯, 일정한 성정의 인물을 일정한 환경 밑에 놓으면 정확히 예기되는 하나의 결과에만 도달한다는 사실은 꽤 주의할 만하지 않겠는가?

이런 식의 사고는 늙은이들의 습기 찬 운명론보다는 한결 맹랑한 대신 속 시원한 구석도 갖고 있는 것 같다. 창가를 스치고 지나는 바람을 멀리 우주 속 일 점에까지 불어 올려 보내고픈 마음마저 일게 하는…… 별의 운행이나 그 소멸 생성도 다 같은 물리적 원리에 따른 것이라고 생각해보면 턱없이 기분이 넓어지기까지 한다.

하기는 내가 지금 여기에 쓰려고 하는 것은 그처럼 광활한 무대를 가진 현란한 이야기도 아니고 '물리학적 필연'이 의당 인간 세계에도 가져와야 할 이치인 밝고 행복한 사람의 상태에 관한 것도 못 된다. 인물은 역시 구질구질하고 별로 보잘 것이 없고 조금도 속 시원히 생겨 있지가 못한 것이다.

그러나 그래도 그 인물은 내 머리에 사람의 마음의 메커니즘 같은 것, 마음이나 몸을 형성하고 있는 것은 물질이고, 그 물질의 양과 결합의 양상에 따라 결코 다른 인물일 수는 없는 '그'가 생겨난다는 물리학자의 설명 같은 것을 생각나게 해주었다.

유례없이 복잡하나 결국 기계라는 것에 사람도 낙착이 되는가 싶어지고, 내 이야기의 이 구지레한 역할을 맡아 한 인물에 대해서도 같은 감개를 갖지 않을 수 없는 것이다.

K고녀는 예부터의 주택지인 재동 어귀에 그 얼마 아름답지 않은 붉은 벽돌의 벽을 내보이며 자리하고 있었다.

무슨 식이라고 이름 붙일 수도 없는 모양 사나운 건물이어서 입버릇 고약한 축들의 말로는 형무소를 닮았다는 것이었다. 서울뿐이 아니고 지방에 가보아도 형무소는 어디나 그렇게 붉은 벽돌이고 그렇게 정면 현관께가 넙데데한 채 높이 솟아 있다는 것이었다.

살풍경하기는 건물만이 아니어서 좁은 운동장을 회색 시멘트 담이 둘러치고 있는데 풀포기 하나 구경할 수 없었다. 다만 뒷마당이라 불리는 측면 공터에 창문을 따라 벚나무가 여남은 그루 서 있는 것이 풍취를 위한 거의 전부인 셈이었다. 그 밑의, 말라서 하얗게 쪼개진 땅바닥에, 군데군데 빈약한 클로버가 달라붙어 기고 있는 모양은 없느니만 차라리 못한 감이었다.

이층 교실 창문에서 내다보아도 검은 기와의 지붕들 말고 좋은 경치는 뜨이지 않았는데 저만큼 언덕 위에 새로 지은 K중학의 꼭대기 일부와 높은 굴뚝은 마주 보였다. 그 큰 굴뚝은 스팀의 시설이 있다는 증거여서 K여고의 낡아빠진 벽돌 건물에는 물론 없는 물건이었다.

K중은 세칭 수재들의 전당이어서 여학생들은 엷은 동경을 그 건물에조차 품고 있어, 복도의 창틀에 팔굽을 걸치고 자주 그편을 바라보는 아이는 그것만으로 놀림을 받을 지경이었지만 당시의 K중생이란 인상부터 목석같다고나 할밖에 없는 존재들이었다.

교모는 머리 위에 수평으로 얹혀 있고(일 밀리의 반쯤이라도 옆으로 비뚤어 있는 법은 없었다) 눈도 똑바로 정면 눈높이께를 쏘아보며 걸어간다. 두리번거리거나 실없는 소리를 주절대고 큰 입을 벌리고 웃어서는 못쓰고, 가슴은 펴고 목은 꼿꼿이 쳐들고 있어야만 하였다. 자로 대고 만든 듯 각이 진 어깨는 뒤에서 보아도 표가 났다. 마치 사관학교 생도가 행진을 하듯 그들은 하학 길에라도 빳빳이 걸어가는 것이었다. 책가방을 옆구리에 끼기라도 하였다가는 아마 틀림없이 퇴학을 맞았을 것이었다.

하니까 노상에서 여학생과 말을 하는 따위 일은 거의 없어서 오빠나 친척을 그들 가운데 가진 아이는 가다 오다 만나게 되는 때에라도 모른 체 앞만 보고 지나가는 소년을 대하는 뿐이었다.

K고녀 쪽도 형편은 비슷하여 교원실에는 까다로운 선생님이 가득 있어 이모저모로 감독이 야단스러웠다.

자세를 바로 해라, 이야기할 때 몸을 흔들면 오해를 산다. 공연히 사람을 쳐다보지 말라. 정숙하고 견실하라, 너희는 남들과 다르다. 부녀자의 귀감이 되라.

예법을 가르치는 늙은 여자 선생은 목욕할 때 왼쪽 반신의 비누질은 바른손으로, 우측 반신은 왼손으로 해야 한다는 말까지 들려주었다.

이런 지경이므로 보이 프렌드를 갖고 있느니 하는 일은 전무에 가까웠고 남학생에 관한 것을 화제로 삼기 좋아하는 아이는 급우 간에 불량 취급을 받을 형세였다.

이렇게 K고녀생들은 현모양처의 모토 아래, 돛대같이 프라이드 높게, 의무감 강하게, 좀 맛대가리는 없이, 얼마 어여쁘지는 않게, K중의 건물을 바라보고 가끔 농담을 하는 것이 고작인, 대체로 학부형이 안심해 좋을 분위기 속에 자라나고 있었던 것이다. 문학이나 미술 따위 '병적 요소를 지닌' 것들은 남학생과 마찬가지로 적당한 거리 격리되어 있었다. (그래도 나중 졸업하고 한참 지나고 보니 그 당시부터 그렇지 않은 사이였다면서 결혼까지 한 커플이 두셋은 있어서 알다가도 모를 것이 사람의 내막이라는 감이 들기는 하였지만.)

졸업반이 되었을 때 우리 학년에는 낙제생이 한 명 편입되었다. 입학시험이라면 모르되 진급하는 데 낙제란 말로만 듣던 소리여서 교실에서 그녀를 발견하였을 때는 무던히 민망스러웠다. 시집가는 데 지장이 있다 하여 좀처럼 그런 교칙을 적용하는 일은 없었고 마지못할 경우일지라도 휴학이라든가 전학 같은, 무슨 다른 조치가 취해지는 전례였기 때문이었다.

김옥례라고 하는 그 아이는 성적 불량이라는 이유를 그닥 감추려고도 하지 않고 당당히 낙제를 해놓았던 것이다.

귀여운 모양으로 덧니가 나고 속눈썹이 긴, 크고 윤기 있는 눈을 가진 처녀였다. 당시의 졸업반은 지금의 고 일에 해당하여 만 십육 세가 표준 연령이었는데 옥례는 일 년 상급이었던 탓으로 그랬는지 몹시 어른스럽게 보였다. 아니 그 탓만이 아니었을지 몰랐다. 그녀의 그렇게 윤기 있는 눈과 작은 입모습에도 불구하고 그녀는 어딘가 탁하고 무거운 열기 같은 것을 지니고 있었던 것이다. 기름한 편이나 아래위가 거의 같은 모양으로 둥그스름한 얼굴은 탄력 없이 노르께하고 목에 깊이 패는 줄은 나이 많은 여인을 연상케 하였다. 가슴이 크고 뚱뚱하지는 않은데 무거워 보이는 몸집을 하고 있었다.

옥례는 서면 선 대로 앉으면 앉은 대로, 몸을 움직거리기를 싫어하는 성질 같았다. 걸어야 하는 때는 겨워하듯 느릿느릿 맨 뒤를 따랐다. 체육 시간에는 맡아놓고 정양실에 누워 있었고 수업 중에는 멀거니 창밖으로 시선을 보내고 있는 것이 일이었다.

나는 그녀가 결코 특별한 저능은 아니지만(그때에도 치열한 입시 경쟁은 있었다) 조금도 공부에 착심[1]하지를 않고 있다는 것을 알았다. 어느 때고 선생의 음성은 그녀의 귓전을 스치고 지날 뿐 머릿속까지 들어가는 일은 없는 것이었다. 시험 때에조차 그녀는 마지못한 듯이 천천히 연필을 놀렸다. 쓸 것이 없는지 쓰기가 싫어지는지 중도에서부터는 손을 내리고 창밖을 보고 있다.

시간 중에 지명을 하고 짓궂게 무언가 시켜보려고 추궁을 하는 선생도 없지는 않았다. 옥례는 고개를 약간 숙이듯 하고 조용히 서 있다. 입을 열지 않았다. 비웃음 같기도 하고 또 다른 더 강한 거부의 표정 같기도 한 엷은 미소를 보일 듯 말 듯 입가에 띠고 옥례는 어느 때까지나 잠자코 서 있는 것이었다. 어떠한 모욕적인 언사도 그녀에게 무안을 타게 하거나 반발을 일으키게 하지는 못하였다. 봄바람이 불어 벚꽃잎을 화르르 그녀의 감색 잠바스커트 위로 날려 보내던 양을 지금도 기억한다.

무겁게 움직이지 않는 탁한 늪의 느낌과 같았다. 무슨 생각을 하는지 아무도 몰랐다.

'특별한 아이'라는 관심이 차차 엷어지고 스스럽지 않아진 다음에도 나는 때때로 이상한 무서움 같은 것을 그녀로부터 느꼈다. 어떻게 된 서슬에 그녀가 누구와 말을 하는 것을 보면 그 눈이 아름답게 반짝이며 표정이 생동하였다. 귀여운 모양의 덧니를 내보이고 웃으면 음침한 기가 사라지고 그녀는 결코 바보가 아니라는 확신을 갖게 하였다. 하지만 그런 일은 거의 일어나지 않았고 옥례는 대개는 혼자서 우울한 침묵을 지키고 있는 것이었다.

여름이 깊어갈 무렵 옥례는 내 옆자리에 앉게 되었다. 뿐만 아니라 통신망인가의 조직에 나는 그녀와 연락을 취하도록 지시받았다. 집이 인접한 것도 아니지만 띄엄띄엄 산재한 거리가 그래도 제일 가까웠던 모양이었다.

그녀는 약도를 그려주고 예의 생기 있는 표정으로 방긋 웃어 보였다. 나는 옥례가 늘 그렇게 보통으로 행동하고 무거운 늪같이, 노르께한 살갗만 두드러져 보이게 침묵하지 말았으면 좋겠다고 생각했다. 그녀의 침묵에는 확실히 침묵 이상의 것이 개재하였다. 속눈썹이 긴, 윤기 있는 눈을 허공에 고정시키고 옥례는 거기에 어떤 보이지 않는 세계를 보고 있는 듯하였다. 주위에서 들까부는 급우들이 감히 상상하지 못하는 세계를 그녀는 신기루처럼 그렸다 지웠다 하고 있는 것 같았다.

그 세계에는 어쩌면 근엄하나 아무 깊이도 없는 대부분의 생도나 극성만 떠는 애들에게는 없는, 어떤 공감할 수 있는 특별한 것이 있을지 모른다고 나는 차차 생각하게 되었다. 그것을 소유하기 때문에 옥례는 모든 속물적인 가치관에서 그처럼 초연할 수가 있는 것이다……

나는 그즈음 내면적인 고독의 쓰라림을 맛보기 시작하고 있었으므로 옥례의 자약함[2]에 일종의 신비를 느끼기까지 하였다. 그러나 여전히 어떤 꺼림칙함, 아지 못할 공포의 그림자 같은 것이 가셔지지 않아서 더 그녀에게 접근해 가지는 않고 있었다.

하루 나는 옥례의 집에 갈 일이 생겼다. 그녀는 그날 결석을 했었고, 나는 등교 전에 그녀에게 어떤 사항을 전달해야 할 의무가 있었던 것이다.

전화 같은 것은 없었다. 초저녁에 약도가 가리키는 대로 그녀의 집을 찾아갔다.

비탈을 좀 올라가서 꼬불꼬불 골목을 여러 번 구부러진 데에 있었다. 이런 곳에 싶을 만치 울창한 수목이 담장 안에 가지를 겹치며 뻗어 올라 있고 밤나무의 꽃인지 싱싱한 냄새가 어둠을 좀더 자욱하게 느끼게 하였다.

나무 잎사귀에 가려 잘 보이지도 않는 작은 대문이 거기 있었다. 뒷문인 것 같다고 그때 생각하였는데 나중 보니 문은 그것 하나여서 그러니까 그것이 정문인 것이었다.
 가느다란 길이 여름 꽃이 우거져 핀 수풀 사이를 인도하고 있었다.
 가슴 높이에 이르던 그 초목들은 무슨 이름이었는지, 어스름 어둠 속에 큰 꽃송이들이 둥둥 뜬 것 같아 보였다. 발밑에서는 뭉긋한 풀 향기가 뿜어 오르고 감미로운 훈향을 흐트러뜨리는 찔레와 덩굴장미는 집 둘레에 몰려 피어 있었다.
 벽에 달아놓은 작은 등불로 하여 그 단층집은 회색 벽돌로 만들어져 있는 것을 알 수 있었다. 낡은 수도원의 부속 건물 같은 느낌이었다.
 방 하나에만 엷은 문장이 드리워 그 빛깔에 분홍으로 물든 불빛이 흘러나올 뿐 다른 부분은 깜깜하였다.
 기묘하게도 나는 이 집의 모양 또한 건물의 후면이 아닌가 하는 느낌을 그때 가졌다. 현관이 크지 않은 탓이었을지 몰랐다. 그러나 그 때문도 아니었을 것 같았다. 두드러진 모양은 갖추지 않았지만 난간과 돌층계 등 별다른 것이 없는 입구였었다. 그런데도 어쩐지 돌아앉은 듯이만 여겨지던 까닭을 지금도 나는 알 수가 없다.
 옥례는 잠깐 기다리게 하고 나서 나타났다. 안이 어두웠던 탓인지 나는 그녀가 어디 땅속 깊숙한 데에서 떠올라 온 듯한 착각을 가졌다. 그녀는 조젯의 원피스를 입고 교실에서보다 화사해 보였다.

나는 그녀의 몸매가 그처럼 무거워 보이지 않는 데에 놀라고 있었다. 교복, 하고많은 제약, 관립 학교 특유의 그 억압감이 옥례를 어쩔 수 없이 무거워 보이게 만들고 있었구나 하고 나는 그런 생각을 더듬었다.

들어오라고 그녀는 낮은, 거의 들리지 않을 만치 작은 소리로 말하였다. 옥례는 성대를 갖지 않은 동물처럼 노상 소리를 안 내고, 어쩌다 말을 할 때에는 그처럼 낮고 작게밖에는 발성을 하지 않는 것이었다.

나는 옥례를 따라 넓은 마루방으로 들어갔다. 거기 잇대어 분홍빛 불이 흘러나오던 방이 바라보였다. 그리고 긴 의자 앞 양탄자 위에 전신에 불빛을 받아, 피어난 꽃송이같이 화려해 보이는 젊은 여성이 비스듬한 자세로 앉아 있는 것이 시야에 들어왔다.

그녀는 머리카락을 넓은 헤어밴드로 누르고 목 언저리에서 물결치게 하고 있었다. 소매 없는 담홍색 양복을 입은 백랍[3]처럼 희고 미끈한 팔다리가 강렬하게 눈을 끌었다. 다리가 걸음을 걷기 위한 것이고 손이 물건을 집기 위한 것임에 틀림은 없지만 또 그 이상의 것이라는 감개를 특별히 유발하는 아름다운 형태의 팔다리가 있는데 이 여자의 경우가 그러하였다. 멈칫해질 만큼 남다른 의미를 저절로 과시하며 있는 것이었다. 그녀는 발소리에 이편으로 고개를 돌렸으나 어두워 잘 안 보이니까 조금 눈살을 찌푸렸다.

그 얼굴을 보자 나는 어디서 본 여자인 듯한 마음이 들었다. 하지만 궁리해보니 어디서도 만난 적은 없었다. 다만 그 생김새는 일종의 미인형이고, 그렇게 생긴 입술을 노상 아름답다고 여기는 습관에 젖어 있는 까닭에 그 얼굴이 생소하지 않았던 모양 같았다. 어느 유명한 여배우의, 어쩌면 여러 명의 스타의 특색 같은 것을 모아 가지고 있었는지 몰랐다.

그녀는 물속의 잉어처럼 싱싱해 보였다. 피부에서는 빛이 나고 어른이면서 소녀처럼 앳되었다. 옥례와는 반대로.

장미의 큰 송이가 아직 다 피지는 않고 한껏 요염함과 같다는 낡은 비유를 나는 상기하였다. 그것은 국어 독본에 나오는 글귀이고 이 여자의 보편성 있는 미에 들어맞는 말일 것 같았다.

우리는 어두운 홀을 지나 기름한 온돌방을 가로질러 갔다. 저편 문에는 발이 걷어 올려져 있고, 미농지[4] 같은 갓을 씌운 어두운 등이 희미하게 주위를 밝히며 구석에 놓여 있었다. 발 밖은 바로 높다란 담장이어서(집의 앞면이 뒤쪽 같아만 보인 내 착각은 그래도 얼른 가라앉지는 않았지만) 집의 폭은 거기까지인 모양이었다.

골동품이 여기저기 들여 놓은 방 안에는 바싹 마른 노인이 은쟁반을 앞에 놓고 책상다리로 앉아 있었다. 쟁반 위에는 술 주전자가 있었던 듯하나 나는 옥례가 거기 마치 아무도 있지 않은 듯 거들떠보지도 않고 스쳐가므로 따라서 뒤로 걸어갔다. 옥례는 복도를 꺾이더니 거기서 좁다란 층계를 밟고 지하로 내려가는 것이었다.

아까 땅속에서 소리도 없이 솟아오른 듯이 옥례를 느낀 것과 무슨 관련이 있었을지. 여하튼 사닥다리처럼 급하고 좁은 층층다리를 드팀드팀[5] 밟고 내려가면서 나는 조금 후회스러웠다. 불안해지면서 밖에서 그냥 말만 하고 돌아갈걸 싶었던 것이다.

지하실은 깜깜한 밖을 향해 창이 뚫려 있고 출입문까지 달려 있었으니 아마 사면이 땅속에 묻혀 있는 것은 아니었을지 몰랐다. 돗자리가 깔렸고 얼마 넓지 않았다. 우묵한 느낌을 더하게 하고 있는 것은 층계를 내려오면서부터 눈에 뜨인 키가 큰 경대였다. 옥례는 그 앞에 앉으면서 친밀한 표정으로 나를 올려다보았다.

"좀 앉어. 화장을 하던 중야."

"많이 아프지는 않았니? 오늘 결석했지."

"아프지는 않았어. 다른 일이 있어서……"

K고녀는 출결석이 엄격하여 한번 빠져놓고 보면 담임이 꼬치꼬치 캐고 들어서, 결석계를 제출해도 의심암귀, 모두 넌덜머리를 내고 어지간하면 기어서라도 학교에를 가는 것이 보통이었다.

나는 연락 사항을 말하였다.

그녀는 응 소리도 안 하고 흘려듣기만 한다. 마음이 안 놓여서 한 번 더 같은 말을 되풀이하였다.

"흥."

하고 이번에는 옥례가 몹시 어른답게, 그리고 어딘가 감미롭게 코를 울렸다. 그러자 나도 학교에서 법석을 하고 다짐을 해대며 내일 꼭 무엇 무엇을 해 와야만 한다고 하던 일들이 대수롭지 않은 것으로 비쳐오기 시작했다. 사실이지 청소용의 걸레를 삼 센티와 이 점 오 센티의 마름모꼴로 누벼 꿰매 석 장 지참해야 한다든가, 학생의 승차 허용 구간이 변경되었으니 내일부터 광화문에서 전차를 내려 걸어야 한다든가, 신사 참배는 방과 후에 하기로 되었다든가 하는 일이 무슨 그리 인생의 중대사란 말인가.

옥례는 경대 위에서 초록색 화장수를 집어 올려 따라 얼굴에 문질렀다. 크림을 바르고 또 무언가 끈적대는 물분 같은 것을 짤각짤각 볼을 두들기며 문질러 넣는다. 옥례의 누런 살갗이 보얗고 밝은 빛으로 변하여갔다. 뒷머리를 동여맸던 손수건을 끄르니까 숱이 많고 좀 무거워 보이는 머리카락이 오늘은 끝이 가볍게 컬되어 어깨 위로 살포시 내려앉는 것이었다.

나는 감심하여 바라보고 있었다. 아침저녁 냉수에 세수하고 스킨크림이나 쓱싹 문질러대면 그것도 좋은 폭이어서, 이렇게 화장품을 여럿 사용하고 경대까지 따로 갖고 있는 애는 있을 수 없었기 때문이었다.

"어딜 좀 가려구 그래. 만날 사람이 있어."

옥례는 그러면서 화장대 한쪽에 세워져 있는 조그만 사진틀에 시선을 갖다 대었다. 그것은 아주 특수한 눈길이었기 때문에 나는 그녀가 만나러 간다는 것이 바로 그 사람임을 직감하였다. 그래서 좀더 자세히 그 사진을 들여다보았다.

희끄무레한 스포츠 셔츠를 멋있게 칼라를 세워 입은 청년이었다. 목책(木柵)[6]에다 한쪽 발을 걸치고 그 위로 상반신을 썩 기울이고 있었다. 어디가 어떻달 것도 없이 아주 멋이 있게 보였다. 대학생이거나 어쩌면 벌써 대학을 마친 사람쯤으로 보였다. 어깨가 네모진 K중의 우량아들이 내 마음속에서 갑자기 형편없는 풋내기들로 느껴졌다.

담장 밖 좀 멀리에서 누가 부는지 색소폰 소리가 울려오기 시작

했다. 가슴 저린 그 독특한 음색으로 꽤 잘 불어 넘긴다. 옥례는 잠시 귀를 기울이더니

"밤낮 저 곡조만 열심히……"

귀여운 덧니를 내보이며 중얼대는데 아주 미묘한 미소가 한쪽 볼로 퍼져갔다. 꽃향기 속을 흘러왔을 그 젖은 듯한 색소폰 소리의 임자가 바로 사진의 인물과 동일한가 아닌가 알고 싶었으나 옥례의 그 표정만으로는 분간할 수 없었다.

어쨌거나 그 밤의 거기의 공기는 다른 어디의 그것과도 같지 않게 농염하고 취할 듯한 열기에 차 있었다. 숙제니 교무실이니 성적표니 하는 것들과 관계없는, 그런 것보다는 한결 무르익은 삶, 그것과 직접적으로 연결되어 있는 무언가가 확실히 감지되었다. 그러나 내가 너무 오래 머물러 있기에는 합당치 않은 것 같다는 마음도 들었다.

"난 그만 갈 테야."

"잠깐만 있어. 나도 곧 나갈 테니까."

옥례는 단추를 끄르고 브래지어의 가슴을 내놓았다. 나는 시선을 피하고 한 번 더 실내를 둘러보았다.

들어오던 문 쪽으로 바싹 대어서 피아노가 한 대 커버도 안 씌우고 놓여 있었다. 옥례가 치지 않을 것은 정한 이치였다. 아까 그 예쁜 여자가 있던 방에도 이 악기가 있는 것을 보았었다. 피아노는 그때는 아주 귀하여서 아무 가정에서나 볼 수 있는 물건이 아니었다. 자리가 없어 이런 데에까지 한 대 놓아두었을 터이지만…… 하나 여하튼 그 여자는 악기를 만지나 보다……

나는 내 생각을 입 밖에 내었다. 옥례는 소리를 하나도 내지 않고 웃었다. 소리를 하나도 내지 않기 때문인지 그녀의 그 웃음에 따라 주위가 모두 깊은 암흑 속으로 빨려 들어가듯 윤곽이 흐려 오는 것처럼 느껴졌다.

"피아노를? 도레미파도 모르는 사람인데."

"누구니, 그인?"

그 여자는 굉장히 젊었었다. 옥례보다도 젊은 것 같았다. 하나 물론 옥례보다 더 어릴 까닭은 없었다. 네댓 살은 위일 것이었다. 다만 느낌이 그처럼 발랄한 것이다.

옥례는 나를 마주 쳐다보며 천천히 아주 이상스러운 투로 한마디 한마디 발음하였다.

"우리 엄마야."

"……"

"우리 엄마야. 온돌방에 앉았던 건 아버지구."

씽긋하는 기분 나쁜 미소가 그 말 뒤를 따랐다. 그리고 끈적끈적하는 듯한 그 웃음에서는 정체 모를 점액(粘液) 같은 것이 지익직 배어 나와 밑으로 뚝 하고 떨어진 것 같았다.

나는 엉거주춤 허리를 들었다. 여기 오래 머무는 일은 아무래도 어딘가 위험한 짓인 것만 같았다.

교복을 참따랗게' 입었으나 내려뜬 속눈썹 그늘에서 늘 무언가 다른 궁리에 잠겨 있는 교실에서의 옥례는 그로부터 더욱 부쩍 나의 관심을 끌어당겼다. 나는 그녀를 바라보느라고 때때로 중요한 대목을 잡쳤다. 무릎 위에 두 손을 포개어놓고 백일몽을 쫓고 있는 듯한 그녀는 나에게서 갖가지 잡념을 불러 일으켰다. 나는 그녀에게 친절히 하였으나 너무 친절히 하지는 않았다. 역시 더러는 그녀가 겁이 났던 것이다.

어느 오후 우리는 재봉실에 가기 위하여 보자기니 재봉곽이니 자막대기를 각기 들고 이층 복도를 줄레줄레 걸어가고 있었다. 앞에서부터 행렬이 멎더니 시간 변경이란다고 하였다. 교실로 되돌아가야 할 일이었다. 아니 그렇지 않고 역시 재봉실로 가 있으랬다고 다른 한끝에서는 떠들어댄다. 주번이 이리저리 뛰어다니고, 낙착이 나기까지는 시간이 걸릴 모양이었다.

각기 판단대로 어느 교실론가 가버리고 우유부단한 무리만 더러 그대로 복도에 남아 있었다. 시업의 벨이 울리고 교사 내는 물속같이 고요하여졌다.

나는 창문가에 서 있었다. 보슬비가 주룩주룩 내리고 구슬픈, 어딘가 비밀스러운 정감이 공간을 가득 메우고 있었다. 재봉은 흥미 없는 과목이었고, 다른 학과도 지금은 달갑지가 않았다. 어느 때까지나 은실 같은 빗줄기나 보고 있고 싶었다.

누군지가 내 옆에 다가섰다. 그것은 옥례였다. 그녀의 유난히 큰 가슴이 닿을 듯 가까이에 숨 쉬고 있었다. 그녀는 오랜만에 그 생기가 돌아온 낯을 하고, 낮은 속삭이는 듯한 목소리로 말하였다.

"너 말야……"

길고 짙은 속눈썹을 내리깐 채 흘깃 주위를 살펴본다. 그리고 다시 말을 잇는 동작은 음성적인 어떤 쾌락에의 탐닉 같은 것을 느끼게 하였다.
 "너 말야, 남자하구 여자가 사랑할 때 일을 아니? 정조를 바칠 때의 그걸 말야."
 나는 심약하게도 어정쩡한 미소를 띠워 올린 뿐이었다. 사실 그것은 우리들의 푼수[8]로는 너무 대담한 문젯거리였기 때문에 나는 어째야 좋을지를 몰랐던 것이다.
 "……"
 "제일 먼점은 말야."
하고 옥례는 속삭이기를 계속하였다.
 "제일 먼저 남자가 요구하는 것은 입술이야. 키스하는 거. 그담은 가슴이지. 마지막이……"
 옥례는 열기 띤 눈을 하고 뭐라 말할 수 없이 음란한 손짓으로 자기의 몸의 일부를 가리켰다.
 나는 옴짝도 못 하고 서 있었다.
 그리고 대뜸 등을 돌려 내닫기 시작했다.
 그로부터 졸업하여 헤어질 때까지 나는 옥례와 말을 하지 않았다. 새 학기에 우리들의 자리가 또 바뀐 것은 그러므로 내게는 퍽 다행한 일이 아닐 수 없었다.

 졸업하기 전 가을 하이킹 갔던 산길에서 나는 옥례의 계모를 한 번 더 보았었다.
 타이트 스커트에 밝은 스웨터를 입고 흰 농구화를 신은 그녀는 좀더 야생적으로 매력 있게 보였다. 가느다란 단풍 가지를 하나 꺾어서 어깨에 둘러메고 있어 나는 좋지 않은 일이라 생각하였으나 그보다도 그녀는 칠팔 명 되는 일행 중의 한 남자와 손을 꼭 맞잡고 있는 것이었다.

맑은 햇볕 아래를 행복한 듯 상기한 볼을 하고 걸어오다가 이편과 마주치자 꺼림 없는 얼굴로 건너다보았다.

그녀는 나를 몰라보았겠지만 골동품 앞에 앉아 있던 마른 노인을 나는 상기하지 않을 수 없었다.

한참 가다가 그녀와 손을 잡고 있던 늘씬한 청년도 어디선가 본 사람이란 듯한 마음이 들었다. 이편도 멀쑥하게 '보편적으로' 생겼기 때문일까 하고 전과 같은 방법을 갖다 붙여보려는데 생각이 났다. 옥례가 만나러 간다고 하던, 어쩜 색소폰의 임자일지도 모르는 바로 그 청년이었던 것이다.

'그럼 옥례와는 어떻게 되는 셈일까?'

궁금하였으나 물론 내가 끼어들 수 있는 문제는 아니었다.

많은 세월이 흘러갔다.

8·15 해방이 되고, 동란이 벌어지고 학생 혁명이 일어나고 하며, 부대끼어 죽고 살아남아 늙고, 또 아기들은 자라고 하였다.

K고녀의 그 딱딱한 소녀들도 이제 어지간히 세파에 시달려 얼굴들이 잔주름에 싸였다. 그리고 지나간 과거는, 더욱이 그것이 남의 일인 경우에는 흔적도 없이 사라져버린 줄만 여기며 살고 있다.

오늘 나는 외출해서 돌아오는 길이었다. 언덕을 걸어 오르자니 온몸에 땀이 배어난다. 아직 늦봄이지만 이 길을 이렇게 걸어 오르자면 벌써 나무 그늘이 그리워지는 것이었다.

우리 집 담장 앞 그늘에서도 누군가가 바람을 쐬며 앉아 있었다. 굴비가 담긴 양철 그릇을 앞에 놓은 장사 아주머니였다. 털퍼덕 주저앉아 땅에 내던진 종아리가 구릿빛이다.

집 안에 들어오고 조금 있으니까 초인종이 울렸다. 나가 보고 오더니 굴비장사라고 한다. 나는 사지 않겠다고 일러서 내보냈다. 잊어버릴 만한 때에 다시 또 벨이 이번에는 아주 길게 요란하게 울렸다. 굴비장사가 보잔다는 것이다.

약간 기분이 상하여서 나는 대문으로 나갔다. 굴비를 절대로 사지 않을 것이라고 다짐을 하며 있었다.

문 앞에는 그 여자가 서 있었다. 누군지 나는 금시 알아내지 못하였다. 다만 긴 속눈썹 그늘에서 검은 안개 같은 것이 서린 눈이 나를 응시하는 것을 보자 까닭 없이 편안찮아오는 것을 느꼈다.

"나 모르겠니?"

낮고 억양이 없는 목소리가 말하였다.

"나 옥례야."

덧니 있는 입술이 빙긋하였다. 덧니는 이제 귀염스러워 보이지 않았다. 무거운 늪같이 음울한 정열을 담고 있던 그녀의 노르께한 살갗도 다갈색으로 타서 억센 느낌으로 변모되어 있었다. 하나 그것은 옥례가 틀림없었다.

"너 너였구나."

우리는 마루 끝에 걸터앉아 한동안 이야기를 나누었다. 굴비 함지 둘레를 왕파리가 한 마리 윙윙거리며 맴을 돌았다.

"그런데 좀 올라가지 않으련? 그러자, 들어가자."

"아니."

아무렇지도 않게, 몇 번이라도 거절하고 마는 그녀에게서 나는 태연한 낙제생이던 옥례를 상기하였다. 모든 허례, 상식적 가치, 생활 같은 것조차 그녀에게는 여전히 의미를 가질 수 없었던 것이다.

"육이오 때 어디 있었니? 결혼했겠지? 애기는?"

그런 소리부터 어쨌든 끄집어내었다.

옥례는 질문 비슷한 것에는 하나도 탐탁한 대꾸를 해주지 않았다. 모호한 표정으로 듣고 있을 뿐이었다. 내 일을 궁금해하지도 않았다.

그저 마당 귀퉁이의 모란을 바라보고 잔디에도 눈길을 돌리고 하다가 제물에 이런 말을 들려주었다.

"우리 아버지, 너 알지? (한 번 흘깃 보았을 뿐인 것을 옥례는 그렇게 표현하였다) 그 영감, 죽었어."

호호호호 하고 그녀는 낮게 웃었다. 웃음의 뜻은 알 수 없었으나 무언가 사람을 불안하게 만드는 것이 그 속에는 들어 있었다.

"늙은이가 벌을 받았어."

한참 있다 덧붙였다.

어머니이던 그이는 어떻게 되었느냐고 나는 물었다. 그 여자를 보았던 두 개의 장면이 선명하게 눈앞에 떠올랐다. 옥례는 오랫동안 침묵하고 있었다. 그리고 딴 이야기를—적어도 처음에는 딴 이야기로 들리는밖에 없는 말을 시작하였다.

"육이오 때는 죽을 뻔했지. 감옥에 들어가 있었기 때문에."

"감옥에? 누가?"

"내가."

옥례는 온건한 투로 대꾸하였다.

"니가?"

"몇 년째 갇혀 있던 중이라 도망도 못 쳤어. 그냥 폭격을 맞아 죽는 줄 알았더니 어떻게 그래도 놓여나서……"

"아니, 니가 감옥엔 뭣 하러 들어갔었니?"

"잡아가니까 들어가지, 애는."

"그러니까 뭣 땜에 잡혀갔냐 말야."

"사람을 죽여버렸어. 남자 때문에."

옥례는 그렇게 말하고 그 검은 안개가 눈 속에뿐이 아니고 온 얼굴에 자욱이 덮인 듯한 낯으로 나를 건너다보았다.

"내 남자를 아주 어떻게 만들러 들지 않겠어?"

남자라는 발음에 독특한 음영이 있었다.

"남자하구 여자가 사랑할 때 일을 아니? 남자가 제일 처음 요구하는……"

하던 때의 그녀의 말소리를 다시 듣는 듯했다.

"내가 왜 그러라고 두겠어? 그 여자는 나 같은 건 문제시하지도 않는다는 태도로 코웃음을 치고 있었지만……"

옥례는 미미한 냉소를 띠었다.

"그 영감이 살아 있을 때부터 우린 서로 얽혀 지냈지. 그 남자는 나와 그 여자 새를 오락가락하고 있었던 거야. 난 아버지에게 일르지 않았지만."

"……"

"영감이 벌 받아 죽은 뒤에……"

그 사망에도 무언가 자연스럽지 않은 데가 있었던 것 같았지만 나는 잠자코 있었다.

"……칼루 찌르구 말았어. 밤에 침실에 가서…… 여자만……"

그녀는 한 손으로 이마를 싸쥐고 눈을 감았다. 끔찍한 이야기를 하고 있으면서 그녀는 오히려 이상히도 감미로운 표정을 하고 있는 것이었다.

"아니 그러니까 아버지 돌아가신 뒤에 그러니까……"

옥례는 질문의 뜻을 모르겠다는 듯 나를 건너다보았다.

"너는 그 집에 계모 어머니와 함께 살았단 말이니?"

"우리 셋이 살았어."

옥례는 아무렇게나 대꾸하고

"얼굴은 매끈했지만 그 여잔 아무것도 아니었어. 그 남자가 그랬어. 구미가 당기는 여자는 못 된다고……"

옥례는 그 언젠가처럼 씽긋 웃었다. 그와 함께 끈적대는 점액 같은 것이 웃음에서 배어 나와 무릎으로 떨어진 것 같았다.

'무엇이 살해의 직접 동기였단 말인가? 삼각의 관계를 전부터 인정한 셈이었었다면?'

그를 아주 어떻게 만들려고 했다던 설명을 나는 해석해보려고 하였다. 그리고 아무 해답도 얻지는 못하였다.

"일사후퇴 후에 청주에 가서 그 사람을 찾아내었지. 얼마나 만나려고 고생했는지 몰라. 둘이 살았어. 죽어도 좋을 만큼—정말 그렇게 좋았었어. 나를 경찰에 찔러 넣고 도망가버렸지만 나중 잡아서 물어보니 악의는 없었대. 미군에 들어가서 일을 하구 있어서 그렇게 오래 못 만났던 거지 뭐야."

굴비 함지 둘레에 파리는 점점 늘어 크고 작은 놈들이 붕붕거리며 날고 있었다.

그때 경대 위에 사진이 있던 인물이 결국 그였을 테지 하고 나는 알 수 없는 초조로움 같은 것을 맛보며 다짐했다.

"참 잘났지? 그런 남잔 없어. 정말 없어. 또 숨었지만 언제든지 만나지기만 하면 도루 살 테야. 아무것두 따지지 않구."

그럼 지금은 혼자 있구나 하고 나는 한숨을 내쉬었다.

"사내를 하나 얻었어. 퇴계로 자전거포에 다니며 일을 하지. 이렇게 실팍한 젊은 사람야."

옥례는 그런대로 만족스러운 듯 미소 지었다.

나는 옥례의 굴비를 샀다.

빈 양재기 그릇을 옆구리에 끼고 일어나는 그녀를 나는 정시하기가 퍽 힘들었지만 원은 그다지 그럴 일은 아니었을지 몰랐다.

사람의 마음이 물질로 형성되어 있고, 원자니 소립자(素粒子)니 하는 그 물질들의 활동 상황이 인간의 정신 현상도 지배하는 것이라면.

그래서 옥례의 운명도 백억 년 전 우주가 탄생했을 때, 원자가 자동적으로 태양이나 지구나 그 밖의 것들을 만들기 시작했을 때 그리고 그녀라는 인간의 세포의 분자를 준비하였을 때 이미 과학적으로 결정지어져 있었던 것이라면.

주

안개

* 『문예』, 1950년 6월호.
1 빨각빨각하다 빚어 담근 술이 괴어서 아주 심하게 바글바글 솟아오르는 소리가 나다.
2 내버티다 끝까지 버티다.
3 미오(迷悟) 미혹과 깨달음을 통틀어 이르는 말.
4 조단(早斷) 속단(速斷)
5 저어하다 많이 두려워하다.
6 대기(待機) 때나 기회를 기다림.
7 중공(中空) 중천(中天). 하늘의 한가운데.
8 스코치 Scotch. 영국 스코틀랜드 남쪽 지방에서 나는 면양의 털. 또는 그것을 재료로 한 털실이나 모직물.
9 편펴롭다 '편편(便便)하다'의 오기인 듯. 거리낌이나 탈이 없어 편안하다.
10 구조(口調) '어조(語調)'의 북한어. 말의 가락.
11 일가언(一家言) 자기가 독자적으로 주장하는 견해나 학설.
12 초려(焦慮) 애를 태우며 생각함. 또는 그런 생각. 초사(焦思).

13 짜장 과연 정말로.
14 재비 감. 무엇을 만드는 데 바탕이 되는 물건.

해방촌 가는 길

* 『문학예술』, 1957년 8월호.
1 동서(同棲) 종류가 다른 동물들이 한곳에서 같이 사는 일. 공서(共棲). 동거(同居).
2 초배(初褙) 정배(正褙)하기 전에 허름한 종이로 먼저 하는 도배.
3 야료(惹鬧) 까닭 없이 트집을 잡고 함부로 떠들어댐.
4 삿자리 갈대를 엮어서 만든 자리.
5 정상(情狀) 있는 그대로의 사정과 형편. 딱하거나 가엾은 상태.
6 궁굴다 '뒹굴다'의 방언.
7 당목(唐木) 두 가닥 이상의 가는 실을 되게 한 가닥으로 꼰 무명실로 나비가 넓고 발이 곱게 짠 피륙. 광목보다 실이 가늘고 하얗다. 서양에서 발달하여 서양목이라고 하였는데, 중국을 거쳐 우리나라에 들어왔으므로 당목이라고 한다. 당목면 · 생목(生木) · 서양목 · 양목.
8 진일 밥 짓고 빨래를 하는 따위의 물을 써서 하는 일. 궂은일.
9 쏠쏠하다 품질이나 수준, 정도 따위가 웬만하여 괜찮거나 기대 이상이다.
10 금만가(金滿家) 돈이 많은 사람.
11 뭉 하다 뭉클하다. 치밀어 오르는 감정이 가슴 속에 갑자기 넘치는 듯하다.
12 산복(山腹) 산기슭의 비탈진 곳. 산허리, 산비탈.
13 잘쑥 잘쑥잘쑥한 꼴. 잘록하고 옴쏙한 모양.
14 즈봉 jupon(프랑스어). '양복바지'의 잘못.
15 스스럽다 서로 사귀는 정분이 두텁지 않아 조심스럽다. 수줍고 부끄러운 느낌이 있다.
16 두덜대다 혼자 불평하는 말로 중얼거리다. 투덜거리다.
17 선드레스 sundress. 여름에 햇볕을 많이 쪼일 수 있도록 어깨, 등, 팔 따위가 드러나게 만든 여성복.

절벽

*『현대문학』, 1959년 5월호.
1 완규 전집본에는 '한규'로 되어 있으나 여기서는 최초 발표본대로 완규로 표기.
2 길쯤길쯤 모두가 낱낱이 길쩍한 모양.
3 째긋 남에게 눈치를 채게 하려고 눈을 찌그리는 꼴.
4 염오(厭惡) 마음에 역겹고 싫음.
5 식경(食頃) 한 끼의 밥을 먹을 동안. 곧 잠깐 동안.
6 내의(來意) 찾아온 뜻.
7 진피즈 gin fizz. 칵테일의 하나. 진에 설탕, 얼음, 레몬을 넣고 탄산수를 부은 음료수.
8 눙치다 좋은 말로 마음을 풀어 누그러지게 하다. 어떤 행동이나 말을 문제 삼지 않고 넘기다.
9 안저(眼底) 안구 내부 후면에 해당하는, 망막이 있는 부분.
10 양관(洋館) 서양식으로 지은 집. 양옥(洋屋).
11 적이 꽤 어지간한 정도로.
12 익삭이다 분한 마음을 꾹 눌러 참다.
13 진묘(珍妙)하다 진귀하고 절묘하다. 유별나게 특이하고 기묘하다.
14 화락(和樂) 화평하고 즐거움.
15 구처(區處) 사물을 따로따로 구분하여 처리함. 변통하여 처리함. 또는 그런 방법.
16 하이볼 highball. 위스키나 브랜디에 소다수나 물을 타고 얼음을 넣은 음료.
17 억보 억지가 센 사람을 놀림조로 이르는 말.

젊은 느티나무

*『사상계』, 1960년 1월호. 전집본에는 장 구분(1, 2, ……)이 있으나 최초 발표본에는 장 구분이 없어 이에 따른다.
1 허수룩하다 '허룩하다'의 잘못. '헙수룩하다'의 잘못.
2 리라 lyra. 고대 그리스의 작은 현악기. 하프와 비슷하며, U 자나 V 자 모양의 울림 판에 넷, 일곱 또는 열 줄을 매고 손가락으로 뜯어서 연주한다.
3 음전하다 말이나 행동이 곱고 우아하다. 얌전하고 점잖다.

4 도착(倒錯) 뒤바뀌어 거꾸로 됨.

5 겉보매 겉으로 드러나는 모양새.

6 사양(辭讓) 자기에게 이로운 것을 받지 아니함. 양보. 거절.

7 플래티나 platina. 백금(白金).

양관

*『자유문학』, 1961년 2월호.

1 문살 문짝의 뼈대가 되는 나무오리나 대오리. 문전(門箭).

2 문장(門帳) 커튼.

3 고리 고리버들의 가지나 대오리 따위로 엮어서 상자같이 만든 물건. 주로 옷을 넣어두는 데 쓴다.

4 까치발 선반이나 탁자 따위의 널빤지를 버티어 받치기 위하여 수직면에 대는 직각 삼각형 모양의 나무나 쇠. 빗변이 널빤지에서 누르는 힘을 받도록 되어 있다.

5 풋장기 배운 지 얼마 되지 아니하여 서투른 장기 솜씨.

6 쓰리(すり) '소매치기'를 가리키는 일본어.

7 격통(激痛) 심한 아픔.

8 중공(中空) 허공, 공중, 중천.

황량한 날의 동화

*『사상계』, 1962년 11월, 증간호.

1 너부죽하다 약간 넓은 듯하다.

2 동체(胴體) 사람이나 동물의 몸에서, 목·팔·다리·날개·꼬리 따위를 제외한 가운데 부분.

3 오관(五官) 다섯 가지 감각 기관. 눈, 귀, 코, 혀, 피부를 이른다.

4 플라스마 plasma. 혈장(血漿). 혈액에서 혈구를 제외한 액상 성분. 척추동물에서는 수분 외에 단백질·당질·지질(脂質)·무기 염류·대사 물질을 함유하며, 세포의 삼투압과 수소 이온을 일정하게 유지하는 역할을 한다.

5 헌데 살갗이 헐어서 상한 자리.

6 축가다 일정한 수나 양에서 모자람이 생기다. 축나다.

7 요설(饒舌) 쓸데없이 말을 많이 함.

8 앰풀 ampoule. 1회분의 주사액을 넣고 밀봉한 유리 용기.

9 화변(花邊) 꽃의 주변.

10 굼틀거리다 몸의 일부분을 이리저리 구부리거나 비틀며 움직이다.

11 눈찌 눈을 뜬 모습.

12 바닷자락 바다에서 이는 물결.

13 야기(夜氣) 밤공기의 차고 눅눅한 기운.

14 깡똥하다 입은 옷이, 아랫도리나 속옷이 드러날 정도로 짧다.

파도

* 『현대문학』, 1963년 6월호~1964년 2월호. 전집본에는 각 장에 각각 '봄·여름·가을·겨울'이라는 부제가 붙어 있으나, 최초 발표본에는 부제가 없어 이에 따른다.

1 사위(四圍) 사방의 둘레.

2 유곽(遊廓) 많은 창녀를 두고 매음 영업을 하는 집. 또는 그런 집이 모여 있는 곳.

3 허릿바 '허리띠'의 방언.

4 정한(精悍)하다 날쌔고 용감하다.

5 놈팡이 남자 또는 직업이 없는 남자를 얕잡아 일컫는 말. 건달.

6 연삭삭하다 부드럽고 사근사근하다. 붙임성이 있고 나긋나긋하다.

7 정지 '부엌'의 방언.

8 쪼글치다 '쪼글씨다'의 오기인 듯. 누르거나 옥여서 부피를 작게 만들다.

9 색주가(色酒家) 젊은 여자를 두고 술과 함께 몸을 파는 집. 또는 그 여자.

10 일자(一字) 한 글자라는 뜻으로, 아주 적은 지식을 이르는 말.

11 노서아(露西亞) '러시아'의 음역어.

12 지지개 '찌개'의 북한어.

13 무어지다 무너지다.

14 맷방석 매통이나 맷돌을 쓸 때 밑에 까는, 짚으로 만든 방석. 멍석보다 작고 둥글며 전이 있다.

15 트레머리 가르마를 타지 않고 뒤통수의 한복판에다 틀어붙인 여자의 머리.

16 아마이 어머니 혹은 할머니의 방언.

17 옥인(玉人) 용모와 마음씨가 아름다운 사람.

18 부걱부걱하다 큰 거품이 솟아오르는 소리가 잇달아 나다.

19 끼끗하다 생기가 있고 깨끗하다. 싱싱하고 길차다.

20 장두칼 '장도칼'의 방언. 주머니 속에 넣거나 옷고름에 늘 차고 다니는 칼집이 있는 작은 칼.

21 솔가리 말라서 땅에 떨어져 쌓인 솔잎. 소나무의 가지를 땔감으로 쓰려고 묶어 놓은 것.

22 밥과질 '누룽지'의 방언.

23 다다미방 다다미를 깐 방. '다다미'는 마루방에 까는 일본식 돗자리. 속에 짚을 5센티미터가량의 두께로 넣고, 위에 돗자리를 씌워 꿰맨 것으로, 보통 너비 석 자에 길이 여섯 자 정도의 직사각형 모양으로 만든다.

24 모본단(模本緞) 비단의 하나. 본래 중국에서 난 것으로, 짜임이 곱고 윤이 나며 무늬가 아름답다.

25 심청 '마음보'의 잘못. '심술'의 잘못. '마음보'의 북한어.

26 능소능대(能小能大) 모든 일에 두루 능함.

27 기또(キッド) 부드럽게 다룬 어린 산양의 가죽.

28 분합문(分閤門) 분합(分閤). 대청 외부에 면한 문.

29 지지미(ちぢみ) 가스사로 짠 면직물의 하나. 신축성이 좋으며 여름옷의 속옷감으로 흔히 쓰는 일본산 베. '쫄쫄이'로 순화.

30 히사시가미(ひさしがみ, 庇髮) 앞머리를 모자의 챙처럼 풍성하게 쑥 내밀어 빗고 뒷머리는 틀어 올린 서양식 머리 모양으로, 머리를 모아 묶는 소쿠하츠(束髮, 트레머리)의 하나. 메이지 유신(1868) 이후 특히 1900년대 중반 무렵 크게 유행했으며, 동경 유학생들을 통해 조선에서도 여학생 머리 모양으로 유행했다.

31 비돌다 가까이 하지 않고 피하여 딴 데로 돌다.

32 사남 사납게 행패를 부리는 일.

33 세루 serge(프랑스어). 모직물의 한 가지. 전에는 견모의 교직이었으나 지금은 양모 따위의 능직을 일컫는 서지의 한 종류.

34 청렬(淸冽)하다 물이 맑고 차다.

35 반또(ばんとう, 番頭) 상점 등의 고용인들 가운데 우두머리. 지배인.

36 갑삭 어떤 물건이 몹시 가벼워 보이는 모양.

37 조젯 Georgette. 날줄은 왼쪽으로, 씨줄은 오른쪽으로 되게 번갈아 꼬아서 짠 견포나 면포. 여름철에 입는 여성 의류에 많이 쓰며 물속에 들어가면 급히 수축되고 말려서 다리면 늘어난다.

38 방장(房帳) 방문이나 창문에 치거나 두르는 휘장. 흔히 겨울철에 외풍을 막기 위하여 친다.

39 정염(情炎) 불같이 타오르는 욕정.

40 캠퍼 camphor. 심부전에 걸렸을 때 쓰는 강심제 주사. 혈관 운동 중추를 자극하여 혈압을 높이고, 호흡 중추를 자극하여 호흡을 증대시킨다.

41 꺼꺼부정하다 몹시 꺼부정하다.

42 둥근파 '양파'의 잘못.

43 느꾸다 '늦추다'의 방언.

44 정채(精彩) 정묘하고 아름다운 빛깔. 생기가 넘치는 활발한 기상.

45 목테 '목도리'의 방언.

46 일없다 소용이나 필요가 없다. 걱정하거나 개의할 필요가 없다.

47 안날 바로 전날.

이브 변신

* 『현대문학』, 1965년 9월호.

1 십상 일이나 물건 따위가 어디에 꼭 맞는 모양을 나타내는 말.

2 손이 나다 어떤 일에서 조금 쉬거나 다른 것을 할 틈이 생기다.

3 기구(祈求) 원하는 바가 실현되도록 빌고 바람.

4 나부죽하다 약간 넓고 평평한 듯하다.

5 알맞추 알맞게.

6 지저구 '지저구니'의 오기인 듯. 짓거리.

7 낙화생(落花生) 땅콩.

8 조바위 추울 때에 여자가 머리에 쓰는 물건의 하나. 모양은 아얌과 비슷하나 볼끼가 커서 귀와 뺨을 덮게 되어 있다.

9 시앗 남편의 첩.

10 아옹하다 굴이나 구멍 따위가 쏙 오므라져 들어가 있다.
11 헤식다 바탕이 단단하지 못하여 헤지기 쉽다. 또는 차진 기운이 없이 푸슬푸슬하다. 맺고 끊는 데가 없이 싱겁다.
12 바라지 음식이나 옷을 대어주거나 온갖 일을 돌보아주는 일.
13 딱따기 밤에 나무토막을 치며 야경 도는 사람 혹은 그 나무토막.

강물이 있는 풍경

* 『사상계』, 1965년 12월호.

1 배다리 작은 배를 한 줄로 여러 척 띄워놓고 그 위에 널판을 건너질러 깐 다리. 교각을 세우지 않고 널판을 걸쳐놓은 나무다리.
2 대안(對岸) 강, 호수, 바다 따위의 건너편에 있는 언덕이나 기슭.

점액질

* 『신동아』, 1966년 6월호.

1 착심(着心) 어떠한 일에 마음을 붙임.
2 자약하다 큰일을 당해서도 놀라지 아니하고 보통 때처럼 침착하다.
3 백랍(白蠟) 밀랍을 표백한 물질. 연고, 경고 따위의 기제(基劑)로 쓴다.
4 미농지(美濃紙) 닥나무 껍질로 만든 썩 질기고 얇은 종이의 하나. 묵지(墨紙)를 받치고 글씨를 쓰거나 장지문 따위에 바르는 데에 쓰는 종이로, 일본 기후 현(岐阜縣) 미노(美濃) 지방의 특산물인 데서 생긴 이름이다.
5 드티다 밀리거나 비켜나거나 하여 약간 틈이 생기다. 자 맞춘 것이 어긋나다.
6 목책(木柵) 통나무 울짱. 말뚝 따위를 죽 잇따라 박아 만든 울타리.
7 참따랗다 딴생각 없이 아주 진실되고 올바르다.
8 푼수 얼마에 상당하는 정도. 상태나 형편.
9 제물에 저 혼자 스스로의 바람에.

▮작품 해설

비누 냄새와 점액질 사이의 거리

김미현

「젊은 느티나무」는 지금까지 강신재 소설의 시작이자 끝으로 인식되었다. 영광이자 한계로 평가되기도 했다. 따라서 이 작품이 강신재 평판작인 것은 분명하지만 대표작인가에 대해서는 의심해볼 수 있기에 강신재 소설에 대한 오해와 이해의 낙차를 점검해볼 수 있는 문제작인 것만은 분명하다. 1949년에 등단해 2001년 작고하기까지 120여 편의 소설을 창작하면서 '단편소설→장편소설→대하역사소설' 창작이라는 문학적 행보를 보였지만, 강신재 소설의 결절점은 언제나 「젊은 느티나무」였다. 때문에 강신재 소설에 대한 평가도 「젊은 느티나무」를 중심에 두느냐, 그 이외의 작품까지를 고려하느냐에 따라 양극단으로 나뉜다.

가령, 이런 식이다. 「젊은 느티나무」를 강신재 소설의 본령으로 삼으면, 이 작가의 소설들은 섬세하고 감각적인 서정 문체에 바탕을 둔 고품격 여성소설로 귀결된다. 이에 따라 사회성 부족이나 인식의 협소함이 자연스럽게 한계점으로 지적되기도 한다. 반면 「젊은 느티나무」만이 아니라 이와는 전혀 다른 양상을 보이는 다른 소설들을 함께 고려하면, 강신재는 다양한 소재를 독특한 문체로 형상화한 휴머니즘 소설을 쓴 작가에 해당된다. '문체'나 '여성'으로만 한정 지을 수 없는 깊이와 넓이를 보여준다는 것이다.

강신재에 대한 이런 대립적 평가는 여기서 그치지 않는다. 강신재의 소설을 여성소설로 평가하더라도, "가장 여류 작가적인 여류 작가"[1]라는 호평에서부터 "남성 기피로서의 여성을 옹립"[2]한다는 악평까지 존재한다. 또한 여성소설만이 아닌 휴머니즘 소설을 주로 썼다고 강신재 소설의 영역을 확대시키더라도 "행복을 믿지 않"[3]는 작가라는 평가에서 "따뜻한 휴머니티"[4]를 지닌 작가라는 상반된 평가가 동시에 이루어졌다. 도대체 강신재는 어떤 작가인가?

피해 갈 수 없다면, 「젊은 느티나무」로부터 시작하자. '인공 남매' 혹은 '법적 오누이'의 금기적 사랑을 "그에게서는 언제나 비누 냄새가 난다"는 한 문장으로 서정화한 이 소설의 저력은 감각적인 문체로 운명적이고 낭만적인 사랑의 판타지를 제공한다는 데에서 나온다. 부모의 결혼으로 졸지에 남매지간이 된 선남선녀인 남녀 주인공의 젊음이나 건강함을 상징하는 객관적 상관물이 제목인 '젊은 느티나무'라는 데서 확인되듯이 이 소설은 이미지

---

[1] 조연현, 「강신재 단상」, 『현대문학』, 1960년 2월호, p. 94.
[2] 고은, 「실내작가론: 강신재론」, 『월간문학』, 1969년 11월호, p. 158.
[3] 정태용, 「강신재론」, 『현대문학』, 1972년 11월호, p. 22.
[4] 윤병로, 「따뜻한 휴머니티」, 『신한국문학전집』(해설), 어문각, 1976, p. 541.

나 분위기 중심의 서정적 서사라는 것이다. 아름답고 싱그러운 젊은이들의 사랑 이야기가 근친상간적 사랑이라는 금기를 무력화할 정도로 순수하고 아름답게 그려지고 있기 때문이다. "무리와 부조리의 상징"이었던 그들의 관계가 "스물두 살의 남성이고 열여덟 살의 계집아이라는 것이 진실의 전부"인 관계로 변하기 위해 사회적 제도나 윤리적 편견은 도전받고 거부된다. 사랑을 사랑으로만 취급한다는 점에서 순진하고도 순수한 멜로드라마이자, 섬세하고 감각적인 문체로 여성 심리를 잘 묘사한다는 점에서 정통적 여성 연애소설인 것이 바로 「젊은 느티나무」라고 할 수 있다.

문제는 바로 이런 비사회적이고 비한국적인 소설이 당대에 엄청난 인기를 끌었다는 모순에서 발생한다. 6·25 전쟁 후의 우울한 혼란상을 찾아볼 수 없는 지고지순한 사랑 이야기가 강신재에 의해 이국적인 번역투 문장으로 형상화되었을 때 독자들은 열광했다. 지금 읽어도 촌스럽지 않은 이 소설이 1960년 발표 당시 고등학교 국어 선생님들에 의해 교실에서 낭송되었고, "그에게서는 언제나 비누 냄새가 난다"는 첫 문장이 유행어가 되었다는 사실이 이를 증명해준다. 담쟁이덩굴이 우거진 벽돌집에서 "흰 쇼츠와 곤색 셔츠"와 "터키즈 블루의 원피스"를 입고 "뽀얗게 얼음이 내뿜은 코카콜라, 크래커, 치즈"를 먹는 청춘남녀의 사랑은 일반 독자들에게 전쟁의 후유증이나 고달픈 일상에서 벗어나게 해주는 청량음료와 같은 역할을 했을 것이다.

여기서 이 작가의 비극은 시작된다. 이 소설의 이러한 외피에만 열광한다면 이 소설이 지닌 섬세한 여성 내면의 리얼한 포착, 낭만적 사랑을 옹호하지만 관습적 제도나 윤리에 저항하기도 하는 이중적 결말의 위험성, 근대적이고 도시적인 정서의 발굴이라는 소설사적 의의가 퇴색하기 때문이다. 강신재 소설에 대한 오해가 공고해지는 것도 이 대목이다. 강신재는「젊은 느티나무」만을 쓴 작가가 아니라「젊은 느티나무」도 쓴 작가이다. 작가론의 입장에서 강신재에 접근할 때 가장 염두에 두어야 할 것이 바로 이 사실이다. 다른 소설들에서 강신재는「젊은 느티나무」에서 보여준 것과는 전혀 다른 면모들을 보여주고 있기 때문이다.

작가 자신이 대표작으로 직접 뽑고 있는「파도」를 보자.[5]「파도」또한 함경도 원진이라는 한 항구 도시를 배경으로 사계절 상징을 통해 인간 삶의 희로애락이나 흥망성쇠를 서정적으로 그리고 있다. 이 소설의 필터나 매개체, 반영자에 해당하는 영실이라는 소녀가 직접 혹은 간접으로 겪는 경험을 중심으로 사랑, 성, 죽음, 이별 등의 문제가 파노라마처럼 제시된다. 하지만 이 소설은「젊은 느티나무」처럼 낭만적이지도 않고 행복한 결말로 끝나지도 않는다. 스펀지처럼 주변 인물들의 정서나 행위를 빨아들이는 영실로 인해 세계의 부조리함이나 어른들의 고통이 그대로 전해지기 때문이다.

그리고 제목인 '파도' 또한 외부 세계의 폭력성을 상징적으로 보여주고 있다. 파도 자체가 이 소설 전체의 '정신적 배경'으로 작용하면서 소설 속 인물들의 고난과 역경을 나타낸다. 미성숙한

---

[5] 강신재,「나의 대표작」,『문학사상』, 1994년 1월호, p. 326.

주인공이 성숙해가는 과정에서 겪는 정신적이거나 육체적인 고통 중심인 입사담의 성격을 보여주는 이 소설의 결말에서 주인공 영실 앞에 놓여 있는 것은 사나운 파도처럼 다가오는 "두려움과 격렬함과 그리고 무언지 모를 혼탁함"이다. 이 소설이 "아름답고 멋있는 것이 어떻게 멸망해가느냐에 대한 보고서"[6]와 같다는 평가를 받는 것도 이와 무관하지 않다.

더욱이 독자들은 이런 영실에 대해 「젊은 느티나무」의 숙희에게처럼 완전히 몰입되거나 동일화되지 않는다. 영실은 3인칭 시점에서, 숙희는 1인칭 시점에서 묘사되고 있다는 데서 그런 차이를 찾을 수 있는데, 보다 중요한 것은 강신재 소설에서 객관적인 거리를 유지하는 3인칭 서술자가 대부분이라는 사실이다. 주객 동일화나 감정적 몰입을 중시하는 일반 서정소설과는 달리 강신재는 감정의 과잉을 절제하는 지적 면모를 보여준다. 한 조각씩의 감정의 파편들을 안고 있기에 그 어느 것에 보다 더 악센트를 주는 것이 거의 부당한 '감정의 점묘화가'라는 평가[7]나, 직접적으로 감정을 표현하지 않기에 '감정의 냉장고'라는 평가[8]를 받는 것도 강신재의 이런 관조적 시선이나 지적인 분석력 때문이다.

다시, 「젊은 느티나무」로 돌아가자. 작가가 버스 안에서 우연히 스친 젊고 건강한 청년에게서 맡았던 비누 냄새의 후각적 이미지

---

[6] 김현, 「감정의 점묘화가」, 『강신재 대표작 전집』 2(해설), 삼익출판사, 1974, p. 406.

[7] 앞의 글, p. 406.

[8] 고은, 앞의 글, p. 163 참조.

를 몇 줄 메모해두었다가 소설화했다"는 이 소설처럼, 「강물이 있는 풍경」에서도 '강물'이라는 시각적 이미지 중심으로 젊은 남녀의 사랑 이야기가 펼쳐진다. 그런데 그것을 묘사하는 태도나 결말은 「젊은 느티나무」와 사뭇 다르다. "강물은 검고 어둡게 빛나고 있었다"는 이 소설 첫 문장의 상징성이 말해주듯, 이 소설에서의 젊고 아름다운 남녀는 이루어지지 못한 사랑 때문에 자살한 것으로 그려진다. 그러나 분명한 이유는 알 수 없다. 그저 "젊구 예쁘게들 생겼더라구. 그래 죽은 거죠"라는 목격자의 애매모호한 진술만이 제시될 뿐이다. '여자'와 '사내'로 지칭되는 남녀의 감정이나 주검에 대한 서술 또한 '풍경' 혹은 '실루엣'으로만 그려질 뿐 구체적이거나 서사적이지 않다. 죽음마저도 풍경화하고, 연정마저도 객관화하는 작가의 차갑고 냉정한, 그런데도 묘한 울림과 여운을 주는 소설, 그래서 '어두운 강물' 자체가 주인공인 듯한 소설이 바로 「강물이 있는 풍경」인 것이다.

그렇다면, 강신재 소설의 서정성은 단순히 대상과의 합일이나 낭만적 동일시, 자아와 세계의 조화를 위한 것이 아님을 알 수 있다. 강신재는 대상 혹은 현실을 '다르게' 이야기하기 위해 서정성을 필요로 하기 때문이다. 즉 강신재는 세계와의 불화를 감각적 이미지를 통해 제시한다. 강신재는 불행은 '검고,' 운명은 '차가우며,' 여성은 '무겁다'고 말한다. 이것이 바로 인간 혹은 여성의 삶이 고통스럽다거나 불행하다고 직접적으로 한 마디도 하지 않

---

9 강신재, 「젊은 느티나무와 비누 냄새」, 『한국전후문제작품집』, 신구문화사, 1961, p. 437 참조.

으면서 그런 의미를 전달하는 강신재 특유의 발화법이다. 이럴 때 인생의 고통이나 인간의 소외는 보다 직접적으로 체감되기에 강신재 소설은 '읽는' 소설이 아니라 '느끼는' 소설이 된다. 따라서 강신재 소설에 사회 혹은 현실이 반영되었느냐의 여부를 묻는 것은 무의미하다. 사회 혹은 현실을 '어떻게' 반영했느냐가 더 중요하다.

가령 「해방촌 가는 길」은 강신재 소설에 사회성이 부재하다는 비판을 잠재울 수 있는 대표적 소설이다. 이 소설 이외에도 1950~60년대에 주로 활동한 작가답게 강신재의 소설에는 「표선생 수난기」 「향연의 기록」 「낙조전」 「눈물」 「어떤 해체」 「포말」 『임진강의 민들레』 『북위 38도선』 등 전후소설들이 많다. 특히 강신재는 「젊은 느티나무」의 숙희처럼 부르주아 여성이 보여주는 고급한 정서뿐만 아니라, 「해방촌 가는 길」의 주인공인 기애처럼 양공주로 전락한 여성들의 삶 또한 「관용」과 「해결책」 등에서 문제 삼고 있다.

하지만 「해방촌 가는 길」에서 강신재가 문제 삼고 있는 것은 단순히 양공주의 삶을 통한 전쟁 비판이나 사회 고발이 아니다. 이 작가에게 양공주들의 비참한 삶에 대한 동정과 연민에 대한 강조 자체는 "우스움을 면할 수 없는" 구시대적인 일이다. 기애가 전쟁터에서 불구가 되어 돌아온 옛 애인 근수의 구애를 거절하는 것, 그리고 다시 또 다른 미군과의 동거를 선택하는 것은 '전쟁' 자체가 아닌 전쟁으로 인한 '가난' 때문이다. "사람이 사람에게보다는 동물에 가깝도록 궁핍에 인종하며 살고 있다는 것은 기애에게는 부끄러운 일 이외의 아무것도 아니었다"는 서술에 드러나듯이 기애의 굴욕감은 양공주라는 직업 자체에서 오는 것이 아니라, 그런 양공주 생활을 통해서도 해방촌에서 벗어날 수 없는 가난에 연유하는 바가 크다. 이럴 때 중요한 것은 전쟁이라는 역사적 사건 자체가 아니라 전쟁으로 인한 개인의 일상이다. 그리고 양공주의 사회적 위치가 아니라 그로 인해 겪는 인간의 분열된 내면 심리가 더 중요하다. '전쟁의 현실'이 중요한 것이 아니라 '현실로서의 전쟁'이 중요하다는 것을 이처럼 '다르게' 말하고 있는 것이다.

흔히 강신재 소설의 현실 반영적 속성 중 유일하게 인정되었던 것이 여성 문제에 대한 관심이었다. "타이트스커트 안에서만 두 다리를 자유롭게 움직일 수 있는 현실"[10]에만 관심을 기울인다고 비판받기도 했지만, 강신재 소설의 주요 서사가 여성 인물을 중심으로 전개되는 불행한 삶이라는 것 또한 사실이다. 그 대표적인 예가 「안개」이다. 흔히 강경애의 「원고료 이백 원」과 대비되는 이 소설은 시인 남편의 소설가 아내에 대한 열등감과 권위의식, 그로 인한 아내의 심리적 고통과 환멸을 다루고 있다. 경제적으로 무능하고 지적으로도 열등한 데다가 가부장적이기까지 한 남편이 자신보다 문학적 재능을 인정받게 된 아내를 억압하려 들자, 아내는 "싫어! 소설도, 공부도, 남편도, 사는 것도 다 싫어! 싫어!"라며 절규한다. 이런 아내의 미래에는 한 치 앞을 내다볼

---

10 고은, 앞의 글, p. 153.

수 없는 희뿌연 '안개'만이 자욱할 뿐이다. 여기서 작가는 '아내'로서의 자아와 '소설가'로서의 자아, 현실적 자아와 이상적 자아 사이에서 갈등을 겪는 여성 정체성의 문제를 보다 현실적이고도 심리적인 차원에서 핍진성 있게 형상화하고 있다. 이로써 강신재 소설의 독자들은 여성 문제에 대해 훨씬 더 민감한 촉수를 가지게 된다. 큰 목소리로 당위적 결말을 주장하는 과격한 여성소설이 아니기 때문이다.

이처럼 강신재는 자신이 여성 작가여도 여성 문제에 대해 일정한 거리 감각을 유지한다. 여성에 대해 말하지 않고, 여성을 보여준다. '말하기 telling'가 아닌 '보여주기 showing'의 서술 방법으로 여성 문제 자체도 이미지화하거나 내면화해서 소설화하기 때문이다. 무엇보다도 강신재는 여성을 무조건 미화하지 않고 실존화한다. 그래서 더욱더 설득력과 객관성을 확보하게 된다. 그 대표적인 예가 「양관」과 「이브 변신」이다.

「양관」은 "거무죽죽한 벽돌의 묵직한 조화를 가진, 인간의 존엄성을 과시하려는 듯한 위엄을 갖춘 그 건물에는, 그러나 물에 빠진 생쥐처럼 몰골 없는 두 여자가 기거하고 있을 뿐이었다"는 한 문장으로 요약될 수 있는 소설이다. 벽돌로 지어진 서양식 집인 '양관(洋館)'에 자매가 살고 있다. 옛날에는 행복과 희망을 주었던 집이지만, 이제는 부모님도 돌아가시고 이혼녀인 언니 유진과 과부가 된 동생 유선이 무생물과 같은 불행한 삶을 영위하는 곳이다. 그녀들은 남편과의 결혼 생활에서 실패한 이후로 삶에 대해 불신하고 미래에 대한 희망을 잃어버린다. 그리고 이들의 이러한 (여성적) 불행이 '양관'으로 상징되는 '아버지의 질서'와 연관됨을 내비친다. 한때는 화려하고 견고했으나 이제는 폐가처럼 된 아버지의 집처럼 교육·이성·도덕·선의·제도 속에서 사는 그녀들의 삶은 그로테스크하고 비생산적이다. 감정도 없고 생활도 없다. 이런 견고한 벽을 깨부수려는 수리공의 침입 혹은 개입에도 유진은 "이 젊은 남자는 무엇에 대체 열을 올리고 있는 셈인가?"라며 냉소적인 반응을 보인다. 마지막일 수도 있는 젊은 남성의 관심과 접근에도 아랑곳하지 않는 유진의 태도 속에서 인간 본연의 고독과 상처가 그대로 드러나고 있다.

「이브 변신」 또한 여성들로 이루어진 가정의 한 단면을 객관적 시각에서 그리고 있다. 초점 화자인 '나'는 남성 혐오증 환자이자 이기적이고 탐욕스러운 여성이다. 최애자씨네 집에서 식모살이를 하면서도 몰상식하고 비정상적인 태도로 주인에 가까운 행세를 한다. 남편이나 아들이 있어도 유명무실한 최애자씨네 집에서 오히려 즐거움과 호기심을 느끼기 때문이다. 노망난 노할머니, 딴살림을 차린 남편에 대한 애증을 못 버리는 최애자씨, 아예 남편에 대해서 무관심한 며느리, 사랑하던 애인과 결혼하지 못해 실성한 딸 난아 등으로 구성된 주인집 가족들을 바라보면서 '나'는 사내 때문에 울고 웃는 여자들을 무시하고, 여자의 일생이란 학력·미모·재산과 아무런 상관 없다고 생각한다. 그러다가 난아가 치사량의 약을 먹는 것을 방기한 일로 쫓겨나면서도 절대 반성하지 않는다. 오히려 남을 원망하고 자신을 동정한다. 이러한 새로운 '이브'상을 통해 작가는 감정적으로 거세된 여성, 남성을 적으로 생각하는 여성, 모성적 베풂이 부재하는 여성이라는 새로운 변종을 형상화한다. 남성이 아닌 여성, 여성이 아닌 인간이 지닐 수 있는 '악'의 속성을 개성적으로 그려낸 것이다. 강신재에게는 이브의 후예들도 늑대일 수 있고 악마일 수 있다. 그것을 인정할 만큼 강신재는 객관적이고 냉정하다. 강신재는 '여성' 작가이기도 하지만, 작가이기도 하기 때문이다.

그렇다면 강신재가 여성들을 앞세워 이야기하고자 하는 바가 단순히 여성들이 짊어져야 할 질곡이나 여성 정체성의 혼란 자체가 아니라는 사실이 입증된다. 남녀간의 사랑을 통해 운명의 폭력성이나 존재론적 한계를 문제 삼는다는 것에서 이런 사실을 확인할 수 있다. 인간 혹은 여성을 "평생 누군가를 생각하고 위하고 사랑하는 일 속에 자신의 존재의 의미를 발견"[11]한다는 작가의식이 자신의 소설들을 미필적 고의의 연애소설로 만들고 있을 뿐이다. 「절벽」이 그 대표적 예에 해당한다. 한때는 목숨처럼 사랑했던 남편 완규와 이혼한 후 죽음을 앞두고 있는 경아에게 첫사랑인 현태의 구애는 사치에 해당한다. 그럼에도 불구하고 서로에게 빠져들 수밖에 없는 이 연인들은 서로가 서로에게 '절벽'일 뿐이다. '죽음'이라는 불가항력적 운명에 대해 작가는 놀라울 정도로 침착한 대응을 보인다. "'죽음'은 둘이서 나누어 가져보아도 조금치도 가벼워지지도 멀어지지도 않았다. 통곡을 하는 대신 현태는 그런 산수를 풀이하고 있었다. 통곡을 하는 대신 그는 심장으로

---

11 강신재, 『이 찬란한 슬픔을』, 신태양사, 1966, 「후기」 참조.

끝없는 절벽을 더듬고 있었다"는 소설의 끝 문장만큼 이 소설에서 제목인 '절벽'에 가까운 문장도 없을 것이다. 사랑을 피할 수 없다면 죽음도 피할 수 없다. 그렇다면 사랑처럼 죽음도 받아들여야 한다. 사랑과 죽음 모두 "그 무엇을 하려 해도 절대로 할 수 없다"는 의미에서 운명에 해당하기 때문이다.

「황량한 날의 동화」는 사랑에 대한 불신을 좀더 직접적으로 그리고 있다. 수재였으나 아편 중독자가 된 남편 한수를 바라보는 아내 명순의 마음은 불모지처럼 황량하다. 젊은 시절 남편의 "어두운 매력"에 이끌려 자신이 더 적극적이었지만, 지금은 사랑을 "섹스가 일으키는 트러블이고, 일종의 하찮은 시정(詩情)"이라고 불신할 정도로 명순은 변했다. 어른이 되면 더 이상 해피 엔딩으로 끝나는 '동화'는 가능하지 않다는 것이다. 심지어 남편이 자신을 위해 자살하기까지 바라는 명순의 내면은, 때문에 피폐하고 고독하다. "인간이 인간임을 완전히 망각할 수 있는 순간이란 얼마나 좋은 것일까. 고독을 죄처럼, 무슨 잘못처럼 버젓잖이 느끼지 않아도 되는 순간이란……"이라는 명순의 내적 독백에서 사랑에 대한 배신감과 염오를 확인하게 된다.

하지만 피할 수 없는 운명적 불행으로서의 사랑은 「점액질」에서 절정에 이른다. 때문에 「젊은 느티나무」로부터 가장 먼 거리에 있는 소설이 바로 「점액질」이라고 할 수 있다. 한 남성을 두고 젊은 계모와 삼각관계에 있던 옥례는 계모를 칼로 찔러 죽이기까지 한다. 그런데도 포기할 수 없는 그 남성에 대한 집착 혹은 사랑이 '점액질'의 이미지로 제시되면서 소설 전체의 분위기를 습하고 탁하게 만들고 있다. 그런데 보다 중요한 것은 작가가 옥례의 이런 자멸적인 열정을 인간의 자유 의지로는 어찌할 수 없는 운명, 즉 환경에 의해 결정되는 무의지적 행위로 규정하고 있다는 점이다. "모든 행위의 원인은 신체 내부의 내장기관의 활동 상태, 신체 외부의 물리적 상태, 그리고 사회 상태 등에 있다. 행위의 원인을 캐내기를 단념한 사람들이 자유 의지라는 것이 있다고 주장하는 것이다"라는 신경학자의 말을 인용하며 이 소설을 시작하는 것도 이와 관련된다. 인간의 행위란 인간을 이루는 화학 성분과 외적 조건에 의해 물리적 필연성을 갖게 되기에 "일정한 성정의 인물을 일정한 환경 밑에 놓으면 정확히 예기되는 하나의 결과에만 도달한다"는 것이 이 소설의 인간관이자 사랑관인 것이다.

여기서 인간의 비주체성이나 성적 욕망의 위험성을 읽어내기는 쉽다. 그러나 이 소설을 읽을 때 끈적끈적하게 달라붙어 떨어지지 않는 것은 무모하면서도 위험스럽게 사는 옥례에 대한 모순된 감정이다. 부도덕하고 일탈적인 그녀의 행위에 대한 윤리적 단죄를 내림과 동시에, 모든 상식적 가치와 허위, 위선을 거부하는 그녀의 어두운 열정에 대해서 이상하게 끌리기도 하기 때문이다. 어차피 옥례가 그렇게 살 수밖에 없는 운명의 피해자라면, 그런 운명을 적극적으로 수용하면서 사는 옥례에 대해 일방적으로 비난만 하는 것도 무의미할 수 있다는 것이다. 이럴 때 옥례는 소극적 운명론자가 아닌 적극적 수용론자로 전치될 수 있다. 이런 복합성과 모순성이 바로 강신재가 사랑이라는 운명을 문제 삼는 방식에 해당한다.

이처럼 「젊은 느티나무」에서 시작해 「점액질」에 이르기까지의 강신재 소설의 이력 혹은 여정은 수채화/유화, 낭만적 로맨스/비극적 열정, 서정/서사, 감각/정서 등 양극단에 위치한 요소들의 대립 혹은 혼합 양상을 보여준다. '비누 냄새' 나는 풋풋한 사랑 이야기에서 끈끈한 '점액질'의 어두운 욕망에 이르기까지 강신재의 현실 혹은 내면, 여성 혹은 인간에 대한 천착에는 한계나 불가능이 없다. 자아와 세계의 대결을 표현하기 위해 아이러니적으로 자아와 세계의 조화를 제시하는 '서정적 아이러니'의 양상을 보이기 때문이기도 하다. 이와 연관되어 "강신재씨는 그의 문학적 특성이 무엇이라고 규정지우기 어려운 작가다. 그만치 그는 좋게 말해서 다양성이 많은 작가요, 나쁘게 말해서 정신의 방향이 일정(一定)해 있지 않은 작가다. 그는 유능한 요리사처럼 어떤 제재에서도 작품을 만들어낼 수 있고, 작품마다 그 주제의 방향이 아주 다르게 나타날 수도 있다"[12]는 평가까지 받았다. 다시, 이 작가의 정체는 과연 무엇인가?

인간은 웃고 있어도 눈물이 날 수 있고, 슬퍼도 웃음을 흘릴 수 있다. 그렇다면 눈물과 웃음은 대립 개념이 아니라 보완 개념이거나 유사 개념일 수 있다. 눈물과 웃음 중 하나를 선택하지 않고, 둘 다 선택할 수 있다는 것이다. 이런 맥락에서 강신재는 갈등을 강조함으로써 서정적 합일을 추구하는 진정한 아이러니스트이고, 여성의 불행에도 민감한 따뜻한 휴머니스트이며, 사랑의

---

[12] 조연현, 앞의 글, p. 96.

불가능성을 염려하는 생래적 로맨티스트라고 할 수 있다. 그리고 강신재 소설의 감각적이면서 수동적으로 보이는 서정적 여성들은 세계의 다양성을 경험하는 데에 더 적합한 유동적 주체이고, 불행한 운명을 타고난 인간들의 비극은 세계의 부조리나 폭력을 문제 삼는 효과적 장치이며, 감각적인 언어는 리얼리티를 위한 가면으로 볼 수 있다. 그렇다면 「젊은 느티나무」나 「점액질」 중 하나만 읽으면 강신재 소설의 절반만 읽은 것이 된다. 강신재 소설은 초현실주의보다는 입체파에 더 가까운 소설이기 때문이다.

작가 연보

1924년(1세) 5월 8일, 서울 남대문로(南大門路) 어성동에서 의사 강태순(康泰淳)과 이순완(李淳婉) 사이의 사남매 중 장녀로 출생.

1930년(7세) 함남(咸南) 청진(淸津)으로 이사.

1932년(9세) 청진 천마(天馬)소학교에 입학.

1937년(14세) 부친 별세. 서울로 다시 이사. 덕수(德壽)소학교 5학년으로 전입학.

1938년(15세) 3월, 경기여고(京畿女高) 입학.

1939년(16세) 2학년에서 건강 때문에 1년 휴학.

1943년(20세) 경기여고 졸업. 3월, 이화여전(梨花女專) 가사(家事)과에 입학.

1944년(21세) 2학년 중퇴와 함께 당시 경성제대(京城帝大) 법과생이던 서임수(徐壬壽, 22세)와 결혼.

1945년(22세) 시가인 대구(大邱)에서 해방을 맞다. 8월 23일, 장녀 타옥(陀玉) 출생.

1949년(26세) 단편 「얼굴」(9월호), 단편 「정순이」(11월호)가 각각 김동리(金東里)의 추천으로 『문예』에 발표됨으로써 문단에 데뷔.

1950년(27세) 6·25 동란 발발. 단편 「눈이 내린 날」을 『문예』 1월호에, 단편 「안개」「백야」를 『문예』 6월호에 발표. 장남 기영(紀英) 출생.

1951년(28세) 「C항 야화」를 『협동』 1월호에 발표. 단편 「관용」을 『신사조』 11월호에 발표.

1952년(29세) 단편 「눈물」을 『문예』에, 단편 「봄의 노래」를 『주간국제』에 발표. 단편 「로맨스」, 중편 「백만인의 첩」 등을 발표.

1953년(30세) 단편 「그 모녀」를 『문예』 신춘(新春)호에, 단편 「여정」을 『현대공론』 10월호에, 「동화」를 『문예』 12월호에 발표. 단편 「실처기」를 서울신문에 발표.

1954년(31세) 「부두」를 『현대공론』 11월호에, 「야회」를 『신태양』 11월호에 발표.

1955년(32세) 단편 「포말」을 『현대문학』 3월호, 「샌들」을 『현대문학』 8월호에 발표. 단편 「향연의 기록」을 『여원』 10월호에, 「제단」을 『전망』 11월호에 발표. 중편 「감상지대」를 평화신문에 연재.

1956년(33세) 단편 「어떤 해체」를 『현대문학』 3월호에 발표. 「바바리 코트」를 『문학예술』 3월호에, 「해결책」을 『여성계』 9월호에, 「낙조전」을 『현대문학』 9월호에, 「찬란한 은행나무」를 『여성계』에 발표. 희곡 「갈소리」를 『문학예술』 9월호에 발표.

1957년(34세) 단편 「표선생 수난기」를 『여원』 3월호에, 「파국」을 『주부생활』 7월호에, 「해방촌 가는 길」을 『문학예술』 8월호에 발표. 단편 「애인」을 발표.

1958년(35세) 단편 「팬터마임」을 『자유문학』 2월호에 발표. 3월에 단편집 『회화』(계몽사) 간행.

1959년(36세) 단편 「절벽」을 『현대문학』 5월호에, 「옛날의 금잔디」를 『자유문학』 6월호에 발표. 단편 「절벽」으로 한국문협상 수상. 1월에 단편집 『여정』(중앙문화사) 간행.

1960년(37세) 4·19 혁명 일어남. 단편 「젊은 느티나무」를 『사상계』 1월호에 발표. 단편 「착각 속에서」를 『현대문학』 12월호에 발표. 장편 『청춘의 불문율』(여원사) 간행.

1961년(38세) 5·16 군사정변 일어남. 단편 「양관」을 『자유문학』 2월호에 발표. 단편 「질투가 심하면」을 발표. 장편 『원색의 회랑』을 민국일보에 연재. 장편 『사랑의 가교』를 발표.

1962년(39세) 단편 「상」을 『현대문학』 4월호에, 「검은 골짜기의 풍선」을 『현대문학』 6월호에, 「황량한 날의 동화」를 『사상계』 증간호에 발표. 전작 장편 『임진강의 민들레』(을유문화사) 기획 간행.

1963년(40세) 장편 『그대의 찬 손』을 『여원』에 연재. 장편 『파도』를 『현대문학』에 6월호부터 이듬해 2월호까지 연재. 단편 「그들의 행진」을 『세대』 10월호에 발표. 단편 「재난」, 중편 「먼 하늘 가에」 발표.

1964년(41세) 단편 「TABU」를 『문학춘추』 11월호에 발표. 장편 『이 찬란한 슬픔을』을 『여상』에 연재. 장편 『신설』을 한국일보에 연재.

1965년(42세) 단편「이브 변신」을『현대문학』9월호에 발표. 단편「강물이 있는 풍경」을『사상계』12월호에 발표.

1966년(43세) 단편「보석과 청부」를『계간 한국문학』에, 다시「호사」를『계간 한국문학』에 발표. 단편「점액질」을『신동아』에, 단편「투기」를『문학』에, 단편「녹지대와 분홍의 애드벌룬」을『창작과비평』에 발표. 12월, 수필집『사랑의 아픔과 진실』(육민사) 간행. 장편『레이디 서울』을 대한일보에 연재. 펜클럽 작가기금을 받고 전작 장편『오늘과 내일』을 탈고, 정음사에서 간행.

1967년(44세) 중편「야광충」을 중앙일보에 발표. 중편「이 겨울」을『중앙일보』에 발표. 장편『이 찬란한 슬픔을』로 제3회 여류문학상 수상. 장편『신설』(문원각) 간행.

1968년(45세) 장편『유리의 덫』을 조선일보에 연재.『이 찬란한 슬픔을』『절벽』『젊은 느티나무』가 잇달아 영화화됨. 한국문인협회 PEN 이사가 됨.

1969년(46세) 장편『오늘은 선녀』를『여원』에 발표. 3월, 장편『유리의 덫』(국민문고사) 간행. 11월, 장편『숲 속엔 그대 향기가』(대문출판사) 간행.

1970년(47세) 장편『우연의 자리』를『여성중앙』에 연재. 11월 단편집『젊은 느티나무』(대문출판사) 간행. 장편『사랑의 묘약』을 중앙일보에 연재.

1971년(48세) 1월, 장편『별과 엉겅퀴』를『여성중앙』에 연재.

1972년(49세) 장편『모험의 집』을『주부생활』에 연재. 단편「난리 그 뒤」를『현대문학』에 발표. 장편『북위 38도선』연재.

1974년(51세) 수필집『모래성』간행.『강신재 대표작 전집』(삼익출판사) 간행. 한국문인협회 소설분과 위원이 됨.

1975년(52세) 장편『레이디 서울』(선일문화사) 간행.

1976년(53세) 단편집『황량한 날의 동화』(삼중당) 간행. 장편『서울의 지붕 밑』(문리사) 간행.

1977년(54세) 수필집『거리에서 내 가슴에서』(평민사) 간행. 창작집『그래도 할 말이』(서음출판사) 간행. 장편『마음은 집시』(태창문화사) 간행. 장편『밤의 무지개』(청조사) 간행.

1978년(55세) 장편『불타는 구름』(2권)을 지소림에서 간행. 장편『우연의 자리』(명서원) 간행.

1979년(56세) 장편『모험의 집』(범조사) 간행. 장편『천추태후』(동화출판공사) 간행. 장편『지옥현란』(행림출판사) 간행.

1981년(58세) 장편『포켓에서 사랑을』을 부산일보에 연재. 장편『사도세자빈』(3권, 행림출판사) 간행.

1982년(59세) 한국여류문학인회 회장이 됨.

1983년(60세) 대한민국예술원 정회원이 됨.

1984년(61세) 중앙문화대상을 받음. 중편「문정왕후 아수라」를『현대문학』에 발표.

1985년(62세) 중편「간신의 처」를『소설문학』에 발표. 장편『신사임당』을『가정조선』에 연재.

1986년(63세) 수필집『무엇이 사랑의 불을 지피는가』(나무) 간행. 장편 『사랑의 묘약』(중앙일보사) 간행. 「풍우」를 『현대문학』에 발표.

1987년(64세) 중편집 『소설 신사임당·문정왕후 아수라』(한벗) 출간. 소설가협회 대표위원회 위원장이 됨.

1988년(65세) 예술원상을 받음.

1989년(66세) 중편집 『간신의 처·풍우』(문학세계사) 출간. The Waves (Kegan Paul International) 출간. 「시해」를 『동서문학』에 발표.

1990년(67세) The Dandelion on the Im Jin River(동서문학사) 간행. 『숲에는 그대 향기』(개제, 교양사) 간행.

1991년(68세) 장편 『명성황후 민비』(3권, 세명서관) 간행.

1992년(69세) 장편 『혜경궁 홍씨』(4권, 행림출판사) 간행.

1993년(70세) 수필집 『시간 속에 쌓는 꿈』(혜화당) 간행. 10월, 보관문화훈장 수상.

1994년(71세) 장편 『광해의 날들』(창공사) 출간. 장편 『명성황후』(개제, 2권, 태일출판사) 간행.

1995년(72세) 1996년 문학의 해 조직위원회 자문위원이 됨.

1997년(74세) 2월, 제38회 3·1문화상(예술 부문) 받음.

1998년(75세) 장편 『대왕의 길』(4권, 행림출판사) 간행.

2000년(77세) 시집 『바다로 간 부처』(신아출판사) 출간.

2001년(78세) 장편 『명성황후』(3권, 소담출판사) 간행. 5월 12일 숙환으로 타계. 천안공원묘원 영면.

작품 목록

1. 중·단편, 연재소설

작품명	발표지	발표 연월일
분노	민성	1949. 7
얼굴	문예	1949. 9
정순이	문예	1949. 11
눈이 내린 날	문예	1950. 1
성근네	신천지	1950. 1
진나(眞那)의 결혼식	혜성	1950. 3
병아리	부인경향	1950. 6
안개	문예	1950. 6
백야	문예	1950. 6
C항(港) 야화(夜話)	협동	1951. 1
관용	신사조	1951. 11
눈물	문예	1952. 1
봄의 노래	주간국제	1952. 2~3
로맨스	미상	1952
백만인의 첩	미상	1952

작품명	발표지	발표 연월일
상혼	여성계	1952. 11
그 모녀(母女)	문예	1953. 신춘(新春)호
실처기(失妻記)	서울신문	1953. 8
여정	현대공론	1953. 10
동화(凍花)	문예	1953. 12
산기슭	신천지	1954. 3
야회	신태양	1954. 11
부두(埠頭)	현대공론	1954. 11
포말	현대문학	1955. 3
지반	이화	1955. 3
샌들	현대문학	1955. 8
향연의 기록	여원	1955. 10
제단	전망	1955. 11
감상지대	평화신문	1955. 12~1956. 1
신을 만들다	전망	1956. 1
바바리코트	문학예술	1956. 3
어떤 해체	현대문학	1956. 3
낙조전	현대문학	1956. 9
해결책	여성계	1956. 9
찬란한 은행나무	여성계	1956
표선생 수난기	여원	1957. 3
파국	주부생활	1957. 7
해방촌 가는 길	문학예술	1957. 8
애인	신태양	1957. 10
팬터마임	자유문학	1958. 2
절벽	현대문학	1959. 5
옛날의 금잔디	자유문학	1959. 6
젊은 느티나무	사상계	1960. 1
착각 속에서	현대문학	1960. 12
양관(洋館)	자유문학	1961. 2

작품명	발표지	발표 연월일
질투가 심하면	미상	1961
원색의 회랑	민국일보	1961. 2. 1～1961. 8. 31
사랑의 가교	국제신보	1961. 11. 1～1962. 6. 30
상(像)	현대문학	1962. 4
검은 골짜기의 풍선	현대문학	1962. 6
황량한 날의 동화	사상계	1962. 증간호
그대의 찬 손	여원	1963. 1～1964. 2
파도	현대문학	1963. 6～1964. 2
그들의 행진	세대	1963. 10
재난	미상	1963
먼 하늘가에	미상	1963
이 찬란한 슬픔을	여상	1964. 7～1965. 11
신설	한국일보	1964. 9. 11～1965. 7. 22
TABU	문학춘추	1964. 11
이브 변신	현대문학	1965. 9
강물이 있는 풍경	사상계	1965. 12
보석과 청부	한국문학	1966. 3
투기(妬忌)	문학	1966. 5
점액질	신동아	1966. 6
녹지대와 분홍의 애드벌룬	창작과비평	1966. 6
호사	한국문학	1966. 6
레이디 서울	대한일보	1966. 10. 17～1967. 8. 14
야광충	중앙일보	1967. 5. 25～1967. 6. 10
이 겨울	중앙일보	1967. 12. 8～1968. 3. 7
유리의 덫	조선일보	1968. 4. 27～1969. 1. 24
어느 여름 밤	월간중앙	1968. 6
돌아서면 남	여류문학	1968. 11
오늘은 선녀	여원	1969～1970. 2
젊은이들과 늙은이들	여류문학	1969. 5
우연의 자리	여성중앙	1970. 1～1970. 12

작품명	발표지	발표 연월일
사랑의 묘약	중앙일보	1970. 8. 21~1971. 8. 20
별과 엉겅퀴	여성중앙	1971. 1~1971. 12
모험의 집	주부생활	1972. 4~1973. 1
난리 그 뒤	현대문학	1972. 4
북위 38도선	현대문학	1972. 9~1974. 1
달오(達五)는 산(山)으로	문학사상	1972. 10
호사(豪奢)	アシア公論	1972. 11
상(像)-작가자선명작단편선	독서생활	1976. 9
어떤 해체(재간)	문학사상	1976. 1
빛과 그림자	문학사상	1979. 10
포켓에서 사랑을	부산일보	1981. 1. 1~1981. 12. 31
문정왕후 아수라	현대문학	1984. 4
간신의 처	소설문학	1985. 1~3
신사임당	가정조선	1985. 1~12
풍우	현대문학	1986. 12
시해	동서문학	1989. 1~2

2. 단편집, 중단편집

책이름	출판사	발행 연도
희화(戲畵)	계몽사	1958
여정(旅情)	중앙문화사	1959
젊은 느티나무	대문출판사	1970
파도(波濤)	대문출판사	1970
황량한 날의 동화(童話)	삼중당	1976. 1979
그래도 할 말이	서음출판사	1977
황량한 날의 동화 外	경미문화사	1979
소설 신사임당·문정왕후 아수라	한벗	1987
간신의 처·풍우	문학세계사	1989

책이름	출판사	발행 연도
젊은 느티나무	소담출판사	1994
파도/젊은 느티나무/간신의 처	신원문화사	1995
젊은 느티나무	민음사	1996

3. 장편소설

책이름	출판사	발행 연도
청춘의 불문율	여원사	1960
임진강의 민들레(한국신작문학전집 5)	을유문화사	1962
이 찬란한 슬픔을	신태양사	1966
오늘과 내일	정음사	1966
오늘과 내일(한국신작문학전집 4)	을유문화사	1967
그대의 찬 손	신태양사	1967
신설(新雪)	문원각	1967
바람의 선물(학원명작선집 6)	중앙서적	1968
숲 속엔 그대 향기가	대문출판사	1969
유리의 덫	국민문고사	1969
임진강의 민들레(한국문학전집 33)	삼성출판사	1972. 1975. 1993
임진강의 민들레	삼중당	1975. 1978
레이디 서울(한국문학전집 41)	선일문화사	1975
서울의 지붕 밑(한국대표작가신문학전집4)	문리사	1976
그대의 찬 손	전원문화사	1977
마음은 집시	태창문화사	1977
밤의 무지개	청조사	1977
불타는 구름(2권)	지소림	1978
우연의 자리	명서원	1978
모험의 집	범조사	1979
지옥현란	행림출판사	1979
천추태후(민족문학대계 7)	동화출판공사	1979

책이름	출판사	발행 연도
사도세자빈(3권)	행림출판사	1981
사랑의 묘약(2권)	중앙일보사	1986
The Waves	Kegan Paul International	1989
숲에는 그대 향기	교양사	1990
The Dandelion on the Im Jin River	동서문학사	1990
명성황후 민비(3권)	세명서관	1991
혜경궁 홍씨(4권)	행림출판사	1992
명성황후(2권)	태일출판사	1994
광해의 날들	창공사	1994
유리의 덫	열매	1994
대왕의 길(4권)	행림출판사	1998
명성황후(3권)	소담출판사	2001

4. 수필집, 시집

책이름	출판사	발행 연도
사랑의 아픔과 진실	육민사	1966
모래성	서문당	1974
거리에서 내 가슴에서	평민사	1977
무엇이 사랑의 불을 지피는가	나무	1986
시간 속에 쌓는 꿈	혜화당	1993

참고 문헌

1. 학위 논문

감호경, 「강신재 소설 주제 연구」, 경기대 교육대학원 석사논문, 1998.

고재연, 「강신재 소설 연구: 초기 단편에 나타난 비극성을 중심으로」, 성균관대 석사논문, 2003.

박미선, 「강신재 소설 연구: 여성 인물의 현실 대응 양상을 중심으로」, 경희대 석사논문, 1996.

박수미, 「강신재 소설에 나타난 소외의 양상 연구」, 울산대 교육대학원 석사논문, 2005.

박정애, 「여류의 기원과 정체성」, 인하대 박사논문, 2003.

서경희, 「강신재 단편소설의 기법 연구」, 고려대 석사논문, 1999.

이다영, 「1950년대 강신재 소설 연구」, 연세대 석사논문, 1995.

이미정, 「1950년대 여성 작가 소설의 여성 담론 연구: 강신재·한말숙·박경리 소설을 중심으로」, 서강대 석사논문, 2003.

이은자, 「1950년대 소설 연구」, 숙명여대 석사논문, 1987.

이정희, 「1950년대 여성 작가 연구」, 경희대 석사논문, 1994.

이지영, 「강신재 소설 연구: 소외의식을 중심으로」, 성신여대 교육대학원 석사논문, 2002.

최명숙, 「강신재 전후 단편소설 연구」, 경원대 석사논문, 2000.

2. 관련 논문

강신재, 「젊은 느티나무와 비누 냄새」, 『한국전후문제작품집』, 신구문화사, 1961.

―――, 「작가 후기」, 『이 찬란한 슬픔을』, 신태양사, 1966.

―――, 「작가 노트」, 『현대한국문학전집』, 신구문화사, 1967.

―――, 「작가의 말」, 『간신의 처』, 문학세계사, 1989.

강인숙, 「한국여류작가론」, 『현대문학』, 1968. 1

―――, 「강신재 작품 해설」, 『한국대표문학전집 8』, 삼중당, 1970.

―――, 「인간의 존재 방식에 역점을 둔 미학」, 『강신재 대표작 전집』 제5권(해설), 삼익출판사, 1974.

―――, 「민족적 수난을 그린 섬세한 감성」, 『임진강의 민들레』(해설), 삼중당, 1975.

―――, 「유리의 덫」, 『한국문학전집』 제35권(해설), 민중서관, 1976.

강현구, 「강신재 전후소설의 양상: 『여정』과 『임진강의 민들레』를 중심으로」, 『호서대 인문논총』, 1995. 12.

고 은, 「실내작가론 8: 강신재」, 『월간문학』, 1969. 11.

구인환, 「한국 여류 작가의 기법」, 『아세아여성연구』 9집, 1970.

———, 「한국 여류 소설의 문체」, 『아세아여성연구』 11집, 1972.

———, 「이 작가를 말한다」, 『마음은 집시』, 태창문예서관, 1977.

———, 「순수한 성장적 삶과 관조적 소설의 미학」, 『파도』(해설), 신원문화사, 1995.

권영민, 「예리한 감수성과 삶의 조명」, 『한국단편문학』 6(해설), 금성출판사, 1994.

김교봉, 「6·25 전쟁의 소설적 형상에 관한 연구」, 『계명대 한국학론집』, 2002. 12.

김미영, 「전후 여성 작가의 작품에 나타난 여성 주인공의 성의식 연구」, 『우리말글』, 2004.

김미현, 「서정성·감각성·여성성」, 『페미니즘과 소설비평』, 한길사, 1997.

———, 「강신재의 여성성장소설 연구」, 『국제어문』, 2003. 9.

김병익, 「젊은 사랑의 풍속」, 『강신재 대표작 전집』, 제3권(해설), 삼익출판사, 1974.

김복순, 「1950년대 여성소설의 전쟁 인식과 '기억의 정치학': 강신재의 초기 단편을 중심으로」, 『여성문학연구』, 2003. 12.

———, 「감각적 인식과 리얼리티의 문제: 강신재 초기 단편을 중심으로」, 『현대문학의 연구』, 2004. 7.

김상태, 「1950년대 소설의 문체 연구」, 한국현대문학연구회 편, 『한국의 전후문학』, 태학사, 1991.

김영옥, 「강신재 소설에 나타난 서정적 서술 기법」, 『우리문학연구』 제15집, 2002.

김윤식, 「『임진강의 민들레』(장편)」, 『한국 현대문학 명작사전』, 일지사, 1979.

김정자, 「소설의 공간 기법적 의미 분석: 백신애와 강신재를 중심으로」, 『서울대 선청어문』, 1988. 8.

김종욱, 「황량한 날에도 꿈꾸는 낭만적 사랑」, 『젊은 느티나무』(해설), 소담출판사, 1994.

김주연, 「여성의 발견과 그 후문」, 『강신재 대표작 전집』, 제1권(해설), 삼익출판사, 1974.

――, 「사회 변동과 여성 성의식의 변화 연구」, 『아세아 여성연구』 24, 1985. 12.

――, 「여성의 발견과 그 현실 파탄」, 『문학비평론』, 열화당, 1986.

――, 「한국현대여류작가론」, 『현대문학』, 1968. 1.

김 현, 「강신재론: 두 장편소설의 경우」, 『심상』, 1970. 7.

――, 「감정의 점묘화가」, 『강신재 대표작 전집』, 제2권(해설), 삼익출판사, 1974.

백승길, 「전후 작가의 문제의식」, 『세대』, 1966. 2.

백 철, 「새로운 인간관계의 문제」, 『자유세계』, 1952. 4.

――, 「전후 15년의 한국소설」, 『한국전후문제작품집』(해설), 신구문화사, 1961.

──,「전쟁문학의 개념과 그 양상」,『세대』, 1964. 6.

──,「가난한 대로의 우리 유산」,『사상계』, 1962. 9.

──,「모색하는 현대 문학」,『수도평론』, 1953. 6.

서기원,「전후문학의 옹호」,『아세아』, 1969. 5.

서정자,「페미니스트 의식의 침체와 환상적 사랑의 병렬」,『한국 여성 소설과 비평』, 푸른사상, 2001.

송경란,「서술 상황과 여성 인물의 형상화」,『숙명여대 원우논총』, 1998. 12.

송인화,「1960년대 여성소설과 '낭만적 사랑'의 의미: 강신재와 한무숙 소설을 중심으로」,『여성문학연구』, 2004. 6.

송현호,「젊은 느티나무」,『한국 현대소설의 해설』, 관동출판사, 1995.

신규호,「리얼한 민족 비극의 한 단면」,『임진강의 민들레』, 삼중당, 1975.

신동한,「『천추태후』: 악운의 여인상」,『민족문학대계 7』, 동화출판공사, 1979.

안원희,「소설과 음악의 교감」,『음악세계』, 1979. 5.

양윤모,「전쟁과 사랑을 통한 현실 인식」, 송하춘·이남호 편,『1950년대의 소설가들』, 나남, 1994.

양윤모·서영인,「이메일 해설」,『오영수·강신재 외』(20세기 한국소설 14), 창비, 2005.

염무웅,「팬터마임의 미학: 강신재론」,『현대한국문학전집』, 신구문화사, 1967.

원형갑,「강신재와 삶의 원야: 강신재의『파도』」, 백철 외,『한국 소설의 문제작』, 일념, 1985.

유종호, 「인간의 우열과 도로의 의미: 그들의 행진」, 『현대한국문학전집』, 신구문화사, 1967.

윤병로, 「애정 윤리와 그 갈등」, 『강신재 대표작 전집』, 제4권(해설), 삼익출판사, 1974.

———, 「강신재 · 박경리의 문학」, 『신한국문학전집』, 어문각, 1974.

———, 「따뜻한 휴머니티: 강신재 편」, 『신한국문학전집』, 어문각, 1976.

———, 「현대 여류 작가의 문학적 성향」, 『한국 현대소설의 탐구』, 범우사, 1980.

이명귀, 「'집'의 상징성과 새로운 공간의 탐색」, 『오늘의 문예비평』, 2003. 여름.

이선미, 「한국전쟁과 여성 가장: '가족'과 '개인' 사이의 긴장과 균열」, 『여성문학연구』, 2003. 12.

이어령, 「길에 도표가 없다」, 『사상계』, 1959. 6.

———, 「문제성을 찾아서」, 『한국전후문제작품집』(해설), 신구문화사, 1961.

———, 「닫혀진 공간과 열려진 공간」, 『황량한 날의 동화 외』(한국단편소설 100선 제1권, 해설), 경미문화사, 1979.

———, 「강신재 소설 속의 인간상」, 『장미밭의 전쟁』, 기린원, 1986.

이유식, 「강신재의 『북위 38도선』론」, 『한국 소설의 위상』, 이우출판사, 1982.

———, 「강신재의 작품 세계」, 『정통한국문학대계 작품해설집 1』, 어

문각, 1994.

임금복, 「시인 남편의 남성 주도 의식과 소설가 아내의 자아 찾기의 몸짓: 강신재의 「안개」를 중심으로」, 『여성과 문학』, 제2집, 1990.

장백일, 「작가, 작품 해설」, 『한국단편문학전집』 8, 문성당, 1975.

──, 「인간 옹호에의 제 양상」, 『한국단편문학대전집』 제6권(해설), 동화출판공사, 1976.

──, 「인간애의 회복과 재생」, 『모험의 집』(해설), 범조사, 1979.

정규웅, 「'비정상의 조화'와 '제약의 극복'」, 『강신재 대표작 전집』, 제8권(해설), 삼익출판사, 1974.

____, 「내밀한 조화의 세계」, 『문학사상』, 1975. 1.

정영자, 「강신재 소설 연구」, 『수련어문논집』 제11집, 1984.

──, 「강신재론」, 『한국현대여성문학론』, 지평, 1988.

──, 「강신재의 소설 연구」, 『한국여성소설연구』, 세종출판사, 2002.

정종원, 「상반기 창작 총평」, 『현대문학』, 1956. 7.

정창범, 「서정시적 초상: 『파도』」, 『현대한국문학전집』, 신구문화사, 1967.

──, 「38도적 여인상」, 『강신재 대표작 전집』, 제6권(해설), 삼익출판사, 1974.

정태용, 「강신재론」, 『현대문학』, 1972. 11.

조병무, 「강신재 단편 소고」, 『황량한 날의 동화 외』(해설), 삼중당, 1976.

조연현, 「강신재 단상」, 『현대문학』, 1960. 2.

천이두, 「비누 냄새의 이미지: 「젊은 느티나무」」, 『현대한국문학전집』, 신구문화사, 1967.

———, 「대질의 미학」, 『한국현대문학전집』 20(해설), 삼성출판사, 1978.

———, 「50년대 문학의 재조명」, 『현대문학』, 1985. 1.

최명숙, 「강신재 소설에 나타난 여성의식」, 『경원 어문논집』, 2001. 3.

최혜실, 「생활과 대립 구도로서의 미」, 『젊은 느티나무』(해설), 동아출판사, 1995.

홍사중, 「폐허에 나부끼는 증인의 깃발」, 『세대』, 1964. 6.

황송문, 「다시 읽어보는 전후 문제작: 『임진강의 민들레』」, 『북한』, 1984. 4.

▎기획의 말

한국문학전집을 펴내며

　오늘의 한국 문학은 다양한 경험과 자산에서 비롯된 것이지만, 그중에서도 우리 앞선 세대의 문학 작품에서 가장 큰 유산을 물려받고 있다. 그럼에도 우리는 가끔 우리의 문학 유산을 잊거나 도외시한다. 마치 그것 없이는 살아갈 수 없는 소중한 물을 쉽게 잊고 사는 것처럼 그동안 우리는 우리가 이루어놓은 자산들을 너무 쉽게 잊어버리고 있었는지도 모르겠다. 인기 있는 외국 작품들이 거의 동시에 번역 출판되고, 새로운 기획과 번역으로 전 세계의 문학 작품들이 짜임새 있게 출판되고 있는 요즈음, 정작 한국 문학 작품들을 체계적으로 정리하지 못하고 있었다는 점을 최근에 우리는 깊이 반성하게 되었다. 그리고 이러한 때늦은 반성을 곧바로 '한국문학전집'을 기획하는 힘으로 전환하였다.

　오늘의 시점에서 '한국문학전집'을 기획한다는 것은, 우선 그동안 양적으로나 질적으로 괄목할 만한 수준에 이른 한국 문학 연구 수준을 반영하는 새로운 시각이 전제되어야 할 것이다. 그리고 '우리 것을 지키자'는 순진한 의도에서가 아니라, 한국 문학이 바로 세계 문학이 되는 질적 확장을 위해, 세계 문학 속에서의 한국 문학의 정체성을 찾는 일을 간과해서는 안 될 것이다.

이번 기획에서 우리가 가장 크게 신경 썼던 점은 크게 두 가지이다. 하나는, 그동안 거의 관습적으로 굳어져왔던 작품에 대한 천편일률적인 평가를 피하고 그동안의 평가에 대한 비판적 평가와 더불어 새로운 평가로 인한 숨은 작품의 발굴이었다. 그리하여 한국 문학사를 시기별로 구분하여 축적된 연구 성과들 위에서 나름대로 중요한 작품들을 선별하는 목록 작업에 가장 큰 공을 들였다. 나머지 하나는, 그동안 여러 상이한 판본의 난립으로 인해 원전 텍스트가 침해되고 있는 심각한 상황을 고려하여 각각의 작가에게 가장 뛰어난 연구자들을 초빙하여 혼신을 다해 원전 텍스트를 확정하였다는 점이다.

장구한 우리 문학사의 주옥같은 작품들을 한자리에 모아, 세대를 넘고 시대를 넘어 그 이름과 위상에 값할 수 있는 대표적인 한국문학전집을 내놓는다. 이번에 출간되는 한국문학전집은 변화된 상황과 가치를 반영하는 내실 있고 권위를 갖춘 내용으로 꾸며질 것이며, 우리 문학의 정본 전집으로서 자리매김해 한국 문학의 전통을 계승하고 발전시키는 데 기여하고자 한다. 이 기획이 한국 문학의 자산들을 온전하게 되살려, 끊임없이 현재성을 가지는 살아 있는 작품들로, 항상 독자들의 옆에 있게 되기를 기대한다.

(주)문학과지성사

01 감자 김동인 단편선

최시한(숙명여대) 책임 편집

수록 작품 약한 자의 슬픔 / 배따라기 / 태형 / 눈을 겨우 뜰 때 / 감자 / 광염 소나타 / 배회 / 발가락이 닮았다 / 붉은 산 / 광화사 / 김연실전 / 곰네

극단적인 상황과 비극적 운명에 빠진 인물 군상들을 냉정하게 서술해낸 한국 근대 단편 문학의 선구자 김동인의 대표 단편 12편 수록. 인간과 환경에 대한 근대적 인식을 빼어난 문체와 서술로 형상화한 김동인의 주옥같은 작품들을 만날 수 있다.

02 탈출기 최서해 단편선

곽근(동국대) 책임 편집

수록 작품 고국 / 탈출기 / 박돌의 죽음 / 기아와 살육 / 큰물 진 뒤 / 백금 / 해돋이 / 그믐밤 / 전아사 / 홍염 / 갈등 / 먼동이 틀 때 / 무명초

식민 치하 빈궁 문학을 대표하는 최서해의 단편 13편 수록. 식민 치하의 참담한 사회적 현실을 사실적으로 전해주는 작품들. 우리 민족의 궁핍한 현실에 맞선 인물들의 저항 정신과 민족 감정의 감동과 울림을 전한다.

03 삼대 염상섭 장편소설

정호웅(홍익대) 책임 편집

우리 소설 가운데 서울말을 가장 풍부하게 살려 쓴 작품이자, 복합성·중층성의 세계를 구축하여 한국 근대 장편소설의 대표작으로 꼽히는 염상섭의 『삼대』. 1930년대 서울의 중산층 가족사를 통해 들여다본 우리 근대의 자화상이다.

04 레디메이드 인생 채만식 단편선

한형구(서울시립대) 책임 편집

수록 작품 논 이야기 / 레디메이드 인생 / 미스터 방 / 민족의 죄인 / 치숙 / 낙조 / 쑥국새 / 당랑의 전설

역설과 반어의 작가 채만식의 대표 단편 8편 수록. 1920~30년대의 자본주의적 현실 원리와 민중의 삶을 풍자적으로 포착하는 데 탁월했던 채만식. 사실주의와 풍자의 절묘한 조합으로 완성한 단편 문학의 묘미를 즐길 수 있다.

05 비 오는 길 최명익 단편선

신형기(연세대) 책임 편집

수록 작품 폐어인 / 비 오는 길 / 무성격자 / 역설 / 봄과 신작로 / 심문 / 장삼이사 / 맥령

시대를 앞섰던 모더니스트 최명익의 대표 단편 8편 수록. 병과 죽음으로 고통받는 인물 군상들을 통해 자신이 예감한 황폐한 현대의 징후를 소설화한 작가 최명익. 너무나 현대적이어서, 당시에는 제대로 평가받을 수 없었던 탁월한 단편소설들을 만난다.

06 사하촌 김정한 단편선

강진호(성신여대) 책임 편집

수록 작품 그물 / 사하촌 / 항진기 / 추산당과 곁사람들 / 모래톱 이야기 / 제3병동 / 수라도 / 인간단지 / 위치 / 오끼나와에서 온 편지 / 슬픈 해후

리얼리즘 문학과 민족 문학을 대표하는 김정한의 대표 단편 11편 수록. 민중들의 삶을 통해 누구보다 먼저 '근대화의 문제'를 문학적으로 제기하고 예리하게 포착한 작가 김정한의 진면목을 본다.

07 무녀도 김동리 단편선

이동하(서울시립대) 책임 편집

수록 작품 화랑의 후예 / 산화 / 바위 / 무녀도 / 황토기 / 찔레꽃 / 동구 앞길 / 혼구 / 혈거부족 / 달 / 역마 / 광풍 속에서

한국적이고 토착적인 전통 세계의 소설화에 앞장선 김동리의 초기 대표작 12편 수록. 민중의 삶 속에 뿌리 내린 토착적 전통의 세계를 정확한 묘사와 풍부한 서정으로 형상화했던 김동리 문학 세계를 엿본다.

08 독 짓는 늙은이 황순원 단편선

박혜경(인하대) 책임 편집

수록 작품 소나기 / 별 / 겨울 개나리 / 산골 아이 / 목넘이마을의 개 / 황소들 / 집 / 사마귀 / 소리 / 닭제 / 학 / 필묵장수 / 뿌리 / 내 고향 사람들 / 원색오뚝이 / 곡예사 / 독 짓는 늙은이 / 황노인 / 늪 / 허수아비

한국 산문 문체의 모범으로 평가되는 황순원의 대표 단편 20편 수록. 엄격한 지적 절제와 미학적 균형으로 함축적인 소설 미학을 완성시킨 작가 황순원. 극적인 사건 전개 대신 정적이고 서정적인 울림의 미학으로 깊은 감동을 전한다.

09 만세전 염상섭 중편선

김경수(서강대) 책임 편집

수록 작품 만세전 / 해바라기 / 미해결 / 두 출발

한국 근대 소설의 기념비적 작품인 「만세전」, 조선 최초의 여류화가인 나혜석의 삶을 소설화한 「해바라기」, 그리고 식민지 조선의 현실을 담아내고 나름의 저항의식을 형상화하기 위한 소설적 수련의 과정을 단적으로 보여주는 「미해결」과 「두 출발」 수록. 장편소설의 작가로만 알려진 염상섭의 독특한 소설 미학의 세계를 감상한다.

10 천변풍경 박태원 장편소설

장수익(한남대) 책임 편집

모더니스트 박태원이 펼쳐 보이는 1930년대 서울의 파노라마식 풍경화. 근대 자본주의 사회의 이데올로기와 일상성에 대한 비판에 몰두하던 박태원 초기 작품의 모더니즘 경향과 리얼리즘 미학의 경계를 넘나드는 역작. 식민지라는 파행적 상황에서 기형적으로 실현되던 근대화의 양상을 기층 민중의 생활에 초점을 맞춰 본격화한 작품이다.

11 태평천하 채만식 장편소설
이주형(경북대) 책임 편집

부정적인 상황들이 난무하는 시대 현실을 독자적인 문학적 기법과 비판의식으로 그려냄으로써 '문학적 미'를 추구했던 채만식의 대표작. 판소리 사설의 반어, 자기 폭로, 비유, 과장, 희화화 등의 표현법에 사투리까지 섞은 요설로, 창을 듣는 듯한 느낌과 재미를 선사하는 작품. 세태풍자소설의 장을 열었던 채만식이 쓴 가족사소설의 전형에 해당한다.

12 비 오는 날 손창섭 단편선
조현일(홍익대) 책임 편집

수록 작품 공휴일/사연기/비 오는 날/생활적/혈서/피해자/미해결의 장/인간동물원초/유실몽/설중행/광야/희생/잉여인간/신의 희작

가장 문제적인 전후 소설가 손창섭의 대표 단편 14작품 수록. 병적이고 불구적인 인간 군상들을 통해 전후 사회 현실에서의 '절망'의 표현에 주력했던 손창섭. 전쟁 그리고 전쟁 이후의 비일상적 사태를 가장 근원적인 차원에서 표현한 빼어난 작품들을 선별했다.

13 등신불 김동리 단편선
이동하(서울시립대) 책임 편집

수록 작품 인간동의/흥남철수/밀다원시대/용/목공 요셉/등신불/송추에서/까치 소리/저승새

「무녀도」의 작가 김동리가 1950년대 이후에 내놓은 단편 9편 수록. 전기 작품에 이어서 탁월한 문체의 매력, 빈틈없는 구성의 묘미, 인상적인 인물상의 창조, 인간에 대한 깊이 있는 통찰이라는 김동리 단편의 미학을 다시 한 번 경험할 수 있는 기회이다.

14 동백꽃 김유정 단편선
유인순(강원대) 책임 편집

수록 작품 심청/산골 나그네/총각과 맹꽁이/소낙비/솥/만무방/노다지/금/금 따는 콩밭/떡/산골/봄·봄/안해/봄과 따라지/따라지/가을/두꺼비/동백꽃/야맹/옥토끼/정조/땡볕/형

고단한 삶을 살아가는 순박한 촌부에서 사기꾼에 이르기까지 다양한 삶의 모습을 문학 속에 그대로 재현한 김유정의 주옥같은 단편 23편 수록. 인물의 토속성과 해학성, 생생한 삶의 언어와 우리 소리, 그 속에 충만한 생명감을 불어넣은 김유정 문학의 정수를 맛본다.

15 소설가 구보씨의 일일 박태원 단편선
천정환(성균관대) 책임 편집

수록 작품 수염/낙조/소설가 구보씨의 일일/애욕/길은 어둡고/거리/방란장 주인/비량/진통/성탄제/골목 안/음우/재운

한국 소설사상 가장 두드러진 모더니즘 작품으로 인정받는 「소설가 구보씨의 일일」을 비롯한 박태원의 대표 단편 13편 수록. 한글로 씌어진 가장 파격적이고 실험적인 작품으로 주목 받은 박태원. 서울 주변부 중산층의 삶이라는 자기만의 튼실한 현실 공간을 구축하여 새로운 소설 기법과 예술가소설로서의 보편성을 획득한 작품들이다.

16 날개 이상 단편선

김주현(경북대) 책임 편집

수록 작품 12월 12일 / 지도의 암실 / 지팡이 역사 / 황소와 도깨비 / 공포의 기록 / 지주회시 / 동해 / 날개 / 봉별기 / 실화 / 종생기

근대와 맞닥뜨린 당대 식민지 조선의 기념비요 자화상 역할을 하는 이상의 대표 단편 11편 수록. '천재'와 '광인'이라는 꼬리표와 함께 전위적이고 해체적인 글쓰기로 한국의 모더니즘 문학사를 개척한 작가 이상. 자유연상, 내적 독백 등의 실험적 구성과 문체로 식민지 근대와 그것에 촉발된 당대인의 내면을 예리하게 포착해낸 이상의 문제작들을 한데 모았다.

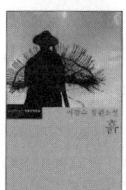

17 흙 이광수 장편소설

이경훈(연세대) 책임 편집

한국 최초의 근대 장편소설 『무정』을 발표하면서 한국 소설 문학의 역사를 새롭게 쓴 이광수. 『흙』은 이광수의 계몽 사상이 가장 짙게 깔린 작품으로 심훈의 『상록수』와 함께 한국 농촌계몽소설의 전위에 속한다. 한국 근대 문학사상 가장 많이 연구되고 있는 작가의 대표작답게 『흙』은 민족주의, 계몽주의, 농민문학, 친일문학, 등장인물론, 작가론, 문학사 등의 학문적 · 비평적 논의의 중심에 있는 작품이다.

18 상록수 심훈 장편소설

박헌호(성균관대) 책임 편집

이광수의 장편 『흙』과 더불어 한국 농촌계몽소설의 쌍벽을 이루는 『상록수』. 심훈의 문명(文名)을 크게 떨치게 한 대표작이다. 1930년대 당시 지식인의 관념적 농촌 운동과 일제의 경제 침탈사를 고발 · 비판함으로써, 문학이 취할 수 있는 현실 정세에 대한 직접적인 대응 그리고 극복의 상상력이란 두 가지 요소를 나름의 한계 속에서 실천해냈고, 대중적으로도 큰 호응을 불러일으킨 작품이다.

19 무정 이광수 장편소설

김철(연세대) 책임 편집

20세기 이래 한국인이 가장 많이 읽고 가장 자주 출간돼온 작품, 그리고 근현대 문학 가운데 가장 많이 연구의 대상이 된 작가 이광수의 대표작 『무정』. 씌어진 지 한 세기가 가까워지도록 여전히 읽히고 있고 또 학문적 논쟁의 중심에 서 있는 『무정』을 책임 편집자의 교정을 충실하게 반영한 최고의 선본(善本)으로 만난다.

20 고향 이기영 장편소설

이상경(KAIST) 책임 편집

'프로문학의 정점'이자 우리 근대 문학사의 리얼리즘의 확립을 결정적으로 보여주는 이기영의 『고향』. 이기영은 1920년대 중반 원터라는 충청도의 한 농촌 마을을 배경으로 봉건 사회의 잔재를 지닌 채 식민지 자본주의화가 진행되어가는 우리 근대 초기를 뛰어난 관찰로 묘사한다. 일제 식민 치하 근대화에 대한 문학적 · 비판적 성찰과 지식인의 고뇌를 반영한 수작이다.

21 까마귀 이태준 단편선

김윤식(명지대) 책임 편집

수록 작품 불우 선생/달밤/까마귀/장마/복덕방/패강랭/농군/밤길/토끼 이야기/해방 전후

'한국 근대소설의 완성자' '단편문학'의 명수. 이태준은 우리 근대 문학의 전개 과정에서 결코 간과할 수 없는 역할을 담당했던 작가 가운데 한 사람이다. 문학의 자율성과 예술성을 상실하지 않으면서도 현실 문제에 각별한 관심을 보여주었던 그의 단편은 한국소설사에서 1930년대를 대표하는 것으로 인정받고 있다.

22 두 파산 염상섭 단편선

김경수(서강대) 책임 편집

수록 작품 표본실의 청개구리/암야/제야/E선생/윤전기/숙박기/해방의 아들/양과자갑/두 파산/절곡/얼룩진 시대 풍경

한국 근대사를 증언하고 있는 횡보 염상섭의 단편소설 11편 수록. 지식인 망국민으로서의 허무적인 자기 진단, 구체적인 사회 인식, 해방 후와 전후 시기에 대한 사실적 증언과 문제 제기를 포함한 대표작들을 통해 횡보의 단편 미학을 감상한다.

23 카인의 후예 황순원 소설선

김종회(경희대) 책임 편집

수록 작품 카인의 후예/너와 나만의 시간/나무들 비탈에 서다

인간의 정신적 순수성과 고귀한 존엄성을 문학의 제일 원칙으로 삼았던 작가 황순원. 그의 대표작 가운데 독자들의 가장 많은 사랑을 받은 장편소설들을 모았다. 한국전쟁을 온몸으로 체득하면서 특유의 절제되고 간결한 문장으로 예술적 서사성을 완성한 황순원은 단편에서와 마찬가지로 변함없는 감동의 세계를 열어놓는다.

24 소년의 비애 이광수 단편선

김영민(연세대) 책임 편집

수록 작품 무정/소년의 비애/어린 벗에게/방황/가실/거룩한 죽음/무명/꿈

한국 근대소설사와 이광수 개인의 문학 세계에서 중요한 의미를 갖는 단편 8편 수록. 이광수가 우리말로 쓴 최초의 창작 단편 「무정」, 당시 사회의 인습과 제도를 비판한 「소년의 비애」, 우리나라 최초의 서간체 소설인 「어린 벗에게」, 지식인의 내면적 갈등과 자아 탐구의 과정을 담은 「방황」, 춘원의 옥중 체험을 바탕으로 씌어진 「무명」 등 한국 근대문학의 장르와 소재, 주제 탐구 면에서 꼼꼼히 고찰해야 할 작품들이다.

25 불꽃 선우휘 단편선

이익성(충북대) 책임 편집

수록 작품 테러리스트/불꽃/거울/오리와 계급장/단독강화/깃발 없는 기수/망향

8·15 해방과 분단, 6·25전쟁으로 이어지는 한국 근현대사의 열병을 깊이 있게 고찰한 선우휘의 대표작 7편 수록. 평판작 「불꽃」과 「깃발 없는 기수」를 비롯해 한국 근현대사의 역동성과 이를 바라보는 냉철한 작가의식이 빚어낸 수작들을 한데 모았다.

26 맥 김남천 단편선

채호석(한국외대) 책임 편집

수록 작품 공장 신문 / 공우회 / 남편 그의 동지 / 물 / 남매 / 소년행 / 처를 때리고 / 무자리 / 녹성당 / 길 위에서 / 경영 / 맥 / 등불 / 꿀

카프와 명맥을 같이하며 창작과 비평에서 두드러진 족적을 남긴 작가 김남천. 1930년대 초, 예술운동의 볼셰비키화론 주장과 궤를 같이하는 「공장 신문」「공우회」, 카프 해산 직후 그의 고발문학론을 담은 「처를 때리고」「소년행」「남매」, 전향문학의 백미로 꼽히는 「경영」「맥」 등 그의 치열했던 문학 세계의 변화를 일별할 수 있는 대표작 14편 수록.

27 인간 문제 강경애 장편소설

최원식(인하대) 책임 편집

한국 근대 여성문학의 제일선에 위치하는 강경애의 대표작. 일제 치하의 1930년대 조선, 자본가와 농민·노동자의 대립 구조 속에서 농민과 도시노동자가 현실의 문제를 해결하고자 하는 주체로 성장하는 과정과 그들의 조직적 투쟁을 현실성 있게 그려낸 작품. 이기영의 『고향』과 더불어 우리 근대 소설사에서 리얼리즘 소설의 수작으로 꼽힌다.

28 민촌 이기영 단편선

조남현(서울대) 책임 편집

수록 작품 농부 정도룡 / 민촌 / 아사 / 호외 / 해후 / 종이 뜨는 사람들 / 부역 / 김군과 나와 그의 아내 / 변절자의 아내 / 서화 / 맥추 / 수석 / 봉황산

카프와 프로문학의 대표 작가 이기영. 그가 발표한 수십 편의 단편소설들 가운데 사회사나 사상운동사로서의 자료적 가치가 높으면서 또 소설 양식으로서의 구조미를 제대로 보여주는 14편을 선별했다.

29 혈의 누 이인직 소설선

권영민(서울대) 책임 편집

수록 작품 혈의 누 / 귀의 성 / 은세계

급진적이고 충동적인 한국 근대의 풍경 속에 신소설이라는 새로운 서사 양식을 창조해낸 이인직. 책임 편집자의 꼼꼼한 텍스트 확정과 자세한 비평적 해설을 통해, 신소설의 서사 구조와 그 담론적 특성을 밝히고 당시 개화·계몽 시대를 대표하는 서사 양식에 내재화된 일본적 식민주의 담론을 꼬집는다.

30 추월색 이해조 안국선 최찬식 소설선

권영민(서울대) 책임 편집

수록 작품 금수회의록 / 자유종 / 구마검 / 추월색

개화·계몽시대의 대표적인 신소설 작가 3인의 대표작. 여성과 신교육으로 집약되는 토론의 모습을 서사 방식으로 활용한 「자유종」, 구시대적 인습을 신랄하게 비판한 「구마검」, 가장 대중적인 신소설 가운데 하나로 꼽히는 「추월색」, 그리고 '꿈'이라는 우화적 공간을 설정하여 현실 비판의 풍자적 색채가 강한 「금수회의록」까지 당대의 사회적 풍속과 세태의 변화를 민감하게 반영한 작품들을 수록했다.

31 젊은 느티나무 강신재 소설선

김미현(이화여대) 책임 편집

수록 작품 안개 / 해방촌 가는 길 / 절벽 / 젊은 느티나무 / 양관 / 황량한 날의 동화 / 파도 / 이브 변신 / 강물이 있는 풍경 / 점액질

1950, 60년대를 대표하는 여성 작가 강신재의 중단편 10편을 엄선했다. 특유의 서정적인 문체와 관조적 시선, 지적인 분석력으로 '비누 냄새' 나는 풋풋한 사랑 이야기에서 끈끈한 '점액질'의 어두운 욕망에 이르기까지, 운명의 폭력성과 존재론적 한계를 줄기차게 탐문한 강신재 소설의 여정을 한눈에 볼 수 있는 기회다.

32 오발탄 이범선 단편선

김외곤(서원대) 책임 편집

수록 작품 일요일 / 학마을 사람들 / 사망 보류 / 몸 전체로 / 갈매기 / 오발탄 / 자살당한 개 / 살모사 / 천당 간 사나이 / 청대문집 개 / 표구된 휴지 / 고장난 문 / 두메의 어벙이 / 미친 녀석

손창섭·장용학 등과 함께 대표적인 전후 작가로 꼽히는 이범선의 대표작 14편 수록. 한국 현대사의 비극에 대한 묘사를 바탕으로 하면서도 잃어버린 고향, 동양적 이상향에 대한 동경을 담았던 초기작들과 전후의 물질적 궁핍상을 전통적 사실주의에 기초해 그리면서 현실 비판적 성격을 강하게 드러낸 문제작들을 고루 수록했다.

33 메밀꽃 필 무렵 이효석 단편선

서준섭(강원대) 책임 편집

수록 작품 도시와 유령 / 깨뜨려지는 홍등 / 마작철학 / 프레류드 / 돈 / 계절 / 산 / 들 / 석류 / 메밀꽃 필 무렵 / 삽화 / 개살구 / 장미 병들다 / 공상구락부 / 해바라기 / 여수 / 하얼빈산협 / 풀잎 / 낙엽을 태우면서

근대 작가의 문화적 정체성이 끊임없이 흔들렸던 식민지 시대, 경성제대 출신의 지식인 작가로서 그 문화적 혼란기를 소설 언어를 통해 구성하고 지속적으로 모색했던 이효석의 대표작 20편 수록.

34 운수 좋은 날 현진건 중단편선

김동식(인하대) 책임 편집

수록 작품 희생화 / 빈처 / 술 권하는 사회 / 유린 / 피아노 / 할머니의 죽음 / 우편국에서 / 까막잡기 / 그리운 흘긴 눈 / 운수 좋은 날 / 발 / 불 / B사감과 러브 레터 / 사립정신병원장 / 고향 / 동정 / 정조와 약가 / 신문지와 철창 / 서투른 도적 / 연애의 청산 / 타락자

한국 근대 단편소설의 형식적 미학을 구축하고 근대적 사실주의 문학의 머릿돌을 놓은 작가 현진건의 대표작 21편 수록. 서구 중심의 근대성과 조선 사회의 식민성 사이에서 방황하는 지식인의 내면 풍경뿐만 아니라, 식민지 조선의 일상을 예리하게 관찰함으로써 '조선의 얼굴'을 담아낸 작가 현진건의 면모를 두루 살폈다.

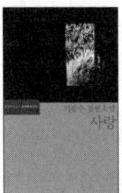
35 사랑 이광수 장편소설

한승옥(숭실대) 책임 편집

춘원의 첫 전작 장편소설. 신문 연재물의 제약에서 벗어나 좀더 자유롭고 솔직한 그의 인생관이 담겨 있다. 이른바 그의 어떤 장편소설보다도 나아간 자유 연애, 사랑에 관한 작가의 생각을 엿볼 수 있는 작품. 작가의 나이 지천명에 이르러 불교와 『주역』 등 동양고전에 심취하여 우주의 철리와 종교적 깨달음에 가닿은 시점에서 집필된, 춘원의 모든 것.

36 화수분 전영택 중단편선

김만수(인하대) 책임 편집

수록 작품 천치? 천재?/운명/생명의 봄/독약을 마시는 여인/화수분/후회/여자도 사람인가/하늘을 바라보는 여인/소/김탄실과 그 아들/금붕어/차돌멩이/크리스마스 전야의 풍경/말 없는 사람

1920년대 초반 자연주의, 사실주의적 색채가 강한 작품 세계로 주목받았던 작가 전영택의 대표작선. 이들 작품에서 작가는, 일제 초기의 만세운동, 일제 강점기하의 극심한 궁핍, 해방 직후의 사회적 혼돈, 산업화 초창기의 사회적 퇴폐상에 대한 자신의 경험을 소박한 형식 속에 담고 있다.

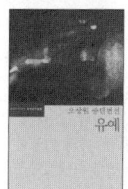

37 유예 오상원 중단편선

한수영(동아대) 책임 편집

수록 작품 황선지대/유예/균열/죽어살이/모반/부동기/보수/현실/훈장/실기

한국 전후 세대 문학의 대표 작가 오상원의 주요작 10편을 묶었다. '실존'과 '행동'에 초점을 맞춘 그의 작품은, 한결같이 극한 상황에 처한 인간 존재의 의미를 묻는 데 천착하면서 효과적인 주제 전달을 위해 낯설고 다양한 소설적 실험을 보여준다.

38 제1과 제1장 이무영 단편선

전영태(중앙대) 책임 편집

수록 작품 제1과 제1장/흙의 노예/문 서방/농부전 초/청개구리/모우지도/유모/용자소전/이단자/B녀의 소묘/O형의 인간/들메/며느리

한국 농민문학의 선구자로 평가받는 이무영의 주요 단편 13편 수록. 이들 작품에서 작가는, 농민을 계몽의 대상이 아닌, 흙을 일구는 그들의 삶을 통해서 진실한 깨달음을 얻는 자족적 대상으로 바라본다. 이무영의 농민소설은 인간을 향한 긍정적 시선과 삶의 부조리한 면을 파헤치는 지식인의 냉철한 비판 의식이 공존하고 있다.

39 꺼삐딴 리 전광용 단편선

김종욱(세종대) 책임 편집

수록 작품 흑산도/진개권/지층/해도초/GMC/사수/크라운장/충매화/초혼곡/면허장/꺼삐딴 리/곽 서방/남궁 박사/죽음의 자세/세끼미

1950년대 전후 사회와 60년대의 척박한 삶의 리얼리티를 '구도의 치밀성'과 '묘사의 정확성'을 통해 형상화한 작가 전광용의 대표 단편 15편 모음집. 휴머니즘적 주제 의식, 전통적인 서사 형식, 객관적이고 냉철한 묘사 태도, 짧고 건조한 문체 등으로 집약되는 전광용의 작품 세계를 한눈에 살필 수 있는 계기.

40 과도기 한설야 단편선

서경석(한양대) 책임 편집

수록 작품 동경/그릇된 동경/합숙소의 밤/과도기/씨름/사방공사/교차선/추수 후/태양/임금/딸/철도 교차점/부역/산촌/이념/모자/혈로

식민지 시대 신경향파·카프 계열 작가로서 사회주의 리얼리즘 문학을 추구한 작가 한설야의 문학적 특징을 잘 드러내는 단편 17편을 수록했다. 시대적 대세에 편승하며 작품의 경향을 바꾸었던 다른 카프 작가들과는 달리 한설야는, 주체적인 노동자로서의 삶을 택한 「과도기」의 '창선'이 그러하듯, 이 주제를 자신의 평생 과제로 삼아 창작에 몰두했다.

41 사랑손님과 어머니 주요섭 중단편선

장영우(동국대) 책임 편집

수록 작품 추운 밤/인력거꾼/살인/첫사랑 값/개밥/사랑손님과 어머니/아네모네의 마담/북소리 두둥둥/봉천역 식당/낙랑고분의 비밀

주요섭이 남녀 간의 애정 문제를 주로 다룬 통속 작가로 인식되어온 것은 교정되어야 마땅하다. 그는 빈민 계층의 고단하고 무망(無望)한 삶을 사실적으로 재현하는 데 탁월한 기량을 보였으며, 날카로운 현실인식과 객관적 묘사의 한 전범을 보여주었고 환상성을 수용함으로써 보다 탄력적인 소설미학을 실험하기도 하였다.

42 탁류 채만식 장편소설

우찬제(서강대) 책임 편집

채만식은 시대의 어둠을 문학의 빛으로 밝히며 일제 강점기와 해방기의 우리 소설사를 빛낸 작가다. 그는 작품활동 전반에 걸쳐 열정적인 창작열과 리얼리즘 정신으로 당대의 현실상을 매우 예리하게 형상화했다. 특히 『탁류』는 여주인공 봉의 기구한 운명의 족적을 금강 물이 점점 탁해지는 현상에 비유하면서 타락한 당대의 세계상을 여실하게 드러내주고 있다.

43 벙어리 삼룡이 나도향 중단편선

우찬제(서강대) 책임 편집

수록 작품 젊은이의 시절/별을 안거든 우지나 말걸/옛날 꿈은 창백하더이다/여이발사/행랑 자식/벙어리 삼룡이/물레방아/꿈/뽕/지형근/청춘

위험한 시대에 매우 불안하게 살았던 작가. 그러나 나도향은 불안에 강박되기보다 불안한 자유의 상태를 즐기는 방식으로 소설을 택한 작가였다. 낭만적 환멸의 풍경이나 낭만적 동경의 형식 등은 불안에 대한 나도향 식 문학적 향유의 풍경으로 다가온다.

44 잔등 허준 중단편선

권성우(숙명여대) 책임 편집

수록 작품 탁류/습작실에서/잔등/속습작실에서/평대저울

한국 근대소설사에서 허준만큼 진보적 지식인의 진지한 자기 성찰을 깊이 형상화한 작가는 없었다. 혁명의 연성을 기꺼이 인정하면서도 혁명과 해방으로 인해 궁지와 비참에 몰린 사람들에 대해 깊은 연민과 따뜻한 공감의 눈길을 던진 그의 대표작 다섯 편을 한데 모았다.

45 한국 현대희곡선

김우진 김명순 유치진 함세덕 오영진 차범석 최인훈 이현화 이강백

이상우(고려대) 책임 편집

수록 작품 산돼지/두 애인/토막/산허구리/살아 있는 이중생 각하/불모지/옛날 옛적에 훠어이 훠이/카덴자/봄날

한국 현대희곡 100년사를 대표하는 작품 아홉 편. 1920년대부터 1980년대까지 각 시기의 시대 정신과 연극 경향을 대표할 만한 희곡들을 골고루 선별하였고, 사실주의 희곡과 비사실주의희곡의 균형을 맞추어 안배하였다.

46 혼명에서 백신애 중단편선

서영인 책임 편집

수록 작품 나의 어머니/꺼래이/복선이/채색교/적빈/낙오/악부자/정현수/학사/호도/어느 전원의 풍경—일명·법률/광인수기/소독부/일여인/혼명에서/아름다운 노을

일제강점기 한국문학을 대표하는 여성 작가이자 사회운동가인 백신애의 주요 작품 16편을 묶었다. 극심한 가난과 봉건적 인습의 굴레에 갇힌 여성들의 비극, 또는 그로부터 벗어나고자 하는 의지를 섬세한 필치와 치열한 문제의식으로 그려냈다. 그의 소설을 통해 '봉건적 가족제도와 여성의 욕망'이라는 해묵은 주제가 오늘날에도 여전히 풀리지 않는 과제로 존재하고 있음을 알게 된다.

47 근대여성작가선
김명순 나혜석 김일엽 이선희 임순득

이상경(KAIST) 책임 편집

수록 작품 의심의 소녀/선례/돌아다볼 때/탄실이와 주영이/경희/현숙/어머니와 딸/청상의 생활—희생된 일생/자각/계산서/매소부/탕자/일요일/이름 짓기/딸과 어머니와

일제강점기 한국문학을 대표하는 여성 작가들의 주요 작품 15편을 한 권에 묶었다. 근대 여성의 목소리로서 여성문학은 봉건적 가부장제에서 벗어나고자 개인으로서 여성의 자유로운 선택을 가로막는 온갖 질곡에 저항해왔다. 여성이 봉건적 공동체를 벗어나 개성을 찾아 나서는 길은 많은 경우 가출, 자살, 일탈 등으로 귀결되었지만, 그럼에도 여성 자신의 힘을 믿으면서 공동체의 인습에 저항하고 새로운 공동체를 지향하는 노력이 있었다. 여기에 식민지라는 조건 속에서 민족의 해방은 더 큰 과제이기도 했다. 이 책에 실린 여성 작가의 작품들은 신여성의 이러한 꿈과 현실, 한계를 여실히 드러내 보여준다.

48 불신시대 박경리 중단편선

강지희(한신대) 책임 편집

수록 작품 계산/흑흑백백/암흑시대/불신시대/벽지/환상의 시기/약으로도 못 고치는 병

여성의 전쟁 수난사를 가장 탁월하게 그려낸 작가 박경리의 대표 중단편 7편 수록. 고독과 절망의 시대를 살아내면서도 현실과 타협하지 못하는 결벽성으로 인간의 존엄을 고민했던 작가의 흔적이 역력한 수작들이 담겼다.